ET SOUDAIN LE SILENCE

BELVA PLAIN

ET SOUDAIN LE SILENCE

*Traduit de l'américain
par Jean Autret*

belfond
12, avenue d'Italie
75013 Paris

Titre original :

THE CAROUSEL

publié par Delacorte Press, Bantam Doubleday Dell Publishing
Group., Inc., New York.

Si vous souhaitez recevoir notre catalogue
et être tenu au courant de nos publications,
envoyez vos nom et adresse, en citant ce livre,
aux Éditions Belfond,
12, avenue d'Italie, 75013 Paris.
Et, pour le Canada, à
Édipresse Inc., 945, avenue Beaumont
Montréal, Québec H3N 1W3.

ISBN 2.7144.3313.8

Sur une table, au centre du salon du premier étage, trône le manège. Haut comme une pièce montée, ciselé dans l'argent le plus pur, il attire sur lui tous les rayons lumineux de la lampe pour les renvoyer, amplifiés et aveuglants jusque dans les recoins les plus sombres de la pièce. C'est un chef-d'œuvre d'orfèvrerie, avec ces coursiers qui caracolent et ces bambins coiffés de chapeaux enrubannés ; les banderoles accrochées au toit semblent flotter fièrement au vent. Une dentelle de fer forgé, un raffinement de filigrane, la quintessence du rococo.

Un jouet absurde et extravagant. Et pourtant il a relié entre eux les moments cruciaux d'une vie. La naissance de l'amour. La souffrance. Et maintenant le meurtre...

CHAPITRE PREMIER

Mars 1990

Elle n'a aucune envie de rentrer chez elle, aucune envie de se retrouver face à face avec qui que ce soit, ni avec sa petite fille de cinq ans ni avec son bébé. Aucune envie de répondre au téléphone, aucune envie de parler, après ce qu'elle vient d'entendre, il y a une heure à peine. Jamais Sally Grey n'a été aussi malheureuse, jamais elle ne s'est sentie aussi amoindrie, aussi physiquement diminuée, tandis qu'elle fuit cette ville à toute allure, tassée sur son siège, au volant de sa voiture.

Sur le premier replat de la chaîne de montagnes qui s'étend jusqu'au Canada, une plate-forme panoramique a été aménagée, à l'intention des touristes, vraisemblablement. En cette fin d'après-midi, il y souffle un vent violent et l'endroit est entièrement désert. Au-dessous s'étend Scythia, une vieille ville dont les petites usines sont cernées de zones pavillonnaires récentes, sillonnées de voies à grande circulation ; au loin, que ce soit vers l'est, l'ouest ou le sud, il y a des fermes. Au nord se dresse la masse sombre des montagnes.

Des lumières scintillent çà et là, mais, sur sa gauche, Sally peut discerner un rectangle lumineux jaune : c'est là que se trouve le quartier général des Produits alimentaires Grey. Un quart de la population de la ville dépend de cette société, qu'il s'agisse des employés eux-mêmes ou de leurs parents plus ou moins éloignés. En outre, les trois quarts restants de Scythia ont bénéficié et bénéficient encore, directement ou indirectement, de la générosité de la famille Grey. La bibliothèque, l'hôpital, les piscines, tout a été financé par les largesses de ces philanthropes.

« Vous pensez que ces choses-là n'arrivent pas dans des familles comme la vôtre, et je vous comprends », lui avait dit cette femme, la doctoresse.

Non, avait pensé Sally, vous ne comprenez pas. Vous vous imaginez que j'éprouve un sentiment de supériorité, que je me crois au-dessus de ces gens du commun, qu'il y a en moi une espèce de snobisme stupide et pernicieux. Mais la seule chose à laquelle je pense, c'est au bonheur que nous avons connu, à la pureté incomparable de notre existence. La pureté. C'est un mot qui appartient à une époque révolue mais pourtant c'est celui qui convient le mieux. Il n'y avait jamais rien eu de sale dans leur vie jusqu'alors.

En ce moment même, quelque part dans cette masse compacte de lumière, Dan travaille à son bureau, sans se douter de quoi que ce soit. Et pourtant, ce soir, il faudra qu'il sache. Et si ce que je vais lui dire est vrai — mais ça ne peut pas être vrai, c'est tout à fait impossible —, il va en concevoir un chagrin qui risque de le tuer. Son bébé. Sa petite Tina chérie !

Non, il n'y a aucun doute dans mon esprit. Votre petite Tina a subi des sévices. Des sévices d'ordre sexuel.

Le Dr Lisle a été jusqu'au bout de ses explications, sans rien omettre, mais Sally n'a pu que la fixer d'un œil rond, dans le plus grand mutisme. Cette femme au visage carré, dépourvu de toute séduction, parlait posément et, bien qu'elle ne fût pas plus âgée que Sally, il émanait de sa personne une impression d'autorité, encore renforcée par sa compétence professionnelle.

On dirait qu'elle m'adresse des reproches, comme si elle parlait à une collégienne et non à une femme d'expérience, qui, armée de ses appareils photo, a parcouru le monde pour faire des reportages sur toutes sortes de pays, certains dévastés par la guerre ; une femme dont les clichés ont été publiés aux quatre coins de la planète. La vérité, c'est que nous n'éprouvons aucune sympathie l'une pour l'autre. Et où va-t-elle donc chercher ce qu'elle me raconte là ?

Comme pour tenter de trouver une aide quelconque, elle a laissé son regard errer sur ce bureau au mobilier spartiate. La table de travail et les chaises de pacotille étaient neuves. Les diplômes et les certificats avaient été établis à une date récente. Par la fenêtre, on apercevait l'arrière d'un immeuble commercial de hauteur modeste et fort mal entretenu, dans les quartiers déshérités du centre de cette ville. Un décor inconfortable, déprimant, qui ne pouvait procurer aucun soutien moral. Et pourtant, on la lui avait tellement recommandée, cette doctoresse !

« C'est incroyable, dit brusquement Sally.

— Cela n'a rien d'incroyable.

— Je ne peux pas vous croire. Je ne vous croirai jamais. Comment pouvez-vous seulement penser une chose pareille ?

— C'est normal que vous résistiez. Quel parent accepterait de le croire ?

— C'est totalement invraisemblable.

— Cela n'a rien d'invraisemblable, madame Grey.

— Je vis avec Tina. C'est moi qui la baigne et je n'ai jamais vu le moindre signe de...

— Il n'y a pas nécessairement eu pénétration. Il y a d'autres façons, vous le savez très bien. »

Des images révoltantes avaient surgi. Elle en avait presque senti le contact, comme une brûlure à l'intérieur du crâne.

« Oui, je sais. Je l'ai lu quelque part. Mais comment pouvez-vous être aussi sûre ? Tina vous a-t-elle dit quelque chose ?

— Pas explicitement, non. Les enfants le font rarement. Ils ont trop peur.

— Eh bien alors, je vous renouvelle ma question. Comment avez-vous fait pour le savoir ?

— Il existe beaucoup de moyens. Par exemple, les fillettes jouent à la poupée. Celles que j'ai ici sont très réalistes sur le plan anatomique. J'ai observé l'enfant, je lui ai parlé et je l'ai écoutée quand elle se parlait à elle-même.

— Répétez-moi ce que Tina a dit. Exactement, ce que vous vous rappelez. »

La doctoresse mit ses lunettes. Mais que de temps il lui fallut pour ouvrir l'étui et les ajuster sur son nez ! Ce fut une véritable torture de la regarder.

Et maintenant, dans la voiture, Sally sent les battements de son sang dans ses tempes.

« Voilà. Vendredi 10. C'était l'avant-dernière visite. J'ai noté : tu enlèves ta culotte, puis tu mets ce truc...

— Non, ce n'est pas possible !

— Et tu mets ta bouche...

— Oh, non !

— Et ensuite, elle a empoigné la poupée pour la jeter à l'autre bout de la pièce. Ça ne va pas bien, madame Grey ? Je peux m'arrêter si vous le souhaitez.

— Oui, oui, je vous en prie. »

C'est à ce moment-là qu'elle avait senti la terreur monter en elle, une douleur aiguë qui lui avait transpercé la poitrine tandis que ses mains moites se crispaient, si fort que sa bague lui était entrée dans

11

la chair. Elle s'était alors redressée de toute sa hauteur, car si tu cèdes à la panique, Sally, c'est la noyade assurée.

Elle reprit d'un ton posé :

« Tina ne reste jamais seule avec des étrangers. Je surveille le moindre de ses faits et gestes quand je suis à la maison, et si ce n'est pas moi qui m'occupe d'elle, c'est une garde très dévouée, une dame très douce qui pourrait être sa grand-mère. Elle m'aide à m'occuper de Susannah, le bébé, et prend la maison en main quand je pars en voyage. Je suis photographe professionnelle, vous vous en souvenez. Mais je ne reste jamais absente plus de trois ou quatre jours de suite. Non, docteur, ce n'est pas possible. Cette histoire est vraiment trop abracadabrante. Votre diagnostic est forcément erroné.

— Alors dites-moi par exemple pourquoi Tina parle ainsi à sa poupée.

— Eh bien, à cet âge, les enfants commencent à faire des découvertes, vous savez. Et je suis sûre qu'il y a à l'école des enfants qui ont des frères et des sœurs plus âgés qu'eux et qui leur ont parlé des réalités de la vie. D'ailleurs, avec tout ce qu'on voit à la télévision !... Personnellement, nous ne laissons pas Tina la regarder souvent mais il y a beaucoup de gens qui ne prennent pas autant de précautions et toutes ces horreurs finissent par se répercuter sur les autres enfants. »

La doctoresse attendait. Elle avait appris à observer les gens, à écouter ce qu'ils disaient. Sally le savait. Elle redressa le buste.

« Comment s'est-elle comportée cette semaine ? » s'enquit le Dr Lisle.

Oui, se dit Sally, revenons à la réalité. Je vais t'exposer les faits et tu me diras comment les interpréter si tu en es capable.

Elle annonça avec une grande franchise :

« Toujours pareil. Avec des hauts et des bas. Parfois, c'est la fillette de cinq ans, d'autres fois, elle change du tout au tout.

— Par exemple ?

— Eh bien, à l'école on m'a dit qu'elle mordait parfois ses petites camarades, et qu'elle les battait. Et elle mouille encore son lit toutes les nuits. Elle me demande toujours quand on va ramener Susannah à l'hôpital. J'ai beau lui donner tout un luxe d'explications, elle ne cesse de me poser la question. A mon avis, docteur, c'est là que se trouve la source de tous ses problèmes.

— Vous croyez vraiment que c'est aussi simple que cela ? Ce que je viens de vous dire vous semble donc dénué de tout fondement ?

12

— Je suis constamment avec Tina. Je suis sa mère. A la maison aussi, elle joue à la poupée, alors il me semble que j'aurais très bien pu remarquer une quelconque anomalie. En tout cas, elle m'aurait prévenue si quelqu'un lui avait... enfin lui avait fait quelque chose de...

— Pas nécessairement. Un enfant peut très bien, dans ce cas, se sentir confusément coupable. Il se dit qu'il y a quelque chose qui ne tourne pas rond mais il ne peut pas expliquer quoi. Et puis il peut avoir peur de trahir l'auteur des sévices. D'ailleurs, il peut éprouver de l'affection pour cette personne. Ce n'est pas simple, tout cela, madame Grey. »

Sally resta silencieuse. Soudain la doctoresse dit avec une grande douceur, qui contrastait étrangement avec ses manières précédentes :

« Vous devriez réfléchir très sérieusement à ce que je vous ai dit. Et si vous n'êtes pas tout à fait convaincue, je peux vous donner encore bien d'autres détails consignés dans ce dossier. »

Sally leva une main.

« Non, je vous en prie. Non.

— Vous avez peur, madame Grey.

— Docteur Lisle, je vous en prie, croyez-moi, je respecte vos compétences, mais tout le monde, même vous, excusez-moi, oui même vous, peut commettre une erreur. Vous faites fausse route. Étant donné la façon dont nous menons notre existence, une telle abomination est impossible.

— C'est toujours ainsi que réagissent les gens, tant qu'ils n'ont pas constaté les faits de leurs propres yeux.

— Tout a été parfait jusqu'à l'arrivée du bébé. Nous n'avions aucun problème à la maison, mais alors aucun problème d'aucune sorte. Vous allez peut-être trouver que j'exagère... Dan et moi nous avons vécu une existence de rêve. Je suppose qu'il y a des gens qui parlent ainsi pour masquer une réalité sordide mais pourquoi jouerais-je ce jeu-là ? Ce serait complètement stupide. Pourquoi serais-je venue solliciter votre aide pour me mettre ensuite à vous mentir ? Nous formons une famille unie, croyez-moi. Je souhaite à tous les enfants de vivre dans un univers identique et d'avoir un père comme Dan. Le dimanche, nous faisons la cuisine ensemble, Dan est fier de mon travail, et nous nous aimons. Oui, nous sommes heureux chez nous, et Tina n'a pu qu'intérioriser ce bonheur. Tout

13

le monde disait d'elle que c'était une enfant qui respirait la joie de vivre. »

Elle avait parlé longtemps ainsi. Et maintenant que, seule dans sa voiture, elle repense à cette scène, elle se dit qu'elle devait avoir l'air bien ridicule. Mais elle n'avait pu s'empêcher de se comporter de la sorte. Son assurance, sa raideur n'étaient qu'une façade.

Le Dr Lisle l'avait fixée d'un air grave pendant qu'elle pérorait ainsi. Ce regard insistant l'avait troublée mais elle n'avait pas réussi à le fuir complètement, tournant tout de même parfois son attention vers l'entrepôt sordide situé de l'autre côté de la rue. Peu à peu, elle avait fini par se taire mais aucun commentaire n'avait suivi. Il faut que je sorte d'ici, s'était-elle dit alors. Demain nous irons consulter un autre docteur. Cette femme lui avait été chaudement recommandée, certes, mais elle apparaissait plutôt comme l'un de ces chirurgiens qui vous donnent un mois à vivre si vous ne subissez pas une opération immédiate. Ce genre d'attitude était inadmissible.

« Ce que j'ai décidé, avait-elle repris, ce qui me semble clair désormais, c'est que je ne dois plus accepter de partir en reportage tant que Tina n'ira pas tout à fait bien. Oui, c'est la bonne décision. Mais au fond, Tina a un comportement parfaitement normal, j'en ai l'intime conviction.

— Malgré tous ces symptômes, vous affirmez qu'elle a un comportement "normal" ! Cette habitude qu'elle a prise de mordre et de frapper, son refus de se laisser embrasser par vous, le fait qu'elle ait peur que vous partiez de la maison...

— Oui, évidemment, elle n'est pas très bien dans sa peau, c'est sûr. C'est d'ailleurs pour cela que nous l'avons amenée ici. Je suis convaincue qu'elle a besoin que je redouble d'attention à son égard tant qu'elle ne sera pas habituée à la présence du bébé, et j'ai fermement l'intention de...

— Vous commettez une grosse erreur, madame Grey. »

Quel catastrophisme ! Et tout ce drame reposait sur une base on ne peut plus fragile, des suppositions, des hypothèses d'école. Sally s'était alors levée et elle avait enfilé son manteau.

« Alors dites-moi, avait-elle tranché, dites-moi ce que vous me conseillez de faire.

— Je vous conseille de laisser Tina ici en traitement, ou, si vous n'avez pas confiance en moi, de la remettre en d'autres mains. Et

14

je vous invite instamment à vous interroger sérieusement sur la façon dont se déroule son existence. Cette enfant a subi des sévices, madame Grey. »

Il fait froid dans la voiture, maintenant que le moteur est arrêté. Elle resserre son écharpe autour de son cou, et croise les bras sur sa poitrine.

Des sévices sexuels ! Quelle horreur !

Mais une telle chose est-elle possible ? Qui aurait pu commettre une telle abomination ? Le père d'une camarade chez qui Tina serait allée jouer ? Elle passe en revue les contacts possibles. Ce simple d'esprit qui habitait, il y a quelques mois, le long de cette petite route de campagne près de chez ses parents ? Mais non, bien sûr ! La grand-mère de Tina avait toujours fait preuve d'une vigilance jalouse. Non, ce n'est pas vrai, ce n'est pas possible.

Et pourtant la doctoresse n'a pas laissé la place au moindre doute. Un médecin peut-il vraiment commettre une erreur aussi caractérisée ? Oui, bien sûr. Il suffit de lire les journaux pour s'en convaincre. Pourtant, de telles choses n'arrivent pas tous les jours.

Allons, il va falloir prendre sur soi et rentrer au logis. Des milliers de lumières ponctuant la nuit ont surgi dans la ville qui s'étend à ses pieds. Il se fait tard. Sally met le contact et repart vers le sommet de la côte.

La route est bordée de chaque côté par des bouquets de sapins et de ciguë. Quelques brèches trouant ce mur naturel permettent d'entrevoir des piliers en pierre, de longues allées carrossables et, rarement, l'espace d'un éclair, une élégante résidence. A un détour de la route, sur la gauche se dresse le portail imposant des Aubépines, l'immense domaine familial des Grey. C'est ici que Dan, à l'âge de sept ans, est venu vivre chez son oncle et sa tante, après que ses parents eurent péri dans un accident d'avion. Derrière la maison, à cinq cents mètres environ et dissimulée à la vue de tous, commençait la nature vierge, une vaste étendue de plus de trois mille hectares, précieuse et sauvage, qui appartenait aux Grey mais qu'ils avaient ouverte au public, à condition qu'on la respecte, qu'on n'y coupe pas d'arbre et qu'on ne fasse pas de mal aux animaux. Il en était ainsi depuis quelques générations (combien ? Sally ne pouvait s'en souvenir), et il n'était pas question de modifier cet état de fait. Oui, c'était vraiment une famille extraordinaire, les Grey !

15

Quelques kilomètres plus loin, dans une clairière verdoyante, une maison blanche carrée avec ses volets verts, typique de l'austère simplicité de la Nouvelle-Angleterre, constituait le logis de Sally et de son mari. Elle pensait toujours en la voyant — et c'est encore cette pensée qui l'assaillit quand ce soir-là elle rentra sa voiture dans le garage — qu'aucune demeure n'aurait pu être plus différente que celle-ci du domaine des Aubépines, ou de n'importe quelle autre maison appartenant aux Grey. Mais Sally venait de l'État du Maine et Dan n'était pas un Grey à proprement parler, de sorte qu'ils avaient tous les deux désiré s'installer dans une demeure de ce type. Le chien, un terre-neuve massif, était assis sur le perron. Sa présence donnait à la scène une apparence presque trop conventionnelle : la maison de carte postale et le chien familial, se dit Sally avec une certaine ironie. Il ne manquait plus que l'enfant assis à côté, un bras passé autour du cou de l'animal.

En fait, Tina était fort capable de se conformer à ce modèle, le chien étant le seul être qu'elle consentît à embrasser. L'adorable fillette avec son chemisier à ruches et les rubans autour de ses tresses n'avait plus grand-chose d'agréable ou d'affectueux. Maintenant, les sorties qu'ils avaient autrefois entreprises avec tant de plaisir, ils les redoutaient car ils ne savaient jamais comment la fillette allait se comporter. La nuit, quand elle avait enfin consenti à s'endormir, les deux époux pouvaient lire tranquillement ou bavarder ensemble en toute quiétude, mais ils ne connaissaient pas vraiment la paix de l'âme. Qu'était-il donc advenu de cette famille de livre d'images ? Quel malheur avait bien pu frapper cette petite fille naguère si adorable ?

Est-il possible que je ne veuille pas croire ce que dit cette doctoresse parce que je n'éprouve pas la moindre sympathie pour elle, parce que le déclic ne s'est pas produit ? S'il en était réellement ainsi, ce serait vraiment stupide. Je ne sais pas...

Tina finissait son souper dans la cuisine, avec Mme Dugan, que tout le monde appelait « Nanny ».

« Bonsoir, ma chérie. Mon Dieu, ce pudding a l'air délicieux ! » Tina fronça les sourcils.

« Il est mauvais ! T'as qu'à le manger, tu verras.

— Je ne demanderais pas mieux mais nous sommes invités, ton père et moi. C'est l'anniversaire de l'oncle Oliver.

— Vous n'arrêtez pas de sortir.

« — Mais non, ma chérie. Ça fait une semaine qu'on n'est pas sortis. »

Elle passa un bras autour des épaules de sa fille et l'embrassa sur le front.

« Ne fais pas ça. Je ne veux pas que tu me serres dans tes bras. »

Le regard surpris de Nanny se posa sur le visage affligé de Sally.

« Mais pourquoi ? Les mamans aiment bien embrasser leurs petites filles.

— Ça m'est égal. Quand est-ce que vous allez ramener Susannah à l'hôpital ? »

Il ne se passait plus une seule journée sans qu'elle formulât cette question, d'un ton plein de hargne.

« Je t'ai déjà dit qu'on ne ramène jamais les bébés, murmura patiemment Sally. Nous ne t'avons pas ramenée, toi. Nous adorons les bébés.

— Eh bien moi, je ne l'aime pas. Elle n'est pas mon bébé. Je veux que vous la rameniez demain.

— Voici M. Grey qui arrive, annonça Nanny qui était restée près de la fenêtre.

— Mon Dieu, et moi qui ne suis pas encore habillée. Il faut que je monte vite me changer.

— Ramène-la demain, geignit Tina. Avec son berceau, sa couverture et tous ses jouets. »

En principe on ne ment pas aux enfants et on évite de se dérober, et Sally recourait rarement à cette solution de facilité ; pourtant, ce jour-là, tout était différent. Elle se sentait à bout de forces. Elle s'enfuit donc vers l'étage supérieur, laissant Nanny aux prises avec la fillette.

Le fond du problème, il est là, se dit-elle. Il n'y a pas à aller chercher plus loin. Elle est tout simplement jalouse. Oui, c'est de la jalousie pure et simple. Quelle autre preuve peux-tu bien vouloir ? Ce sentiment est exacerbé chez Tina parce que c'est une enfant qui a une sensibilité à fleur de peau. Peu à peu, avec le temps, tout rentrera dans l'ordre.

Et pourtant, elle avait paru tellement sûre d'elle, cette femme au regard sévère !

CHAPITRE 2

Mars 1990

« Oui, oui, dit Oliver Grey, trônant dans son fauteuil au haut bout de la table. Je me souviens très bien du moment où mon père a fait construire cette fenêtre en saillie. J'avais à peu près cinq ans, ce devait donc être en 1932, ou quelque chose d'approchant, crut-il bon de préciser. Pour mon grand-père, il s'agissait d'un véritable sacrilège : il aurait voulu que tout reste exactement comme à l'époque où son propre père y habitait. En ville, il aurait gardé les omnibus tirés par des chevaux et l'éclairage au gaz, s'il l'avait pu. Ah, c'était vraiment un personnage, comme on dit. »

Svelte et le dos bien droit, les cheveux grisonnants qui allaient devenir, comme chez ses ancêtres, une épaisse toison blanche, il ne paraissait pas soixante-trois ans.

Le petit groupe, rassemblé dans la salle à manger, écoutait avec respect ces réminiscences familiales. Ian et Clive, ses fils, Dan, son neveu, ainsi que les épouses de Dan et de Ian, tous avaient tourné le visage en direction du patriarche.

« Oui, il l'adorait, cette maison, ses Aubépines. Chaque année, il plantait un nouvel arbuste. Le plus ancien d'entre eux doit avoir maintenant quatre-vingts ans et, comme vous le voyez, ils fleurissent chaque été. J'espère que vous continuerez à en planter quand je ne serai plus là. »

Il se tut, submergé par l'émotion. Une émotion à laquelle le champagne n'était pas étranger car il n'avait pas l'habitude de boire, mais ils savaient tous que l'affection dont il faisait preuve était parfaitement sincère. Ils suivirent son regard quand ses yeux se posèrent, au-dessus de la cheminée, sur le portrait de sa femme, Lucille, réalisé peu de temps avant l'accident de voiture qui lui avait coûté la vie. Le sourire de la jeune femme s'harmonisait avec la pose solennelle qu'elle avait prise, drapée dans sa robe du soir. Et pourtant, quelqu'un en avait fait la remarque — réflexion jugée stupide par ceux qui l'avaient entendue —, elle avait une expression mélancolique, à croire qu'elle avait pu pressentir sa mort prochaine.

Évidemment, ce deuil avait causé à Oliver un chagrin profond, qui expliquait peut-être pour une grande part ses différentes activités philanthropiques. Il ne les limitait aucunement, d'ailleurs, à l'envoi des gros chèques que lui permettait son immense fortune, car il avait également financé, à la montagne, une colonie de vacances pour les enfants de la ville et doté la résidence pour personnes âgées d'une multitude de chaises roulantes, afin de permettre à ses pensionnaires de profiter des plaisirs de ses jardins.

Un sourire résolu étirant ses lèvres, son regard se dirigea vers ses jeunes invités, puis parcourut la pièce et se posa sur la fenêtre en saillie aux vitres en losanges qui était tendue de lourds rideaux en soie pourpre. Cette scène devait lui plaire : les bouquets de roses couleur lavande posés sur la table, les longues bougies plantées dans les bougeoirs vermeils et même les deux chiens d'arrêt allemands aux tons chocolat couchés docilement sur le vieux tapis dans le coin. Dans cette splendide salle, aucun objet ne paraissait déplacé ou excessif, et toutes les personnes étaient empreintes de dignité.

« Oui, oui, reprit-il, longtemps avant qu'une telle maison ait pu seulement être imaginée, les Grey avaient été des fermiers besogneux issus des plaines d'Écosse. Pourquoi décidèrent-ils un jour de venir s'installer dans l'État de New York, je n'en ai pas la moindre idée. Peut-être s'étaient-ils imaginé qu'ils y retrouveraient un peu de leur patrie. Mais en Écosse les hivers sont loin d'être aussi rigoureux. De toute façon, levons notre verre en leur honneur, à leur courage et à leur honnête labeur. »

Décidément, se disait Dan en portant le verre à ses lèvres, ça ne rate jamais ; des gens qui ne tireraient aucune gloire de leur richesse après avoir souffert de la pauvreté s'enorgueillissent de la réussite de leurs ancêtres. Des paysans besogneux ! Il retrouvait là un côté amusant et inoffensif de la personnalité d'Oliver, faisant pendant à sa courtoisie d'un autre siècle, et qui avait un charme indéniable.

Que de choses il devait à Oliver, cet oncle qui avait été pour lui un second père ! Quand ses parents avaient péri dans un accident d'hélicoptère en effectuant une visite touristique, sa sœur Amanda, alors âgée de douze ans, et lui, qui avait sept ans, avaient été amenés aux Aubépines, où on les avait recueillis, et il y était resté jusqu'au moment où il avait épousé Sally.

En voyant la main de sa femme posée sur la table, il ne put s'empêcher de sourire intérieurement. La bague, le seul bijou qu'elle portât, en dehors du petit clou de diamant qui lui ornait le lobe de l'oreille, c'était Oliver qui en avait eu l'idée.

« Sa bague de fiançailles doit être aussi importante que celle de Happy, avait-il insisté. Sinon, ce ne serait pas juste. »

Dan s'était incliné, sans réticence, devant ce désir d'équité et d'équilibre. Sally, elle, n'y aurait pas attaché la moindre importance, pas plus sans doute qu'Elizabeth, la femme de Ian, que tout le monde appelait Happy.

A la lumière des bougies, la bague « importante » étincelait de mille feux.

« Tu es bien silencieuse, murmura Dan en caressant la main de sa femme.

— Pas vraiment. De toute façon, je ne parle jamais beaucoup en mangeant.

— Ce que tu es belle avec cette robe ! Elle s'harmonise très bien avec le rouge des doubles rideaux.

— N'est-ce pas qu'elle est superbe ! » renchérit Happy qui avait entendu leurs propos.

Happy Grey était une femme solidement charpentée. Blonde, le teint rose, elle avait un tempérament affectueux et beaucoup de générosité. Trop intelligente pour se contenter de mener l'existence oisive d'une riche bourgeoise, et décidée à surmonter la déception que lui causait le fait de ne pas avoir eu d'enfants, elle avait ouvert une école maternelle et multipliait ses efforts pour en faire l'établissement le plus recherché de la région.

« Tu dois être fatigué, après tous les voyages que tu as faits ces dernières semaines, Dan, lança Oliver dont les yeux vifs remarquaient tout. Tu as sûrement envie de rentrer chez toi de bonne heure. Tu pourras partir dès que tu le voudras.

— Merci, je suis en pleine forme. J'arrive à dormir en avion, tu sais.

— Tout s'est bien passé à ce que je vois. Sinon, tu n'aurais pas l'air aussi joyeux.

— Oui, oui. »

Dan avait pris la manie d'Oliver dont les « oui, oui » ponctuaient sans cesse les propos.

« Oui, oui. Le nouveau directeur de Bruxelles est le meilleur que nous ayons eu. Il est jeune et intelligent et accepte toutes les suggestions. Bref, le collaborateur idéal. »

Oliver hocha la tête d'un air approbateur.

« J'ai bien de la chance d'avoir trois hommes jeunes et intelligents comme vous. Maintenant que vous avez pris l'affaire en main, je peux dételer un peu et me permettre de jouer les paresseux.

— Tu n'as rien d'un paresseux, père, protesta Ian. Tu as la fondation Grey et je ne sais combien de sociétés caritatives à diriger. Onze, d'après mes derniers calculs. »

Ses yeux largement espacés étaient aussi vifs que ceux d'Oliver et il avait le même pouvoir de séduction. Mais autant son père était tout en souplesse, autant lui était puissant, avec plus de vigueur que de retenue. Il avait eu une adolescence assez agitée, s'étant fait exclure de deux lycées pour avoir organisé des parties de dés. Et puis il avait fini par s'assagir, poursuivant même des études brillantes à Yale, là même où Oliver était allé et avait envoyé Clive ainsi que Dan. Marié, il menait une vie bien rangée, sauf qu'il dépensait de l'argent. « Comme un rajah », disait son père avec indulgence. Il fréquentait les casinos, faisant constamment la navette entre Monte-Carlo et Las Vegas.

On n'aurait pu imaginer deux êtres plus dissemblables que les deux frères. Clive mesurait à peine plus d'un mètre cinquante. Son visage rond, aux chairs molles et affaissées, résultat d'un amour immodéré pour les sucreries, annonçait déjà la naissance d'un double menton. Et il fumait beaucoup, au détriment de son état de santé.

A en croire une rumeur persistante dans la famille, il aurait dû enseigner les mathématiques dans une université. Au lieu de cela, on l'avait affectueusement surnommé l'ordinateur vivant de la firme agro-alimentaire Grey.

Dans son bureau douillet, pendant ses heures de loisir, ou pour se détendre, il s'attaquait à des équations ardues car il était hanté par l'univers des chiffres. Ceux-ci, par leur neutralité, peuvent être dominés même par un être incapable de dominer quoi que ce soit d'autre, à l'exception des chevaux, peut-être. Car Clive montait à la perfection. Un homme peut avoir l'air grand une fois juché sur un cheval.

Lui qui était resté silencieux pendant tout le repas se montra soudain d'une grande loquacité.

« J'ai préparé le cadeau d'anniversaire de Tina. C'est un poney. Un tout petit Shetland très doux, et je lui apprendrai à le monter. Vous étiez d'accord, rappela-t-il à Sally et à Dan.

— Tu seras un excellent professeur, dit Oliver d'un ton affectueux. Si je ne savais pas à quoi m'en tenir exactement, je pourrais croire que tu es né sur le dos d'un cheval. Je regrette que Tina ne soit pas là ce soir. Vous auriez dû l'amener.

— Tu oublies qu'elle n'a que cinq ans, rétorqua Dan. En ce moment, elle dort à poings fermés.

— Alors, vous allez lui rapporter un morceau de mon gâteau d'anniversaire. Ah, le voici ! »

Quatre mains n'étaient pas de trop pour maintenir en équilibre l'énorme édifice blanc surmonté de bougies allumées qui auréolaient la pièce montée d'un halo de flammes tremblotantes. À l'intérieur, nul ne l'ignorait, se trouvaient des couches superposées de chocolat, alternant avec de la fraise écrasée et de la crème fouettée. C'était le gâteau d'anniversaire traditionnel de la famille Grey, aucune cérémonie ne pouvait se dérouler sans qu'il y en ait un semblable. Il y avait alors toujours quelqu'un pour faire remarquer sa richesse en calories, tout en ajoutant que Clive était parfaitement capable d'en manger deux portions, ce à quoi Clive réagissait en émettant une série de petits gloussements hilares, assez puérils.

« Attendez, père, dit Sally en tendant la main vers le Leica qu'elle avait sous sa chaise. Levez les yeux vers moi et ensuite soufflez les bougies. Ne vous inquiétez pas si vous bougez, cet appareil est rapide, très rapide. »

Tout cela était conforme aux rites familiaux, de même que la remarque formulée en guise de conclusion par Oliver, qui se félicitait immanquablement de voir qu'ils formaient une famille unie, paisible et harmonieuse.

« C'est cela qui devrait être le but de la vie : une famille réunie dans la paix et l'harmonie. »

Il repoussa son fauteuil en arrière et proposa :

« Voulez-vous que nous allions à l'intérieur ? »

L'intérieur, pour lui, c'était évidemment la bibliothèque, où l'on allait servir les liqueurs, même si, en 1990, personne ne buvait plus jamais de liqueurs. Mais surtout, c'était là qu'on allait déballer les cadeaux. Comme toutes les autres pièces de la « Grande Maison », la bibliothèque était spacieuse et, comme la plupart d'entre elles, elle avait une cheminée. Il y brûlait ce soir-là un feu accueillant. Les fauteuils et le canapé avaient été disposés en demi-cercle tout autour et un service à café en argent attendait sur une table basse. Calé contre la courbure du piano, à l'autre bout de la pièce, il y avait le cadeau acheté en commun par toute la famille.

« Sally, lança soudain Happy, tu vas l'ouvrir pour père. C'est toi qui en as eu l'idée, c'est donc à toi que revient l'honneur de l'offrir. »

Sally protesta en secouant la tête.

« Je ne mérite rien de plus que les autres. Fais-le, toi, Happy. »

Deux rides d'anxiété verticales apparurent entre les yeux de Dan quand il regarda Sally, mais il ne dit rien. Happy coupa la ficelle et le papier tomba, révélant une toile qui représentait une grande demeure en rondins, qui était en fait un véritable palais, dans le style des « campagnes » que l'on trouve dans l'Adirondack.

« Red Hill pendant ma saison préférée ! Tous ces chênes et ces sumacs ; c'est magnifique, s'exclama Oliver.

— Nous avons pensé, expliqua Ian, que tu aimerais peut-être en avoir l'image sous les yeux quand tu ne pourrais pas y être effectivement, de même que tu as une toile représentant les Aubépines quand tu es à Red Hill.

— Une excellente idée et un cadeau merveilleux. Je vous remercie tous. Je vais l'accrocher dans mon bureau à l'étage. »

Le feu pétillait. Au-dehors, le vent de mars rugissait, rendant, par contraste, la pièce encore plus chaude et plus éclairée. Garnissant les rayonnages qui recouvraient les murs sur toute leur hauteur, les livres s'entassaient, formant une mosaïque aux tons adoucis. D'autres ouvrages reposaient sur des tables bien encaustiquées. Mais les étagères et les tables, ainsi que les vitrines, exhibaient aussi des collections variées et des bibelots de toutes sortes : pièces de monnaie romaines, médaillons en émail représentant des courtisans du XVIIIe siècle, dés à coudre piquetés de pierres précieuses, éventail japonais en soie noire, globe terrestre de la couleur d'un vieux parchemin. Et il y avait aussi un manège de chevaux miniatures en argent massif.

Clive, qui adorait Tina, lança à l'intention de Sally et de Dan :

« Elle en est folle, de ce manège, la petite ! »

Dan, qui ne s'était pas encore totalement départi de l'expression d'anxiété qui l'avait saisi quelques instants plus tôt, posa alors une main sur l'épaule de sa femme.

« Tu te rends compte, sans le frère jumeau de ce manège, nous ne nous serions jamais connus.

— C'était ton jour de chance, Dan ! » s'exclama Ian en venant les rejoindre.

Il prenait toujours un air langoureux, les yeux ostensiblement baissés, en présence de la femme de son cousin, pas suffisamment pour l'inciter à penser qu'il lui faisait des avances, mais assez pour qu'elle se rende compte qu'il appréciait son charme. Quand il levait ensuite les yeux vers elle, il y avait une lueur complice de conspirateur au fond de ses prunelles.

« Ç'a été mon jour de chance à moi aussi », rétorqua Sally, avec un peu trop de brusquerie.

Quand il assistait à une soirée ou à un cocktail, Ian ne pouvait jamais s'empêcher de conter fleurette, discrètement bien sûr, aux jolies femmes qu'il trouvait sur son chemin, même si c'était la jeune serveuse qui passait les hors-d'œuvre. Sally aurait presque pu jurer l'avoir vu, quelques années plus tôt, draguer une jeune femme au buffet des salades pendant que Happy l'attendait, assise à leur table. Et pourtant, Happy l'adorait littéralement. Se pouvait-il vraiment qu'elle ne vît rien ? En fait, elle ne voulait probablement pas voir. Un vieux dicton surgit alors à l'esprit de Sally, d'origine française sans doute, et qui disait que dans un couple il y en a toujours un qui aime et l'autre qui est aimé. Elle l'avait répété un jour à Dan qui lui avait objecté qu'il n'en était pas toujours ainsi, et que ce n'était certainement pas leur cas, à eux personnellement.

Une pitié soudaine pour Happy saisit Sally. Elle alla s'asseoir auprès de sa cousine en disant :

« Tina a beaucoup aimé la robe jaune. Tu es vraiment gentille de penser à elle tout le temps.

— Quand je me trouve dans un rayon de vêtements pour enfants, je ne peux résister à la tentation d'acheter quelque chose. Je l'ai imaginée tout en jaune, avec ses tresses noires. D'ailleurs, depuis la naissance du bébé, elle a besoin qu'on lui fasse un cadeau surprise, de temps à autre. Il lui faut un petit supplément d'attentions.

— C'est vrai, reconnut Sally.

— Oh, je sais bien que Dan et toi vous pensez beaucoup à elle, ajouta Happy en commençant à servir le café. Viens t'asseoir ici, Clive, lança-t-elle alors à son beau-frère. Je pense que tu meurs d'envie de manger des cookies, et tu n'as de compte à rendre à personne, articula-t-elle d'un ton sans réplique en regardant les autres. Alors, je vous en prie, pas de commentaires. »

Un objet de compassion, se dit Clive en entamant un macaron aux amandes, voilà ce que je suis devenu. Mais en a-t-il jamais été autrement, d'ailleurs ? Naturellement, la mise en garde de Happy était adressée en priorité à Ian. Un jour, Oliver, qui ne s'était pas aperçu que Clive était à proximité, avait demandé à Ian de se montrer plus gentil avec son frère.

Il ne faut pas dramatiser, songeait Clive en saisissant un deuxième macaron, il doit m'arriver d'imaginer qu'on me fait des réflexions désobligeantes même quand ce n'est pas le cas ; on finit par tout interpréter de travers. Car tout le monde se montre toujours très poli avec moi, et personne n'est avare de compliments. « Le génie ! » Mais que savent-ils des merveilles que sont les nombres et de leurs combinaisons si honnêtes et si pures ? Il n'y a rien d'hypocrite chez eux ; ils ne mentent pas, ils ne connaissent pas la flatterie. A l'usine, ces employés, si respectueux en apparence, croient sans doute que je ne sais pas qu'ils m'appellent la demi-portion dès que j'ai le dos tourné. Tandis que Ian, pour eux, c'est le balèze.

Mais pourquoi faut-il que j'éprouve ces bouffées de... — oui, reconnais-le — de haine pour mon frère Ian ? Alors qu'avec mon cousin Dan, qui pourtant possède tous les dons que je n'ai pas, il n'y a rien de comparable. Ian est maintenant en train de discuter à mi-voix avec père, bien à l'aise, ses longues jambes croisées devant lui. Et en même temps, sans doute savoure-t-il le souvenir de la dernière femme qu'il a possédée. Évidemment, je ne peux rien prouver mais je sais, oui je sais. Moi, il faut que je paie pour avoir une fille de temps en temps, et le fait de devoir payer pour ça me répugne profondément. Mais lui, il s'offre toutes les plus jolies femmes, sans la moindre peine. Il suffit de le regarder. Mais enfin, à quel ancêtre maudit suis-je donc redevable d'un corps aussi minable que le mien ? Et en plus, voilà que je perds mes cheveux.

Clive continua alors ses observations. Dans la mesure où il se trouvait rejeté loin du pôle d'attraction, n'était-ce point là le rôle qui lui incombait d'analyser et d'observer les autres ? Peu de choses échappaient alors à son attention. Ce soir-là, il vit que Sally avait l'esprit ailleurs, le regard perdu dans l'espace, ce qui ne lui ressemblait pas. Cette jeune femme était d'une beauté frappante, avec sa peau très blanche contrastant avec ses cheveux très noirs. Elle avait toujours une anecdote à raconter sur les gens et les lieux qu'elle avait vus, son appareil photo au poing. Pourquoi était-elle ainsi ce soir ? Que pouvait-elle donc bien voir dans ce vide qu'elle contemplait avec tant d'insistance ?

En fait, Sally regardait le manège miniature en argent. Après le choc qu'elle avait subi ce jour-là, une sorte de nostalgie mélancolique s'était emparée d'elle.

L'employée de la boutique d'antiquités disait :

« C'est de l'argent massif, vous savez, une pièce du XIXe siècle faite par un joaillier de la cour de Vienne. Un trésor d'une grande rareté.

— Le prix est rare aussi, avait rétorqué le jeune homme. Non, je m'y intéresse uniquement parce que nous avons exactement le même chez nous. Mon oncle l'a acheté à Vienne, il y a des années de cela.

— Celui-ci joue *Les Voix du printemps*.

— Le nôtre joue la valse du *Beau Danube bleu*. »

C'est alors que leurs yeux s'étaient croisés. Elle avait l'habitude d'être regardée par les hommes et elle savait se détourner. Cette fois-là, pourtant, elle n'avait pas regardé ailleurs et ils étaient ressortis ensemble.

Ils étaient à Paris. La lumière de l'après-midi donnait au ciel bleu, constellé de petits nuages, un ton d'un vert opalescent. Elle hésita. Il avait un air très convenable avec son costume trois-pièces bleu foncé à fines rayures et ses souliers vernis. Il était grand et musclé, avec des cheveux blonds et un visage avenant au teint hâlé. Pourtant, elle décida de se tenir sur ses gardes.

« Une question stupide. Pourquoi me diriez-vous votre nom ? Vous n'avez aucune raison de le faire. Mais je vais quand même vous donner le mien. Voici ma carte. »

Daniel R. Grey, lut-elle. Sous le nom il y avait la mention « Produits alimentaires Grey ; Division internationale ».

« C'est vous ? interrogea-t-elle. Le café, les pizzas et les conserves ? »

Il hocha la tête.

« Je suis venu en France pour acheter une fabrique de chocolat. C'est délicieux, le chocolat fourré avec des marrons, des liqueurs et d'autres bonnes choses. »

Naturellement, n'importe qui pouvait utiliser la carte d'une société commerciale quelconque, et pourtant il y avait quelque chose chez cet homme qui incitait à la confiance.

« Je m'appelle Sally Morrow. Je suis photographe. Je me suis spécialisée dans les célébrités et les écrivains, pour illustrer les jaquettes de livres, des trucs de ce genre. Je viens de m'accorder une semaine de vacances à Paris.

— Pourrez-vous aussi vous accorder une heure pour boire un café avec moi ? Je connais un endroit très bien dans l'île de la Cité. Nous pourrons nous asseoir au soleil et regarder les passants. »

Il est en train de me draguer, se dit-elle. Ni plus ni moins. Mais, après tout, quel risque y avait-il à s'asseoir en plein air, dans un lieu public ?

Aucun risque, bien sûr. Six mois plus tard, ils étaient mariés.

Dan se leva et se dirigea vers elle.

« Qu'est-ce qu'il y a ? Tu as l'air à cent lieues d'ici. Quelque chose te tracasse ? »

Elle aurait voulu se lever, passer ses bras autour de lui, lui dire je t'aime, je te suis tellement reconnaissante, mais j'ai tellement peur aussi, et je ne voudrais pas déverser sur toi ma frayeur.

Mais elle se contenta de dire :

« En voyant le manège sur l'étagère, ça m'a rappelé un tas de souvenirs.

— Et ça t'a rendue triste ?

— Mais je ne suis pas triste ! Vraiment ! »

Elle lui adressa un sourire rayonnant, s'obligeant à afficher une gaieté étincelante.

« Je te disais, s'exclama Ian. Dan, je te disais...

— Excuse-moi, je ne t'ai pas écouté.

— J'ai reçu un nouveau coup de téléphone de ce consortium suédois aujourd'hui. »

L'attention soudain en éveil, Dan se récria :

« Je croyais que cette proposition était tombée à l'eau.

— C'est ce que je pensais aussi, mais ça revient sur le tapis. D'importants détenteurs de capitaux, britanniques et hollandais, sont prêts à participer. Ils veulent reprendre les négociations. »

Dan secoua la tête.

« Je ne veux pas en parler, Ian. Je n'ai pas changé d'avis.

— Mais tu n'as pas entendu leur dernière offre. Vingt-huit millions ! »

27

Il attendit une réaction puis, comme elle ne venait pas, il ajouta :

« A condition de tout leur vendre, bien entendu. Mais je ne vois pas pourquoi on ne le ferait pas.

— Je t'en ai pourtant donné, des raisons, il y a dix-huit mois, la première fois que la question s'est posée, rétorqua Dan.

— Ils ne nous avaient pas offert une somme comparable !

— Même s'ils offraient le double, je continuerais de dire non. »

La décontraction de Ian se mua soudain en tension. Se penchant vers Dan, il murmura :

« Toujours inquiet pour les arbres et pour les petits oiseaux ? »

La plaisanterie était bien anodine, c'est du moins ce qu'aurait prétendu Ian si quelqu'un s'en était formalisé. Ordinairement, Sally n'y aurait pas vu de mal, tant ils étaient habitués aux manières de Ian, toujours brutales, parfois même franchement agressives. Mais ce soir-là, elle avait les nerfs à vif et elle lui en voulut.

« Oui, parfaitement, trancha Dan. Nous sommes en train de les exterminer, par tous les moyens, et nous commettons encore bien d'autres dégâts.

— Eh bien, pour être franc, moi c'est pour les êtres humains que je me fais du souci, Dan.

— Je pense aussi à eux, Ian. En particulier à ceux qui font des randonnées ou qui viennent simplement se reposer au milieu d'un cadre naturel.

— Tu es un grand sentimental.

— Bien au contraire. Je suis mû par des considérations purement pratiques. Toi, tu bâtis ta nouvelle cité et tu y entasses trente mille personnes — c'est bien ce que tu m'as dit l'année dernière, n'est-ce pas ? —, et ainsi tu détruis l'approvisionnement en eau sur je ne sais combien de kilomètres à la ronde. Je ne suis pas ingénieur et je suis donc incapable de donner des chiffres exacts mais je sais seulement, tout comme toi, que les forêts sont une source naturelle d'eau courante. Mais à quoi bon reprendre cette discussion une nouvelle fois ?

— Tu reconnais toi-même que tu n'es pas ingénieur, alors pourquoi ne pas laisser l'eau et le reste à ceux qui sont compétents ? Écoute, Dan, écoute. Toi, tu voudrais arrêter le progrès mais c'est impossible. Dis-toi bien que le XXIe siècle c'est pour demain. »

Le visage de Dan se rembrunit encore davantage.

« Mais justement, c'est au XXIe siècle que je pense.

— Eh bien, dans ces conditions tu ne peux pas ignorer que la population est en train d'augmenter. Les gens vont avoir besoin de toits. Or ce groupe dont je te parle a mis au point un projet brillant, destiné à loger toute une communauté, sans laisser la moindre place à l'improvisation.

— Un toit pour les loger ! Mais avant de polluer les montagnes et d'installer les gens à des kilomètres de leur lieu de travail, pourquoi ne pas plutôt démolir les vieilles usines et les entrepôts en ruine qui déshonorent le centre des villes ? Ce qu'il faut, c'est reconstruire la ville en y bâtissant de jolies maisons à portée de la bourse de ceux qui ont besoin d'être relogés.

— D'accord, ça on peut le faire aussi, j'en suis partisan. Mais nos deux points de vue ne sont pas contradictoires pour autant. Toi, tu ne veux pas que l'on détruise les arbres, mais cela n'empêche pas que l'on dévaste les forêts dans le monde entier. Les quelques sapins que nous abattrons ne pèseront pas lourd dans la balance. Pourquoi faudrait-il que nous nous croyions obligés de donner l'exemple ? Moi, je vais te dire une chose, si nous refusons une offre pareille, on dira que nous sommes tombés sur la tête. Demande à n'importe qui s'il rejetterait un tel pactole et on te rira au nez pour avoir seulement songé à poser la question. "Mais enfin, une somme pareille, ça ne se refuse pas !", voilà ce qu'on te dirait. A juste titre, bien entendu !

— C'est peut-être ton opinion mais ce n'est pas la mienne.

— Écoute-moi. Tu te rends compte des efforts qu'il faut multiplier pour faire marcher notre entreprise ? Plus j'y pense, plus je suis tenté de profiter de la vie tant que je suis jeune. Il suffit de se débarrasser de tout ce terrain, de liquider notre société et de trouver quelque chose de plus facile pour occuper notre existence. Allez, donne-moi une seule bonne raison de penser que je me trompe.

— Je peux t'en donner beaucoup. Les propos que tu tiens sont parfaitement choquants, rétorqua Dan d'une voix vibrante. Parce que ces terres ont fait partie du patrimoine familial pendant... Combien de générations, Oliver ? »

Oliver avait pris le visage d'un vieil homme. Il répondit d'une voix lasse :

« D'abord, au cours du XVIIIᵉ siècle, il y a eu cette ferme dans la vallée, qui s'étendait jusqu'au pied des collines. Et puis, par la suite, quand l'argent a commencé à rentrer, ils ont acheté du terrain en montagne, pour quelques dollars l'hectare, je suppose. Pendant la Première Guerre mondiale, mon grand-père a encore étendu le domaine, sans doute parce qu'il aimait la nature à l'état sauvage. Et depuis nous avons toujours voulu conserver le tout.

— Il aimait la nature à l'état sauvage, répéta Dan avec une insistance amère. Oui, oui, il s'agit d'un héritage qui nous a été transmis en toute confiance. Et nous, au bout de deux siècles, oui, je dis bien, deux siècles, nous parlons de tout dilapider pour une poignée de billets de mille dollars.

— Il s'agit de millions de dollars, corrigea Ian.

— Cela ne change rien ! »

La voix de Dan s'était élevée si haut que l'un des chiens, surpris, se redressa pour aller poser sa tête sur les genoux d'Oliver.

« Non, reprit Dan, laisse-moi terminer. Tu as demandé des raisons. Liquider l'affaire, as-tu dit. Les Produits alimentaires Grey. Quatre générations de travail. Le raisin à l'ouest, les pommes à l'est, les emballeurs, les conserveries, les boulangers, les transports routiers, la mise en bouteilles. Rends-toi compte : dans trois comtés, il y a une famille sur quatre qui travaille pour la firme. Parles-en à n'importe qui et tu verras ce que pensent les gens. Ils veulent garder leur emploi et sauvegarder leur environnement familial. Nous sommes devenus une institution, Ian, un trust. Et je ne vois vraiment pas ce qui peut te trotter par la tête.

— L'argent », s'exclama Ian en riant.

Dan se tut. Personne ne bougeait. Happy fixait le feu mourant. Sally dirigea vers son mari un regard anxieux. Clive, lui, examinait ses doigts tachés de nicotine. Quant à Oliver, il caressait la tête du chien.

Se tournant vers son oncle, Dan lui demanda alors :

« Eh bien, Oliver, tu ne veux rien dire ?

— Cela m'est très difficile, Dan. Je suppose que tu ne doutes pas un seul instant de mon attachement à notre entreprise et à nos terres, mais tout cela vous appartient maintenant, les jeunes, et c'est à vous de décider en commun. Je l'ai bien précisé quand je vous ai transmis le flambeau. Je vous ai dit que je me retirais des affaires et j'ai ajouté que je ne prendrais plus aucune part aux décisions. Et dans mon esprit, il s'agissait d'une résolution irrévocable. »

Un autre silence s'ensuivit. Puis Dan articula d'un air pensif :

« C'est bizarre, mais je n'hésiterais pas un instant à céder à très bas prix une partie du domaine, même si on en demandait une superficie très importante, si c'était pour la confier à un organisme écologique qui prendrait l'engagement de le maintenir à l'état sauvage. Ce pourrait être un moyen de le protéger contre une génération future qui concevrait le projet d'en faire du terrain à bâtir. »

Ian leva les sourcils en s'exclamant :

« Quoi ? Tu leur abandonnerais nos terres pour des nèfles ! Pourquoi ne pas leur en faire carrément cadeau, pendant que tu y es ?

— Explique-moi, Ian. Pourquoi veux-tu plus d'argent que tu n'en as déjà ? Tu n'en as donc pas assez ? J'ai pourtant l'impression que tu vis plutôt bien, non ?

— Montre-moi quelqu'un, oui, montre-moi une seule personne qui déclare avoir suffisamment d'argent. Impossible. Cela va à l'encontre de la nature humaine. »

Et Ian se remit à rire, montrant des dents admirablement saines.

« Qu'est-ce que tu en penses, toi, Clive ? » lança-t-il à l'intention de son frère.

Clive s'arracha à la contemplation de ses doigts jaunis.

« Pourquoi me demandes-tu mon avis ? Je ne suis pas là pour penser. Moi, mon rôle c'est de jouer les ordinateurs humains. J'ai été programmé pour cela. »

Là-dessus, une misérable quinte de toux le saisit et, le visage soudain cramoisi, il se plia en deux, la tête sur les genoux. Personne ne vint à son secours, car il était impossible de l'aider ; on ne pouvait que le regarder tousser, sortir en courant de la pièce et revenir, le visage toujours aussi empourpré mais sa toux enfin calmée. Ce genre de crises le prenait au moins une fois par jour.

« Parfait, remarqua Ian, tu t'améliores de jour en jour à ce que je vois. Eh bien, c'est ça, continue de fumer, Clive, ne t'arrête surtout pas. Comme ça, tu l'auras, ton emphysème, pour toi tout seul ! »

Dan ne put s'empêcher de rétorquer :

« Je suis sûr que Clive a fait tout ce qu'il a pu pour cesser de fumer, mais c'est un peu comme une drogue. Au même titre que le jeu. »

Ian, qui était récemment allé à Monte-Carlo, ne trouva rien à répondre, mais Happy vola à son secours.

« Ian est un drogué du travail. Il a besoin de laisser échapper un peu de pression de temps à autre.

— Voilà qui est parler en bonne épouse, commenta Oliver. L'important pour moi est de savoir que mon fils est un hyper-galopeur, et je le lui pardonne bien volontiers.

— Un quoi ? Que veux-tu dire par là ? J'aimerais beaucoup entendre ta définition, objecta Ian, insensible à l'humour de son père.

— Oh, c'est là une de mes expressions un peu archaïques. A l'époque de mon grand-père, on appelait ainsi les chevaux attelés, les trotteurs dynamiques et les hommes dynamiques, ceux qui mènent grand train, on disait aussi les super-galopeurs !

— Des galopeurs ! Ce n'est guère flatteur ! A t'entendre, on croirait que j'ai le diable aux trousses.

— Je ne comprends vraiment pas ce qui s'est passé ce soir, lança Oliver d'une voix plaintive. Nous étions tous très gais à table et voilà maintenant que nous sommes partis à nous disputer. J'ai horreur des querelles. »

Il était toujours en train de caresser la tête du chien.

« Même Napoléon est contrarié, reprit-il. Il n'a pas l'habitude que l'on se comporte de la sorte. Pas vrai, Nappy ?

— C'est ma faute, père. C'est moi qui ai mis cette question sur le tapis. J'aurais dû me douter que Dan et moi, on allait s'accrocher. Je le savais très bien. Bon, au point où nous en sommes maintenant, autant vider notre sac complètement. Je viens de passer deux jours difficiles. J'ai reçu un coup de téléphone d'Amanda durant ton absence, Dan, et permets-moi de te dire qu'en dix minutes ta sœur est capable de gâcher la vie d'un homme pendant un an. De lui faire passer deux nuits blanches, en tout cas.

— Ma sœur ? Pourquoi ne m'as-tu rien dit ? Ça fait déjà deux jours que je suis rentré.

— Parce que je ne voulais pas faire d'histoires avant l'anniversaire de père. Finalement, je n'ai pas pu m'empêcher de semer la zizanie et j'en suis désolé.

— Pourquoi a-t-elle téléphoné ?

— Elle voulait te parler : elle ignorait que tu n'étais pas là. Alors, c'est à moi qu'on a passé la communication.

— Qu'est-ce qu'elle voulait ?

— D'abord égrener son chapelet habituel de griefs : elle n'a pas de voix au conseil d'administration parce qu'elle est une femme. Je lui ai dit une fois de plus, comme tant d'autres auparavant, que le

32

fait qu'elle soit une femme n'a rien à voir. Mais il n'y a pas moyen de discuter avec ces hyperexcitées des mouvements féministes. Ce n'est pas étonnant qu'elle ait divorcé deux fois.

— Une seulement, corrigea Dan.

— Bref, elle ne connaît rien à nos affaires et n'y connaîtra jamais rien tant qu'elle continuera d'habiter à cinq mille kilomètres d'ici. Elle touche un revenu confortable grâce au quart des actions qu'elle détient, alors, que veut-elle de plus ? Seulement, elle trouve injuste que les trois hommes gagnent beaucoup plus qu'elle. Je lui ai dit que c'était notre salaire. Pour l'amour du Ciel, même un enfant comprendrait cela. Nous travaillons huit jours sur sept, non ? Bref, elle veut que nous rachetions sa part pour pouvoir disposer d'un capital qui lui permettrait d'investir ailleurs.

— Que nous rachetions sa part ? s'exclama Dan d'un ton incrédule.

— Oui, oui. Et écoute ça : si nous refusons, elle vendra ses actions au plus offrant. Elle a déjà fait procéder à une évaluation de son patrimoine par une banque d'investissement. »

En proie à une surexcitation croissante, Ian accéléra le débit de ses paroles :

« Je suis désolé de le répéter une fois de plus. Je n'ai cessé de le seriner à des gens qui refusaient de m'entendre, mais c'est la vérité : nous aurions dû suivre le conseil de nos avocats et signer un accord pour faire en sorte que notre société reste entre les mains de notre famille. Cela aurait évité que cette enquiquineuse d'Amanda nous oblige à brader notre patrimoine. Si des étrangers font irruption dans notre conseil d'administration, ils nous tiendront la dragée haute chaque fois qu'il faudra prendre une décision. Oui, c'est ça que nous aurions dû faire, mais Amanda n'a pas voulu en entendre parler et nous avons tous cédé à ses exigences. Je ne peux pas m'empêcher de le redire encore une fois, père, mais cette femme veut notre perte, elle n'est bonne à rien d'autre que toucher notre argent et nous soumettre à son contrôle pour bien s'assurer qu'on ne l'a pas escroquée d'un sou. Et maintenant, voilà qu'elle veut faire fortune sur notre dos.

— Elle veut fonder un foyer pour les jeunes filles sans abri. Je me souviens qu'elle m'en a parlé il y a un certain temps.

— A moi aussi, elle a voulu en parler, mais je ne l'ai pas laissée me soûler avec ça. Pour être franc, je commence à me demander si elle n'est pas complètement folle.

33

— Non, protesta Dan d'une voix calme. Elle n'est pas facile à vivre, elle a l'esprit compliqué et est un peu déroutante, mais elle n'est pas folle. Je refuse d'employer ce mot à la légère. D'ailleurs, un projet qui a pour but de venir en aide aux jeunes filles en difficulté ne peut être taxé de...

— En difficulté ! Mais c'est nous qui serons en difficulté si elle met à exécution sa menace de nous poursuivre en justice.

— Elle nous en a menacés ?

— Oui, si nous ne rachetons pas ses actions, lança Ian d'un ton de plus en plus impatient. Quelle société peut avoir assez de liquidités pour payer le quart de sa valeur ? je te le demande. Pourtant, si nous ne le faisons pas, elle mettra ses actions sur le marché et, si nous essayons d'en empêcher la vente, elle nous poursuivra en justice, avec les énormes frais de procédure que cela implique et qu'il nous faudra supporter. Sans oublier que nous risquons fort de perdre. Que nous perdrons probablement, même, et tout ça parce que vous n'avez pas voulu lui faire signer un contrat de partage quand il en était encore temps. Il y a quelques années, elle était beaucoup moins coriace, et plus influençable. Si tu avais insisté, père, elle aurait bien été obligée de le faire. »

Désireux de prêter main-forte à Oliver, Dan déclara d'une voix ferme :

« Tout ça, c'est du passé. Il ne sert à rien de vouloir remonter le temps. Ce qui est fait est fait. »

Ian se releva pour se diriger vers la fenêtre pendant que tous le regardaient. Un silence pesant s'abattit dans la pièce, jusqu'au moment où il reprit sa position initiale, le dos au feu.

« En tout cas, vous serez tous obligés de reconnaître qu'avec cette histoire d'Amanda l'offre de ce consortium européen tombe à pic. Avec les sommes qu'ils nous verseront, nous aurons les moyens de racheter sa part et de nous débarrasser d'elle définitivement.

— Simple prétexte pour vendre ce terrain, rétorqua Dan. C'est clair comme de l'eau de roche, ton histoire : il y a plus d'un an que tu veux vendre et Amanda n'a téléphoné qu'il y a deux jours.

— D'accord, d'accord, je le reconnais. Mais je dis aussi que nous avons maintenant davantage de bonnes raisons de vendre. Tout se tient. »

Debout face à face, les deux hommes étaient visiblement gênés de cet antagonisme qui les opposait. Aucun d'eux n'y était accoutumé. Ce n'était pas « civilisé ». Pourtant, ce conflit n'en était pas moins palpable. Et Sally, en voyant le visage empourpré de Dan, se demanda comment son mari allait réagir au coup bien plus redoutable encore qu'elle ne pourrait éviter de lui assener plus tard dans la soirée.

Dan se redressa alors, la main crispée sur le dossier d'une chaise, et annonça d'une voix posée :

« Je vais parler à Amanda. J'arrangerai cette histoire.

— Bonne chance, dit Ian. Moi, je peux d'ores et déjà te prédire que tu vas perdre ton temps. Il n'y a pas moyen de discuter avec elle. Tu ne la connais pas.

— Je ne la connais pas ? Elle est bonne celle-là ! C'est ma sœur, ne l'oublie pas.

— Dan, tu ne la connais pas. Personne ne la connaît. Une fille qui est partie en pension en Californie à l'âge de treize ans et n'en est jamais revenue ! »

Une fois de plus, Ian se tourna vers Oliver.

« Pourquoi ne lui parles-tu pas, toi, père ? Tu as toujours été un pacificateur, un médiateur.

— Je te l'ai déjà dit : je ne suis plus du tout dans le coup. Tu me demandes de trancher entre les enfants de mon frère et les miens, et cela, je ne le ferai à aucun prix. C'est à vous de vous arranger entre vous. Vous n'avez qu'à procéder à un vote.

— Parfait, repartit promptement Ian. Moi, je suis pour la vente, Dan est contre. Amanda sera pour, puisque ce sera pour elle le meilleur moyen d'obtenir ce qu'elle veut, si bien que ce sera à Clive de nous départager. A ce moment-là, une majorité se dégage sinon nous sommes dans l'impasse. Alors, qu'est-ce que tu en dis, Clive ? »

Il y eut un court délai, pendant que Clive tentait de surmonter un bref accès de toux. Quand il en fut venu à bout, il dit d'un ton maussade :

« Je ne m'engage jamais sans avoir mûrement réfléchi. Pour moi, cette conversation est prématurée. Il va falloir près d'un an à ces gens pour peaufiner leur projet et assurer son financement. Je suggère que vous laissiez tout en suspens pour le moment.

— Oh, parfait, s'esclaffa Ian d'un air sarcastique. On va laisser Amanda en suspens pendant un an. »

Tout à coup, Oliver intervint d'un ton décidé. Après s'être levé pour montrer que la soirée était terminée, il trancha :

35

« Ce que dit Clive est très judicieux. Il fait toujours preuve de beaucoup de bon sens, ajouta-t-il en adressant à son fils un petit sourire encourageant. Quant aux menaces, les gens y recourent souvent, même s'ils n'ont pas l'intention de passer à l'acte. Bref, je vous conseille d'éviter toute précipitation. Et mon second conseil sera de vous rendre à l'église demain. Personnellement, je m'arrange toujours, où que je sois, pour ne pas manquer l'office du dimanche. Priez pour la paix, la paix intérieure. Oui, c'est cela : la paix intérieure. »

Ils étaient tous debout quand il conclut :

« Malgré ces légers différends, cette petite fête d'anniversaire a été très réussie et je vous en remercie tous. Je vous aime tous. Rentrez chez vous et soyez prudents sur la route. »

*

Ils n'avaient pas loin à aller. Les deux voitures enfilèrent l'allée carrossable, l'une derrière l'autre, et franchirent le portail en fer forgé. La Buick de Dan ouvrit le chemin à la Maserati, jusqu'au moment où cette dernière s'engagea dans une autre allée sablée, un peu moins longue que celle qui menait aux Aubépines, et bordée de chaque côté par une double rangée de lanternes allumées qui révélait la façade peu élevée d'un élégant manoir à la française.

D'un ton anxieux, Dan s'inquiéta de nouveau :

« Tu n'as pratiquement rien dit ce soir ; qu'est-ce qu'il y a qui ne va pas ? »

Elle sentit son cœur défaillir, comme si une peur panique l'avait contraint de s'arrêter de battre, mais elle répondit simplement :

« Cette soirée a été affreuse. J'ai vraiment plaint Oliver. Ian n'avait absolument aucune raison de gâcher sa soirée d'anniversaire. Il aurait pu attendre demain matin. »

A droite de la voiture surgit soudain, à travers les arbres, une vision fugitive de la ville qui s'étendait au-dessous d'eux. Dan ralentit.

« Regarde ça. Scythia, la cité des Produits alimentaires Grey. J'avais envie de lui tordre le cou, à Ian. Et je suis prêt à parier dix contre un que Happy était tentée de lui faire subir le même traite-

36

ment. Mais elle n'ose pas dire ce qu'elle a sur le cœur, j'en suis persuadé. Je n'arrive pas à comprendre ce qui lui est passé par la tête. Quand je pense qu'en dix ans il ne nous est jamais arrivé d'avoir le moindre sujet de dissension ! Ian... je croyais bien le connaître, pourtant ! Je sais qu'il aime l'argent, mais à ce point ! »

Dan s'interrompit un moment puis reprit :

« S'il met son projet à exécution, s'il vend le terrain et se retire des affaires, je me demande comment on va s'y prendre, Clive et moi, pour faire marcher la boutique. Clive est tout juste bon à s'occuper de la paperasse. Quant à moi, je ne pourrai jamais faire à la fois mon travail et celui de Ian.

— Je suis désolée, mon chéri. Tu ne méritais vraiment pas ça.

— En ce qui concerne ma sœur, c'est une autre histoire. Elle a toujours eu le don de m'intriguer. Mais qu'est-ce qui a bien pu lui prendre ? Elle veut qu'on lui verse le quart de la valeur de l'affaire, c'est à peine croyable.

— Tu as toujours dit qu'elle avait un caractère difficile.

— Difficile, qu'est-ce que ça veut dire ? Ce qui est vrai, c'est qu'au fond je ne la connais absolument pas. Comment pourrait-on connaître quelqu'un avec qui on n'a jamais passé plus de quelques semaines de suite, que j'ai vu une fois par an en Californie, pendant mon adolescence, et avec qui je n'ai eu l'occasion de parler que deux ou trois heures au cours de ces dernières années. Quand je vais dans l'Ouest, je passe la voir à San Francisco, et quand il lui arrive de mettre les pieds dans l'Est, on se rencontre à New York. Elle ne vient jamais ici, tu le sais. C'est ridicule, c'est triste, et je ne vois vraiment pas ce que je peux y faire. »

Elle avait une perception aiguë du chagrin de Dan, elle qui, en un sens, avait toujours vécu en solitaire, étrangère aux intenses relations que les gens entretiennent généralement, à l'université d'abord, puis dans la vie active, si bien qu'elle était encore étonnée du cours inattendu pris par son existence. Agée maintenant de vingt-neuf ans, après six ans de mariage qui n'avaient jamais porté la moindre atteinte à son amour-propre ni à son identité profonde, elle avait parfois l'impression que Dan et elle avaient presque été greffés l'un à l'autre. Pour l'instant, en tout cas, se rendant compte qu'il n'avait aucunement l'intention de parler davantage d'Amanda, elle garda le silence.

Puis, en dépit de l'obscurité, elle se rendit compte qu'il avait tourné la tête vers elle et la fixait d'un regard troublé et anxieux.

37

« Sally, c'est Tina, n'est-ce pas ? Tu as eu une mauvaise journée et tu ne veux pas me le dire.

— Oh, il n'y a rien eu d'extraordinaire. Dieu merci, nous avons Nanny. Elle ne se laisse pas déborder facilement. »

Elle avait trouvé la bonne solution : garder un ton léger. Attendre leur retour à la maison, voir comment les choses se présentaient, puis, le plus calmement du monde, le mettre au courant de la situation...

Nanny lisait le journal quand Sally entra, demandant aussitôt :

« Tout s'est bien passé ?

— Tout va très bien, ne vous tourmentez pas. Il y a eu juste un petit accrochage au moment du bain : elle ne voulait pas se déshabiller. Mais tout a fini par s'arranger et elle dort maintenant. Quant à Susannah, c'est un bébé adorable. Elle a pris son biberon et je ne l'ai pas entendue depuis. »

Il devait y avoir dans l'expression de Sally quelque chose qui émut la femme car elle ajouta avec bonté :

« Vous autres, les jeunes mères, vous avez toujours tendance à trop vous inquiéter. J'ai élevé quatre enfants et ils sont tous différents. Il y en a qui sont faciles, d'autres difficiles, mais tout finit toujours par très bien se passer, au bout du compte. »

Pendant que Dan prenait sa douche, Sally alla voir les petites. Le bébé, fleurant bon le talc parfumé, dormait à poings fermés dans son berceau rose. A la porte de Tina, elle ôta ses chaussures pour éviter de faire le moindre bruit car la fillette avait le sommeil léger. La pâle lueur de la lampe du couloir dessinait une bande claire sur le sol et grâce à cette lumière elle parvint tout juste à discerner le léger renflement dessiné par son corps sous les draps du petit lit.

Elle serra les poings et crispa les mâchoires.

« Si quelqu'un a fait du mal à cette enfant, je le tuerai », murmura-t-elle.

*

Pendant qu'elle était sous la douche, Dan arriva devant la porte de la salle de bains. Elle y était depuis au moins dix minutes, retardant le moment de révéler ce qu'elle avait à lui dire.

38

« Sors donc de là, lança-t-il. Tu ne vas quand même pas rester sous la douche toute la nuit. Viens, je vais t'essuyer. Et maintenant, es-tu prête à me dire ce qui te tracasse ?

— Oui, dit-elle, je suis prête. »

Ils étaient dans la chambre, assis sur le petit canapé au pied du lit, lorsqu'elle acheva son récit. Il avait passé un bras autour d'elle car, à l'évocation de cette heure abominable de l'après-midi, elle s'était remise à trembler.

Elle s'était attendue à lui causer un choc, et avait redouté le moment où il montrerait sa douleur, s'imaginant qu'il allait se lever et arpenter la pièce avec agitation. Elle le connaissait mal. Il avait l'esprit clair et sa première réaction fut de dire :

« Qu'est-ce qu'on peut faire pour résoudre ce problème ?

— C'est ce que je voudrais bien savoir. Que pouvons-nous faire, que devons-nous faire ?

— D'abord et avant tout, voir un autre docteur. Pour être très franc, je n'ai jamais eu grande confiance dans cette femme. Elle est très jeune et elle n'a guère d'expérience.

— Elle était tellement sûre d'elle, Dan.

— Il fallait bien qu'elle le soit pour affirmer de pareilles horreurs. Sinon, elle ne pouvait pas inspirer la moindre confiance, tu ne crois pas ?

— Pourtant, il y a certaines choses qu'elle a dites sur Tina qui sont véridiques : le fait qu'elle ne veuille pas qu'on l'embrasse, qu'elle refuse que nous sortions seuls. Tu te rappelles comment elle a réagi quand on est allés une nuit à Washington, il y a quinze jours ?

— Sally, expliqua Dan avec patience, j'ai eu autrefois un chien qui s'est caché dans ma valise. Un petit fox-terrier. Il avait deviné que je partais en voyage. Si un chien peut en arriver là, pourquoi veux-tu qu'il en aille différemment pour un enfant ?

— Je ne sais pas...

— Eh bien, je sais, moi. Il suffit d'analyser la situation. Où Tina va-t-elle habituellement ? Nulle part, sauf à l'école maternelle. Et je vais te dire ce que j'en pense, moi. J'ai bien l'impression qu'il y a dans cette école un petit gamin disons "précoce" qui aime regarder sous les jupes des filles. C'est là chose courante. Je me souviens très bien de l'avoir fait moi-même. Tu as dû en avoir l'expérience, toi aussi.

— Oui, mais là, c'est différent. »

Dans le cabinet du docteur, elle n'avait pas caché son incrédulité, contestant chaque affirmation du praticien, mais maintenant, elle soutenait la thèse adverse, se faisant l'avocat du diable, car elle voulait entendre Dan lui prouver qu'elle se trompait.

« Happy nous l'avait chaudement recommandée, tu t'en souviens ?

— Je le sais très bien et je ne doute pas qu'elle soit très compétente, mais j'aimerais avoir un autre avis. Demain, nous allons nous renseigner sur les autres spécialistes et nous comparerons leurs conclusions. Quant à Tina, nous allons la changer d'école avant qu'elle n'ait pris de mauvaises habitudes dans celle-ci. Elle est jalouse de sa petite sœur et réclame de plus en plus d'attention. Il faut que nous apprenions à nous comporter comme il convient pour affronter ce genre de situation. A mon avis, il n'y a rien d'autre à faire.

— Vraiment, tu ne crains pas que tout ce qu'a dit le docteur ne soit vrai ?

— Pas du tout. Je ne décèle aucun des signes qu'elle a décrits. La façon dont nous vivons, dont on s'occupe de l'enfant, dont on la surveille, enlève toute crédibilité à ses conclusions. D'ailleurs, beaucoup de ces accusations de pédophilie sont très exagérées. Bien sûr, dès qu'on en décèle un cas, il faut le dénoncer publiquement, mais il ne faut pas non plus tomber dans l'excès ! Il y a des gens qui voient le mal partout. Il paraît qu'il y a certaines institutrices qui n'osent même plus prendre un enfant dans leurs bras.

— Oui, évidemment, murmura Sally. J'espère que c'est toi qui as raison.

— Nous allons solliciter un autre avis, comme ça on en aura le cœur net. Mais je suis tellement sûr d'avoir raison que ce n'est pas cette histoire-là qui va m'empêcher de dormir. Pour être très franc, c'est plutôt notre conversation de ce soir, chez Oliver, qui me cause du souci en ce moment.

— L'histoire de Ian et de ta sœur ?

— Oui. Et j'ai bien peur que la situation ne s'envenime très rapidement. Allez, ma chérie, allons nous coucher. »

Ils étaient étendus côte à côte dans la nuit chaude et tranquille. Sally se dit tout à coup que l'amour physique ne procurait pas seulement la volupté mais aussi la sérénité. L'union des corps était bienfaisante, elle donnait la vigueur et atténuait la crainte. Quand elle ouvrit les yeux pour regarder vers la fenêtre noire, le monde lui parut moins hostile qu'il ne l'avait été la journée durant. Par une sorte de revirement miraculeux, elle avait à présent la certitude qu'avec Dan à son côté elle pourrait venir à bout de tous les problèmes, qu'ils viennent de Tina, Ian ou Amanda.

Pour Tina, Dan avait sûrement raison ; ce docteur lui avait fait peur pour rien. Les lèvres collées à la nuque de Dan, elle s'endormit.

CHAPITRE 3

Avril 1990

Dans la vallée de la Sonoma, la terre nue étalait ses bandes d'or mat entre les rangées de vigne qui s'étiraient vers le lointain comme les rayures d'un cahier d'écolier. Vers la Napa, les collines étaient fondues dans un vert aux nuances multiples : vert-bleu, vert pin, vert laitue ; puis, la lumière s'étant assombrie avec l'apparition d'énormes cumulus, elles furent submergées de noir.

Sur l'étang, au pied du monticule où se tenait Amanda, un vol de canards sauvages s'était posé, laissant derrière eux un sillage qui striait les eaux comme si on avait dessiné des lignes avec un crayon argenté. Il avait plu récemment et une large feuille, brillante et plate, qu'elle avait arrachée à un arbuste, luisait entre ses mains.

« C'est un paysage fantastique, on croirait une peinture représentant les mers du Sud », murmura-t-elle.

Todd la regardait, plus intéressé par cette femme que par la feuille insolite ou par la splendeur du panorama. Elle ne le connaissait pas depuis très longtemps, quelques mois seulement, mais elle en était arrivée à ne plus ressentir la moindre surprise devant ce regard, devant ce mince sourire pensif qui lui rappelait un peu celui de son frère, bien qu'il n'y eût guère de ressemblance entre les deux hommes. Todd avait le teint plus hâlé que Dan et il n'était pas aussi grand. Et pourtant, on retrouvait en lui la même sérénité, ainsi qu'une légère étincelle d'humour au fond des prunelles. Todd avait les yeux bleus ; même encadrés par une fine monture métallique, ils étaient d'un bleu frappant. Il avait une voix grave, bien timbrée. C'est à un cocktail — un de ces affrontements entre hordes à demi civilisées, qu'il abhorrait d'ailleurs autant qu'Amanda — qu'elle avait été attirée d'emblée par ce timbre tranchant sur la confusion discordante des propos échangés.

« Vous avez une voix d'acteur, avait-elle dit.

42

— Désolé de vous décevoir, je suis avocat », avait-il répondu avec une consternation feinte.

Mais elle n'avait pas été déçue...

*

« Eh bien, qu'est-ce que tu en penses ? demanda-t-elle alors en balayant de la main les terres qui s'étendaient au-dessous d'eux.

— C'est... très beau. Un vrai paradis. »

En bon avocat, il avait mesuré ses paroles, et Amanda remarqua tout de suite qu'il avait hésité.

« Alors, qu'est-ce qui te chiffonne ?

— Rien, Amanda. Rien, à part le prix.

— Mes amis qui travaillent dans l'immobilier m'ont affirmé qu'il n'était pas du tout déraisonnable.

— C'est vrai, si tu veux exploiter ce terrain commercialement, en faire un vignoble, par exemple. Tu récupères ton investissement, puisque après tout nous sommes ici au pays de la vigne. Mais pour ce que tu veux faire, c'est de l'extravagance pure et simple.

— Moi, ce n'est pas dans la vigne que j'investis, c'est dans les êtres humains. Si tu voyais les filles avec qui j'ai travaillé : des prostituées de quatorze ans...

— Tu es une femme merveilleuse et ton projet est admirable. Mais ce n'est pas du tout le lieu qui convient. »

Elle fronça les sourcils puis, avec une irritation puérile, elle jeta la feuille qu'elle tenait à la main.

« Tu me déçois, dit-elle.

— Tu m'as demandé de venir voir pour te donner mon avis. Eh bien, moi, je crois que tu devrais démarrer plus modestement, sur une beaucoup plus petite échelle, avec une maison suffisamment vaste bien sûr, mais sur un terrain qui ne fasse pas plus d'un ou deux hectares, dans la grande banlieue d'une ville, par exemple.

— Ce n'est pas ce que je veux. »

Elle avait parlé d'un ton irrité, comme si cet homme l'avait contrariée et lui avait causé du tort. Telle n'avait pourtant pas été son intention, c'est pourquoi elle éprouva soudain une certaine gêne. Chaque fois qu'elle réagissait ainsi, le moment de silence embarrassé qui s'ensuivait ne faisait qu'accroître sa colère envers elle-même.

Todd ne put s'empêcher de constater, avec douceur toutefois :
« Tu as l'air fâchée.

— Ce n'est pas ça. Je suis déçue, je te l'ai déjà dit. »

Il partit vers la voiture pour passer un coup de téléphone et elle resta à contempler le décor. Elle comprit alors à quel point un lieu peut vous séduire, chaque arbre paraissant prêt à vous adresser la parole. Un brusque coup de vent plaqua l'étoffe de son corsage sur sa poitrine et fit bouffer le dos, entre les épaules. Ce souffle frais et humide sur son visage et ses bras nus venait du nord-ouest ; de l'Océan sans doute, à moins que ce ne fût de l'Alaska... Elle se posa la question un moment. Puis elle considéra de nouveau ces terres convoitées, évoquant l'image de ce que pourrait être le domaine qu'elle avait projeté de créer : là-bas, au sommet de cette éminence, le corps de bâtiment principal ; et à gauche, étirés en arc de cercle, il y aurait les bungalows, comme des maisons d'un village du XIXe siècle, chacun ayant sa véranda sur le devant. Une jeune fille pourrait s'y installer pour étudier ou simplement se reposer pendant une certaine période. Et dans son for intérieur, elle ne put s'empêcher de s'exclamer : « Oh, c'est ici qu'il faut que je le construise, ce domaine, mon futur lieu de travail. Oui, ici, c'est un besoin vital. »

Elle voulait tellement donner un peu d'elle-même, pour avoir l'impression de vivre ! Elle se tourna de nouveau vers la voiture près de laquelle se tenait Todd, le téléphone collé à l'oreille. Croisant son regard, il lui adressa un signe de la main. Si seulement elle avait pu avoir la certitude de ne pas le perdre ! Mais, selon toute probabilité, il ferait comme les autres, il l'abandonnerait lui aussi. Elle ne pouvait jamais compter sur les hommes. Ils étaient attirés par son intelligence, son abondante chevelure blonde et la souplesse de son corps, qu'elle devait à la pratique du tennis. Ils restaient un moment auprès d'elle, elle devenait leur maîtresse, puis au bout d'un certain temps ils prenaient leurs distances, invoquaient des prétextes et finissaient par ne plus revenir du tout.

« Que tu es froide ! » lui avait dit Harold après qu'ils eurent été mariés durant près de trois ans.

Elle l'avait aimé, mais il n'était pas facile à contenter. Cadre en pleine ascension sociale et professionnelle dans une grande banque d'investissement, il faisait preuve d'un perfectionnisme intransigeant dans tous les domaines : choix de ses relations, de ses divertissements, de la décoration de leur intérieur, des services de table, de ses costumes...

Elle qui se dévouait corps et âme aux immigrants fraîchement débarqués, allant jusqu'à prendre des cours de chinois mandarin, elle se trouvait soudain confrontée à une impressionnante liste d'obligations mondaines : dans la journée, il fallait rencontrer les épouses d'hommes influents et participer à des repas donnés au profit d'œuvres caritatives, puis, le soir, c'était l'opéra, le club ou les dîners avec des clients potentiels. Tous ces gens étaient raffinés, courtois et cultivés, sûrs d'eux et de leur avenir. Ils lui manifestaient même une certaine sympathie, montrant un vif désir de se concilier ses bonnes grâces dès que Harold avait laissé tomber dans la conversation qu'elle appartenait à la famille Grey, des Produits alimentaires Grey. Cette révélation suscitait aussitôt un intérêt intense mêlé d'une certaine curiosité.

Elle détestait cette existence, toutes ces heures vides passées à acheter des toilettes, à consulter des décorateurs et à épousseter la collection sans cesse accrue de porcelaines françaises et d'argenterie anglaise qui étaient beaucoup trop précieuses pour qu'on les confie à une société de nettoyage. Ces collections lui rappelaient les Aubépines : ces murs décorés d'objets coûteux et délicats, les livres en cuir à la tranche dorée que personne ne lisait, l'éventail japonais en soie noire, le manège miniature en argent massif.

Ils se querellaient souvent. Et les moments de répit entre ces scènes de ménage étaient de plus en plus courts, de même que la fréquence de leurs rapports sexuels diminuait elle aussi. Ils faisaient l'amour sans joie, comme par devoir. Une nuit, Harold s'était levé de la couche conjugale pour jeter sur son épouse un regard méprisant.

« Tu te fiches complètement de ce que nous faisons ensemble, n'est-ce pas ? » lança-t-il.

Elle ne répondit pas tout de suite. Lui avouer la vérité aurait été fatal. Si décevante qu'ait été leur relation, elle ne désirait pas y mettre fin.

Il reprit :

« A mon avis, ce n'est pas uniquement parce que nous avons des goûts différents. En général, on s'adapte facilement dans ce cas, car chacun y met du sien. Je crois qu'il y a quelque chose qui te manque, Amanda. Je ne dis pas cela par méchanceté, tu sais. »

Non, il n'était pas méchant. Mais il était tellement imposant, tellement autoritaire. Ses manières, sa voix, son corps, tout était tellement envahissant ! Si seulement ils avaient un enfant, elle ver-rait peut-être Harold d'une tout autre manière ; il serait le père, tout changerait. Oui, elle voulait un enfant, oh oui, elle en voulait un, de toute son âme. Mais quand elle lui en parla, il refusa.

« Nous ne sommes pas prêts, objecta-t-il. Pas plus toi que moi. D'ailleurs, il n'est pas question de faire un bébé pour régler nos problèmes. »

Peu de temps après il se trouva une autre femme. Leur vie de couple s'arrêta donc là.

Comme l'eau d'un ruisseau, la vie glisse entre vos mains. Et Amada avait trente-quatre ans... Elle adressa un sourire à Todd.

« De toute façon, la promenade a été charmante. Aurais-tu envie d'une salade au homard pour le souper ? » proposa-t-elle.

*

« C'était délicieux, complimenta-t-il. La meilleure table de la ville.

— J'aime bien faire la cuisine. Même quand je suis seule, je mitonne de bons petits plats. »

Elle lui avait préparé des biscuits chauds, des pommes de terre nouvelles, des petits pois frais et une mousse au citron qu'elle lui servait maintenant avec un vin français léger. Une poignée de bou-tons de rose, nichée dans de la fougère humide, mêlait son parfum au fumet de la nourriture et adoucissait l'air. La table installée près de la fenêtre du salon dominait les hauteurs de Nob Hill et le pont du Golden Gate qui se profilait dans le lointain.

« Un vrai décor de carte postale », dit-elle en désignant le paysage.

Elle adorait cet appartement, qu'elle avait décoré elle-même, si bien que, mieux que n'importe quelle autre demeure de la ville, il reflétait vraiment la personnalité de l'occupante, depuis le bleu pâle des murs et du plafond, qui faisait penser à un ciel d'été, jusqu'aux meubles suédois tout simples, dont la teinte claire était mise en valeur par les tentures orientales rouge foncé.

« Cet endroit te ressemble, avait déclaré Todd. Si on m'avait amené ici sans savoir à l'avance qui y demeurait, j'aurais tout de suite deviné que c'était toi.

46

— Vraiment ? »

Ravie, elle le questionna pour en savoir davantage.

« Pourquoi ?

— Je crois que je vais devoir me rabattre sur ce vieux mot "indéfinissable". En fait c'est aussi difficile que d'essayer d'expliquer une attirance immédiate. Ou l'amour. »

Esquissant un sourire, il reprit :

« Mais je vais faire un effort. Cette pièce est imprégnée de ton esprit. On s'y sent libre comme si on était en plein air. Il n'y a rien qui bouche l'horizon. Et pourtant, elle est remplie d'objets raffinés, élégants. Il y a là une contradiction subtile, comme dans ta propre personne.

— Une contradiction ! Cela paraît affreux.

— Oh, non, c'est plutôt stimulant. C'est une véritable énigme, une sorte de puzzle géant dont tu sais qu'il deviendra un tableau de maître une fois qu'il sera terminé.

— Tu me considères donc comme un être inachevé ! »

Le ton léger et moqueur qu'elle avait adopté lui sembla un masque dissimulant le désir intensément humain d'en entendre davantage sur elle-même.

« Non, c'est moi qui ne l'ai pas terminé, dit-il d'un air devenu soudain sérieux. Mais à présent que nous avons commencé, cela t'ennuierait-il que j'aille jusqu'au bout ? »

La peur, tels des doigts légers, lui parcourut l'échine en tous sens. Mais elle voulait tout de même entendre la suite.

« C'est une qualité subtile qui est en toi, reprit-il. Je me fais peut-être des idées mais j'ai souvent l'impression qu'en dépit de tes compétences et de ton élégance, tu ne t'aimes pas vraiment.

— Mais qu'est-ce qui peut bien te donner de pareilles idées ? s'exclama-t-elle avec une aisance feinte.

— Tu ne te livres pas. Il y a en toi quelque chose qui résiste... qui reste inexprimé. »

Au-dessus du service à café en porcelaine bleue et blanche, leurs regards se rencontrèrent un instant, mais aucun d'eux ne chercha à prolonger ce contact.

« Laisse tomber, je dis vraiment n'importe quoi », reprit-il.

Amanda servit le dessert et emplit de nouveau de café la tasse de Todd, exactement comme si rien n'avait interrompu leur gracieux petit dîner.

47

Au bout d'un moment, Todd reprit :

« Cette photo de ton frère, je ne l'avais jamais remarquée.

— Elle était en haut de la bibliothèque.

— Vous vous ressemblez. Avez-vous beaucoup de points communs ?

— Difficile à dire. Je ne le connais pas très bien. Sans doute que non.

— Qu'est-ce qui te fait dire ça ?

— Il mène une vie très rangée. Une petite existence bien tranquille. »

Todd hocha la tête.

« Cela me paraît normal, surtout s'il a une femme et deux enfants. »

Elle éprouva une certaine gêne en entendant cette allusion. Une sorte d'écho retentit en elle : il a des responsabilités et il faut vraiment ne pas avoir de cœur pour lui créer des histoires. Sans répondre, car il n'y avait rien à répondre, elle se leva pour débarrasser la table.

Todd lui donna un coup de main. Après avoir déposé la vaisselle à la cuisine, il fit le tour de la pièce, examinant les murs.

« C'est un vrai musée miniature ici. Ce Bonnard a une valeur folle, la prairie entourée de haies et cette petite nature morte aux raisins verts ; tout cela est très beau, Amanda.

— Cadeaux non sollicités.

— La fondation Grey a fait un don très généreux au musée local il y a quelques années. Six primitifs américains tout à fait exceptionnels.

— Toujours le dessus du panier, répliqua-t-elle d'un air mi-figue mi-raisin.

— Qu'en est-il au juste de ta famille, Amanda ? A part quelques brèves allusions par-ci par-là, tu n'en parles jamais.

— Oh, je ne sais pas », dit-elle en souhaitant qu'il cesse de lui poser ces questions embarrassantes. Elle haussa légèrement les épaules. « Du côté de ma mère, j'ai une vraie famille : des cousins, à San Jose. Là où nous nous sommes connus pendant le week-end de Thanksgiving. Phyllis et Dick ont été pour moi de véritables parents ; ils se sont occupés de ma scolarité, ils m'ont accueillie chez eux pendant les vacances, veillant à ma santé et achetant tous les vêtements dont j'avais besoin. Ils ont été formidables avec Dan aussi, quand il venait me voir durant l'été. Des gens vraiment charmants.

— Et les autres ? Tu ne vas jamais les voir, n'est-ce pas ? Pas même ton frère ?

— Il vient de temps en temps. Quand je suis arrivée pour la première fois dans l'Ouest, il y a des années de cela, il m'a terriblement manqué. Mais quand on est séparés par une distance de cinq mille kilomètres, on perd vite le contact. Les relations peuvent... se refroidir et même s'aigrir, parfois. Triste mais vrai. »

Les yeux bleus de Todd luirent avec bonté derrière les verres cerclés d'un mince fil d'or.

« Oui, c'est bien triste quand les relations familiales tournent à l'aigre. Le monde est un endroit hostile, on a besoin les uns des autres. Et de plus en plus à mesure qu'on avance en âge. »

Elle ne put s'empêcher de rétorquer, d'une voix sèche, presque agressive :

« N'empêche que je ne me suis pas si mal débrouillée toute seule, il me semble.

— Oh, ce n'est pas la question. Ce que je trouve important, moi, c'est de garder le contact. Prends mon frère par exemple, nous sommes aussi différents l'un de l'autre qu'il est possible de l'être. Nous nous battons comme des chiens dès qu'il est question de politique et nous ne sommes pratiquement jamais d'accord sur rien. Pourtant, nous sommes comme les deux doigts de la main. Et, quand notre petite sœur à décroché une bourse pour aller étudier la sculpture à Rome, j'ai ressenti cela comme un succès personnel, aussi stupide que cela puisse paraître. »

Il lui donnait une leçon, en quelque sorte, et elle n'appréciait pas ! Bien sûr, l'intention était bonne, mais il tombait mal, ce n'était pas le bon jour. Vraiment pas ! Il n'en poursuivit pas moins :

« J'ai l'impression que les Grey ont de nombreuses activités philanthropiques. Mon frère est allé à un séminaire médical à New York et il m'a parlé du centre Grey de recherche sur le cancer...

— Oui, lâcha-t-elle tout de go, eh bien, ils pourraient m'en faire bénéficier, pour changer et me permettre de mener ma propre action philanthropique ! Tu connais mes projets ? Tu te rappelles lorsque je suis allée dans ce taudis pour y chercher cette pauvre fille qui faisait le trottoir ? Tu l'as vue, elle pesait quarante kilos, elle était fardée comme un clown, effrontée comme un page et morte

49

de frousse. Elle avait fui sa cambrousse natale où elle avait eu des problèmes familiaux, comme on dit. Bref, l'horreur à l'état pur...

— Oui, je vois, dit-il avec gravité. Elle n'était pas plus âgée que ma nièce qui est en troisième. C'est tout simplement dramatique.

— Exactement. Mais il faudrait s'en remettre à la grâce de Dieu, etc. Non, ce qu'il faut, ce sont des gens suffisamment dévoués pour leur venir en aide et réparer les dégâts. Et il faut de l'argent, naturellement. Toujours de l'argent. Ah ! j'en ai appris des choses depuis que j'ai commencé à suivre ce cours, Todd. Mais il n'est pas nécessaire d'être soi-même une assistante sociale chevronnée, il suffira que j'en embauche pour le travail courant, et moi je dirigerai l'institution en m'occupant de réunir les fonds nécessaires. Il y a déjà sept filles dans la maison que j'ai louée en ville, et deux employées. Je voudrais que tu voies comme elles se sont épanouies. Cinq d'entre elles ont repris leurs études, la sixième a trouvé un emploi. Évidemment, je dois reconnaître que la septième est retournée faire le trottoir.

— C'est quand même un beau résultat.

— J'en avais emmené deux en vacances, avant de te connaître, je te l'ai déjà raconté. On est allées camper dans le parc national du Yosemite, dans les alpages. On aurait dit de jeunes chiots que l'on vient de lâcher et qui gambadent partout en flairant tout ce qui les entoure. Je crois que la beauté du paysage les avait envoûtées, mais il leur manquait le vocabulaire pour exprimer ce qu'elles ressentaient. La nuit, quand j'étais seule, j'en pleurais d'émotion. C'est pour ça que je le veux, ce terrain.

— Je comprends, Amanda. Vraiment, je comprends très bien. Mais je te dis tout de même qu'il faut accepter un compromis.

— Je ne veux pas de compromis. Pourquoi faudrait-il que je cède ? Bon sang, l'argent existe. Si tu voyais leur baraque, les Aubépines, comme ils disent. L'aristocratie britannique n'est pas mieux lotie. Moi, je ne vis pas sur le même pied !

— J'ai l'impression que tu ne l'accepterais jamais, de toute façon.

— Bien sûr que non, mais ça ne veut pas dire que je ne dois pas être à même de le faire si j'en ai envie. En fait, si je veux l'argent, c'est dans un but autrement plus désintéressé.

— Il te faudrait des millions pour réaliser ton projet. Acheter le terrain, construire les locaux, les entretenir... Oui, des millions !

« — Eh bien, ils n'ont qu'à me racheter ma part. Je possède le quart des Produits alimentaires Grey, depuis les orangeraies jusqu'aux sachets de pommes chips.

— En as-tu discuté avec eux ?

— Le mois dernier, avec mon cousin. Mon frère s'était absenté ; ça n'aurait d'ailleurs pas changé grand-chose s'il avait été là. Ils s'entendent comme larrons en foire. Naturellement, je me suis heurtée à un refus. L'explication ? Ils ne disposent pas des fonds nécessaires pour me payer.

— Ce qui est plausible. Il faudrait qu'ils aient vingt-cinq pour cent de leur capital en liquide. Personne ne peut réunir une pareille somme.

— C'est leur problème. Ils n'ont qu'à se débrouiller pour trouver les fonds. Sinon, moi, je vends au plus offrant les actions que je détiens. Je l'ai dit à Ian et il a failli piquer une crise d'apoplexie. Bien que je ne l'aie eu qu'au téléphone, j'imaginais son visage cramoisi.

— La perspective de voir des étrangers détenir le quart des intérêts d'une société familiale a de quoi faire monter le sang au visage de n'importe quel homme. »

Todd se tut, l'air soudain pensif. Au bout d'un moment, il reprit :

« Mais ce qui m'étonne, c'est qu'ils n'aient pas prévu une clause de sauvegarde destinée justement à empêcher ce genre de problème.

— Ce n'est pas l'envie qui leur en a manqué mais je m'y suis opposée catégoriquement. Ils auraient pu me mettre en minorité en recourant à un vote, mais le vieux les en a dissuadés. Seulement, s'ils m'empêchent de faire valoir mes droits, je peux me montrer parfaitement odieuse. Je ne me laisserai pas faire, Todd, pas question ! »

Vibrante d'indignation, elle ajouta :

« A eux trois, les deux cousins et Dan, ils touchent des salaires énormes. Et moi, la seule femme, qu'est-ce que j'ai ?

— Tu touches les mêmes dividendes qu'eux, dit promptement Todd.

— Moi, je veux mon capital.

— Tu n'es guère raisonnable, Amanda. »

Elle l'entendit à peine. Elle consultait sa montre.

« Il est sept heures dans l'Est. Je vais appeler mon frère. Tu peux écouter sur l'autre poste. »

Il déclina l'offre.

« Non, je vais aller dans la chambre regarder la télévision. »

A l'autre bout du continent, le téléphone sonnait. Elle imagina une pièce qu'elle n'avait jamais vue : probablement y avait-il une fenêtre donnant sur les monts Adirondacks, qui, avril venu, prenaient déjà une teinte verte. Quand on décrocha, elle entendit un cri d'enfant en colère, et Dan qui disait : « Occupe-toi d'elle, Sally » avant de lancer « Allô ».

Elle entra tout de suite dans le vif du sujet.

« Tu devines pourquoi j'appelle, n'est-ce pas ?

— Je crois, oui.

— Eh bien, je suis allée revoir le terrain aujourd'hui. Et je le veux, Dan. Il me le faut. Il est magnifique.

— C'est ce que j'ai vu. J'ai lu le prospectus que tu as envoyé avec la photo.

— J'espérais que tu allais te manifester. J'ai laissé deux messages à ton bureau.

— Oui, c'était il y a une quinzaine de jours, je le sais, mais j'ai eu beaucoup de problèmes à régler ici. Je suis désolé », s'excusa-t-il.

Le flegme de Dan ne fit qu'accroître son exaspération.

« Mon projet est important, Dan. J'essaie d'apporter la vie là où il y avait la mort. Ian n'a pas voulu le comprendre. J'espère qu'il en sera autrement avec toi.

— Tu as eu une idée formidable. Malheureusement, le coût en est très élevé, ce qui se produit souvent en pareil cas. Tu n'as pas, nous n'avons pas les moyens de la réaliser.

— Disons plutôt que moi, j'en aurais les moyens si vous me payiez ce que vous me devez.

— Tu touches les mêmes dividendes que nous, Amanda.

— Et qu'en est-il de ces salaires faramineux que vous vous octroyez ?

— Nous travaillons dur pour les mériter.

— Parce que vous êtes des hommes. »

A peine eut-elle prononcé ces mots qu'elle en perçut le côté puéril. Mais maintenant qu'elle s'était engagée dans cette voie, il ne lui restait plus qu'à poursuivre.

« Selon vous, du moment que je suis une femme, je suis incapable de travailler autant que vous, donc de gagner les mêmes sommes que vous.

52

— Mais non, pas du tout, voyons ! Tu n'as qu'à venir ici pour nous montrer ce que tu sais faire.

— Ce n'est pas du tout le but que je me suis assigné. Rachetez ma part, et vous serez débarrassés de moi. »

Le soupir de Dan parvint jusqu'à elle et pourtant son frère continua de s'exprimer avec la plus grande patience.

« Personne ne veut se débarrasser de toi. Seulement, tes exigences sont complètement dénuées de réalisme. Nous n'avons pas les moyens de te racheter tes actions et il n'y a pas à aller chercher plus loin.

— Alors, d'autres le feront. Je me suis renseignée et j'ai déjà une idée de ce que peuvent m'offrir certaines banques d'investissement.

— Amanda, écoute. Faut-il que je te le demande à genoux ? Tu ne vas quand même pas faire entrer des étrangers à la famille dans notre société qui, après tout, a toujours été soucieuse de servir tes intérêts, reconnais-le ! Cela reviendrait à la condamner à la ruine !

— Je ne cherche pas du tout sa ruine, Dan, mais si je n'ai pas d'autre moyen d'atteindre mon but, il faudra bien en passer par là.

— Amanda, nous serions contraints de vendre la plupart de nos équipements pour trouver les sommes que tu réclames. Et après, nous serions condamnés à marcher sur trois pattes. C'est impossible !

— Vous pourriez faire un emprunt.

— Et nous couvrir de dettes ! J'ai l'impression qu'on m'attaque de deux côtés à la fois. Et dans un cas comme dans l'autre, c'est l'appât du gain qui en est la cause.

— L'appât du gain ! Parlons-en ! Je vis dans un trois pièces, coquet je l'admets, mais je n'achète jamais rien pour moi personnellement. Tout mon argent va dans mon projet et tu m'accuses de ne défendre que mes intérêts !

— Peut-être tes intérêts sont-ils de susciter l'admiration d'autrui. Pourquoi faut-il que ton projet soit aussi grandiose ?

— Grandiose ! C'est tout ce que tu trouves à dire à ta sœur. J'espérais que tu te rangerais à mes côtés et non contre moi.

— Ne dis pas de sottises. Je ne suis pas contre toi. »

Dan soupira de nouveau. Son stock de patience commençait à s'épuiser.

« Mais enfin, bon Dieu, s'exclama-t-il, entre toi qui veux acheter un morceau de Californie très au-dessus de tes moyens et Ian qui veut vendre un morceau de l'État de New York ayant appartenu à la famille depuis deux siècles, j'ai l'impression que je vais perdre toutes mes billes.

— Ian veut vendre ?

— Oh, il a entamé des négociations avec un groupe d'étrangers qui veut quelques milliers d'hectares de nos forêts pour y bâtir une cité nouvelle. Ils détruiraient systématiquement la nature pour se remplir les poches d'argent dont ils n'ont nul besoin.

— De quel droit peux-tu dire aux gens de quoi ils ont besoin ou non ? Personnellement, je ne trouve pas l'idée si mauvaise, dans la mesure, justement, où elle me permet de satisfaire mes propres besoins.

— Ah, ça, sûrement, s'exclama Dan avec amertume. Largement, même.

— Je ne peux donc que souhaiter que ces négociations aboutissent.

— Des rues et des maisons dans une forêt historique. Les arbres abattus, l'environnement saccagé. Une terre qui devrait revenir intacte entre les mains de l'État et du public. Tu me déçois, Amanda.

— Si tu t'intéresses aux cerfs, aux renards ou aux arbres, libre à toi. Moi, c'est le bien des humains que je recherche.

— Tes objectifs sont peut-être différents de ceux de Ian, mais tu reprends exactement les mêmes arguments, et crois bien que cela m'est fort pénible.

— Ian et moi avons donc quelque chose en commun ! Nous sommes donc du même côté, lui et moi, même si nos aspirations divergent.

— Il ne me reste plus qu'à m'allier avec Clive pour défendre une entreprise qui fait eau de toutes parts !

— N'oublie pas que l'argent va rentrer à flots !

— Un argent dont nous n'avons aucun besoin, ne l'oublie pas non plus ! Non, décidément, répéta Dan avec amertume, tu me déçois, Amanda.

— Ne t'imagine surtout pas que j'agis ainsi de gaieté de cœur, mais il faut bien que je veille moi-même à mes propres intérêts. Dans ce bas monde, si on ne se prend pas en main, il n'y aura jamais personne pour vous tirer du pétrin.

— Je ne suis pas du tout d'accord avec toi.

— Écoute ce que je vais te dire…

— Une autre fois, Amanda, d'accord ?

— D'accord, je n'insisterai pas davantage pour le moment. Il n'y a pas urgence. Le terrain que je convoite fait partie d'une succession qui ne sera pas réglée avant plusieurs mois. En attendant, j'ai pris une option dessus. Je peux donc attendre que vous ayez liquidé vos différends. Du moment que j'obtiens ce qui m'intéresse, je me moque de la manière dont ce sera fait.

— Il faut vraiment que tu m'excuses, Amanda. Bonne nuit », conclut Dan.

Quand elle eut raccroché, Todd revint dans le salon.

« Tu as écouté ? demanda-t-elle.

— Je t'ai dit que je n'en avais pas l'intention. Crois-tu vraiment que je serais capable de faire une chose pareille sans que ton frère le sache ?

— Excuse-moi, je n'y avais pas pensé. Il y a des choses auxquelles je ne songe pas, parfois. Dan doit m'en vouloir à mort. Je n'avais pourtant aucune envie de me disputer avec mon frère, d'autant que leur fille m'a l'air d'avoir des problèmes.

— Pour quelqu'un qui ne cherche pas à se disputer, tu n'y es pourtant pas allée de main morte. Je n'ai pas pu m'empêcher d'entendre la fin de votre conversation et permets-moi de te dire que tu n'as rien fait pour arrondir les angles ! »

Mortifiée, elle sentit deux larmes sur le point de perler au coin de ses paupières. Voyant son air chagriné, Todd la prit dans ses bras.

« Je n'aime pas te voir ainsi. Cette histoire t'obsède tellement que tu ne vois plus rien d'autre. Cela n'en vaut pas la peine, ajouta-t-il avec douceur en lui caressant la nuque. Si tu les accules à la faillite, tu seras étranglée, toi aussi, surtout si… je t'ai entendue parler d'un certain Ian et j'ignore de qui il s'agit — oui, surtout si tu te ligues avec quelqu'un qui semble décidé à mener l'entreprise à sa perte. Tu t'engages sur la mauvaise pente, Amanda. Tu vas te couper du reste de ta famille et tu risques de finir sur la paille, toi aussi.

— Tu n'as rien compris au problème, marmonna-t-elle.

— Ce que j'ai compris, en tout cas, c'est que tu désires quelque chose qui est très au-dessus de tes moyens, même si tes motivations ne manquent pas de noblesse. Essaie de faire preuve de bon sens. Ne joue pas les trouble-fête, c'est trop triste.

« — Et tout ça parce que je suis une femme, s'écria-t-elle en relevant la tête d'un air de défi. C'est tout de même bizarre que ce soit toujours la femme qui doive céder. Toujours !

— Pas toujours. Trop souvent, peut-être, mais pas cette fois-ci, à mon sens du moins.

— Pour l'instant, c'est mon opinion à moi qui compte, et elle seule.

— Tu es vraiment douée pour la discussion. C'est toi qui aurais dû être avocate », dit-il avec un petit rire en la serrant contre lui.

Elle se rendait bien compte qu'il cherchait à la calmer et à la réconforter ; et elle avait besoin de ce réconfort, de cette chaleur masculine qui mieux que toute autre chose peut rassurer une femme aimante. Au cours des mois passés, elle en était arrivée à trouver sa présence indispensable. Souvent, dans la journée, quand elle songeait à lui, elle sentait que ses lèvres esquissaient soudain un sourire ; parfois elle tressautait légèrement quand elle entendait, ou croyait entendre, son pas dans la rue. Se rendait-elle compte qu'elle s'était trompée ? Elle se consolait alors en se disant que dans quelques heures il serait de nouveau avec elle. Bref, elle savait, comme on peut savoir quand on a le sentiment d'avoir atteint une certitude, dans sa chair et dans ses pensées les plus rationnelles, qu'il était différent de tous ceux qu'elle avait connus avant lui. C'était lui et lui seul qui serait l'homme de sa vie !

Et pourtant, il y avait des jours et aussi des nuits, comme celle-ci, où il était trop entier dans ses jugements, trop sûr de lui, en dépit de son extrême gentillesse, trop sûr de son pouvoir sur elle, car il lui ôtait toute possibilité d'indépendance.

Il leva la tête, cherchant ses lèvres, qu'elle maintenait obstinément closes. Avec les siennes, douces et insistantes, il s'efforça de les entrouvrir. Adossée à la porte, elle avait, serré contre elle, le corps de Todd. Un corps exigeant, tendu de désir, rythmé par un souffle qui s'accélérait.

« Allons dans la chambre, murmura-t-il. Viens, Amanda, ma chérie. »

Elle n'en avait pas envie. Pas maintenant. Elle trouvait humiliant qu'on la presse ainsi, à un moment où elle avait l'esprit si agité et les nerfs à fleur de peau. Elle n'était pas une machine à donner du plaisir, un moteur que l'on peut faire démarrer en pressant sur un bouton. Des deux mains, elle prit appui sur la poitrine de l'homme pour le repousser. Elle détourna le visage, l'inclinant vers son épaule.

« Je ne peux pas. Non, Todd, je t'en prie. Pas maintenant. Non ! »

Il la lâcha aussitôt et fit un pas en arrière en fronçant les sourcils.

« Pas maintenant ? Quand alors ? A Noël ? Mais ce sera peut-être encore trop tôt pour toi ?

— Ne sois pas ridicule, Todd.

— Je ne vois pas ce qu'il y a de ridicule. Tu ne t'es pas montrée particulièrement tendre ces derniers temps. »

Évidemment son amour-propre de mâle était froissé. Pourtant, elle n'avait pas cherché à le blesser mais elle n'était vraiment pas d'humeur à faire l'amour. Ne pouvait-il donc pas s'en apercevoir ? Mais puisqu'il souffrait d'être ainsi rejeté, elle allait devoir essayer de le calmer, de lui expliquer le trouble qui était en elle.

« Je t'en prie, Todd, avec tous les problèmes qui me tourmentent, je n'ai vraiment pas la tête à ça. Tu l'as dit toi-même, un homme qui a des soucis ne peut pas être passionné. Eh bien, pour les femmes, c'est la même chose, non ? »

Un silence glacial s'abattit dans la pièce. Aucun d'eux ne le rompit pendant un bon moment. Puis Todd s'éloigna pour aller se poster devant la fenêtre.

Aide-moi, se disait Amanda. Todd, viens à mon secours. Je ne sais pas pourquoi je t'ai parlé ainsi. Cela m'a pris tout d'un coup. Je t'en prie, Todd, je t'aime. Aide-moi.

Lui se tenait bien droit mais on sentait qu'il y avait une certaine tristesse en lui. Peut-être parce qu'il demeurait parfaitement immobile. Mue par une impulsion subite, elle lui toucha l'épaule.

« Todd, je suis désolée. Mais je ne suis vraiment pas dans de bonnes dispositions pour... Tu me comprends, n'est-ce pas ? Une autre fois. Tu sais bien que j'ai toujours... »

Elle ne put continuer et il se retourna, la considérant d'un air embarrassé, avec une certaine douceur.

« Je sais que tu essaies toujours, mais tu n'éprouves rien. Cela, je le sais aussi.

— Ce n'est pas vrai ! Ce n'est pas vrai ! »

Il secoua la tête pour exprimer son scepticisme.

« Il y a trop de rancœur au fond de toi, Amanda. Il faut que tu apprennes, que l'on t'apprenne..., corrigea-t-il d'une voix hésitante avant d'ajouter : Je tiens beaucoup à toi, et c'est pour cela que je te parle ainsi. »

Il fallait encore qu'il lui fasse la leçon, qu'il étale son expérience, qu'il joue les mentors en imposant sa domination, même s'il le faisait avec beaucoup de douceur. Il gâchait tout, en parlant de cette manière. Ne pouvait-il pas, pour une fois, faire des concessions ?

« Tu m'aimes vraiment ? demanda-t-elle.

— Tu le sais très bien.

— Alors tu voudras bien m'aider ?

— Si je peux, je le ferai.

— Alors, accepte de défendre mes intérêts.

— Comment cela ?

— Un procès sera inévitable, non ?

— Tu ne vas tout de même pas intenter un procès à ton frère !

— A la firme. Je les attaque tous en justice s'ils ne font pas un effort pour me donner satisfaction avant que le terrain que je convoite ne soit mis sur le marché et emporté par un autre acheteur. »

La surprise qu'il manifesta lui fit l'effet d'une douche froide. Surtout quand il dit :

« Je vois quelque chose en toi qui n'est vraiment pas très joli. Quelque chose de dur, qui n'est pas digne de toi.

— Dure ? Je suis dure, moi ? Alors là, venant de toi, ce genre de remarque me paraît vraiment surprenant !

— Tu t'engages dans une mauvaise voie, Amanda. Et à la longue tu finiras par te détruire.

— Sûrement pas, si mon avocat est suffisamment compétent.

— Je me plaçais sur le plan moral. Moralement, tu es dans ton tort, et si tu ne le vois pas maintenant, tu finiras par t'en apercevoir. Personne n'a jamais lésé tes intérêts, il faut que tu le saches bien. Et tu n'as aucune raison d'intenter un procès à qui que ce soit.

— Donc tu refuses de défendre ma cause. »

Il prit une expression très rigide, beaucoup trop sévère, à présent.

« Absolument. Je ne serai pas ton avocat.

— C'est ce que tu appelles "m'aider" ?

— Parfaitement. A la réflexion tu comprendras que c'est la meilleure aide que je puisse t'apporter.

— Je ne cesse pas d'y réfléchir, figure-toi. Tu pourrais me prendre pour cliente même si tu n'étais pas d'accord avec moi. Beaucoup d'avocats gagnent leur vie de cette façon. Je suis sûre que tu as déjà défendu des gens dont tu savais fort bien qu'ils étaient coupables. Et moi, je ne suis coupable de rien.

— Cette discussion ne rime à rien. Je te conseille simplement de ne rien faire que tu puisses regretter un jour. Tu sais que tu peux être extrêmement entêtée, Amanda.

— Parce que je ne veux pas suivre tes conseils, me voilà entêtée maintenant ! Parce que je suis une femme.

— Chaque fois que tu te colles l'étiquette de "femme", tu sombres dans le ridicule. Le bien-fondé du procès que tu veux intenter n'a absolument aucun rapport avec le fait que tu sois un homme ou une femme. »

Il avait une expression de dureté qu'elle ne lui connaissait pas. Elle se dit aussitôt : il ne m'aime pas.

Décidément, tout allait de travers ce jour-là. Dès le matin, elle avait senti l'imminence du désastre et cela n'avait fait qu'empirer au fil des heures : ils avaient glissé ensemble le long de la pente, incapables de freiner leur chute bien que l'issue fatale leur fût apparue tout de suite. Avaient-ils, dans leur folie, vraiment voulu l'éviter d'ailleurs ?

Désormais, une franchise absolue s'imposait. Il fallait savoir à quoi s'en tenir.

« Tu te trompes, lança-t-elle, je pense bien au contraire que c'est là le fond du problème : le fait que je sois une femme.

— Tu es beaucoup trop intelligente pour le croire vraiment. Cela vient de beaucoup, beaucoup plus loin, et j'avoue que je suis moi-même bien incapable de préciser d'où exactement. »

Elle ressentait une douleur aiguë dans la poitrine, une douleur lancinante qui lui coupait presque le souffle.

« Je crois que c'est parce que je n'ai pas eu envie de faire l'amour tout à l'heure. C'est pour ça que tu m'en veux, Todd. »

Il détourna son regard en direction du Bonnard accroché au mur, un paysage tout simple, sous un ciel vide.

« Disons plutôt que ce refus a pris une valeur symbolique, car ça n'a pas été facile, nous deux, ces derniers temps. Reconnais-le. »

Ils étaient presque arrivés au fond du gouffre, à la ruine totale de leur relation. Et pourtant, elle ne voulait pas, elle ne pouvait pas l'admettre avant lui.

« Il me semble que nous n'avons plus grand-chose à nous dire, maintenant.

— Si seulement tu pouvais libérer la femme délicieuse qui est enfermée au fond de toi, nous aurions, au contraire, beaucoup de choses à nous dire. Tu ne peux donc pas essayer, Amanda ? »

Il avait saisi la poignée de son attaché-case posé sur un coffre, près de la porte. Oui, se dit-elle, il est en train d'attendre une réaction féminine de ma part, il voudrait que je fasse preuve de tendresse, que je me soumette ou que je le supplie de rester. Si seulement elle avait pu tendre les bras vers lui et lui crier : « *Je t'en prie, ne me quitte pas ; je t'aime.* »

Mais en agissant ainsi, elle abdiquait son autonomie, elle perdait toute fierté. Et pourtant c'est ce que les hommes attendent des femmes...

D'ailleurs, après ce qui s'était passé, tenait-il vraiment à rester ? A quoi bon insister, se dit-elle, quand c'est fini, c'est fini. Il ne sert à rien de prolonger les souffrances.

Il lança alors, comme pour répondre à son silence :

« Merci pour le dîner.

— Il n'y a pas de quoi. »

Arrivé à la porte, il se retourna et, le visage empreint d'une expression mi-réprobatrice, mi-suppliante, il dit, avec beaucoup de douceur :

« Prends bien soin de toi, Amanda. Ne gâche pas tout ce qu'il y a en toi. »

La porte se referma sans bruit.

C'était la première fois que je lui demandais quelque chose, songea-t-elle, et il a répondu non. Il veut prendre toutes les initiatives. Dès qu'il a compris qu'il ne pourrait pas m'imposer sa volonté, il a préféré se retirer.

*

Quand la première vague de sanglots se fut calmée, il faisait déjà nuit. Elle n'avait aucune idée de l'heure qu'il était. Elle resta assise, sans bouger, près de la fenêtre.

Elle l'avait perdu. Elle ne pensa pas un seul instant qu'il pourrait revenir. D'ailleurs, elle s'en rendait bien compte maintenant, il y avait déjà longtemps qu'il se posait des questions. Mais enfin, pourquoi l'avait-elle impliqué dans des histoires qui ne le concernaient aucunement ? Après tout, elle aurait pu trouver une douzaine d'avocats qui, le moment venu, auraient été ravis de défendre ses intérêts dans un procès intenté aux Produits alimentaires Grey. Elle s'était comportée comme une gamine. Une gamine stupide !

Mais il l'avait mortifiée, il l'avait humiliée en lui disant : « Tu essaies, mais tu n'éprouves rien. » Ainsi donc, il avait deviné la vérité dès le début. Mais comment avait-il pu savoir ? Elle voulait tellement avoir les réactions qu'on attend généralement d'une femme !

Au fond, en réfléchissant bien, la seule chose qui intéresse les hommes, c'est le sexe. Ils ne veulent pas vraiment vous connaître, découvrir l'être humain que vous êtes.

Elle repensa à sa conversation avec Dan. Elle n'avait pas cherché à le faire souffrir, ce soir. Il était la dernière personne qu'elle eût envie de tourmenter. Il y avait en lui une telle douceur ! Même si on remarquait d'abord sa vivacité d'esprit et son intelligence, on ne pouvait rester indifférent devant sa confiance et son honnêteté, qu'Amanda trouvait presque puériles. C'était son frère cadet : il n'avait que quelques années de moins mais il était pourtant des années-lumière plus jeune qu'elle ! Elle avait bien de la chance, la fille qui l'avait épousé !

Le souvenir de cette journée marquée du sceau de la pureté lui revint : l'église campagnarde en bois, et, au bras de Dan, la mariée avec sa robe bouffante et le long voile flottant, caressée par un vent chargé de fleurs blanches.

Fasse le Ciel que leur vie ne soit qu'une série de bonheurs, telle avait été sa prière.

Pourtant ce soir, il venait de dire qu'il avait des problèmes. Il avait l'air tendu, des voix s'étaient élevées dans le lointain : une fillette avait crié. S'agissait-il de problèmes conjugaux ? Allaient-ils divorcer ? Oh, mon Dieu, faites qu'il n'en soit rien. Était-ce à cause de la vente de la forêt ? Grey's Woods, comme on disait en ville.

Grey's Woods. Des kilomètres et des kilomètres de forêts ténébreuses, et le vent solitaire qui souffle à la fenêtre, toute la nuit... Brusquement, elle se leva, faisant glisser Sheba à terre. Les lumières de l'immense ville qui s'étendait au-dessous d'elle, très loin, s'éteignaient peu à peu, des milliers d'êtres s'apprêtant à dormir. Et il n'y avait personne, parmi tous ces gens...

« Petit frère ou non, dit-elle à voix haute, je me battrai. Pour moi. C'est ainsi que cela doit être. Bonne nuit, Sheba. »

Et soudain elle s'aperçut qu'elle s'était remise à pleurer.

CHAPITRE 4

Le Dr Vanderwater avait vraiment l'air d'un médecin. En quittant son cabinet, après leur première visite, Sally avait fait cette remarque, qui avait amusé Dan.

« Comment faut-il être pour avoir l'air d'un médecin ?

— C'est quelque chose d'indéfinissable. Une simple manière d'être, sans doute. Mais je l'ai trouvé sympathique, pas toi ? »

Il en convint.

« J'étais certain que nous l'apprécierions. Il jouit d'une excellente réputation, bien qu'il soit encore jeune, et il est solide. Il a beaucoup de bon sens, sans être alarmiste. Grâce à lui, Sally, nous allons savoir ce qui se passe et Tina n'aura plus aucun problème. »

Maintenant, séparée du praticien par une vaste table en acajou, elle se souvenait de ces paroles. Devant lui trônait une photo encadrée de cuir représentant quatre garçonnets rieurs dont les cheveux noirs et bouclés apparaissaient comme la reproduction fidèle de ceux de leur père. Il avait donc des enfants, ce qui lui donnait une expérience pratique incontestable, tandis que sa compétence était attestée par la douzaine de certificats et de diplômes accrochés au mur. Tout cela était fort rassurant, comme les manières aisées du médecin.

« Comment va Tina, cette semaine ?

— La semaine a été plutôt bonne.

— Parfait, parfait. C'est une gentille petite fille. Ma femme et moi, nous nous demandons souvent quel effet cela ferait d'avoir une petite fille à la maison, dit-il en jetant sur la photo un regard chargé de tendresse. Donc, vous avez l'impression qu'elle fait des progrès. »

Ce simple mot de progrès procurait déjà un incontestable réconfort. Pourtant, mue par le désir de bien mettre les choses au point, Sally ajouta :

« Il y a eu une scène terrible dimanche dernier, quand des amis à nous sont venus voir Susannah. Je la tenais dans mes bras et, naturellement, tout le monde a fait cercle autour de nous en lui parlant comme on parle à un bébé. Et puis quelqu'un s'est souvenu de la présence de Tina et lui a dit quelque chose de gentil. Elle n'a pas répondu, elle s'est mise à pleurer et a même poussé des cris quand le monsieur en question lui a caressé les cheveux. Elle lui a aussi envoyé des coups de pied dans les chevilles. J'étais très gênée, ajouta Sally d'un air navré. Mais je suppose que ce genre de scène n'a rien d'exceptionnel. »

Le docteur hocha la tête.

« Rien d'exceptionnel, en effet. Manifestement, Tina est une enfant très sensible et ses réactions sont parfois extrêmes, vers le positif ou vers le négatif. Mais, quand on observe le monde des adultes, on peut faire la même constatation. Il existe toutes sortes de variations possibles du comportement, n'est-ce pas ?

— En somme, nous avons là un aperçu de ce que sera Tina une fois devenue grande.

— Dans un sens, oui. Évidemment, elle ne restera pas éternellement au stade où elle en est maintenant, à cinq ans, mais pour l'essentiel, et très profondément, elle ne sera jamais un être flegmatique. Mais il n'y a aucun mal à cela. Pour l'instant, elle se trouve dans une phase temporaire de grande anxiété, parce que sa présence lui semble avoir été remise en question. Selon elle, le bébé est un intrus qui a usurpé la place qu'elle occupait dans la famille. Il va donc falloir lui apprendre à accepter cette situation, à comprendre qu'en fait sa place n'a pas été usurpée, qu'il y a suffisamment d'espace pour elle et pour le bébé. Il lui faudra du temps pour y parvenir.

— Beaucoup de temps ?

— Madame Grey, je n'ai pas de boule de cristal. La psychothérapie n'a rien à voir avec la chirurgie orthopédique qui vous permet de dire si vous remarcherez ou non après l'opération. Mais je suis certain que vous êtes suffisamment informée sur la rivalité entre les aînés et les cadets pour n'avoir point besoin d'explications de ma part. »

Maintenant, Sally se sentait suffisamment soulagée pour pouvoir sourire un peu.

« Mon mari avait donc raison. Je dois vous dire qu'il n'avait guère été convaincu par le premier diagnostic. Il croit toujours à la primauté du sens commun. »

Le Dr Vanderwater lui adressa un sourire légèrement réprobateur.

« Le sens commun est malheureusement souvent plus commun que sensé. Pourtant, dans le cas de Tina, je suis d'accord avec votre mari. Je n'ai bien entendu aucune idée de ce qu'était ce premier diagnostic et je ne veux pas le savoir. Mais, après avoir examiné Tina une douzaine de fois, je n'ai trouvé aucune raison d'aller chercher autre chose. Franchement, madame Grey, je suis désolé de constater à quel point notre profession peut être marquée par certaines modes. A présent que nous avons réussi à étaler au grand jour des maux que l'on cachait ou dont on niait autrefois l'existence, nous avons parfois tendance à tomber dans l'excès inverse. Il nous arrive de diagnostiquer des sévices commis à l'encontre des enfants, par exemple, là où il n'y a pas de quoi fouetter un chat, tout cela parce que nous croyons nous rappeler des choses qui se seraient "produites" il y a trente ans et qui en fait ne sont jamais arrivées. Un concept très utile se trouve ainsi exploité complètement de travers. »

Sally avait envie de rire. Des bulles impétueuses et aériennes lui emplissaient la gorge, mais ce furent de minuscules larmes qui perlèrent sous ses paupières. Elle les en chassa en clignant les yeux.

« Je ressens, dit-elle, je ressens un soulagement que j'aurais beaucoup de mal à décrire. Vous venez de me faire un cadeau fabuleux, c'est comme si vous m'aviez accordé cent ans de vie supplémentaire. »

Elle dut s'essuyer les yeux, reprenant ensuite :

« Pendant tous ces mois de printemps, j'ai eu l'impression de porter une tonne de plomb sur mes épaules. Je ne parvenais pas à comprendre comment une telle horreur pouvait être possible, car enfin Tina sait très bien qu'elle ne doit pas se laisser tripoter par n'importe qui. Non, je n'arrivais vraiment pas à comprendre. »

Le docteur reprit avec bonté :

« Vous allez pouvoir également ôter ce poids des épaules de votre mari. Rentrez chez vous et laissez l'espoir renaître de nouveau dans votre vie.

— Désirez-vous revoir Tina, docteur ?

— Oh, oui, amenez-la-moi ici une fois par semaine.

— Et mes voyages ? On m'a demandé d'aller au Mexique pour

faire un reportage sur les travailleurs migrants. A votre avis, vaut-il mieux que je reste à la maison ?

— Oui, pendant un temps du moins. Restez chez vous et vaquez à vos occupations habituelles. Vous êtes une bonne mère, madame Grey. »

Une fois sortie, Sally compara ses sentiments actuels avec ceux qu'elle avait éprouvés en quittant le cabinet de l'autre docteur, trois mois plus tôt. La confiance du Dr Vanderwater était contagieuse. Il était ce que Dan appelait un « homme dynamique ». Ayant toujours été dynamique elle-même, Sally se sentit regonflée à bloc et en grande forme. Sa vigueur d'antan était revenue. Pendant tout le trajet du retour, elle laissa l'autoradio allumé et chanta en musique.

*

« Tiens, Tina, c'est pour toi », s'exclama Clive.

On sortait de l'écurie un minuscule poney à la robe d'un blanc crémeux, constellée de taches brun chocolat.

« Il est arrivé de Pennsylvanie hier, un bien long trajet, et il n'en a pas souffert le moins du monde. Alors, il n'est pas superbe ? Qu'en dis-tu, Tina ? Qu'est-ce que tu en penses ? »

Clive avait beaucoup de mal à cacher le plaisir qu'il éprouvait à faire un cadeau aussi somptueux.

Les yeux de l'enfant s'étaient écarquillés. Ils sont presque aussi ronds et presque aussi grands, se dit Sally, que ceux du poney.

« Tu croyais peut-être que j'avais oublié ma promesse, reprit Clive, espérant une réaction de la part de Tina. Tu le croyais, hein ? Tu as eu peur ? »

Tenant toujours la main de Dan, la fillette se contenta de secouer négativement la tête.

« Non, hein ? Tu savais bien que je n'oublierais pas. Mais il a fallu que je trouve exactement le poney qu'il te fallait. C'est une fille, tu sais. Viens, j'ai un bout de sucre et un morceau de pomme que tu vas pouvoir lui donner. Comme ça, elle saura qu'elle t'appartient. Vas-y, Tina. »

Comme la fillette ne bougeait toujours pas, Dan intervint à son tour :

« Vas-y ! Tu es déjà montée sur un poney, tout de même. Regarde comme elle est gentille ! Tiens, prends la pomme et approche-la de sa bouche. »

Prenant la main hésitante de sa fille, il la guida doucement.

« Fais comme moi. Touche son nez comme il est doux.

— Il est tout humide.

— C'est normal. C'est toujours comme ça. »

La petite main s'aventura, puis s'écarta vivement.

« Sa langue, ça fait tout drôle !

— Oui, elle est rugueuse. La langue des poneys, elle est faite comme ça. »

Le poney, tendant le cou vers la main hésitante de Tina, lui imprima une brusque secousse et saisit la pomme ; tout aussi soudainement Tina poussa un cri de joie.

« Regarde ce qu'elle fait. Elle m'aime. Elle veut que je lui donne à manger. »

L'espace d'un instant, Sally sentit son cœur bondir dans sa poitrine. La Tina d'autrefois avait resurgi, on lui avait rendu son enfant, elle avait retrouvé son enthousiasme, sa joie de vivre et ses réactions vives et hardies. Rencontrant le regard de Dan, elle se rendit compte qu'il éprouvait la même exaltation qu'elle.

« Bien sûr qu'elle te trouve gentille. Elle ne va pas tarder à t'aimer. Veux-tu que je te mette sur son dos ? Elle est sellée et prête à t'accueillir. »

La satisfaction de Clive augmentait à vue d'œil.

« J'ai acheté une bombe pour Tina. Un casque de protection. J'aurais bien pris la tenue d'équitation complète, la culotte et la veste, mais je ne connaissais pas sa taille, alors je te laisse t'en occuper, Sally. On va faire un petit tour maintenant. Deux ou trois kilomètres sur la piste et on revient.

— Je veux y aller, je veux y aller », s'écria Tina.

Dan acquiesça sans hésiter.

« D'accord. Nous t'attendons ici. »

Sally s'assit à côté de lui sur un banc, près du mur de l'écurie, et Clive apparut bientôt monté sur un splendide hongre noir. Elle murmura alors à l'oreille de son mari :

« C'est son luxe à lui. Il a payé ce quarteron quinze mille dollars. »

Nerveusement, en dépit de leurs résolutions de rester calmes en toute circonstance, Sally et Dan regardèrent le cheval et le poney s'éloigner très lentement, montés de leurs cavaliers. Clive avait le buste bien droit et il paraissait très à l'aise, sanglé dans sa redingote et chaussé de bottes impeccables. Tina, bien droite également, était fière de son chandail mauve et de sa bombe toute neuve, garnie de velours vert. Quand ils eurent disparu après une courbure de la piste, Dan rassura Sally.

« Ne t'inquiète pas, il va en faire une véritable cavalière. Elle avait l'air enchantée, hein ? Je crois qu'il a touché la corde sensible. Tu aurais imaginé, toi, qu'elle se passionnerait ainsi pour le poney ? Franchement, je pensais qu'il faudrait beaucoup de patience pour la convaincre. Finalement, je crois qu'elle a du cran, cette petite. Comme sa mère », ajouta-t-il en passant un bras autour des épaules de sa femme.

Cette journée de mai rappelait plutôt un temps de mois de mars. Le soleil, qui avait brusquement disparu derrière des nuages gris-blanc, bouclés comme l'échine d'un mouton, restait suspendu juste au-dessus de l'horizon. Le club d'équitation avait été déserté, en cette fin d'après-midi du samedi, chevaux et humains ayant tous réintégré les installations intérieures.

« Qu'il fasse gris ou non, il fait trop bon dehors pour rester enfermé, fit Dan. Regarde, Sally, des éperviers à queue rouge ! Ils parcourent trois cents kilomètres par jour. »

Elle suivit la direction indiquée par sa main et aperçut un rapide défilé d'oiseaux dans le ciel. Prenant de l'altitude avant de plonger en oblique, ils se déplaçaient en direction du nord.

« On va en voir de plus en plus, maintenant, jusqu'à la fin octobre. Ils regagnent leurs nids. »

Il se leva pour mieux suivre du regard les cercles décrits par leur vol erratique.

« Remarque bien la façon dont ils suivent le vent. Ils se laissent porter par les courants ascendants d'air chaud. Quel spectacle ! »

Puis, pivotant sur place pour faire face à la forêt verdissante, il s'exclama :

« Bien qu'il fasse encore froid, je peux déjà sentir les odeurs estivales. L'herbe et la chaleur. Elles sont dans l'air. Oh, Sally, tu imagines ce que ce paysage deviendrait si on y traçait des routes en tous sens. Rien qu'à l'idée qu'on implanterait des centres commerciaux et des pavillons, j'en ai le cœur qui se soulève. »

Il s'était écoulé des semaines depuis que Dan avait parlé de ce projet pour la dernière fois, et elle comprit alors combien sa détresse devait être profonde. Quand quelque chose le tracassait intensément, il évitait d'en parler. Elle l'avait remarqué depuis longtemps. Et ses quelques rudiments de psychologie lui permettaient de comprendre que ce silence était une façon de nier le problème.

« Ian t'en a-t-il reparlé depuis l'anniversaire d'Oliver ? demanda-t-elle.

— Non, et je ne lui en ai rien dit non plus. Nous nous respectons trop pour vouloir devenir ennemis, alors nous évitons le sujet. Nous remettons à plus tard une nouvelle confrontation, le plus tard possible. Mais, quand les interminables formalités seront accomplies, quand viendra le moment d'apposer des signatures au bas de l'acte de vente, il faudra bien reprendre les discussions. Et elles n'auront rien d'agréable, conclut-il d'un air farouche. C'est une perspective qui ne me réjouit guère, Sally. »

Oui, le conflit qui allait inévitablement éclater ne manquait pas d'inquiéter Sally. Car même si les investisseurs étrangers renonçaient à leur offre, il y aurait toujours le problème causé par les exigences d'Amanda Grey. Où prendraient-ils les sommes susceptibles de la satisfaire ? Une femme bien étrange, vraiment, une excentrique bourrée de contradictions...

Le jour de leurs noces, elle était restée sur les marches de la petite église du village pour attendre la sortie des jeunes mariés. Ils ne s'attendaient pas à la voir : elle leur avait envoyé un superbe service à vaisselle de fabrication anglaise, ainsi qu'une lettre où elle s'excusait de ne pas pouvoir venir.

« Soyez bénis tous les deux, avait-elle dit. J'ai finalement décidé de faire un saut jusqu'ici. Je suis contente que mon frère vous ait épousée, Sally. J'ai eu l'occasion de voir ce que vous faites, une fois que Dan m'a informée de son projet de mariage, et, d'après vos photographies, j'ai pu me faire une idée assez précise de la femme que vous êtes. Il y a en vous une incontestable faculté de compassion.

— Mais où cours-tu ainsi, Amanda ? Tu ne viens pas au vin d'honneur ?

— Non, non, j'ai un avion à prendre. Je rentre tout droit à la maison. Je voulais seulement te voir. »

Oui, un comportement vraiment étrange !

« Quand ce n'est pas un problème, c'en est un autre », dit-elle, regrettant amèrement que Dan soit si profondément affecté.

Il se dressa devant elle et leva vers lui le visage de sa femme, en la prenant par le menton.

« Non, Sally. Ce n'est pas ainsi qu'il faut voir les choses. Tu résous un problème et ensuite tu passes au suivant. C'est ainsi que va la vie. Nous avons pratiquement résolu le problème de Tina, n'est-ce pas ? Cela me semble de plus en plus clair. Quand j'ai dit à Clive que...

— Quoi ? Tu as parlé de Tina à Clive ?

— Oh, je lui ai seulement dit que nous avions un problème à son sujet... »

En une seconde la compassion se mua en colère.

« Tu as parlé de notre enfant avec Clive ? Je n'arrive pas à le croire.

— Mais voyons, attends un peu. Je lui ai seulement...

— Tu l'as informé du plus intime de nos problèmes. Et moi qui étais persuadée que tu n'en parlerais à personne ! »

Elle était furieuse.

« Mais enfin, Sally, Happy voit la petite tous les jours à l'école. C'est même elle qui t'a alertée la première. Et tout le monde a pu constater les bizarreries du comportement de Tina. Où est le secret ? De toute façon, ce n'est pas sorti de la famille.

— La famille, c'est vite dit. L'univers où évolue Happy la dépasse largement. D'ailleurs, je suis loin de lui avoir tout dit au sujet de Tina. Quant à aller raconter ça à Clive ! Bon sang, tu ne lui as tout de même pas parlé des conclusions du premier docteur ?

— Non, pas exactement, mais...

— Ça veut dire quoi, "pas exactement" ? Donc tu lui as dit, n'est-ce pas. Ça saute aux yeux que tu lui en as parlé.

— Non, je n'ai rien dit, mais même si je l'avais fait, cela n'aurait aucune importance. Clive est un homme tout à fait honorable.

— Il fait de la déprime. C'est un type bizarre, un lamentable désaxé. »

Ce fut au tour de Dan de se mettre en colère.

« Ce jugement est parfaitement exagéré et profondément injuste. Je ne m'étais jamais aperçu que tu détestais Clive.

— Je ne le déteste pas, mais de là à lui faire des confidences ! »

Elle s'interrompit, cherchant avec quels mots elle pourrait définir ce sentiment vague, vaporeux, sans doute impossible à préciser, qui avait commencé à prendre corps en elle quelques instants plus tôt.

« Il est bizarre, il souffre de la solitude, il a des problèmes... »

Dan ne la laissa pas en dire davantage.

« Ce que tu dis là est parfaitement stupide, j'espère que tu t'en rendras compte très vite. "Il est bizarre, il souffre de la solitude, il a des problèmes", ironisa-t-il. Donc nous évitons sa compagnie. Nous ne fréquentons que les types grands, beaux et heureux. C'est bien ça ?

— Ce n'est pas du tout ce que j'ai voulu dire, et tu le sais parfaitement, Dan Grey. Je suis juste terriblement contrariée à l'idée que tu lui as parlé de Tina. Il ne connaît rien aux enfants, il...

— En tout cas, il s'accorde très bien avec celle-ci, lança Dan d'un ton tranchant. Tiens, les voilà qui arrivent. »

Le cheval et le poney sortaient de la forêt au petit trot. Les tresses de Tina oscillaient joyeusement et sa petite frimousse ronde était rougie par le vent. Elle riait aux éclats.

« On continue », dit-elle aussitôt que les deux montures se furent immobilisées.

Dan la saisit dans ses bras pour la mettre à terre.

« Alors, ça t'a plu. Tu es heureuse d'avoir ton poney à toi ?

— Oh, oui. Et nous lui avons donné un nom. Tu sais comment on a décidé de l'appeler ?

— Non. Dis-le-nous.

— Devine.

— Princess, proposa aussitôt Sally.

— Brownie, dit Dan.

— Whitey.

— Speedy.

— Faux ! Vous avez tout faux, exulta Tina. C'est Susannah. Elle s'appelle Susannah. »

Les parents se regardèrent d'un air consterné. Dan fut le premier à formuler une objection.

« Impossible. C'est le nom de ta petite sœur. Tu ne peux pas le donner à un poney.

— Nous ne pouvons pas avoir deux Susannah, renchérit Sally. Personne ne saura jamais de laquelle nous voulons parler.

— Nous n'en aurons pas deux, rétorqua Tina, puisque l'autre vous allez la ramener.

« — Non, en voilà assez, lança Dan avec fermeté. Nous n'allons ramener ta petite sœur nulle part. Elle est à nous, on te l'a dit plus de cent fois, et il faudra que tu trouves un autre nom pour le poney, sinon tu ne pourras pas le garder.

— Doucement, Dan, murmura Sally en posant une main sur le bras de son mari. Tina, je vais t'aider à trouver un nom beaucoup plus joli pour le poney.

— Oncle Clive a dit que je pouvais l'appeler comme je voulais, parce qu'il était à moi. »

Les lèvres crispées de Tina annonçaient l'arrivée imminente de larmes de défi.

« Je ne t'ai pas dit que tu pouvais l'appeler comme ta petite sœur, intervint alors Clive. Allons, ne pleure pas. Tiens, donne les rênes, lança-t-il, car un employé s'était avancé pour emmener l'animal vers l'écurie. Ensuite nous rentrerons au manoir et tu auras un bon chocolat chaud avec des marshmallows. Beaucoup de marshmallows. Ça te va ? »

Une fois de plus, il avait séduit Tina et évité le conflit, mais gâter ainsi l'enfant ne résoudrait rien. Si bien intentionné fût-il, ses interventions étaient mal venues, elles ne pourraient que compliquer la situation encore davantage, en fin de compte. Assez mécontente de la tournure que prenaient les événements, Sally leur emboîta le pas jusqu'au Manoir.

*

D'un moment à l'autre, la table roulante portant le service à thé allait apparaître à la porte de la bibliothèque. On l'entendait avancer dans le couloir, dans un tintement de porcelaine remuée. On avait l'impression que la cuisine se trouvait à des kilomètres de là. Deux familles nombreuses auraient été à l'aise dans cette grande maison, se dit Sally. Comme cela doit être sinistre pour Clive de vivre dans ces vastes pièces, surtout quand Oliver n'est pas là, ce qui lui arrive souvent, et c'est justement le cas en ce moment.

« Père a téléphoné de Washington ce matin, annonça Clive. Ils l'ont nommé au conseil d'administration d'un autre musée. Et on parle aussi d'un projet qui consisterait à organiser une initiation

71

artistique dans les écoles du centre ville. Évidemment, il attache beaucoup d'importance à des initiatives de cet ordre. Il avait l'air très content, en tout cas. »

Clive était assis sur une chaise basse rembourrée qui aurait fort bien pu être fabriquée tout spécialement pour lui, car elle lui permettait de poser les pieds sur le sol, bien que cette sorte de bergère fût plutôt le genre de meuble que l'on aurait pu s'attendre à trouver dans une chambre. L'image de l'homme élégant et svelte qu'il avait donnée une fois juché sur son cheval avait disparu. Maintenant, non seulement il avait retrouvé son habituel aspect rabougri mais il paraissait malade, épuisé, presque à bout de forces, comme s'il avait perdu tout à coup l'essentiel de sa vitalité.

Sortant une cigarette de sa poche, il demanda poliment la permission de l'allumer, bien qu'il sût d'avance qu'on allait la lui accorder.

« Cela ne t'ennuie pas, Sally ? »

Et comme, une fois de plus, la jeune femme avait secoué la tête, il craqua une allumette et renversa la tête en arrière d'un air voluptueux, rejetant la fumée par les narines.

« Ça te fait tousser, objecta Dan avec douceur. C'est mauvais pour les bronches. Quand donc vas-tu t'arrêter ? »

Clive fit un large sourire.

« Probablement jamais. Pas avant que je me retrouve à six pieds sous terre, en tout cas.

— Un homme de ton intelligence ! Toi qui devrais enseigner les maths à Harvard ou dans une autre université tout aussi prestigieuse. Tu porterais des vestes en velours avec des pièces de cuir aux coudes et tu fumerais la pipe. Au moins, la pipe te ferait moins de mal que la cigarette !

— Toi, tu es en train d'essayer de te débarrasser de moi ! Non, finalement je suis parfaitement satisfait de ma situation actuelle. Enfin, plus ou moins. »

Clive était vraiment de bonne humeur ce jour-là. Il en était rarement ainsi, surtout en présence de Ian, qui avait le don de le faire rentrer dans sa coquille. Son élocution brève ne manquait pas de brusquerie. Et parfois, songeait Sally, quand on surprend son regard posé sur vous on a l'impression qu'il nourrit d'étranges pensées à votre endroit ; impossible de dire s'il appréciait votre personne ou non.

En tout cas, il aimait beaucoup Tina, aucun doute là-dessus. La fillette venait de se resservir une assiettée de marshmallows, et, après en avoir trempé un dans une tasse de chocolat trop remplie, l'avait laissé tomber sur la moquette.

« Oh, mon Dieu, regarde ce que tu as fait. Il va y avoir une tache.

— Ce n'est rien. Elle ne l'a pas fait exprès, intervint Clive. Quelqu'un nettoiera. »

Sally n'était pas certaine que ce fût un accident. Tina adorait attirer sur elle l'attention, et provoquer des incidents de ce genre était son procédé favori. Mais ce n'était ni le moment ni le lieu de faire une scène à ce propos.

« Au fait, poursuivit Clive — vous en ai-je déjà parlé ? —, je me fais construire un bungalow à Red Hill. Ce ne sera qu'à cinq cents mètres de la maison, mais j'aurai l'impression d'y avoir un peu plus d'intimité. Il y a déjà un moment que j'aspire à avoir un endroit bien à moi, où je puisse me lever à cinq heures du matin sans déranger père ou ses invités, pour monter à cheval. Je pourrai même y rester une partie de l'hiver.

— Ça t'allongera le trajet pour aller travailler, observa Dan d'un air peu convaincu.

— Cent bornes, sur une route toute droite, c'est pas la mer à boire, surtout de bonne heure le matin. Ça sera très chouette de faire du cheval tout seul dans les bois en plein hiver. Ici, au club d'équitation, il y a toujours trop de monde. Moi, ce que j'apprécie, c'est le silence qui règne dans les bois l'hiver. Pas un bruit, pas même les oiseaux ; et les jours de grand calme, on n'entend même pas le vent. »

Dan approuva d'un hochement de tête.

« Alors, pour ça, je suis tout à fait d'accord. Évidemment, je ne suis pas un solitaire comme toi, mais je comprends très bien ton amour pour la forêt et je le partage entièrement. Malheureusement, ton frère a une autre vision des choses puisqu'il veut brader les bois à une société étrangère. »

La réaction de Clive ne manqua pas de surprendre son cousin.

« Oh, il en garderait une partie. Après tout, il n'a pas l'intention de vendre la totalité.

— Une partie, s'exclama Dan. Tu trouves ça bien ? »

Clive haussa les épaules.

« Dans la mesure où père n'y voit pas d'objection !

73

— Mais il ne veut pas prendre parti. Tu l'as entendu le dire très nettement. C'était le jour de son anniversaire ; ici même. Il pense que c'est à nous trois de prendre une décision. »

Tina se promenait de côté et d'autre, touchant à tous les bibelots, mais surveillée étroitement par sa mère qui voulait éviter qu'elle abîme quoi que ce soit. Sally bondit soudain de son siège pour se porter au secours du manège miniature en argent.

« Je veux entendre la musique. Fais-le marcher », ordonna Tina.

Et comme Sally refusait, lui faisant remarquer que ce n'était pas un jouet, elle lui donna un grand coup de pied dans les chevilles.

Cette fois, Dan se précipita vers elle.

« Ça suffit, Tina. Tu es peut-être fatiguée, il y a peut-être quelque chose qui te contrarie, mais tu n'as aucune raison de faire du mal à ta mère. Va t'asseoir sur cette chaise et n'en bouge plus jusqu'à ce que nous décidions de rentrer à la maison.

— Tina est une très gentille petite fille. Viens t'asseoir sur mes genoux, dit Clive d'un ton caressant. Un jour, si tu es bien sage, tu l'auras pour toi toute seule, ce manège. »

Les regards exaspérés de Dan et de Sally se croisèrent et ce fut Dan qui protesta le premier.

« Non, il faut d'abord qu'elle apprenne... »

Mais Tina était déjà juchée sur les genoux de Clive où elle trôna triomphalement, éparpillant sur son protecteur et sur le tapis d'innombrables miettes de cookies.

Fâchée et mal à l'aise, Sally restait assise sur le bord de sa chaise. Elle voulait partir. Mais Dan ne l'entendait pas de cette oreille. Il voulait revenir sur le sujet qui le préoccupait tant.

« Mais enfin, qu'en pense-t-il, Oliver ? Il ne nous en a rien dit. A ma connaissance, du moins. Alors, que va-t-il en advenir ?

— Oh, on verra bien, répliqua Clive en caressant les longues nattes de Tina.

— On verra bien. Tu me parais rudement philosophe tout d'un coup. Ce qui me surprend, c'est que tu ne sois pas davantage choqué par le projet de Ian. Toi qui n'es presque jamais d'accord avec lui sur rien.

— Ce n'est pas mon opinion qui compte, c'est celle de père. Il m'a dit la semaine dernière qu'après tout cette vente ne serait pas une si mauvaise idée dans la mesure où elle nous permettrait de désintéresser Amanda. Cela reviendrait moins cher qu'un procès long et coûteux.

— Cet argument a déjà été avancé et je ne suis pas du tout d'accord.

— C'est une simple idée. Père n'a encore rien décidé.

— A mon avis, il ne faut pas céder à la menace. D'où qu'elle vienne.

— Peut-être. »

Et Clive haussa les épaules, ainsi qu'il en avait l'habitude quand un sujet de conversation l'ennuyait.

Cette discussion ne menant à rien, Sally décida d'intervenir.

« Vous avez encore le temps de vous mettre d'accord. Des mois, sans doute. Mais, pour le moment, Tina n'a pas fait la sieste et la journée a été longue pour elle. Quant à moi, j'avoue que je suis un peu fatiguée. »

En fait, elle était de mauvaise humeur et s'en rendait parfaitement compte. Elle n'appréciait pas du tout que Tina fût assise sur les genoux de Clive...

Quand ils se levèrent pour prendre congé, Clive dit :

« Quand ma maison, enfin mon bungalow, sera terminée l'automne prochain, j'inviterai Tina à y venir. Comme ça on pourra faire du cheval ensemble. Tu amèneras ton poney, Tina, mais seulement si tu lui donnes un nom approuvé par ton papa et par ta maman. J'ai eu autrefois une jument qui s'appelait Rosalie. Qu'est-ce que tu en penses ?

— D'accord, dit Tina en bâillant.

— Alors, c'est entendu. Rosalie et toi vous viendrez me voir à Red Hill.

— Tina et toi, vous serez seuls là-bas ? »

Sally n'avait pu cacher sa contrariété. Elle reprit :

« Vraiment, Clive ! Mais qui va s'occuper d'elle ?

— La femme du gardien est très compétente. Tu n'aurais aucune raison de te faire du tracas, Sally.

— On verra. D'ici l'automne, on a le temps d'y réfléchir. »

Mis à part le cadeau de ce poney, l'après-midi n'avait été vraiment satisfaisant pour personne. Il y avait trop de problèmes sous-jacents qui restaient non résolus...

« Il n'est pas question que Tina aille chez Clive, dans ce bungalow, déclara Sally à voix basse, bien que la fillette fût déjà profondément endormie sur le siège arrière de la Familiale.

— Pourtant, deux ou trois jours de vie au grand air, comme

75

ceux qu'elle a passés chez tes parents, ne pourraient que lui faire le plus grand bien.

— Clive n'est pas ma mère. Tu ne vas tout de même pas comparer !

— Que veux-tu qu'il lui arrive ? Les Merz sont à Red Hill depuis des années et ils ont même une petite-fille qui pourrait jouer avec Tina. »

Sally s'inquiétait de ses propres pensées. Elles étaient sordides et sombres. Elle en vint à se dire qu'elle réagissait de façon irrationnelle. Pourtant, elle n'en déclara pas moins :

« Je n'aime pas du tout la façon dont Clive se comporte avec Tina.

— Je suis bien d'accord avec toi, convint Dan. Il se mêle de ce qui ne le regarde pas et ça m'a tapé sur les nerfs. Mais il l'aime bien, cette petite, ça se voit tout de suite. Il faut dire aussi qu'il vit tout seul, ça explique beaucoup de choses.

— Comment veux-tu qu'il se trouve quelqu'un ? A la façon dont il vit... Il est vraiment bizarre, Dan, oui, très bizarre. Et ça ne m'avait jamais autant frappée qu'aujourd'hui.

— Je n'ai pas vu en quoi il était différent aujourd'hui. Que veux-tu dire au juste ?

— Ça ne t'a rien fait de voir Tina assise sur ses genoux ?

— Pour l'amour du Ciel, Sally, où veux-tu en venir ?

— Une idée qui me trotte dans la tête. Ce n'est pas encore très précis. Tu ne le vois jamais avec personne, ni homme ni femme. Où va-t-il ? Que fait-il ?

— Où il va, ce qu'il fait, comment diable veux-tu que je le sache ? Je ne le lui ai jamais demandé.

— Tu devrais peut-être le faire.

— Je ne vois toujours pas où tu veux en venir, mais manifestement tu penses à quelque chose de sale, n'est-ce pas ? »

Elle resta silencieuse. Les mots n'arrivaient pas à se former dans sa bouche. Pourtant, au point où elle en était arrivée, elle se devait de lui répondre.

« Peut-être. Probablement, même. Je ne sais pas.

— Vraiment, Sally, il faut avoir l'esprit mal tourné pour parler ainsi d'un chic garçon comme lui, ou même pour nourrir de pareilles pensées. Clive n'a rien à se reprocher, il est un peu bizarre, bien sûr, mais c'est un type super. J'ai passé toute mon adolescence avec lui, je suis bien placé pour le savoir.

76

— Tu étais encore tout petit quand tu es arrivé dans cette maison et lui, il avait déjà... presque dix-huit ans.

— C'est un type bien, je te dis. »

Dan ne pouvait dissimuler son irritation et son agacement. Il ne pouvait supporter qu'on attaque ainsi un homme qu'il estimait. Sally offensait sa loyauté, bien qu'elle fût à cent lieues de nourrir une telle intention. Pourtant, il lui était impossible de chasser ses appréhensions et les mots qui lui manquaient finirent par se former d'eux-mêmes.

« Et suppose — oh, laisse-moi parler, et ne te monte pas ainsi contre moi ! — suppose que le premier docteur, tu sais bien, le Dr Lisle, ait trouvé le bon diagnostic à propos de Tina... »

Dan sursauta sur son siège.

« Pour l'amour du ciel, tu as failli me faire rentrer dans le décor ! Clive ? Clive ? C'est à ça que tu penses ? Il faut que tu sois complètement folle, Sally ! »

Cette réaction la surprit. Il avait peut-être raison, après tout. Ce qu'elle venait de dire était vraiment horrible.

« Excuse-moi. Cette idée n'aurait même pas dû me venir à l'esprit. Mais elle a surgi en moi cet après-midi, pas avant, je te le jure. C'est abominable et je regrette de l'avoir eue. Mais il est bien difficile de contrôler ses propres pensées.

— Abominable est le mot juste, oui, c'est abominable d'accuser un innocent, même si ces accusations restent inexprimées. Écoute, le Dr Vanderwater nous a donné une explication on ne peut plus satisfaisante, et c'est le meilleur spécialiste de la région. Alors, oublie cette femme et ses théories à la noix. Oublie toute cette histoire. Bon sang, s'en prendre à Clive, lui surtout ! »

Elle resta silencieuse un moment, perdue dans ses pensées, puis ajouta :

« J'ai eu un moment d'aberration. N'en parlons plus, veux-tu ?

— D'accord, d'accord.

— On fait la paix ?

— Allons, Sally, c'est déjà oublié. »

Quelles pensées absurdes ! Sally avait honte de les avoir eues. D'autant qu'elle n'avait eu aucun fait tangible qui aurait pu étayer ses soupçons. Rien du tout. Décidément, mieux valait ne plus parler de cette histoire.

Pourtant, dans le secret de son âme, elle avait décidé de tout faire pour empêcher Tina d'aller séjourner chez Clive à Red Hill. Si ridicule que fût cette résolution, elle s'y accrocherait à corps perdu. C'était elle la mère, c'était à elle de prendre ses responsabilités. Parfois, une femme se devait de cacher certaines choses à son mari, même si c'était un être aussi pondéré et aussi généreux que pouvait l'être Dan, cet homme qu'elle aimait tant.

CHAPITRE 5

Mai 1990

A quatre-vingt-dix kilomètres de Scythia, en prenant d'abord la nationale, puis en obliquant à gauche, vers le nord, sur une départementale, à l'entrée d'une localité d'aspect peu accueillant, avec ses maisons en bois, se dresse un ensemble miteux de constructions brunâtres : un restaurant rapide, une station-service et le motel Happy Hours (« Les Heures heureuses »). Sur le parking, un projecteur protège les deux voitures qui y sont garées et la lumière filtre à travers les volets jusqu'au lit où Ian Grey est en train de dormir.

La première sonnerie de l'alarme de sa montre-bracelet le réveilla à dix heures. Il ne s'était pas assoupi très profondément, d'ailleurs, même si, en général, après l'amour, il avait l'habitude de dormir comme une souche. Mais tout dépendait de l'endroit, en fait. A Las Vegas, l'année dernière, avec Roxanne, ou lors de ce week-end au Waldorf, à New York, il n'avait pas eu lieu de s'inquiéter pour rentrer au logis à une heure décente.

Mieux valait la réveiller finalement, bien qu'il fût dommage de troubler un calme aussi agréable. Une joue et une main étaient ensevelies sous les abondantes mèches châtaines répandues sur l'oreiller. Comme il aimait enfouir son visage dans ces cheveux ! Sur la couverture était posé un bras autour duquel miroitait, à la lueur provenant de la fenêtre, une paire de bracelets d'or et de diamants, cadeaux de l'an dernier et de la présente année, car, depuis qu'ils se connaissaient, il avait pris pour principe de lui faire un présent chaque année. Elle avait posé son vison neuf sur le dossier d'une chaise. Elle le porterait, supposait-il, aussi longtemps que les nuits un peu fraîches lui en fourniraient le prétexte. Et il se mit à rire silencieusement. Cette fille en voulait à son argent et pourtant elle l'aimait. Elle l'aimait vraiment.

Il la connaissait bien, maintenant. De A jusqu'à Z. Il savait dans quelles circonstances lamentables elle avait perdu sa mère, son père

79

s'étant aussitôt remarié avec une femme de six ans seulement plus âgée que Roxanne. Et il y avait à la maison deux jeunes bébés et un grand-père complètement gâteux, comme si le logis n'était pas déjà suffisamment surpeuplé !

Roxanne assurait en outre la garde de sa jeune sœur, qui allait encore au lycée. Un jour, par curiosité, il était passé en voiture devant chez eux. Avec son perron délabré et ses murs pelés, la maison n'était pas située très loin de l'usine, où la jeune fille travaillait au service des expéditions. Depuis trois générations, la famille était employée par les Grey.

Il se rappela alors dans quelles circonstances il avait fait la connaissance de Roxanne. Les bureaux de la direction et le service des expéditions n'étant évidemment pas situés côte à côte, ils s'étaient rencontrés dans un restaurant où un groupe d'amis l'avaient emmenée pour fêter son anniversaire. Ils s'étaient trouvés l'un près de l'autre devant le buffet circulaire où étaient présentés les hors-d'œuvre, au centre de la salle. Relevant le nez de son cocktail de crevettes, il avait plongé son regard dans la plus ravissante paire d'yeux qu'il lui eût jamais été donné de contempler, s'immergeant dans un lac nordique du noir le plus pur. Et quels cils ! Il en était resté bouche bée.

« Bonsoir, avait-elle dit, sans se démonter. Vous allez bien ?

— Très bien, avait-il rétorqué. On ne peut mieux, même. »

Et il ne s'était pas gêné pour laisser son regard s'attarder sur un décolleté généreux, des épaules dénudées et des hanches pulpeuses.

Elle lui avait alors adressé un sourire charmeur en déclarant :

« C'est bien, ici, n'est-ce pas ?

— Oui. Euh, vous vous appelez comment ?

— Roxanne Mélisande. »

Ce nom l'avait amusé.

« Vous pourriez répéter. May quoi ?

— Non, pas May. C'est Mé, avec un accent sur le e. C'est un prénom français, vous savez ?

— Allons, vous me faites marcher ! Vous n'êtes pas française. »

Et il avait ouvert tout grands ses yeux, lui décochant ce regard passionné qui manquait rarement de produire son petit effet.

Elle avait éclaté de rire.

« Vous non plus, vous n'êtes pas français. C'est quoi votre nom ?

— Ian.

— C'est un drôle de nom aussi. Comment ça s'écrit ?

— I-a-n. C'est écossais. »

Comme ils étaient en train de monopoliser le plat de crevettes, il allait devoir passer à l'action, et prendre l'initiative.

« Tout à l'heure, quand vous irez chercher votre dessert, je me mettrai juste derrière vous. Vous en profiterez pour me donner votre numéro de téléphone. D'accord ?

— D'accord. Tout à l'heure, je vous ai vu à votre table. La blonde à côté de vous, c'était votre copine ou votre femme ?

— Une copine.

— A d'autres. C'était votre femme. On ne me la fait pas. Elle est jolie.

— Aucune importance. Alors vous me le donnerez votre numéro de téléphone ?

— A votre avis ? »

Bien sûr qu'elle allait le lui laisser. Elle l'avait même suivi du regard, quand il était parti avec Happy, prenant sans doute la précaution de noter le numéro d'immatriculation de sa voiture, pour savoir qui il était. A la place de la fille, il aurait fait la même chose. C'était un jeu, aussi excitant que la roulette à Monte-Carlo, et infiniment plus amusant.

Il faisait froid maintenant dans cette chambre, et il serait bien agréable de se plonger sous les couvertures, mais il était déjà dix heures dix, grand temps de s'en aller, donc. Encore cinq minutes, se dit-il, ensuite je la réveillerai. Les femmes détestent qu'on les tire hors du lit, mais elles n'ont pas les mêmes problèmes que les hommes. Elles n'ont pas besoin de se dépêcher de rentrer chez elles.

De temps à autre, il passait en revue toutes ses conquêtes et il se demandait ce qu'elles étaient devenues. L'ardente et brune Arménienne — à moins que ce ne fût une Gitane — ou la blonde glaciale de près d'un mètre quatre-vingts, qui l'avait toisé d'un regard méprisant en lui interdisant de la toucher jusqu'au moment où il l'avait prise dans ses bras.

Pourtant, une fois leur idylle parvenue à son terme, aucune ne lui avait laissé un souvenir inoubliable. Et il en serait sans doute de même avec Roxanne, se disait-il avec un certain regret. Mais, pour le moment, on n'en était pas encore là. Elle avait déjà tenu beaucoup plus longtemps que les autres et à la simple idée qu'elle pourrait le quitter, qu'elle se laisserait étreindre par un autre, il sentait une rage folle l'envahir. Il savait qu'il était jaloux de nature.

Il savait aussi que Happy faisait partie intégrante de son existence, et qu'elle ne pourrait jamais en sortir. Il s'était marié à vingt et un ans, juste à la fin de ses études supérieures. Il faut dire que son père, impressionné par le raffinement et le charme de la jeune fille, et aussi par le fait qu'elle venait d'une grande famille remontant à l'époque coloniale, avait beaucoup poussé à la roue pour le mariage. N'empêche qu'il était tombé amoureux fou de Happy et qu'il l'aimait encore. Ce genre d'amour n'avait rien à voir avec le sexe. Pour un homme, les deux choses peuvent parfaitement exister simultanément sans que cela pose le moindre problème, ce que les femmes ne peuvent jamais arriver à comprendre. D'ailleurs, son père, Oliver, ne le comprendrait pas non plus. Si impossible que cela puisse paraître, imaginons que je veuille me séparer de Happy, se dit Ian. Le vieux me débitera alors son chapelet, invoquant la famille, la loyauté, la décence, l'amour. Bref, il en fera tout un plat ! Ian pensa alors à sa mère, si charmante, si douce ! Happy lui ressemblait comme deux gouttes d'eau...

Les cinq minutes n'étaient pas écoulées mais, tout à fait réveillé maintenant, il se leva sans bruit pour aller s'habiller et se recoiffer dans la salle de bains. Il était tout ébouriffé parce que Roxy aimait passer les doigts dans ses cheveux. En évoquant ce souvenir, il sourit à son image, dans le miroir surmontant le lavabo.

« Oui, tu es superbe et je suis folle de toi », dit Roxanne.

Survenant par-derrière, elle pressait son corps nu contre lui, puis, se dressant sur la pointe des pieds, elle colla sa joue contre celle de Ian, pour présenter au miroir leurs deux images côte à côte.

« On ne forme pas un couple formidable, nous deux ?

— Pas mal du tout », convint-il.

Pivotant sur ses talons, il la tint à bout de bras.

« Tu me plais vraiment ainsi. Avec tes bracelets, tu as une classe folle.

— Si je te plais, montre-le-moi.

— Ma chérie, c'est impossible. Il faut que je rentre vite chez moi. J'étais censé assister à une réunion de travail, mais en général, ça ne se prolonge pas toute la nuit.

— Ça ne te prendra pas plus de dix minutes.

— Allez, écarte-toi de moi, et enfile quelques vêtements avant que je ne...

— D'accord, d'accord.

— Je préférerais te regarder te déshabiller, mais ça c'est pas mal non plus, dit-il, assis sur le lit pendant qu'elle mettait ses sous-vêtements de dentelle noire. Tu adores ce genre de fanfreluches, n'est-ce pas ?

— Pourquoi pas, puisque tu as eu la gentillesse de me les donner.

— Fais-moi plaisir, veux-tu. Débarrasse-toi de ce truc que tu es en train de mettre.

— Quoi, ça ? dit-elle au moment où sa tête émergeait de l'encolure d'un corsage en satin de couleur rouge sang. Et pourquoi donc ? Je l'aime beaucoup.

— Eh bien, moi, pas du tout. C'est vulgaire.

— Vulgaire ! Au prix que je l'ai payé !

— Ce n'est pas une question de prix !

— Oh, sans doute que cela ne plairait pas à ta femme ! »

Ignorant le sarcasme, Ian reprit d'un ton posé :

« Ne le prends pas mal. Si je le dis, c'est pour ton bien. Je veux que tu apprennes à t'habiller, et que tu évites de porter des bijoux de pacotille en même temps que de la joaillerie authentique. Tu es trop belle pour ne pas faire le maximum afin de te mettre en valeur. »

Apaisée par le compliment, elle accepta ses observations.

« D'accord, je t'écouterai. Tu fais tellement pour moi, Ian, et aussi pour Michelle. Indirectement, je veux dire. Je lui ai acheté des vêtements la semaine dernière.

— Elle ne sait rien de nos relations, j'espère.

— Oh, mon chéri, je ne lui dis pas tout, tu penses bien ! Mais c'est ma sœur tout de même, et j'ai une confiance totale en elle. Elle ne fera jamais rien qui soit susceptible de me nuire, et cela doit te rassurer. »

Saisissant alors son manteau de vison, elle déclara :

« Parfait, je suis prête.

— As-tu réussi à expliquer chez toi comment tu t'étais procuré ce manteau ?

— J'ai dit que c'étaient des queues de vison. De toute façon, ils sont bien incapables de faire la différence. Et je leur ai raconté que je me l'étais payé en solde grâce à ma prime de fin d'année, en leur expliquant que j'avais fait pas mal d'heures. »

La fourrure qui lui entourait le visage était comme un cadre sombre enserrant un pastel. Elle reprit d'un air extasié :

« Toute ma vie, j'avais rêvé d'avoir un truc comme ça. On se sent dans la peau d'une reine. »

Pensant soudain à Happy, Ian ne put réprimer un sourire. Elle défendait avec acharnement la cause des animaux et refusait de porter toute espèce de fourrure. Le contraste entre les deux femmes était presque comique.

Roxanne tressauta soudain et poussa des cris perçants :

« Oh, mon Dieu, une souris ! Regarde ! Regarde !

— C'est pas vrai ? Où ça ?

— Elle est allée dans le placard. Ferme donc la porte, pour l'amour du Ciel, Ian, sinon elle va ressortir. Ferme-la vite, et fichons le camp d'ici.

— Laisse-moi le temps de lacer mes chaussures.

— Oh, je déteste ces motels pourris, cette chambre immonde. Non mais, regarde le papier peint, il est en train de se décoller de partout. Et ce rideau déchiré ! Encore heureux qu'il n'y ait pas de punaises dans le lit. Mais pourquoi faut-il qu'on vienne toujours dans ce genre de taudis ? gémit-elle.

— Eh bien, pour commencer, le Waldorf est beaucoup trop loin. Et puis ici, on ne court aucun danger. C'est tout simplement pour ça.

— Qui te parle du Waldorf ? Mais reconnais qu'ici, c'est vraiment crade !

— Je sais. Je vais d'ailleurs te dire à quoi je pense, depuis un certain temps. Je me demande si je ne pourrais pas te trouver quelque chose de sympa, loin du centre-ville. Un chouette petit appartement dans un endroit comme Titustown, par exemple. Qu'en penses-tu ? Ce serait formidable, non ? »

Elle ne répondit pas.

« Alors ? insista-t-il.

— Titustown, ça se trouve à cent vingt bornes de Scythia, Ian. Qu'est-ce que je deviens là-bas ? Je quitte mon emploi ?

— Naturellement. Tu arrêtes de travailler.

— Et ma sœur ? Je tire ma révérence et je laisse Michelle dans ce trou à rats, avec cette salope de belle-mère, le vieux gâteux qui n'est même pas fichu de refermer sa braguette tout seul et le paternel qui se fiche complètement de ce qui peut arriver aux autres ?

— Envoie ta sœur dans un pensionnat chic, ça lui ferait du bien.

— Et moi, je vais me retrouver aux cent mille diables, en pleine

84

brousse, à cent vingt bornes de toutes mes amies. Tous les gens que je connais habitent à Scythia, figure-toi.

— Cent vingt kilomètres, par l'autoroute, c'est rien du tout. Il y en a à peine pour plus d'une heure.

— Ah oui, avec ma boîte à sardines roulante ! Et je risque de me trouver bloquée dans un mètre de neige !

— Je vais t'acheter une bonne voiture. De toute façon, il t'en fallait une. J'aurais dû y penser depuis longtemps, d'ailleurs. On n'aura qu'à aller dans le New Hampshire, à Boston ou n'importe où, pourvu que je ne... que nous n'y soyons pas connus. Et je te prendrai ce que tu voudras : une Cadillac, une Lincoln, une Mercedes. Tu choisiras. »

Roxanne fit la moue. Ses lèvres charnues se crispèrent et ses yeux se rétrécirent.

« C'est bien beau, tout ça, mais il n'empêche que je vais me retrouver toute seule en plein désert. Je vais devenir dingue, loin de tout et toute seule, entre quatre murs, même si c'est un appartement de luxe. Et comment veux-tu faire la conversation avec une Mercedes ? »

Agacé par ces réticences, Ian reprit avec impatience :

« Bon alors, qu'est-ce que tu veux ? Tu me dis que tu en as marre de ce genre de taudis, et je suis tout à fait d'accord avec toi. Je t'offre donc un appartement aussi proche que possible sans que nous courions trop de risques. Plus près, ce serait dangereux, conviens-en. Alors, qu'est-ce que tu veux ? »

Dès qu'il eut posé la question, il comprit son erreur. Il venait de rallumer une vieille querelle.

« Tu sais très bien ce que je veux, Ian. Tu le sais parfaitement. »

Elle était plantée au milieu de la chambre, le manteau de vison drapé autour d'elle, serré à la taille par une ceinture. Elle avait une pose provocante mais ce qu'il saisit dans le ton de sa voix et ce qu'il vit sur son visage, c'était une supplication. La supplication suprême.

Il répondit avec beaucoup de ménagements :

« Je ne peux pas. Je te l'ai dit dès le début : je ne quitterai jamais ma femme.

— Pourquoi ? Elle ne te rend pas heureux, sinon tu ne serais pas ici avec moi.

— Tu te trompes. Ça n'a rien à voir.

— Elle a toujours le nez fourré dans les bouquins. Et pour les enfants, tintin ! Elle n'a même pas été fichue de te faire un gosse après quatorze ans de mariage. »

Une fois de plus, elle avait prononcé les paroles interdites. Et, bien qu'il répondît encore avec le plus grand calme, il y eut dans sa voix une pointe d'exaspération tout à fait perceptible.

« Laisse ma femme en dehors de tout cela, s'il te plaît. Nous ne parlons pas d'elle, Roxy.

— Combien de fois faudra-t-il que je te dise que mon nom est Roxanne et non Roxy ? J'ai horreur qu'on m'appelle Roxy et j'ai horreur qu'on me dise de quoi je peux ou ne peux pas parler. »

Deux ou trois mois plus tôt, elle était encore parfaitement satisfaite de sa situation. Et puis le mariage était soudain devenu le sujet de discussion numéro un. Mais Ian était fatigué, maintenant, il tombait de sommeil et n'avait plus qu'une envie : rentrer chez lui. Le sujet de discussion numéro un ne l'intéressait aucunement à l'heure présente, pas plus qu'à aucun autre moment d'ailleurs.

« Écoute, dit-il, pour ce qui est de ton nom, on t'a appelée Rosemarie pendant des années et tu as bien été obligée de t'en contenter. D'autre part, en ce qui concerne les sujets de conversation, tu peux dire tout ce qui te passe par la tête mais il y a une chose et une seule que je te demanderai de ne jamais mentionner, Roxy.

— Ne me parle pas de la façon dont on m'appelait avant. Si tu t'intéressais à ma vie, tu commencerais par te poser des questions sur mon avenir. Sur ce qui va m'arriver plus tard. Nous commençons notre troisième année ensemble, je ne suis plus toute jeune et...

— Mais enfin, bon Dieu, tu as vingt-deux ans et tu t'inquiètes pour tes vieux jours ! Prends chaque journée comme elle vient. Et jouis de l'instant présent, comme moi !

— C'est facile pour toi de parler comme ça ! Toi, tu as la sécurité. Tu rentres chez toi, le soir, dans une maison qui t'appartient. Un château, soit dit en passant.

— Ce n'est pas un château. C'est une maison.

— Une sacrée maison. Je l'ai vue, je suis passée devant. Tu as probablement des salles de bains en marbre avec des sièges de toilette garnis de velours. »

Malgré sa colère, il ne put s'empêcher de rire.

« C'est vraiment si drôle, ce que je dis ?

— Non, mais tu peux être si superbement vulgaire, chérie ! C'est cela qui est drôle.

— Vulgaire, moi. Bon sang, si j'avais quelque chose sous la main, je te le jetterais à la tête, tu peux me croire.

— Arrête ! A quoi bon continuer cette discussion ? Nous avons passé un moment formidable tous les deux, ce soir, et ce n'est pas fini, loin de là. On se revoit mardi ? Non, c'est trop tôt. Je ne pourrai jamais lui faire croire que j'ai une nouvelle réunion de travail si proche de celle-ci. Alors, vendredi, ça ira ? »

Il savait qu'il la contrariait en détournant ainsi la conversation, mais que pouvait-il faire d'autre ? A elle de comprendre et de se contenter de cette situation. Après tout, elle n'avait jamais vécu aussi bien qu'en ce moment.

« Non, pas vendredi. Ni aucun autre jour que tu choisiras pour arranger ta femme. Parce qu'elle est ta femme, une femme que tu n'aimes même pas.

— Je n'ai jamais dit...

— Alors, c'est moi que tu n'aimes pas. Un homme ne peut pas aimer deux femmes.

— Je t'aime, Roxanne. Que faut-il donc qu'un homme fasse pour prouver à une femme qu'il l'aime ?

— L'épouser. Si nous étions mariés, tu serais à la maison avec moi, ce soir. »

Impossible de sortir de l'ornière. Sa fatigue et son irritation augmentaient d'une minute à l'autre.

« Je ne suis pas assez bien pour ta famille, n'est-ce pas ? Tu as peur de ton père. Le fils du grand philanthrope épouse Rosemarie Finelli — ça y est, je l'ai dit —, fille de Vin Finelli, de Dugan Street. Le comble du grotesque, non ? Tu n'oserais jamais. Tu as trop peur de ton père, avec ses grands airs d'aristocrate !

— Alors, toi, tu as un sacré culot, ma petite ! Et d'abord que peux-tu savoir de mon père ? Tu ne l'as jamais vu et tu n'as dans tes relations personne qui le connaisse.

— Sauf toi, et tu en as suffisamment parlé, que tu t'en sois rendu compte ou non, pour que je me fasse une idée du genre d'homme que ça peut être. »

Cette petite garce ! Elle est sacrément futée, se dit-il non sans admiration. Tout ce qu'on peut lui raconter, ça ne tombe jamais dans l'oreille d'un sourd ! Ah, elle ira loin, cette petite !

Mais il ressentait aussi un certain agacement. Elle pouvait dire ce qu'elle voulait sur lui-même, mais pour ce qui concernait son père, il en allait tout autrement. Personne n'avait le droit de critiquer les Grey...

« Eh bien, si ça te fait plaisir de le penser, Roxanne, je ne chercherai pas à t'en dissuader. Quant à moi, j'en ai eu assez pour ce soir. »

Il mit sa veste et tourna le bouton de la porte.

« Mais je te laisserai le dernier mot, cependant. C'est un privilège qui revient aux femmes. Alors, vendredi, ça te va ?

— Donne-moi d'abord une réponse nette et définitive. Je n'exige pas que tu t'exécutes immédiatement, bien entendu, mais je veux que tu me dises tout de suite si c'est oui ou si c'est non. J'en ai marre de rester assise entre deux chaises. Vas-tu demander le divorce oui ou non ? »

Dressée de toute sa hauteur, elle lui faisait face hardiment, superbe et furieuse, les mains jointes derrière le dos. Elle attendait une réponse.

Il ne se laissa pas intimider. Ce n'était pas son genre. D'ici quelques jours, furieuse ou non, elle serait de nouveau au lit avec lui, car elle était folle de lui, qu'il lui offre ou non des voitures ou des bracelets. Tout comme lui était fou d'elle.

« Non, articula-t-il sans ambages. Ainsi que je te l'ai toujours dit, il n'est pas question que je quitte ma femme. Et je ne veux plus jamais entendre parler de cette histoire. J'en ai marre de t'entendre remettre ça constamment sur le tapis.

— Alors, va te faire foutre. Et ne me rappelle pas. Plus jamais. »

Elle l'écarta violemment de son passage et sortit. Elle avait déjà presque fait démarrer sa voiture quand il atteignit la sienne. Il resta un moment à regarder la petite Ford asthmatique toussoter et s'ébranler dans un bruit de ferraille. Puis il s'en alla à son tour, en direction de son logis.

La route était un ruban clair, qui brillait dans une nuit sans lune. Il n'y avait pratiquement pas de circulation. L'impression de solitude pénétra en lui comme un brouillard. Quelle détestable façon de terminer une soirée ! Une soirée qui avait pourtant si bien commencé, avec un panier d'amuse-gueules délicieux et une bouteille de veuve-clicquot.

Quel sale caractère ! Elle sait pourtant fort bien que je ne vais pas l'épouser, alors pourquoi faire tant d'histoires ? Oh, d'ici à quelques semaines, elle sera revenue à de meilleurs sentiments ! Non, elle est tellement têtue qu'il lui faudra bien un mois...

Il sentit revenir en lui un peu de sa joie de vivre d'antan. Mais dans la dernière ligne droite, une fois engagé dans la rue principale de Scythia, après avoir dépassé la masse imposante des bâtiments qui constituaient le siège social des Produits alimentaires Grey, il sentit qu'une certaine nervosité faisait palpiter sa poitrine.

Happy avait-elle encore confiance en lui ? Une fois, il y avait très longtemps de cela, bien avant son histoire avec Roxanne, il s'était montré imprudent. Elle avait découvert le pot-aux-roses et s'en était montrée très affectée. Et lui, sincèrement désolé de la voir aussi affligée, il avait imploré son pardon, pour ce qu'il appelait une aventure sans lendemain. Il avait promis que pareille chose ne se renouvellerait jamais plus. Pourtant, la vie étant courte et le monde empli de femmes toutes plus jolies les unes que les autres, il n'avait pas tardé à renier sa promesse.

Mais il avait bien pris garde de ne plus commettre d'impairs. Toutefois, il n'était pas aussi facile qu'il se plaisait à le penser de donner le change à quelqu'un qui avait déjà été échaudé. Peut-être faisait-elle semblant de croire aux prétextes qu'il invoquait, acceptant son mari tel qu'il était. Elle l'aimait, après tout, et ils menaient une vie qui les satisfaisait l'un et l'autre.

Sauf qu'ils n'avaient toujours pas d'enfant. Happy avait annoncé d'emblée qu'elle en voulait beaucoup. Il se dit qu'il aurait été heureux qu'il en fût ainsi, surtout s'il avait eu un fils, un garçon à son image. Mais comme Happy avait déjà trente-cinq ans, il s'interdisait de nourrir le moindre regret, contrairement à Happy qui, elle, dans le secret de son cœur, devait souffrir intensément.

En tout cas, il ne voulait pas recourir à l'adoption. Il connaissait de nombreux couples sans enfants qui, à tort ou à raison, se montraient d'accord avec lui. Pourquoi aller risquer de se gâcher l'existence en prenant chez soi des gamins dont on ignorait complètement l'hérédité ? On avait déjà assez de problèmes avec des gosses issus de sa chair et de son sang !

Il ne se sentait pas très à l'aise à l'idée de soutenir le regard de Happy au moment où il regagnerait le domicile conjugal. Il n'en était pas toujours ainsi, d'ailleurs : cette gêne ne le prenait que de temps à autre, quand il sortait des bras de Roxanne. Ce soir-là, toutefois, il aurait préféré que Happy fût déjà en train de dormir.

Dès qu'il eut amorcé le virage qui l'amenait en face de la maison, il comprit qu'il n'en serait rien car il y avait de la lumière au rez-de-chaussée. Il remisa la voiture au garage et entra.

« C'est toi, chéri ? » lança Happy.

Elle sortit du salon un livre à la main.

« Cette réunion n'en finissait donc pas, continua-t-elle. Je commençais à m'inquiéter.

— Y a un gars qui prenait son pied à s'écouter parler. Il lui a fallu une heure pour expliquer ce qu'il aurait pu dire en dix minutes. Oh, tu sens rudement bon, s'exclama-t-il en embrassant sa femme. C'est un nouveau parfum ?

— Ça fait au moins deux ans que je m'en mets, protesta-t-elle en riant. Tu as faim ? Je parie que tu as sauté le dîner ?

— Non, j'ai mangé. Pâté et champagne.

— Bon, eh bien prends un peu de dessert avec moi. J'en ai eu assez de lire, alors j'ai fait une fournée de biscuits au chocolat. Mangeons-en quelques-uns tant qu'ils sont encore chauds. »

Il aimait la pâtisserie, lui aussi, et pouvait se le permettre car il était en excellente forme physique.

« Ça a l'air bon. Est-ce que je peux prendre de la glace avec ?

— Bien sûr. Quel parfum ?

— Café, s'il te plaît. Je peux t'aider ?

— Non, assieds-toi. Tu as eu une journée longue et dure. Je vais te l'apporter ici. »

Il s'assit. Un sentiment plutôt bizarre s'était emparé de lui. Ce n'était pas vraiment de la culpabilité, car il y avait des années qu'il avait réglé le problème. Dans la mesure où on ne fait de peine à personne, on ne peut pas se sentir coupable. Or, il n'avait fait aucune peine à sa femme. En fait, ce que je ressens en cet instant, conclut-il après s'être analysé un moment, c'est de la gêne. Oui, il était gêné, là, dans son propre salon, adossé aux coussins que Happy avait brodés elle-même. Il avait devant lui la photographie prise le jour de leur mariage, lui en smoking noir, elle drapée dans sa robe de satin blanc et tenant à la main le bouquet d'orchidées blanches, l'image même de l'innocence, encore renforcée par la jeunesse de son visage.

Mais je ne l'ai jamais fait souffrir, se répéta-t-il. Et son surnom lui allait encore très bien : Happy ! Car elle était parfaitement heureuse, en effet...

Elle posa le plateau sur la table basse, entre les fauteuils.

« Tu ne les as pas faits comme d'habitude, tes brownies, remarqua-t-il. Mais de toute façon, je suis sûr que ce sera bon.

90

« — J'ai voulu tenter une expérience. J'ai ajouté du café.

— Excellente idée. »

Il la regarda longuement. Son corsage de soie rose était un peu froissé. Une unique rangée de perles soulignait l'ampleur de sa poitrine. Ses cheveux blonds et souples retombaient sur ses épaules, aussi naturellement que ceux d'un enfant. Elle respirait la santé.

« Qu'est-ce que tu regardes ?

— C'est toi que je regarde. Tu es une femme adorable, Elizabeth Grey. »

Évidemment, tu ne te retournerais pas sur son passage, en restant bouche bée, se dit-il, mais tu ne te lasserais pas de la contempler non plus, pas plus que tu ne te lasserais de regarder un vase de roses dans ta chambre.

« Je suis contente, dit-elle en souriant.

— Comment ça s'est passé à l'école aujourd'hui ?

— Les comptables étaient là. La balance de notre budget est largement positive et nous avons dû clore les inscriptions pour la prochaine rentrée scolaire. Nous avons déjà fait le plein. »

Il perçut une pointe de fierté dans sa voix. Une fierté tout à fait légitime, d'ailleurs. Cette femme effacée et douce avait appris un métier, puis elle s'était lancée, toute seule, dans une affaire qu'elle avait su mener à bien.

« Je suis fier de toi, dit-il. Très fier. »

Pendant tout le temps où ils dégustèrent leur glace, ils parlèrent de l'école. Puis Happy rapporta quelques petits potins concernant le voisinage, ce qui leur fournit matière à plaisanter. Enfin, elle fit observer qu'il était tard et proposa qu'ils aillent se coucher.

Ian s'avisa alors qu'il y avait plus d'une semaine qu'il ne lui avait pas fait l'amour, deux semaines pour être exact. A la façon dont elle avait dit « se coucher », il crut comprendre qu'elle avait eu la même pensée. C'était une femme saine et vigoureuse.

« Allez, on monte », répéta-t-elle.

Après sa séance avec Roxanne, il n'éprouvait guère l'envie de s'exécuter de nouveau. Pourtant, si elle en prenait l'initiative, il serait bien obligé de suivre. Mais une très longue douche se révélait indispensable : il se sentait souillé ; au fond de lui-même, il y avait quelque chose de sale. Et il était aussi très fatigué. L'agressivité de Roxanne à son égard et la duplicité dont il avait lui-même fait preuve l'avaient complètement vidé.

Mais il n'allait tout de même pas se laisser abattre ! Dans un geste de défi, il se leva et, un bras passé autour de la taille de sa femme, il marcha vers l'escalier. Ils étaient faits l'un pour l'autre. Il avait des obligations envers elle et il voulait se montrer à la hauteur.

Mais il y avait aussi Roxanne, et le plaisir qu'il prenait avec elle, il ne pouvait pas, il ne voulait pas s'en passer. Pourquoi fallait-il donc qu'il y ait toujours un conflit, alors qu'il aurait été si simple de s'abandonner au plaisir, même si ces deux femmes étaient aux antipodes l'une de l'autre et lui offraient des jouissances différentes ? Car elles n'avaient vraiment rien de commun. Absolument rien !

*

Un peu plus tard dans la semaine, Ian reçut à son bureau un coup de téléphone de son père.

« Passe me voir en rentrant chez toi. J'ai besoin de te parler. Cela ne prendra pas plus de deux ou trois minutes. »

Quand Oliver s'exprimait d'une manière aussi brève, tout le monde comprenait qu'il ne formulait pas une requête mais qu'il envoyait une convocation. Il achevait son dîner en solitaire quand Ian entra.

Voilà tout à fait le décor qui convient pour une comédie de mœurs, se dit Ian en voyant l'homme aux cheveux blancs assis au haut bout de la table, dînant à la lueur des chandelles sous le portrait de sa femme drapée dans sa robe du soir en satin blanc.

« Assieds-toi. Du café ?

— Non, merci. Je n'ai pas encore dîné.

— Ah, oui ; bien sûr. »

Ian était face au portrait. Le visage de sa mère l'avait toujours attiré comme un aimant, mais chaque fois il en ressentait une certaine gêne qu'il n'était jamais parvenu à s'expliquer. Il se souvenait d'elle comme d'une femme très douce, dotée d'un esprit brillant dont parlaient encore tous ceux qui l'avaient connue. Et pourtant, il y avait autre chose... Mais quoi ? De la tristesse ? Il secoua la tête et tourna son regard dans une autre direction. En fait, ce à quoi il était sans doute surtout sensible, c'était l'amateurisme de l'artiste qui avait exécuté ce portrait.

92

« On m'a rapporté à ton sujet des propos qui ne m'ont pas du tout plu, commença Oliver.

— A mon sujet ? Je ne comprends pas.

— Vraiment ? Tu n'as vraiment rien fait dont tu puisses rougir ? »

Ian sentit qu'un afflux de sang lui enflammait la nuque. Il rétorqua :

« On a tous, à un moment ou un autre de son existence, fait quelque chose qui ne soit pas très orthodoxe, mais je ne vois toujours pas de quoi tu veux parler. »

Oliver versa de la crème dans son café et la remua, puis il leva la tasse juste au-dessous de ses yeux pour pouvoir regarder son fils.

« Que cela te serve de leçon, articula-t-il. Parfois on rencontre des gens au moment où on s'y attend le moins. Quelqu'un t'a vu, il y a quelque temps, à New York : tu dansais avec une jeune femme au Waldorf-Astoria. Naturellement je ne vais pas te révéler l'identité de mon informateur. D'ailleurs, rien ne prouve qu'il voulait te nuire en quoi que ce soit en me tenant ces propos, il peut très bien m'avoir dit cela en toute innocence. Mais il est également fort possible qu'il ait voulu t'adresser, et m'adresser à moi aussi, une mise en garde indirecte. Apparemment, tu as l'air, disons, très intime avec cette jeune femme. »

Le rouge de la confusion monta jusqu'au front de Ian. Bon sang, il avait dû y avoir un vieux chnoque qui les avait repérés dans l'ascenseur quand ils étaient montés dans leur chambre.

« Père, s'empressa-t-il de protester, ces accusations sont parfaitement stupides. Si je suis allé à New York, c'est uniquement pour rencontrer nos distributeurs de la région nord-ouest. Happy se trouvait chez ses parents, dans le Rhode Island, sinon c'est avec elle que j'aurais dansé. La femme avec qui on m'a vu, c'était l'épouse d'un gars qui était dans la même classe que moi à Yale. On s'est croisés dans le hall de l'hôtel et... »

Oliver leva la main.

« Arrête, je ne suis pas né d'hier, Ian, et d'ailleurs ce n'est pas la seule fois que l'on m'a parlé de ta conduite...

— Comment cela ? Le FBI m'aurait donc pris en filature ?

— Non, mais, comme je viens de te le dire, le monde est plus petit que tu ne le penses. On t'a vu aussi dans des motels, au bord de l'autoroute, aux cent mille diables, là où vont les gens qui veulent se cacher. Oh, on me disait ça en passant, tu sais. "Au fait, on a aperçu votre fils"... Tu vois le genre. Des remarques fortuites, en somme, à moins qu'elles n'aient pas été aussi fortuites qu'elles en avaient l'air. Tu vois où je veux en venir ?

— Très bien, mais il y a maldonne. Je n'ai jamais... »

Une fois de plus, la main se leva.

« Cela suffit, Ian. J'ai eu ton âge autrefois et il n'y a rien de nouveau que tu puisses me dire sur ce qu'on peut faire quand on est jeune. La différence entre nous deux, c'est que moi j'ai tout arrêté du jour où j'ai épousé ta mère. »

Oliver pivota alors sur sa chaise pour faire face au portrait.

« J'ai été avec elle d'une fidélité totale, et je ne l'ai jamais regretté, pas un seul instant. Tu as une femme très belle, dans la personne de Happy. Pourquoi vas-tu chercher midi à quatorze heures ? Sois raisonnable, Ian. Je t'en conjure. »

Cette humiliation était insupportable. Certes, rien de ce que lui avait dit son père n'était dénué de fondement, mais se faire ainsi tancer comme un écolier quand on a trente-quatre ans, c'était dur à avaler.

Il se leva.

« Parfait, dit-il. J'ai pris bonne note et je tâcherai de m'en souvenir. Y a-t-il autre chose ?

— Non, je n'ai rien d'autre à te dire. Ne crois pas que cela m'amuse de te mettre dans une position aussi inconfortable, mais dis-toi que c'est pour ton bien. Alors, pas de rancune, j'espère.

— Pas du tout. Bonne nuit, père. »

Oui, se dit-il pendant le trajet du retour, il est indiscutable que père a été jeune autrefois, mais il n'avait pas mon tempérament et moi je n'ai pas le sien. Il ne peut ni me comprendre ni me pardonner parce qu'il n'a pas la même soif de vivre. Il ne l'a probablement jamais eue, d'ailleurs, pas plus que Clive, ce pauvre diable, dont les seules femmes sont celles qu'il doit payer. Pas plus que Dan, bien que Dan, lui, ait d'autres intérêts. Certes, je ne le vois pas emmener une de ses conquêtes dans un motel. Il est amoureux de Sally, et il aime les arbres. Pourtant, il ne me condamnerait pas, lui, du moins pas de la même manière que père. C'est un chic type. Un prince.

Comment vais-je pouvoir régler le problème ? Je ne veux pas me fâcher avec mon père et pourtant il n'est pas question de rompre avec Roxanne. Pas question. Un appartement, voilà la solution.

94

Comme ça, on pourra se voir en secret tout en bénéficiant d'un certain confort. Elle sera très contente de cet arrangement, quoi qu'elle puisse dire en ce moment. Je lui offrirai un vrai petit palais et elle en sera enchantée.

A cette pensée, Ian se mit à siffloter et il ne s'arrêta pas avant le moment où il arriva chez lui.

CHAPITRE 6

Juin 1990

Après être allée une fois de plus voir le Dr Vanderwater, mais sans Tina, Sally repartit chez elle légèrement rassérénée. Tout en se demandant si son optimisme était vraiment fondé, car le doute — si léger fût-il — et son sentiment de culpabilité n'avaient pas encore entièrement disparu.

« Montrez-vous détendue en présence de votre enfant, lui avait répété le docteur. Votre nervosité risque d'être contagieuse, et si l'enfant a envie de se confier à vous, elle se heurtera à un obstacle. Pour que l'enfant soit à l'aise avec vous, il faut que vous le soyez avec elle. Vous et tout son entourage familial. »

Bien sûr. Tout cela était élémentaire. Dieu sait pourtant qu'il y avait dans leur demeure une atmosphère joyeuse. C'était la maison des jeux et des chansons, une véritable école maternelle en réduction. Comment Dan parvenait-il à entretenir une telle atmosphère, avec tous les soucis que lui causait la bonne marche de l'entreprise ? Elle n'en avait aucune idée.

« Vous n'avez pas constaté une amélioration ? » avait demandé le docteur.

Il lui aurait été difficile, face au praticien, de nier tout progrès, bien qu'elle ne fût pas tellement certaine qu'il y en eût. Pourtant, la semaine précédente, quand on l'avait conviée à fêter un anniversaire, Tina s'était comportée en invitée modèle, tout charme et tout sourires, si bien qu'une des mères avait félicité Sally pour le rayonnement et l'éclat de sa fille.

Oui, tout compte fait, il y avait quand même du progrès.

« Elle est en train de jouer là-haut, dit Nanny quand Sally entra. Il y avait trop de boue dans le jardin, après toute la pluie qui est tombée la nuit dernière. »

Du grand salon, où Dan avait installé un bureau — tout comme Sally, qui pouvait ainsi régler quelques affaires restées en souffrance —, provenait le tintement cristallin d'une valse. Sur une table trônant au centre de la pièce se trouvait la source de cette musique : le manège miniature en argent massif, cette précieuse relique familiale.

« En quel honneur ? Qu'est-ce que ce manège fait ici ?

— C'est pour moi, exulta Tina, pour moi.

— Ma chérie, ce n'est pas possible. Ce n'est pas un jouet d'enfant. »

Ce qui était rigoureusement vrai. Il y avait longtemps que Sally n'avait pas eu l'occasion de l'observer de si près, et elle avait oublié la délicatesse de sa facture. Aucun des chevaux qui montaient et descendaient en tournant n'était semblable aux autres. Ils trottaient ou caracolaient, la tête tantôt haute tantôt baissée, et il y en avait même un qui avait l'air de regarder par-dessus son épaule. Les couples de cavaliers juchés sur les selles, l'homme sanglé dans un costume impeccable et la femme coiffée d'un bonnet et parée d'une ample jupe comme on en portait pendant le Second Empire, auraient pu être confectionnés par Cellini. Seul un expert pouvait estimer la valeur d'une telle pièce.

« Qui l'a apporté ici ? demanda Sally.

— Aucune idée. »

Nanny savait seulement que c'était le chauffeur des Aubépines qui l'avait déposé là. Chez Oliver, tout le monde était persuadé que c'était M. Clive qui avait ordonné ce transfert.

Clive se montra peu bavard au téléphone... Elle n'aurait peut-être pas dû le déranger pendant les heures de bureau !

« C'est un cadeau de la maison, voilà tout ce que je sais, Sally.

— Où est l'oncle Oliver ?

— Père est parti hier soir passer le week-end à Boston.

— Je ne comprends pas, dit Sally. Que sommes-nous censés en faire ? Tina est persuadée que c'est pour elle.

— C'est un cadeau. Où est le problème ? Le moment est venu de faire un peu de place dans la maison mère, de toute façon. Nous sommes encombrés de bibelots de toutes sortes ! Un vrai musée. Il faut que je te dise au revoir, Sally. J'ai des appels en souffrance. »

Tout le reste de ce court après-midi, Tina s'affaira autour du manège, qui égrena son *Beau Danube bleu* sans qu'il fût possible de l'en éloigner. *Danube bleu, pom pom, pom pom...*

C'était insupportable. Sally se réfugia dans sa chambre. Le

témoin rouge du répondeur clignotait avec une telle frénésie qu'on aurait pu croire qu'il était capable de mesurer l'urgence du message. Sally comprit qu'il s'agissait une fois de plus de Dora Heller. Dora était la rédactrice en chef d'un grand magazine, et elle avait déjà appelé deux fois en une semaine pour proposer le contrat le plus excitant que Sally eût jamais reçu. Il s'agissait de réaliser un numéro spécial presque entièrement consacré à la vie d'un grand auteur, un homme de près de quatre-vingt-dix ans qui, bien que né au fin fond des Appalaches, était connu dans le monde entier. Dora voulait savoir si Sally accepterait de faire une série de photos.

Sally ne s'était plus sentie de joie. Elle avait rapidement calculé que tout pouvait se régler en une seule séance à New York. Il lui suffirait de se lever très tôt pour prendre le premier vol, elle n'aurait qu'une seule nuit à passer hors de chez elle.

Mais finalement l'auteur n'avait pas voulu entreprendre un tel voyage. Il allait donc falloir le photographier chez lui, près d'Atlanta. Ensuite Sally devrait voyager, suivre l'itinéraire de cette longue existence (la voiture et le chauffeur étant fournis, bien entendu), depuis la montagne où il était né jusqu'à l'école proche de la Floride où il avait été un court moment professeur. Bref, il faudrait s'absenter pendant une semaine, chose que Sally ne pouvait pas se permettre.

Elle décrocha et composa le numéro. La voix de Dora, à l'autre bout du fil, était presque incohérente.

« Sally ! J'attendais ta réponse en espérant que tu avais changé d'avis. Je n'en ai pas cru mes oreilles quand tu m'as dit que tu refusais. C'est un sujet en or ! Je me suis battue pour que tu sois désignée. Il y avait d'autres candidats, tu t'en doutes bien, mais j'ai déterré tous les clichés de toi que j'ai pu trouver et j'ai réussi à les convaincre que tu avais le style et l'approche que nous désirons. Il faut absolument que tu dises oui, Sally.

— Je ne peux pas. J'ai des problèmes ici et je ne peux pas partir. C'est trop loin et ça prendra trop de temps. J'en suis navrée.

— Tu n'es pas malade, j'espère.

— Non, je ne suis pas malade. »

Elle se rendit compte alors que sa réponse sonnait creux, et paraissait bien mystérieuse. Donnant plus de force à sa voix, elle expliqua :

« Personne n'est malade et ce n'est pas un problème de divorce ou autre. Seulement notre petite fille nous cause du souci et...

— Pas trop grave, j'espère ?

— Oh non, mais je ne peux vraiment pas, Dora. Je t'en supplie, n'insiste pas davantage.

— Je suis vraiment désolée, Sally. Vraiment désolée. Eh bien, ce sera pour une autre fois. »

Danube bleu, pom pom, pom pom.

« Qu'est-ce qui se passe ici ? demanda Dan qui entrait, la cravate dénouée passée par-dessus son épaule, ce qui permit aussitôt à Sally de voir que son mari était sujet à l'un de ses rares accès de mauvaise humeur. Qu'est-ce que c'est que ce foutoir ?

— Tu veux parler du manège ?

— De quoi veux-tu que je parle ? Alors, ils veulent mettre tout leur rebut chez nous ? dit-il quand Sally lui eut expliqué que Clive voulait faire un peu de place aux Aubépines.

— Ce n'est pas ton style de faire ce genre de remarques, protesta-t-elle. Moi, je crois que leur intention était excellente.

— Bon, admettons. N'empêche que ce truc vaut une fortune et Tina ne réussira qu'à le détraquer.

— Je ne le pense pas mais j'admets que cette musique me tape vraiment sur les nerfs. »

Voyant que Dan avait jeté sa veste en travers du lit et s'asseyait en poussant un grognement, elle reprit d'un ton conciliant :

« Elle s'en lassera et nous en profiterons pour le cacher quelque part. A moins que nous ne trouvions un prétexte poli pour le leur rendre. Il n'y a pas de quoi en faire un drame.

— Cette valse va me faire perdre la boule à moi aussi. C'est beaucoup trop bruyant. »

Il se leva pour aller ouvrir la porte et lança :

« Tina, arrête ça, s'il te plaît.

— Non, j'aime cette musique.

— Oui, mais nous, non. Alors, arrête.

— Je t'ai dit que non.

— Tina, tu vas m'obéir immédiatement. »

En le voyant traverser le hall d'entrée d'un pas décidé, Sally se lança à sa poursuite :

« Je t'en prie, Dan, calme-toi ! Tu es terriblement fatigué et tu as beaucoup de soucis, je m'en rends parfaitement compte, mais...

— Mais quoi ? Qu'est-ce que tu crois que je vais lui faire ?

— Je voulais seulement dire que la journée ne s'était pas trop mal passée pour elle aujourd'hui et que...

99

— Est-ce une raison suffisante pour qu'elle n'obéisse pas à une simple injonction ?

— Non, bien sûr. Mais je crois vraiment que la situation s'améliore et le Dr Vanderwater m'a dit tout à l'heure...

— Le Dr Vanderwater ne vit pas ici. Nous oui. Nous ferions peut-être mieux de cesser de nous fier à tous ces livres et à toutes ces théories. Il serait sans doute préférable de faire marcher nos cervelles. »

La fillette était plantée devant la table, le visage appuyé sur ses coudes, comme si le manège l'avait hypnotisée. Dan arriva sur elle à grandes enjambées et arrêta la musique. Tina poussa un grand hurlement, à croire qu'il l'avait frappée, et lui assena un grand coup de pied dans les chevilles.

Dan la saisit sous les bras et la souleva légèrement du sol.

« Maintenant, écoute bien ceci, Tina. Je t'interdis de donner des coups de pied ou des coups de poing. Tu as cinq ans et tu es donc en âge de comprendre parfaitement que... »

Elle lui envoya un coup de talon sur le genou.

« Ne me touche pas ; remets-moi par terre. Je te déteste. Repose-moi par terre. »

Puis, hurlant toujours, elle sortit de la pièce en courant.

Les parents restèrent à se regarder. Dan paraissait très affecté par ce qui venait de se passer.

« Danny, elle ne te déteste pas. »

Il fronça les sourcils.

« Tu crois que je ne le savais pas ? Mais ai-je eu tort de réagir ? Peut-on vraiment la laisser faire n'importe quoi ? C'est elle qui mène la barque ici, et elle fait de nous de véritables robots, tu ne le vois donc pas ? »

Elle le voyait très bien. Finalement, elle aurait parfaitement pu s'absenter de la maison pendant une semaine sans changer quoi que ce soit.

« Il faut toujours ménager ses humeurs. En fait, nous avons peur d'elle. Qu'est-ce que ce sera quand elle aura quinze ans ? Tu peux me le dire ? Je vais l'emmener en bas pour discuter un peu avec elle. Ne prends pas cet air paniqué ! Je ne vais pas me mettre en colère contre une enfant.

— Je t'en prie, ce n'est pas le moment. Laisse-la à Nanny. Elle saura la calmer, elle. Retournons dans notre chambre et tu me diras ce qui n'a pas tourné rond aujourd'hui. »

Elle s'assit sur l'accoudoir du fauteuil de Dan.

« Qu'est-ce qu'il y a ? Toujours ce même problème ?

— La journée a été mauvaise. Ian était odieux. Est-il vraiment possible qu'un homme change complètement de personnalité du jour au lendemain ? Ces deux dernières semaines, je ne le reconnaissais plus. Voici ce qui s'est passé cet après-midi. Tu te rappelles qu'un de nos collaborateurs du Michigan avait mis au point une nouvelle formule pour un café instantané ? C'était un vrai filon, à condition de trouver le fournisseur qu'il nous fallait en Colombie. Je prends donc rendez-vous, le Colombien arrive en avion, le gars du Michigan nous rejoint en voiture. Oui, un trajet pareil en voiture. Pourquoi ? Je n'en ai aucune idée, sans doute parce qu'il aime regarder le paysage. Bref, le voilà qui se pointe avec une heure et demie de retard, ce qui n'est pas très agréable, mais ne présente pourtant rien de dramatique. N'empêche que Ian s'est mis à tempêter et à l'invectiver, lui infligeant une véritable humiliation publique. Le gars est très jeune et très désireux de conclure l'affaire, mais l'attitude de Ian l'a vexé profondément et il est parti. Hé oui, il a pris son attaché-case et il a fichu le camp ! »

Hors d'haleine, Dan marqua un temps d'arrêt, avant de poursuivre son récit.

« Moi, naturellement, je cours derrière lui en formulant les excuses les plus plates. Finalement, quand je l'ai enfin persuadé de revenir, Ian s'est excusé aussi, et je garde les doigts croisés depuis, en espérant que l'affaire se conclura, mais cette histoire m'a complètement vidé de toute énergie. C'est pour ça que je suis rentré de bonne heure. Ils sont tous encore au bureau, mais moi, il a fallu que je m'en aille.

— Et Clive, qu'a-t-il pensé de tout ça ?

— Il est à l'autre bout du couloir et je ne pense pas qu'il se soit aperçu de quoi que ce soit. De toute façon, même s'il savait de quoi il retourne, il se contenterait de hausser les épaules pour se pencher de nouveau sur ses chiffres, le pauvre garçon ! »

Le téléphone se mit à sonner.

« Tu peux répondre, s'il te plaît. Je ne suis là pour personne. Qui que ce soit. Dis que je rappellerai. »

La main sur le micro, Sally chuchota :

« C'est Ian et Amanda ; un appel triangulaire. »

En soupirant, Dan saisit le combiné.

« Allô, oui, je vous écoute. »

Assis sur le bord du lit, ramassé sur lui-même dans une position fort inconfortable, il prêta l'oreille aux propos de ses interlocuteurs. Quelle journée affreuse, se disait Sally, en le regardant. Elle était habituée à le voir traiter les problèmes avec dynamisme, confiance et bonne humeur, et l'abattement dont il faisait preuve maintenant l'ulcérait profondément.

« Je sais, Amanda, je comprends ta position, tu l'as fort clairement présentée. Nous avons déjà discuté de tout cela, d'ailleurs, non ? »

De l'autre bout de la pièce, Sally entendit faiblement une voix féminine particulièrement volubile. Apparemment, Amanda avait une longue histoire à raconter.

« Je sais, répéta Dan. Je sais pourquoi tu veux cet argent et je reconnais que c'est une fort juste cause. Le problème, c'est que nous ne l'avons pas. Nos banquiers ont été catégoriques. Nous ne pourrons pas réunir cette somme sans liquider notre entreprise. »

La discussion se prolongea encore. La jambe droite de Dan se posa sur son genou gauche et commença à se balancer pendant que le pied gauche martelait le tapis.

« Si nous vendions les bois, nous pourrions donner sa part à Amanda, mais le problème c'est que je ne veux pas vendre les bois. Et je ne sais pas combien de fois il va falloir que je te le répète, Ian. »

Ian n'en démordra jamais, se dit Sally avec une indignation croissante, et elle se rappela alors l'ironie dont il avait fait preuve en disant que Dan « embrassait les arbres ». Pour lui, depuis qu'ils avaient commencé à discuter de la proposition des Scandinaves, Dan était un sentimental, un être dépourvu de tout sens pratique. Quelle absurdité ! Comment Dan aurait-il pu diriger une affaire de cette envergure s'il n'avait pas eu les pieds sur terre ? Et ne pouvait-on avoir à la fois l'esprit pratique et une foi généreuse en certains idéaux ?

« Clive et moi, nous ne pourrons jamais faire marcher la boutique à nous seuls. Il y a beaucoup trop à faire, je te l'ai déjà dit aussi. Et si nous déclarons faillite, abstraction faite de notre propre position, as-tu idée de l'impact qu'un tel événement aura sur la communauté dans laquelle nous vivons ? »

Après avoir marqué une brève pause, pendant que quelqu'un protestait à l'autre bout du fil, Dan reprit d'un ton sarcastique :

« Oui, je sais bien que tu donnes beaucoup aux institutions caritatives, et je ne t'imposerai jamais de sacrifier le moindre de tes biens personnels. Je te demande simplement de ne pas vouloir accroître ton capital d'une manière qui risque de léser gravement une grande partie de la population de notre ville. »

Nouvelle pause.

« Comment ? Eh bien, je vais te le dire. Je me suis arrêté l'autre jour pour prendre de l'essence et le propriétaire de la station-service, qui me connaît bien, est sorti pour me parler d'un écho publié dans le journal de la semaine dernière, au sujet du rachat de nos terres par un investisseur étranger. Il était fort inquiet, pour la même raison que moi. Quant à Nanny, la personne qui s'occupe de nos enfants, elle nous a dit, à Sally et à moi, que des parents à elle, qui habitent à Scythia, s'inquiètent beaucoup en entendant parler des coupes claires que les Grey auraient, paraît-il, l'intention d'opérer. Ils ont peur de perdre leur emploi, et on les comprend parfaitement. »

Un mélange confus de voix s'éleva au bout du fil, que Sally perçut sans pouvoir comprendre ce qui se disait, comme si Amanda et Ian parlaient en même temps.

Dan ne tarda pas à s'interposer.

« Ne vous énervez pas. Je conserve mon calme, alors faites comme moi. »

Nouvelle pause.

« Oui, je parle calmement. Vous dites qu'il va y avoir de la bagarre ? J'ai l'impression que pour l'instant vous êtes en train de la chercher. Je me demande ce qui vous prend, l'un comme l'autre. Moi, je ne tiens pas du tout à ce que cela dégénère en pugilat. J'aurais bien voulu poser la question à Oliver... Oui, je l'ai entendu dire qu'il ne souhaitait pas prendre parti, mais... Bon, d'accord, demandons à Clive ce qu'il en pense... Bon sang, Ian, calme-toi, pour l'amour du Ciel ! Amanda ? Parle plus fort, je ne t'entends pas... Quoi ? Elle a raccroché ? Mais enfin, vous êtes devenus fous tous les deux. D'accord, je suis têtu, mais toi aussi. Toi non plus, je ne sais plus par quel bout te prendre, Ian, après la scène que tu nous as faite cet après-midi... »

Dan reposa le téléphone d'un air découragé.

« Ian m'a raccroché au nez.

— Et Clive, il n'aurait pas son mot à dire ? Quoi que Ian puisse

103

penser de lui, il respecte son intelligence. Clive lui en impose presque.

— Oui et non. J'ai suggéré qu'on demande à Clive de donner son point de vue, tu m'as entendu. Tu sais ce que Ian a répondu ? Il n'a jamais été fichu de gagner un seul *cent*, de toute son existence. Il ne connaît rien aux affaires. Un matheux qui a un ordinateur dans la tête. De toute façon, il ne sait que ruiner sa santé avec ses cigarettes ! Voilà ce qu'il dit de Clive.

— Il vaudrait peut-être mieux que vous alliez demander l'arbitrage d'oncle Oliver, finalement.

— Je ne peux pas lui demander de prendre parti contre son propre fils. Ce serait vraiment un comble. Et puis, il n'est plus de la première jeunesse !

— Pauvre Dan ! Comment tout cela va-t-il finir ?

— Je ne me laisserai pas abattre, Sally, bien qu'à cette minute même je n'aie pas l'air très combatif.

— Happy s'inquiète pour Ian. Et pourtant elle n'a jamais été du genre à me faire des confidences, c'est te dire si j'ai été surprise. Selon elle, il est d'une humeur massacrante depuis quelques semaines. Elle ne le reconnaît pas.

— Ça le prend de temps en temps, confirma Dan. Bon, on va casser une petite graine. Il n'est que six heures et demie, et la journée a été complètement pourrie, mais ça ne m'a pas coupé l'appétit. »

CHAPITRE 7

Juin 1990

A six heures et demie, Roxanne sortit d'un sac deux portions de poulet qu'elle disposa sur des assiettes en carton, et en tendit une à Michelle. Sur la table branlante entre les deux lits il y avait déjà un pack de six bouteilles de Coca-Cola et une boîte de beignets.

« Tiens. On sera bien mieux ici qu'avec ces braillards en bas. Le paternel est de mauvais poil, les moutards n'arrêtent pas de se chamailler et j'en ai marre de voir leurs fioles. »

Bien calée contre la tête du lit, elle pouvait s'admirer dans la glace de la coiffeuse. Elle trouvait intéressant, voire instructif, d'observer les changements dans sa physionomie au gré de ses paroles ou de ses gestes, quand elle laissait ses cheveux retomber négligemment sur sa joue en une boucle fort seyante ou quand elle éclatait de rire, montrant toutes ses dents et creusant son visage de multiples fossettes.

Puis elle fronça les sourcils et leva les yeux du tapis d'un vert passé qui s'étalait devant la coiffeuse pour regarder la commode de pacotille, recouverte d'un vernis jaune, dont un des tiroirs avait perdu sa poignée, et l'unique fenêtre masquée de rideaux délavés. Cette chambre étriquée lui rappela celle des motels où l'entraînait Ian, en pire, car celle-ci était encombrée des objets appartenant à Michelle : vêtements, cassettes de musique, livres de classe qui recouvraient toutes les surfaces disponibles.

« C'est un vrai foutoir, ici, lança-t-elle avec une brusquerie qui fit sursauter Michelle. Il faut que je fiche le camp de là.

— Tu pourrais arranger un peu.

— Ah oui ? Avec quoi ? Mais tu as peut-être mis de l'argent à gauche.

— Bah... » La cadette adressa à l'aînée un sourire ironique et chargé de sous-entendus. « L'argent, on peut toujours en trouver, non ?

105

— Ah, tu crois ça, toi. Eh bien, tu te trompes.

— Il a encore téléphoné, juste après mon retour de l'école. J'ai vite décroché avant que les autres aient eu le temps de répondre.

— Merci. Il a dit quelque chose ?

— Seulement "Roxanne est là ? ". Je lui ai répondu comme tu m'avais demandé : "Elle n'est pas ici et je ne sais pas quand elle rentrera."

— Parfait. Il en perdra la boule et ça lui fera les pieds.

— C'est la quatrième fois qu'il appelle depuis dimanche.

— C'est bien fait pour lui, je te dis.

— Qu'est-ce qu'il t'a fait qui te mette ainsi en rogne contre lui ?

— Il ne veut pas m'épouser, tout simplement. Moi, cet arrangement qu'il m'impose ne me va pas du tout. Je ne veux pas vivre comme ça. Ça fait trop longtemps que ça dure, je refuse qu'on se serve de moi. Évidemment, en ce moment c'est super, mais — alors, là tu m'écoutes bien, Michelle, ça pourra te servir aussi — il faudrait être complètement inconscient pour vouloir continuer indéfiniment quelque chose qui risque de se terminer à tout instant, selon le bon vouloir de l'homme. Les appartements, les voitures, tout le fourbi, ça peut te passer sous le nez en deux secondes, et tu te retrouves à la case départ, sauf que tu as pris des années en plus. Non, j'en ai ras le bol de ce système, j'en ai plus que marre.

— Pourquoi tu le menaces pas de tout raconter à sa femme ?

— T'imagines-tu qu'il m'en remercierait ? Tu crois qu'il me passerait la bague au doigt pour m'admettre sous son toit, une fois le divorce prononcé ? Ce que tu peux être poire ! Ça ficherait sa femme dans le pétrin et moi, je me retrouverais Gros-Jean comme devant. »

Elle avait tendu le bras avec véhémence pour ponctuer son propos, ce qui fit glisser son assiette, et la cuisse de poulet bien grasse, accompagnée d'une portion de chou rouge à la vinaigrette, tomba sur le couvre-lit. C'en était trop, cette fois. Roxanne fondit en larmes.

« C'est trop injuste ! Je l'aimais comme une folle et je le rendais heureux, et lui... Je ne sais pas, Michelle. Je crois que je me souviendrai de lui tous les jours de mon existence. Les bons moments que nous avons passés. Pas à cause de l'argent, quoi que tu en penses. Il n'y avait pas que ça. Je l'aimais vraiment...

— Alors pourquoi refuses-tu de le revoir ? Tu ne fais que te rendre encore plus malheureuse.

106

— Les choses ne sont pas si simples, ma petite. Tu ne comprends pas. Tu ne peux pas comprendre.

— J'ai quinze ans et je comprends beaucoup mieux que tu ne le crois. »

On frappa à la porte. Quelqu'un cria :

« Rosemarie, oh, Rosemarie !

— Va-t'en, grand-père. Je suis occupée.

— Ouvre la porte. Je veux te chanter, Oh Rosemarie, je t'aime, je n'arrête pas de rêver de toi...

— Vieux chnoque, murmura Roxanne en s'essuyant les yeux. Je ne veux pas qu'il me voie comme ça. Il va aller raconter à tout le monde que j'étais en train de pleurer.

— Il a passé l'après-midi à boire de la bière », expliqua Michelle.

La poignée de la porte était agitée de soubresauts.

« Ouvre la porte, je veux te voir.

— Va entrouvrir le battant un tout petit peu, avant qu'il casse la serrure. Tiens, donne-lui un beignet. Ça va le calmer. »

Le visage stupide et pathétique du vieil ivrogne se fendit d'un large sourire, derrière l'entrebâillement de la porte. L'homme psalmodia :

« Je voulais seulement te dire un petit bonjour. Ils ont recommencé leur cirque, en bas, tu sais. »

Effectivement, les accents familiers et stridents du père qui se chamaillait avec sa jeune épouse montèrent jusqu'à eux.

« Alors, quoi de neuf ? demanda Roxanne.

— J'ai pas eu mon souper, Rosemarie.

— Donne-lui un morceau de poulet, Michelle. Prends ça et va-t'en, grand-père. Sois raisonnable, maintenant. »

Michelle ayant refermé la porte, Roxanne grommela :

« Bon sang, c'est un vrai asile de fous, cette baraque. Non, il faut absolument que nous fichions le camp d'ici. »

Michelle se rassit sur le lit, regardant sa sœur avec intérêt.

« Et comment ça pourra se faire, à ton avis ? »

Roxanne réfléchit un moment avant de répondre.

« Bon, comme tu le disais tout à l'heure, tu es assez grande pour comprendre. Tu dois en savoir à peu près autant que moi, à présent. Tiens, regarde dans la penderie, de mon côté, contre le mur.

— Ce pantalon marron ? demanda Michelle.

— Tu vois pas que c'est une culotte de cheval ? Maintenant, regarde par terre.

— Des bottes.

— Oui, ta sœur va se lancer dans les sports équestres. Qu'est-ce que tu en dis ?

— Ça me paraît assez farfelu. Tu ne connais rien aux chevaux.

— Il y a quinze jours, c'était vrai. Maintenant ça ne l'est plus. Tu serais surprise de la vitesse à laquelle on peut apprendre quelque chose quand on le veut vraiment. Assieds-toi, je vais te raconter ça. Figure-toi qu'il a un frère, un nommé Clive, qui est fou des chevaux. Quand il n'est pas en train de travailler ou de dormir, il est juché sur un cheval. Alors une nuit où j'étais là, à réfléchir, il m'est venu tout à coup une idée. Pourquoi tu chercherais pas à rencontrer le frère, je me suis dit. Je me souvenais très bien de l'avoir vu, le fameux soir où j'ai fait la connaissance de Ian, dans le restaurant. Tu sais que je suis très physionomiste. En plus, j'avais tellement entendu parler de lui que j'aurais pratiquement pu dessiner son portrait. Un type bas sur pattes, il m'arrive à l'épaule, tu vois, laid comme un pou, et qui perd déjà ses cheveux. On ne croirait jamais que ce sont les deux frères. »

Elle réfléchit un moment et ajouta :

« Bon sang, il doit haïr Ian. Normal, quand on a un physique comme le sien. Je parierais qu'il n'a jamais réussi à séduire une femme, et il a au moins trente-cinq ans.

— Pourquoi ? C'est un pédé ?

— Cause pas comme ça, Michelle. C'est vulgaire.

— Oh, mince, excuse-moi !

— Et ne dis pas "mince" non plus. »

Michelle leva vers le plafond un regard excédé.

« Bon, tu la continues, ton histoire ?

— Tu m'as coupé la parole et je ne sais plus où j'en suis. Oui, bon, je suis allée dans une boutique de sports, en ville, et j'ai acheté cette tenue d'équitation.

— Mais il t'aurait fallu une veste aussi, non ?

— Ça y est, tu recommences à me couper. Oui, quand il fait froid. En été, on met une chemise, qu'elle m'a dit la vendeuse. J'en ai acheté deux. Elles sont dans le placard. Bon, tu me laisses finir, oui ? Bref, j'ai décidé d'aller au club équestre près de chez les Grey pour y prendre une leçon d'équitation. Je me suis dit que le meilleur jour serait un dimanche, parce que si ce type est fou du cheval à ce point, il doit y aller le dimanche. Y a un jeune moniteur qui m'a appris les rudiments et au bout d'une heure j'arrivais déjà à me débrouiller pas mal. C'est plutôt rigolo, finalement. Pendant qu'on se promenait, le mono et moi, dans les bois, au pas, naturellement, puisque c'était ma première leçon, on a discuté un peu et j'ai glissé dans la conversation que je pensais que Clive Grey venait chez eux le dimanche. Alors, le gars il m'a dit que c'était vrai, mais seulement après la messe. Bref, je suis restée sur les lieux en demandant de reprendre le cheval pour une heure de plus, mais on m'a dit qu'il était déjà retenu. Eh bien, tu le croiras jamais, juste à ce moment-là voilà Clive Grey qui arrive et il me dit : "Je vois que vous avez l'air déçue. Je peux vous donner une leçon si vous voulez." Sur quoi, le jeune prof s'extasie : "Vous avez de la chance, M. Grey est un vrai champion." Et c'est comme ça que tout a commencé.

— Tout quoi ?

— On a fait du cheval ensemble cinq fois : deux dimanches et trois soirs, après le travail, pendant qu'il faisait encore jour.

— Ah oui ? Et ça va mener à quoi, tout ça ?

— Là où ça me chantera. Je peux faire de lui ce que je veux. Il est fou de moi. Il me regarde avec des yeux extasiés. Un vrai gosse. »

Michelle fit la grimace.

« Il doit pas être très malin.

— Détrompe-toi. Il est terriblement intelligent, une espèce de génie, m'a-t-on dit. Et très sympa, gentil comme tout. On ne peut pas s'empêcher de le prendre en pitié.

— Si tu le prends en pitié à ce point, pourquoi le fais-tu marcher ? C'est plutôt cruel, non ? »

Roxanne se leva, s'assit sur le lit de Michelle, et passa un bras autour de son épaule, pour protester de sa bonne foi :

« Je ne suis pas cruelle. Je n'aime pas faire souffrir qui que ce soit, pas même une coccinelle. Tu te souviens, l'autre soir, j'en ai trouvé deux dans la salle de bains. Eh bien je suis descendue pour les déposer sur la pelouse. Je ne veux que ton bien. Tu es intelligente et jolie. Je ne veux pas que tu ailles travailler chez les Grey, quand tu seras grande, comme nous le faisons tous dans la famille. Je veux t'envoyer dans une bonne école, où tu seras pensionnaire...

— Pensionnaire ? Où as-tu pris cette idée ? Qui c'est qui va en pension de nos jours ?

— Des gens très bien. Ils ont une sœur ou une cousine, dans la famille, qui l'a fait quand elle était plus jeune que toi. »

Elle s'interrompit un moment et reprit :

« Il est tout à fait d'accord pour t'y envoyer.

— J'ai l'impression qu'il t'a donné pas mal d'idées. Alors, maintenant, tu crois que lui il va faire tes quatre volontés.

— Oui, si je l'amène à m'épouser, et je suis sûre de pouvoir y arriver. » Elle marqua une nouvelle pause avant d'ajouter : « Bon sang ! Ian va en rester comme deux ronds de flan. Le choc risque de le tuer. »

Michelle la fixait d'un œil agrandi par la surprise.

« Toi alors, t'es unique ! murmura-t-elle. Qui aurait jamais eu l'idée d'aller combiner des trucs pareils ?

— Des tas de gens. Là-haut, sur la colline, dans ces riches demeures, tu crois pas qu'il y en avait qui savaient fort bien ce qu'elles faisaient en se mariant avec des gars comme ça ? Hé, tu crois pas que Diana elle a pas mal manœuvré elle aussi pour amener Charles à lui passer la bague au doigt ?

— En tout cas, j'espère que pour toi, le résultat sera meilleur que pour eux !

— Cela ne fait aucun doute. Et au lit, il prendra du bon temps avec moi. Je lui ferai tout ce qu'il voudra. Au fond je suis bonne fille, et facile à vivre. Il sera heureux comme un coq en pâte. Pourquoi est-ce que cela ne marcherait pas ? »

Michelle haussa légèrement les épaules.

« Avec la tête qu'il a, si j'en juge d'après la description que tu en as faite...

— C'est un type bien. Irréprochable. C'est ce qui compte. Pour le reste, je ne suis pas tenue de le regarder constamment dans le blanc de l'œil. »

Une pensée soudaine propulsa Roxanne en avant, vers le placard.

« Au fait, j'ai des chaussures neuves pour toi. Ces escarpins vernis noirs, je ne les ai portés qu'une fois. Tu chausses du trente-huit large, n'est-ce pas ? Moi j'ai le pied plus étroit, mais tu peux les faire élargir. Et ces blanches que je me suis payées l'été dernier, elles sont encore impeccables. Je t'en fais cadeau. Tes vieilles, tu pourras les jeter, à moins que tu veuilles en garder une paire pour la pluie.

— Mais enfin, bon Dieu, pourquoi me les donnes-tu ?

— Parce qu'il a une demi-tête de moins que moi, s'esclaffa Roxanne. Ou tu peux dire aussi que j'ai une demi-tête de plus que lui. Alors, je ne mettrai que des souliers plats. Au fait, il va falloir

110

que tu surveilles ton langage. Tu n'es pas obligée de dire "bon Dieu" à tout bout de champ, Michelle.

— Oh, excuse-moi.

— Je te pardonne. Mais je parle très sérieusement, tu sais. J'ai remarqué que lui, il cause pas, pardon, il *ne* cause pas du tout de cette manière. Alors, quand il viendra ici, surveille ton langage. Pour les autres, en bas, je me fiche bien de ce qu'ils diront : je lui ai expliqué comment ils étaient.

— Quand il viendra ?

— Dimanche prochain, il m'emmènera au cinéma et au restaurant.

— Et il viendra te chercher ici, dans ce foutoir ?

— Il ne s'en formalisera pas. Il a les idées larges. Pour lui, ce genre de choses n'a aucune importance.

*

Après le cinéma, ils allèrent dîner.

« Je connais un bon restaurant dans Summer Street, chez Christie, suggéra Clive. Il y a un buffet circulaire avec toutes sortes de salades, du homard, des crevettes géantes et les meilleurs desserts de la ville. Qu'est-ce que tu en penses ?

— Oh, c'est une excellente idée. J'y suis déjà allée. Seulement, il y a un problème. Un de mes anciens amis y va assez souvent et, comme nous nous sommes quittés en très mauvais termes, ce serait horriblement gênant si je le rencontrais. Ça t'ennuierait si on allait quelque part où je ne risquerais pas de voir des gens qu'il fréquente ?

— Pas du tout. Dis-moi simplement où tu veux qu'on dîne. »

Les néons d'une enseigne lumineuse clignotant au bord de la route à quelques kilomètres du centre ville annonçaient « Chez Bobby, Bar et Grill ». Roxanne dit :

« Chez Bobby, ce serait parfait. La viande y est très bonne. Si tu aimes le steak, évidemment.

— Bien sûr, mais j'avais pensé t'emmener dans un endroit plus... enfin plus chic que celui-là.

— Oui, je sais que ça ne paie pas de mine mais ce qui compte, c'est ce qu'il y a dans l'assiette, non ? Et aussi la personne avec

111

qui on est, bien entendu », ajouta-t-elle en lui décochant son plus charmant sourire.

De la stalle où ils s'étaient installés, le plus loin possible des trois musiciens, ils voyaient parfaitement la piste de danse sur laquelle se trémoussaient des filles en jean et débardeur et des garçons en manches de chemise.

« Évidemment, c'est surtout fréquenté par des ouvriers, ici, dit Roxanne. Tu ne vas sans doute pas aimer !

— Pourquoi pas ? C'est intéressant.

— Oui, mais pour un fils de la famille Grey ! Je commençais à me demander si je n'avais pas eu tort de t'amener là. Tu n'as pas l'habitude de ce genre d'endroits. Moi, c'est différent. Je suis comme eux.

— Tu ne me connais pas, Roxanne. Ça veut dire quoi, la famille Grey ? Que j'ai plus d'argent que ces gens-là ? Quelle gloire puis-je en tirer ? Mon seul mérite, c'est d'avoir bien choisi mes grands-parents. » Il éclata de rire et corrigea : « Non, mes arrière-grands-parents.

— C'est ça que j'aime en toi, Clive. Ton honnêteté. Tu dis les choses comme elles sont, en toute franchise.

— Et c'est aussi ce que j'apprécie en toi. Entre autres choses. »

L'éclairage était bleu mais il ne faisait pas suffisamment sombre dans la salle pour atténuer l'éclat des prunelles et des dents de Roxanne, ni le scintillement du pendentif en strass qui reposait entre ses seins ronds, sous la blouse de satin rouge ; une forte odeur de fleurs flottait alentour.

« J'aime ton parfum, dit Clive.

— Vraiment ? Il vient de France. C'est mon seul luxe. J'adore le parfum. Quand je m'en mets, ça me rend heureuse.

— Tu dois te sentir heureuse la plupart du temps. »

Quand elle se pencha vers lui, le pendentif glissa hors de l'échancrure du corsage, et le décolleté s'entrebâilla, révélant fugitivement des rondeurs généreuses.

« Tu crois ? Qu'est-ce qui te fait dire ça ?

— Oh, rien qu'à voir la façon dont tu réagis un peu à tout. A l'équitation, par exemple. Tu l'as aimée tout de suite.

— Oh, ça, c'est bien vrai ! On se sent tellement libre quand on est dehors, le nez au vent. Cela doit être merveilleux d'avoir son cheval à soi, tout le temps le même. On doit arriver à se connaître parfaitement, presque comme des amis.

— Exactement, approuva Clive avec gravité. Peut-être qu'un jour tu auras un cheval à toi.

— Je l'espère. Ça va, ton steak ?

— Oui, il est parfait.

— Et les frites ? Pas trop grasses ?

— Non, tout est très bien.

— Heureusement, parce que si on est ici ce soir, c'est à cause de moi. Ça m'ennuierait terriblement de gâcher ta soirée.

— Gâcher ma soirée ? Je passe en ce moment des instants merveilleux, Roxanne. Tu veux que je te dise ? J'ai l'impression de t'avoir déjà vue quelque part. Je n'arrive pas à me rappeler où ni quand, mais je suis très physionomiste, tu sais, et quand on t'a vue une fois, on ne doit pas pouvoir t'oublier facilement. On s'est déjà rencontrés ?

— Pas que je sache. Mais merci tout de même de ton compliment. Tu dis des choses très aimables, Clive. »

La musique se déchaîna. Sur la piste de danse, les jeunes gens virevoltaient, le front trempé de sueur. Roxanne pointa son index vers un couple dont les évolutions, parfaitement synchronisées, atteignaient une perfection digne de véritables professionnels.

« Non mais, regarde-les. Ils sont formidables ! Ce que je donnerais pour danser comme ça ! J'adore danser, ajouta-t-elle en marquant le rythme de la pointe du talon.

— Je ne demanderais pas mieux que de te faire danser, mais je ne suis pas du tout expert. Je ne danse pratiquement jamais, en fait. Je risque de t'écraser complètement les pieds.

— Je prends le risque.

— En outre, pour être très franc, je ne sais pas trop quelle allure nous aurons l'un près de l'autre. Je suis petit, trop petit pour toi.

— Tu crois ? Je n'avais pas remarqué. De toute façon, même si c'est le cas, qu'est-ce que ça peut bien faire ?

— Les femmes n'aiment pas les hommes plus petits qu'elles. Sur une piste de danse, précisa-t-il.

— En quoi une petite taille peut-elle gêner quelqu'un pour danser — ou pour faire quoi que ce soit d'autre, d'ailleurs. Napoléon, était petit mais toutes les femmes étaient folles de lui. Allons, viens danser.

— D'accord. Mais il faudra que tu m'apprennes les pas, dit-il en sortant de la stalle.

113

— Quels pas ? Chacun fait ce qui lui passe par la tête. Tu danses tout seul. Il suffit de bien se décontracter en se trémoussant au rythme de la musique, comme ça te chante. Tiens, regarde-moi. »

Elle était souple comme une liane. Ses pieds martelaient le sol en accord parfait avec le rythme, les hanches et les bras ondulant en mesure.

Elle lui lança quelques encouragements.

« C'est ça, Clive. Tu es tout à fait dans le coup. Tiens, prends mes mains, fais-moi tourner. Parfait. Dis donc, tu y arrives bien. Vas-y, recommence. Formidable ! »

Elle sourit, tournant vers lui un visage resplendissant.

« Tu ne pensais pas y arriver aussi bien, hein ? Qui a dit que tu ne savais pas danser ? C'est follement amusant, hein ? »

Il s'amusait follement, en effet. Personne ne le connaissait, personne ne pourrait par la suite aller raconter à quel point il avait l'air ridicule, à sauter et à tourner ainsi sur la piste, sanglé dans son complet bleu foncé, avec sa cravate à rayures on ne peut plus classique, au rythme de cette musique qui lui assourdissait les tympans. Son sang battait à tout rompre. Il se sentait bien. Il ne pensa plus à rien.

Tout à coup, il se mit à tousser, la quinte le prenant en pleine rotation du corps, de sorte qu'il faillit perdre l'équilibre. Il resta pantelant, le souffle coupé. Il dut s'arrêter, et aller s'asseoir, haletant, les yeux pleins de larmes. Très inquiète, Roxanne vint le rejoindre.

« Ça va ? Ça va bien ? »

Il hocha la tête, s'essuya les yeux et, toujours incapable de parler, il pointa un doigt vers le cendrier empli de mégots.

« Ah, c'est donc ça ? »

Quand enfin la crise se fut apaisée, Roxanne ajouta d'un ton plein de sollicitude :

« Mais tu devrais t'arrêter. As-tu essayé de te faire poser un timbre ? »

Il hocha de nouveau la tête.

« J'ai tout essayé, et rien ne marche. Alors j'ai décidé de continuer à fumer, même si ça me fait tousser. Mais ces quintes de toux ne me prennent que de temps en temps, s'excusa-t-il.

— Plus tu fumeras, plus ce sera fréquent.

— C'est ce que tout le monde me dit. Dans ma famille ils sont tous après moi, et je sais qu'ils ont raison, mais je ne les écoute pas. Je n'aime pas qu'on me harcèle de la sorte.

114

— D'accord. Je n'en parlerai plus. »

Elle le regarda d'un air pensif, puis demanda :

« Dans ta famille il y a ton père et tes frères, c'est bien ça ?

— Un seul frère. Et un cousin qu'on a pris chez nous. Mais on le considère comme notre frère.

— C'est bien, ça ! Et vous vous entendez bien tous. C'est formidable !

— Qu'est-ce qui te fait croire ça ?

— Bah, si vous faites marcher votre entreprise tous les trois ensemble, je suppose que vous vous entendez bien.

— Ouais, pas trop mal, même s'ils sont différents de moi. Enfin, je devrais dire que c'est moi qui ne suis pas comme eux. Moi, je suis du genre "loser". Oui, un perdant, si tu préfères. Eux non. Surtout mon frère. C'est un battant, lui, bien bâti, sympa avec tout le monde, il voyage beaucoup, il joue dans les casinos, il prend plein de bon temps. Pas comme moi. »

Roxanne tendit le bras au-dessus de la table et posa sa main sur celle de Clive.

« Allons, tu noircis les choses.

— Non, je suis réaliste.

— Tu as un genre différent, Clive. Tu es très séduisant. Tu pourrais voyager aussi si tu voulais, tu pourrais jouer dans les casinos, si tu le voulais, mais ce n'est pas dans tes goûts, ça saute aux yeux. N'empêche que tu peux prendre tout le bon temps que tu voudras, d'une manière différente. J'ai entendu dire beaucoup de bien de toi, il paraît que tu es très bon en maths. Eh bien, ça, je l'admire. Les maths, ça a toujours été mon point faible. Tu pourrais enseigner, tu serais un prof génial, à Harvard par exemple...

— Qui t'a dit ça ?

— Euh... Les gens de l'usine. On bavarde, tu sais, s'empressa-t-elle d'expliquer. Même dans un service aussi humble que le bureau des expéditions, on a des renseignements qui viennent d'en haut. Oh, des racontars sans méchanceté, bien sûr. Et même des compliments, dans ton cas.

— Tu es vraiment gentille, Roxanne.

— Bah, merci. Et toi de même.

— C'est vrai, je me sens à l'aise avec toi. Je peux te parler comme si je te connaissais depuis toujours.

— J'en suis ravie, Clive.

— J'espère que je pourrai te revoir très souvent.

— Autant que tu voudras. Tu m'en vois très honorée.

— Tu n'as aucune raison de prendre ça pour un honneur. Dis-toi simplement que tu t'es trouvé un ami.

— Oh, c'est exactement ce que je me disais.

— Ça te plairait de laisser tomber notre leçon d'équitation demain, on irait faire un tour à la campagne à la place. Je te montrerais le cottage que je me fais construire près de la demeure de mon père, à Red Hill.

— Et ta famille... Je ne veux pas y aller si je risque de rencontrer ton père ou quelqu'un d'autre.

— Pourquoi ? Qu'est-ce que ça peut bien faire ?

— Je sais pas. Je crois que ce serait gênant pour moi, c'est tout.

— Je ne vois vraiment pas pourquoi tu devrais être gênée, toi surtout, Roxanne.

— C'est plus fort que moi. Je n'irai que si tu me promets qu'il n'y aura personne d'autre.

— C'est promis. Mon père est à Boston et Ian va au mariage de sa belle-sœur.

— Alors, c'est d'accord. J'irai avec grand plaisir.

— O.K. Demain, je passerai te chercher vers midi. Ne fais pas de frais de toilette. Mets des tennis. C'est un coin complètement perdu dans les bois.

*

Les fondations et deux des murs avaient été réalisés avec des pièces de chêne qui devaient avoir, selon Clive, au moins soixante-quinze ans d'âge, peut-être même cent. Tirant un plan de sa boîte à gants, il décrivit la maison qu'il avait conçue.

« Rien de bien compliqué, un simple bungalow dans les bois. Une petite demeure privée, rien que pour moi. Je peux aller et venir comme je veux et faire tout ce qui me chante. »

Ils descendirent de voiture et marchèrent dans l'herbe qui leur montait jusqu'aux genoux.

« J'aurai probablement un petit coin de pelouse, et j'y mettrai des chaises et un hamac pour pouvoir y lire. Pour le reste, il y aura

116

les bois. J'aurai une grande salle, avec une cheminée de pierre à chaque bout, une kitchenette, une petite chambre pour moi et une autre pour les amis. Ma cousine Tina sera ma première invitée dès que les travaux seront terminés. Je le lui ai promis. Ma belle cousine Tina. »

Clive sourit, heureux de prolonger son petit mystère.

« Tu n'as rien à me demander au sujet de Tina ?

— Ah bon, j'étais censée poser des questions. Eh bien, parle-moi d'elle.

— Elle a cinq ans et elle est déjà amoureuse des chevaux. »

Roxanne demanda alors où les chevaux logeaient.

« Les écuries sont chez mon père. On ne peut pas les voir d'ici, mais elles ne sont qu'à deux minutes à pied. Viens, je vais te les montrer. »

L'étroit sentier escaladait une pente abrupte noyée dans la verdure. Obliquement, car il ne voulait pas être surpris en train de la regarder avec trop de convoitise, il l'observa. Avec son jean et sa chemise, comme l'autre fois avec sa culotte de cheval, elle était encore plus séduisante que dans la robe de satin rouge qu'elle avait portée la veille au soir. Une robe qui, tout compte fait, n'était pas du meilleur goût. Il se mit alors à réfléchir au rôle qu'il pourrait jouer auprès d'elle. Il suffirait de lui inculquer quelques principes pour qu'elle apprenne la simplicité. Il songea brusquement qu'il n'avait encore jamais rencontré un être humain possédant une telle joie de vivre, à l'exception peut-être de Ian, son frère.

Au sommet de la colline, le paysage s'étalait autour d'eux, un vaste cercle plat, délimité par la forêt et ponctué çà et là par les multiples dépendances du domaine : écuries, remises, pavillons des domestiques ; puis, au bout d'un jardin rectangulaire fleuri et admirablement entretenu se dressait la demeure principale, construite en rondins, certes, mais ressemblant pourtant à un véritable château, bien qu'elle fût de dimensions plutôt modestes.

Roxanne en ressentit un choc certain.

« Ça alors, c'est formidable !

— Tu aimes ?

— Faudrait être difficile !

— Veux-tu que je te dise ? Eh bien je préfère la maison que je suis en train de construire. »

Elle secoua la tête en signe de protestation.

« Eh bien, moi, je prendrais celle-ci. Sans hésitation.

— C'est normal. Je te comprends. »

Il comprenait parfaitement, en effet, qu'elle fût impressionnée par tout ce luxe. Et il était bien normal, après tout, qu'elle se plaise en sa compagnie. Il suffisait de se référer à l'histoire pour trouver un tas d'exemples semblables : les vieux rois mal bâtis s'entouraient de belles jeunes femmes. C'était aussi simple que cela.

« Si tu en as assez vu, on peut aller faire un tour ?

— A cheval ?

— Non, en voiture. J'ai pensé que tu aimerais peut-être qu'on passe de l'autre côté du mont Bliss pour aller dîner dans une petite auberge. Je connais un endroit très agréable.

— Mais je suis affreuse !

— Tu es habillée exactement comme il convient. Tu peux me croire sur parole.

— Alors, d'accord. Ça me paraît une excellente idée. »

Si je lui avais suggéré de sauter en parachute, se dit-il, elle aurait sûrement réagi de même. Cela le fit rire, une série de petits gloussements nerveux. Elle lui demanda ce qu'il y avait de drôle.

« Tu es drôle, déclara-t-elle quand il lui eut dévoilé la cause de son hilarité. Drôle et gentil. En somme, tu as beaucoup d'humour. »

C'était vrai. Mais un humour sardonique et silencieux, qu'il gardait profondément tapi au fond de lui-même.

« Je ris intérieurement, expliqua-t-il. Tu comprends ça ? »

Elle eut tout à coup un air presque triste.

« Oh, oui, c'est un peu comme ça que je réagis quand on est à table, à la maison, et qu'ils sont tous en train de se chamailler pour un truc complètement débile. Alors il y en a un qui s'énerve et qui renverse la bouteille de ketchup. Moi, je peux pas m'empêcher de rigoler, tellement ils sont ridicules. Mais je le fais intérieurement pour pas qu'ils se rendent compte à quel point ils sont grotesques. Je crois que c'est pour ça que j'aime bien sortir avec des gens, pour me changer un peu d'atmosphère.

— Pour moi, ce n'est pas le même problème. A la maison, en ce moment, il n'y a que mon père et moi, et nous nous entendons parfaitement. C'est un homme merveilleux, mon père.

— Alors pourquoi fais-tu construire cette maison séparée ?

— Il y a des fois où on a envie d'être vraiment chez soi. »

Au bout d'un moment de silence, Roxanne déclara soudain :

118

« Quand tu m'as dit hier que tu avais l'impression de me connaître depuis longtemps, j'ai constaté que c'était la même chose pour moi. Je me suis endormie hier soir en réfléchissant à ça. »

Clive était au comble du bonheur. Jamais encore il n'avait eu une conversation aussi intime avec une femme, ni avec un homme d'ailleurs. En révélant ainsi ses pensées profondes, on devenait vulnérable, ou en tout cas plus vulnérable. Car il l'était déjà, chaque fois qu'il pénétrait dans un salon, au cours d'une soirée par exemple. Des femmes grandes et vêtues avec élégance le dévisageaient pendant un moment, puis elles mettaient très vite le masque impénétrable de ces gens du monde qui veulent faire preuve d'une politesse irréprochable. Comme s'il était une sorte de monstre... Et pourtant, il n'avait rien d'un monstre ; il était simplement une personne dont nul ne désirait la compagnie. Or, si surprenant que cela pût paraître, cette jeune fille ne lui faisait pas éprouver cette impression. Elle s'exprimait avec beaucoup de naturel et une gentillesse non dépourvue parfois d'une certaine franchise. *Napoléon était de petite taille*, avait-elle dit. Comme il se sentait heureux !

Le restaurant était vide, à l'exception de deux ou trois couples de gens âgés qui dînaient à l'autre bout de la salle. La nappe à petits carreaux, la bouteille de vin rouge californien bon marché posée sur la table et les plateaux de gâteaux maison créaient une atmosphère familiale. C'était la seconde fois qu'ils dînaient ensemble, deux soirs de suite. A cette idée, il conçut une sorte de joie toute simple et se plut à imaginer qu'il en serait ainsi tous les soirs.

A eux deux, ils vinrent à bout de l'énorme plat de spaghetti carbonara, très riche en crème et en bacon.

« Tant pis pour le cholestérol », avait dit Roxanne.

A eux deux, ils finirent la bouteille. Roxanne avait le visage brûlant et cramoisi. Elle fut prise de fou rire.

« Demain, à la première heure, les Alcooliques anonymes. Tiens, finis mon verre. Je ne peux plus rien avaler. »

Pris d'envie de rire à son tour, tout en buvant ces quelques gouttes de vin, Clive commença soudain à tousser. « *Oh, mon Dieu, faites que je n'aie pas une crise d'étouffement, et que je ne me mette pas à postillonner de façon répugnante. Je ne voudrais pas me donner en spectacle en sa présence !* »

La chance était avec lui. La crise s'apaisa rapidement, avec une certaine discrétion même, et Roxanne ne lui fit pas la leçon sur les méfaits du tabac. Pour se détendre, après tous ces efforts, il alluma une cigarette.

Déjà bas à l'horizon, le soleil filtrant à travers les arbres entra par la fenêtre près de laquelle ils étaient assis, donnant des reflets cuivrés aux cheveux de Roxanne. Quand elle bougea la tête, le pendentif de strass refléta la lumière avec un éclat aveuglant. Clive n'était guère du genre à prêter beaucoup d'attention aux bijoux des femmes, et pourtant, le soir précédent, il avait remarqué qu'elle avait des bracelets en or et en diamants. Certes, c'était sans doute du toc mais au moins ils n'étaient pas de mauvais goût. En revanche ce pendentif manquait par trop de discrétion et, du moins à la lumière du jour, il n'allait pas du tout avec le tee-shirt. Une sorte de tendresse le prit alors, soulevant en lui une émotion tout à fait inattendue : ce pendentif était sans doute le seul objet précieux qu'elle eût en sa possession, son plus beau bijou, la pauvre !

Un couple de sexagénaires se dirigeait vers la sortie. Ils parurent sourire à Roxanne, illuminée par le dernier rayon de soleil. Le regard de l'homme s'attarda quelques secondes de trop. Mais c'était bien naturel ; un être aussi beau méritait qu'on l'admire. Si Ian pouvait me voir en ce moment, se dit Clive. Lui et ses femmes !

Il y avait des chaises longues sur la pelouse, l'endroit idéal pour profiter de la paix du crépuscule. Aucune voiture ne passait sur la route. Même les derniers gazouillements des oiseaux commençaient à s'estomper.

Il s'aventura à dire :

« Je suppose que tu n'es pas pressée de rentrer.

— Pas du tout. Je m'en remets entièrement à toi. »

Les sièges étaient si proches que les accoudoirs se touchaient et les bras appuyés dessus le pouvaient aussi, il suffisait de le vouloir. Quand Clive approcha sa main, Roxanne ne s'écarta pas. Au bout d'un moment, il abaissa le poignet et saisit la main de Roxanne. Les doigts s'entrelacèrent, à l'initiative de la jeune fille, et il sentit son cœur battre très vite.

Pouvait-il poser la question qui lui brûlait les lèvres ? Allait-il le faire ? Une fausse manœuvre risquait de tout gâcher. Il se demanda s'il fallait courir le risque. Les autres fois où il s'était ainsi hasardé, il n'y avait pas vraiment eu de risque, car il avait toujours eu la certitude d'avoir affaire à une malheureuse qui, de toute façon, n'avait pas le choix. Mais il n'en était pas de même pour celle qui était avec lui ce soir. Il regretta son indécision. L'humeur joyeuse qui avait régné à table, le rire éclatant d'une femme qui a un peu bu avaient maintenant fait place à un silence total. Il eut peur qu'elle ne s'ennuie.

« Ce que c'est calme ici, murmura-t-il, mû par le besoin de dire quelque chose. Ils ne doivent pas avoir beaucoup de clients. Il y a des chambres au premier, tu sais.

— Oh, tu as déjà séjourné ici ?

— Pas moi personnellement, des amis, déclara-t-il, jugeant sans doute que la vérité risquait de la blesser. Il paraît que c'est très confortable, bien que ce ne soit qu'une simple auberge de campagne.

— J'adore la campagne. J'aurais adoré être la fille d'un fermier.

— Vraiment ? Je ne te voyais pas comme ça.

— Comment me voyais-tu ?

— Dans un endroit plus chic et plus animé qu'une ferme. Mais je ne suis pas en position de juger. Je ne te connais pas assez pour ça.

— Pas encore mais, quand tu me connaîtras un peu mieux, tu verras que je peux être très heureuse n'importe où. Tu pourrais me faire vivre ici pour toujours, je t'assure que j'en serais ravie.

— Alors, ça ne te déplairait pas de passer un week-end ici, par exemple ?

— Un week-end ou même une période plus longue, peu importe ! »

Son cœur battait très fort maintenant et il sentait son sang lui marteler les tempes. Le dernier couple sortit du restaurant et leur voiture s'éloigna lentement. Il faisait presque nuit. Ah s'il avait seulement su s'il fallait oser !

« Il est presque trop tard pour refaire le trajet du retour en voiture ! »

La voix de Roxanne s'était élevée dans le calme de la nuit d'été avec une intonation rêveuse.

« Tu as l'air fatiguée », remarqua Clive.

Comme elle avait resserré ses doigts effilés, il se rendit brusquement compte qu'ils s'étaient tenu la main pendant tout ce temps. Alors il se leva d'un bond et la tira de son siège en s'exclamant :

« Il nous faudra un sac de voyage, sinon ça aura l'air louche. J'en ai un petit, en molleton, dans le coffre. Il est vide, mais ça ne fait rien. »

Soudain il songea qu'elle allait peut-être vouloir deux chambres, bien que cela lui parût improbable. Après tout, on était en 1990, que diable !

Et c'est exactement la réflexion qu'il se fit, quelques minutes après, quand la dame grisonnante qui était à la réception l'eut regardé d'un air dubitatif. Une fois dans la chambre, la porte refermée derrière eux, il éclata de rire.

« Tu as vu sa tête ? J'ai failli lui dire : "Voyons, ma petite dame, on est en 1990. Vous vous trompez de siècle." »

C'est seulement alors qu'il comprit que ce regard n'exprimait rien d'autre que de la curiosité. *La top-model, la belle fille, et moi.*

La chambre était fort bien meublée, avec des couvertures indiennes accrochées au mur de place en place, deux rocking-chairs et un coffre victorien. Le lit était appétissant, avec ses draps bien blancs et frais. Clive le regarda un moment puis, pris soudain d'une gêne familière qui lui brûlait le visage et lui donnait la chair de poule, il s'assit sur l'un des fauteuils à bascule.

Roxanne partit d'un grand éclat de rire, puis, décochant en direction de Clive un regard rapide, elle reprit immédiatement son sérieux pour expliquer :

« Je ris parce que je n'ai même pas de brosse à dents. Pas de chemise de nuit, rien. C'est vraiment ridicule, non ? »

Croyant qu'elle était intimidée, il offrit d'éteindre la lumière.

« Seulement si c'est pour te mettre à l'aise, dit-elle en ôtant son tee-shirt. Moi, je suis on ne peut plus nature. Rien à cacher. »

Elle avait un soutien-gorge en dentelle noire. Assis sur le fauteuil, il la contemplait d'un œil rond. Elle retirait son jean. Dessous, il vit un slip, en dentelle noire lui aussi.

« Et voilà, dit-elle. J'enlève tout. »

Il n'avait jamais rien vu d'aussi superbe. Jamais il n'aurait pu imaginer qu'une femme pouvait être aussi belle. Les mots se coinçaient dans sa gorge.

Quand elle s'allongea sur le lit, la lumière de la petite veilleuse posée sur la table de nuit donna à sa peau une coloration très légèrement granuleuse. Une crème toute rose, se dit-il en se levant du fauteuil. Des pétales de camélia, moites eux aussi, mais non froids, ni même tièdes. Chauds ! Brûlants ! Il tendit la main et éteignit la lumière.

« Ç'a été bon ? demanda-t-il le lendemain matin.

— Idiot, dit-elle. Tu sais bien que oui. »

Il fut heureux qu'elle l'appelle « idiot » en lui ébouriffant les cheveux. Il y voyait un signe d'affection. D'abord la passion, puis l'affection et ensuite de nouveau la passion.

« On le refait encore une fois ?

— Idiot ! Bien sûr. On n'a que ça à faire ! »

Quelle journée merveilleuse. L'amour le matin, au soleil. Il ne parvenait pas à croire à son bonheur. Il avait décroché le prix Nobel, il avait été couronné roi. Il ne se reconnaissait pas.

Pendant le trajet du retour, dans la voiture, il demanda une nouvelle fois :

« Est-ce qu'on pourra le refaire ?

— Quoi ? maintenant ? » répondit-elle.

Il comprit qu'elle avait fait semblant de se méprendre.

« Non, idiote !

— Chéri, je savais bien ce que tu voulais dire. Bien sûr que nous le referons. C'était merveilleux. Seulement, ajouta-t-elle avec gravité, il faut que tu me promettes de ne jamais en parler à personne. Mon père est très pratiquant. On ne croirait jamais que quelqu'un d'aussi teigneux puisse être croyant à ce point mais tel est pourtant le cas. Et soupçonneux, par-dessus le marché. Je dirai que j'ai passé la nuit chez une copine, en espérant que ça marchera. Généralement, il n'y a pas de problème. »

Clive eut un accès de jalousie. Combien d'hommes avait-elle eus avant lui ? Mais rien ne l'autorisait à poser des questions sur son passé. L'instant présent : c'était ce qui comptait.

Elle reprit, d'une voix hésitante :

« Tu ne fais de confidences à... à personne chez toi, n'est-ce pas ?

— Moi ? Bien sûr que non ! Je suis l'être le plus discret que tu puisses imaginer. »

Soulagée, elle poussa un soupir.

« Tant mieux. Tout cela ne regarde que nous, et nous seuls. Toi et moi. »

CHAPITRE 8

Il donnerait n'importe quoi, n'importe quoi au monde, pour revivre une fois encore ces instants. Quoi que l'on puisse imaginer, lire ou fantasmer, rien ne pouvait décrire la réalité de ce qu'il avait ressenti.

Elle m'a ensorcelé, se dit Clive après cette nuit-là et aussi après les autres qui se succédèrent rapidement au cours des deux semaines suivantes. Il y avait eu un week-end, deux nuits de suite dans leur première auberge où ils étaient retournés, puis trois courtes soirées dans un hôtel, non loin de la ville.

Roxanne s'était inquiétée à cause de son père, disant qu'ils étaient trop près de chez elle. Clive l'avait rassurée avec des paroles hardies, car une idée encore inexprimée commençait à germer dans son esprit.

« Je me fiche totalement de savoir qui découvrira notre secret. Je veillerai à ce que tu sois protégée, quoi qu'il arrive, et je clouerai le bec à ceux qui ne seront pas contents. »

Il allait la protéger... Au lit, en voiture, au bureau, elle occupait toutes ses pensées. Son image flottait devant ses yeux ; son visage et son corps émouvant, magique, prenaient forme dans l'air vide. Il savait parfaitement que ce qu'il vivait là venait du fait qu'il s'était entiché d'elle mais qu'importait le mot ? On pouvait définir l'amour de mille et mille manières et il fallait bien commencer par là. On avait toujours tendance à considérer avec un certain mépris le fameux « coup de foudre », et pourtant, il avait lu récemment un article très pertinent où l'on disait que l'amour fondé sur un coup de foudre avait tout autant de chances de durer qu'une relation fondée sur un sentiment qui s'était développé petit à petit.

Il en était presque certain : s'il lui proposait de l'épouser, elle accepterait. Et il se dit une nouvelle fois, comme il l'avait déjà fait ce jour-là, à Red Hill, que, si elle consentait à se marier avec lui à cause de son argent, il trouverait cela tout à fait normal. N'en avait-il pas toujours été ainsi, de par le vaste monde ?

Allongé dans son lit, à une heure du matin, puis encore une heure plus tard, il ne cessait de tirer des plans sur la comète. Il était fort loin de la laisser indifférente. Aucune femme n'aurait pu manifester une telle passion s'il n'y avait pas, au fond d'elle-même, quelque chose qui l'émouvait ! Elle se montrait si tendre, si affectueuse ! Ils ne se connaissaient que depuis très peu de temps et pourtant, elle se rappelait déjà qu'il n'aimait pas le chou-fleur, qu'il préférait les steaks saignants et qu'il détestait qu'on lui parle des dangers du tabac.

Oui, cette jeune fille était une véritable perle, un trésor qu'il ne voulait pas laisser échapper. Il allait donc falloir se dépêcher pour ne pas risquer de se la faire souffler par quelque jeune godelureau. Rien que d'y penser, il sentait la panique s'emparer de lui.

A la guerre, un général qui veut remporter la victoire concentre toutes ses forces pour attaquer vite, par surprise. Eh bien, lui, il allait tout lui proposer au même moment : la date du mariage, la bague et la maison.

Pour la date, il fallait que ce soit le plus tôt possible. On se contenterait d'une cérémonie on ne peut plus simple, en présence d'un officier d'état civil, dans le plus grand secret. Il ne servirait à rien de prévenir son père. Affectueux, prudent et avisé comme il l'était, il allait inévitablement faire tout son possible pour essayer de dissuader son fils de prendre une décision aussi radicale.

« Cette jeune fille a vingt-deux ans et toi tu en as plus de trente-huit. Ça fait beaucoup de différence d'âge, Clive. Et il n'y a même pas un mois que tu la connais. Ce mariage n'a aucun sens pour toi, Clive, et aucun sens pour elle non plus. »

Ils seraient assis dans la bibliothèque, après le dîner. Oliver l'écouterait en hochant la tête d'un air grave et affectueux, et il raisonnerait son fils. Comme tous ses efforts ne serviraient à rien, autant les lui épargner. Économisons notre énergie !

« J'ai pris ma décision, lança Clive à voix haute. Maintenant, occupons-nous de la bague. »

A Scythia, il aurait eu beau chercher, il n'aurait jamais trouvé un seul bijoutier susceptible de lui fournir le modèle qu'il voulait. Certes, il n'avait jamais prêté beaucoup d'attention aux bijoux des femmes, pas plus qu'à leurs toilettes, mais il avait tout de même remarqué que Sally et Happy arboraient un anneau qui chatoyait et scintillait dès qu'elles remuaient les mains à la table du dîner. Il se renseigna auprès des différents joailliers de la ville, en se livrant à des comparaisons, et finit par conclure que le modèle qu'il avait en vue pesait probablement dans les six ou sept carats. De telles pierres, personne ne les avait en magasin. Il fallait les commander sur catalogue. Et il y aurait une attente d'une dizaine de jours.

Une sorte de fièvre le poussait. Il marchait de plus en plus vite et parlait à toute allure ; c'était la fièvre de la peur. Il ne cessait de se dire que plus il tardait, plus il risquait de la perdre. Alors il téléphona à un bijoutier de la Cinquième Avenue, à New York, et au grand étonnement, à peine dissimulé, du vendeur qui avait répondu à son appel, il commanda une bague.

« Choisissez à ma place le modèle que vous auriez pris vous-même. Vous avez sûrement meilleur goût que moi.

— Eh bien, des pierres disposées en rond, ça fait beaucoup d'effet. C'est toujours ce que je conseille. »

Le prix était colossal ; il n'avait eu aucune idée de ce que pouvaient coûter de pareilles babioles. Mais, d'un autre côté, il était surexcitant de se dire que l'on pouvait se permettre de se livrer à de telles dépenses. Toute sa vie, il n'avait pratiquement jamais rien dépensé. Il s'était contenté de mettre de l'argent de côté. Son cadeau le plus onéreux, c'était le poney qu'il avait offert à Tina.

« Je suppose qu'à la caisse centrale, pour les cartes bancaires, ils vont d'abord vouloir s'assurer que mon compte est suffisamment approvisionné, dit-il. Vous n'avez qu'à envoyer un fax à ma banque, ils ne feront aucune difficulté. Pourrez-vous m'expédier la bague en exprès ? Je suis très pressé. »

Il s'amusa à l'idée que le vendeur devait le prendre pour un fou. Il allait vite changer d'avis dès qu'il aurait contacté la banque.

« Puis-je me permettre de vous demander, monsieur, s'il s'agit d'une bague de fiançailles ?

— Oui, oui. C'est exactement cela.

— Alors, puis-je vous suggérer... peut-être faudrait-il aussi une alliance ?

— Oh, mon Dieu, bien sûr, j'oubliais. Oui, envoyez une alliance aussi. Choisissez vous-même.

— Il faudrait quelque chose de très simple. Le plus simple possible pour ne pas risquer d'éclipser une bague de fiançailles comme celle-là.

— Je m'en remets entièrement à vous.

— Merci beaucoup, monsieur. Et toutes mes félicitations pour vous et pour la dame. »

La dame. Oh, mon Dieu, qu'allait-elle dire, qu'allait-elle faire quand il lui remettrait ces trésors dans leur petit écrin de velours ? Elle resterait complètement abasourdie. C'est bizarre tout le cas que les femmes, et aussi certains hommes, peuvent faire d'une pierre qui n'est après tout qu'un morceau de carbone vieux de plusieurs millénaires. Bizarre. Mais telle était la convention, il fallait en porter une pour symboliser la permanence.

Et puis un souvenir l'assaillit. Il revit son père retirer les écrins de velours du coffre-fort mural de la chambre, après la mort de sa mère. Pendant un moment, le chagrin domina sa jubilation. Mais ces tristes rappels du passé avaient au moins un mérite : ils vous montraient qu'il faut saisir les moments de joie, où qu'ils se trouvent, et s'y cramponner le plus longtemps possible.

Oui, il allait se cramponner à Roxanne. Il allait l'arrimer tout contre lui, lui faire prendre racine en un lieu bien précis et la dorloter comme le spécimen unique d'un arbre rare et superbe qu'il aurait dans son jardin. Et, pour cela, il fallait une maison. Plus question de se contenter de ce trou à rats qu'il faisait bâtir à Red Hill. Ils avaient besoin d'une demeure familiale, car il y aurait probablement bientôt des enfants. Ce serait une maison pleine de dignité, nul besoin d'une architecture compliquée comme celle que Ian avait choisie et dont Happy n'avait manifestement rien eu à faire. Il voulait quelque chose de bon goût, comme le logis de Dan et de Sally. Pendant qu'un dessin se formait dans sa tête, il cherchait déjà dans l'annuaire les coordonnées d'une agence immobilière.

« C'est quoi, votre fourchette de prix ? demanda la femme.

— Le prix n'a aucune importance. Ce qui compte avant tout c'est que la maison me plaise. Ensuite, je veux pouvoir y emménager au plus tard dans deux mois.

— Ce sera difficile, monsieur... ?

— Grey. Clive Grey. Vous pourrez m'appeler aux Aubépines dès que vous aurez quelque chose à me montrer. Je suppose que vous allez commencer vos recherches dès maintenant.

— Oh, je vais faire le maximum, monsieur Grey. »

Jamais, de toute son existence, il n'avait parlé à personne avec une telle autorité. Il se renversa contre le dossier de sa chaise en riant.

« Dis donc, Clive, tu ne te reconnais pas, n'est-ce pas ? »

Pendant deux jours, il écuma le quartier avec l'agent immobilier, comparant les mérites et les qualités de telle ou telle bâtisse. Parfois, d'emblée, il refusait d'entrer. Pour la première fois qu'il allait accéder au statut de propriétaire et de chef de famille il lui fallait quelque chose de parfait. Là, le terrain était trop petit pour la maison. Ici, l'architecte avait commis un ensemble beaucoup trop disparate. Une autre péchait par excès d'ostentation tandis qu'une autre était froide et peu amicale. Finalement il jeta son dévolu sur une demeure géorgienne de pur style classique, en brique vieux rose bordée de blanc. Elle n'était ni trop grande ni trop petite, avec un terrain spacieux dominé par un superbe bouquet de sapins bleus en pleine maturité. Dès la première visite, il fut conquis, trouvant tout irréprochable, en particulier la chambre conjugale où le lit ferait face à une cheminée. Les soirs d'hiver ils se coucheraient de bonne heure pour regarder rêveusement les bûches rougeoyer dans l'âtre.

« Je la prends », dit-il à l'agent.

Elle eut l'air surpris.

« C'est une décision rapide, monsieur Grey. Êtes-vous sûr que vous ne le regretterez pas ?

— Tout à fait certain, à condition que je puisse l'avoir d'ici un mois. Je pars en voyage mais je veux pouvoir emménager dès mon retour. »

Elle le regarda d'un air dubitatif.

« Il faut que je voie si les propriétaires seront d'accord. Il faut pas mal de temps pour les formalités et pour le déménagement. Mais je vais leur poser la question. »

D'abord réticents, les propriétaires ne tardèrent pas à donner leur accord quand ils eurent appris que l'acquéreur paierait rubis sur l'ongle et qu'il était même prêt à verser un supplément pour les dédommager des frais que leur causerait un départ prématuré. Clive aurait donc la maison dans les délais qu'il s'était fixés.

Il ne parla de ses projets à personne. Pourtant, un soir, saisissant le premier prétexte venu, il passa chez Dan et Sally afin de jeter un coup d'œil à leur mobilier.

Dans le vaste hall d'entrée et dans l'escalier, les murs étaient décorés de photos prises par Sally et représentant non point des portraits professionnels mais des sujets empruntés à la vie quotidienne qui lui avaient particulièrement plu : deux chevaux dans un

128

champ sous la pluie, un gros plan d'abeille posée sur la corolle d'un chèvrefeuille en fleur, un vieil homme, barbu comme un patriarche du Moyen Age, qui regardait par la fenêtre d'un immeuble HLM.

« Tu es une artiste, Sally, » s'extasia Clive avec une totale sincérité.

Mais ce qui l'intéressait surtout, c'était la façon dont le couple avait arrangé son intérieur.

De la lumière, beaucoup de lumière grâce à des fenêtres bien dégagées et des murs aux teintes pastel. Des fleurs naturelles, des livres et des espaces confortables entre les objets.

« Cette vitrine est très jolie, observa-t-il.

— Elle me vient de ma grand-mère, expliqua Sally. La moitié des meubles que tu vois ici lui appartenait. C'est de l'ancien authentique ou de bonnes reproductions. Tout ce qui est moderne, c'est ce que nous avons ajouté.

— Il faut s'y connaître, je suppose. »

Elle approuva d'un hochement de tête.

« Bien sûr. Heureusement que nous avons eu Lila Burns, elle nous a donné un précieux coup de main. C'est une décoratrice merveilleuse : elle a su tout agencer à la perfection en deux temps trois mouvements, ce qui nous a finalement permis d'économiser beaucoup d'argent. Toute seule, je ne m'en serais sûrement jamais tirée.

— Elle habite dans le coin ?

— Mais oui. »

Sally s'interrompit pour fixer Clive d'un regard curieux. « Depuis quand t'intéresses-tu autant à la décoration, Clive ?

— Oh, je ne m'y intéresse pas spécialement ; j'admire, tout simplement.

— Merci beaucoup. Au fait, il y a un moment que tu n'as pas fait de cheval. Tina s'est beaucoup ennuyée de toi.

— Je sais. Moi aussi, je me suis ennuyé d'elle, mais on a eu un boulot fou au bureau. En plus, j'ai attrapé un rhume et... »

Ne trouvant plus ses mots, il s'interrompit, se maudissant de sa stupidité. Il parvint tout de même à ajouter :

« Mais je vais m'y remettre bientôt.

— Tant mieux. Nous l'avons fait inscrire dans un cours de débutants, de toute façon. Ça lui donnera un peu d'assurance. »

C'était maintenant elle qui était embarrassée. Il se demanda pourquoi. Elle reprit, d'un air hésitant :

129

« Je sais que Dan t'a dit un jour que nous avions des problèmes avec elle. Mais il s'agit tout simplement de troubles psychologiques tout à fait bénins, comme chaque fois qu'un nouveau-né arrive dans une famille.

— Bien sûr », acquiesça-t-il en s'étonnant de la voir parler avec une telle gravité et d'un ton aussi solennel.

Dan apportait des rafraîchissements. Ils s'attardèrent un moment à parler de choses et d'autres, mais Dan aborda soudain le problème du consortium, d'Amanda et des bois appartenant aux Grey.

« Je n'arrive toujours pas à comprendre pourquoi oncle Oliver refuse de prendre parti, se plaignit-il. Cette terre est son trésor spirituel. Pendant toute mon adolescence, j'ai vécu avec l'idée qu'il vouait à cette partie de son patrimoine un véritable culte, qu'il voulait à tout prix sauvegarder la nature dans son état primitif. Et maintenant, il nous laisse nous quereller en refusant de prendre position. Cela ne nous mènera nulle part, sinon aux pires ennuis. »

Pour Clive, ce soir-là, la sauvegarde de la nature était bien le cadet de ses soucis, de même que le consortium et les démêlés avec Amanda. C'est pourquoi, dès qu'il put le faire décemment, il souhaita une bonne nuit à ses cousins et partit. Une fois dans la voiture, avant de l'avoir oublié, il inscrivit à la hâte le nom de Lila Burns dans son agenda. Dès que la maison serait en sa possession, il entrerait en contact avec elle pour lui demander de tout aménager en s'inspirant de ce qu'elle avait fait chez Dan, sans procéder toutefois à une copie servile, bien entendu. Quant à lui, il se sentait incapable de mener à bien une telle tâche. Et Roxanne, songea-t-il avec sa tendresse coutumière, ne pourrait pas le faire, elle non plus. Pas encore. Car elle apprendrait.

Et il pensa à Pygmalion. Lui aussi, il allait lui montrer beaucoup de choses, des choses qu'elle n'avait jamais eu l'occasion de voir ou d'entendre. Elle était tellement intelligente, elle avait l'esprit tellement vif !

Pour leur lune de miel, ils iraient dans les îles grecques. Il inscrivit une autre note : *agence de voyages, suite de luxe sur le pont supérieur*. Ils passeraient leur temps à dîner, danser et faire l'amour. Ils vogueraient sur l'eau bleue et il lui expliquerait l'histoire de ces îles, la légende d'Ulysse et d'Athena et... Il inscrivit une autre note : *Remplacer les valises usagées*. Il offrirait un nécessaire de voyage complet à Roxanne. Il lui faudrait des toilettes aussi. Il y consacrerait une journée entière. Avec sa silhouette, elle ne pouvait avoir qu'une taille mannequin. Une journée suffirait pour l'équiper de la tête aux pieds.

Voyons, nous sommes aujourd'hui mardi. Eh bien, d'ici à vendredi, tout sera réglé. La bague est déjà arrivée, les réservations seront faites et l'agence m'aura donné la permission de lui montrer la maison. Oui, le jour J, ce sera vendredi.

Il n'éprouvait pas le moindre doute, pas le moindre scrupule. Il avait une confiance totale. Jamais il n'avait imaginé qu'on puisse être aussi heureux.

CHAPITRE 9

Fin juin, 1990

Les lourds rideaux de soie rouge, dont on appréciait la protection les soirs d'hiver, ne faisaient maintenant que cacher le superbe soleil de la mi-journée. Au-dessus de la cheminée, Lucille Grey, avec sa robe blanche et son collier de perles assorti, contemplait la table du déjeuner d'un regard plein de charme et de mélancolie. La conversation, courtoise comme toujours, sautait sans cesse du coq à l'âne malgré les efforts que multipliait Oliver pour créer une chaude atmosphère « familiale ».

Tous autant que nous sommes, se disait Sally, nous préférerions être ailleurs, l'un à lire le journal, l'autre à nager, un autre à faire la sieste dans un hamac. En tout cas, Tina n'avait accepté de venir que parce que l'oncle Oliver avait annoncé qu'il avait une poupée japonaise à lui donner. Maintenant, maussade et silencieuse, elle restait sagement assise entre ses parents, et elle mangeait son gâteau tout en agrippant fermement, de sa main restée libre, la poupée de soie jaune qu'elle venait de recevoir en cadeau.

Évidemment, ils auraient eu mauvaise grâce à se plaindre de leur sort. Oliver tenait beaucoup à observer le rite du déjeuner dominical, rite que, comme tant d'autres au cours de cette seconde moitié du siècle, la plupart des gens avaient abandonné depuis longtemps. Mais il était tellement heureux de les voir rassemblés autour de sa table. Finalement, il ne fallait pas grand-chose pour le contenter.

Sally espérait qu'il n'avait pas remarqué le léger froid qui s'était installé entre Ian et Dan depuis leur dernier accrochage. Au bureau, selon son mari, le travail se déroulait comme par le passé. Ian montrait une certaine réserve, certes, mais il n'y avait pas eu d'éclat. Enfin, pas encore, pour être plus exact. Happy savait sans doute à quoi s'en tenir sur ce qui s'était passé, mais ni elle ni Sally n'auraient jamais eu l'idée d'en parler. Elles étaient amies. Que les hommes règlent leur différend entre eux.

En tout cas, les deux hommes laissaient leurs épouses faire les frais de la conversation. Happy, toujours pleine d'entrain et de gaieté, se demanda à haute voix si Clive était déjà parti faire de l'équitation.

« D'habitude, il est toujours ici pour le déjeuner.

— Il n'est pas rentré hier soir, dit Oliver.

— Encore parti courir la gueuse, ricana Ian.

— Pourquoi pas ? rétorqua Dan. Il n'est pas marié. »

Ian préféra changer de sujet.

« Ta nouvelle cuisinière est vraiment un as, père. Même à Paris, on n'aurait pas de meilleure pâtisserie. »

Oliver fut ravi de ce compliment.

« Mes fils ont toujours eu le bec sucré. Ta mère aussi, elle aimait bien les gâteaux, si mince fût-elle. Bon, on va prendre le café dehors ? »

Toute la famille alla s'installer sur la terrasse, abritée par des auvents à rayures vertes et meublée de fauteuils en rotin blanc. A travers les arbustes soufflait une brise tiède et soporofique. A demi allongés sur des coussins bien moelleux, après un repas copieux, il était difficile de ne pas bâiller. Seul Oliver, revêtu de son complet en toile fine, resta assis bien droit.

« Y a rien pour jouer ? gémit Tina qui commençait à s'ennuyer ferme.

— Tu pourrais emmener ta poupée faire un tour. Montre-lui le pigeonnier, suggéra Sally, faute d'avoir une meilleure idée.

— Je veux pas. Cette poupée, je la déteste », rétorqua-t-elle en la jetant à terre.

Dan décida d'intervenir.

« C'est très méchant de traiter ainsi un si beau cadeau. L'oncle Oliver a été très gentil avec toi. Va lui demander pardon.

— Sûrement pas ! Je ne veux pas m'excuser. C'est une poupée horrible. Elle est laide. »

Happy et Ian, avec leur tact habituel, regardaient ailleurs, ce qui ne fit qu'accroître la gêne de Sally. Il n'était guère difficile de deviner ce qu'ils pensaient de Tina.

« Je serai heureux de t'en donner une autre, intervint Oliver. Seulement, tu comprends, dès que j'ai vu celle-ci dans la vitrine, j'ai pensé qu'elle te plairait sûrement, mais ce n'est pas grave. Tu n'as qu'à me dire quel genre tu préfères.

— Voyons, mon oncle... », commença Sally, prête à suggérer qu'il n'était pas question de céder au caprice d'une gamine.

Mais elle fut interrompue par Oliver.

« Viens, Tina, viens ici pour me le dire tout bas à l'oreille.

— Non, j'ai dit. Tu es sourd. Non, j'ai dit. »

Oliver s'approcha d'elle et, soulevant l'enfant qui criait à tue-tête, il lui susurra d'une voix caressante :

« Écoute-moi... »

C'est au milieu de cette confusion que leur parvint un bruit de voix venant de l'allée sablée.

« Nous avons de la visite, père », s'exclama Happy.

Oliver reposa Tina à terre et regarda de l'autre côté de la pelouse.

« Je n'attendais personne. Tiens, mais c'est Clive ! Et il y a quelqu'un avec lui. »

Montant les marches accédant à la terrasse, Clive apparut, tenant par la main une jeune femme d'une beauté surprenante, parée d'un ensemble de soie crème et d'un chapeau de paille assorti d'où s'échappait une cascade superbe de cheveux auburn. Le couple s'arrêta devant Oliver, et Clive prit la parole.

« Père, dit-il d'une voix haute et claire, je t'ai réservé une surprise. Voici Roxanne Grey. Nous nous sommes mariés hier soir.

— Pour une surprise, c'est une surprise, lança Oliver. Tu parles sérieusement, tu ne plaisantes pas ? »

Là-dessus, la jeune femme tendit le bras à la hauteur du visage d'Oliver.

« Pas le moins du monde, dit Clive. Et voici l'alliance qui te le prouvera. »

Oliver cligna les yeux et s'assit.

Tout le petit groupe rassemblé sur la terrasse était en état de choc. On aurait cru qu'une vague gigantesque s'était abattue sur une plage, puis s'était retirée en silence. Il ne pouvait pas s'être écoulé plus de quelques secondes, mais elles avaient paru être une éternité, quand Clive annonça gaiement :

« J'ai produit mon petit effet, non ? C'est bien la dernière chose que vous attendiez de moi et, pour être très franc, je ne m'y attendais pas moi-même. Jusqu'au moment où j'ai rencontré Roxanne. »

Le rotin craqua dans le silence ; chacun attendait, suspendant son souffle et osant à peine remuer, que le chef de famille prenne la parole.

« Évidemment, nous voulons t'adresser tous nos vœux de bonheur, articula Oliver d'un ton cérémonieux. Mais tu n'avais aucune raison de faire tout cela en secret.

— Il n'y a rien eu de secret, père. De la hâte, simplement. J'ai agi sur un coup de tête. C'est moi qu'il faut blâmer. Je n'ai pas eu la patience de suivre le processus classique, ça prenait trop de temps. »

Des pensées confuses traversèrent l'esprit de Sally. Le couple paraissait étrangement mal à l'aise, comme les gens qui dissimulent difficilement leur anxiété dans la salle d'attente d'un dentiste ou d'un bureau de placement. C'est tout de même bizarre qu'aucun des jeunes n'ait réagi, que ce soit pour manifester sa surprise ou sa curiosité, ou pour présenter ses félicitations. En leur serrant la main ou en les embrassant, par exemple. On est tous muets comme des pierres. Ça ferait une photo tout à fait frappante, avec ces visages figés qui rappellent ce tableau intitulé *American Gothic*, où l'on voit un couple de puritains constipés, tenant une fourche à la main.

Les sourcils étonnés de Dan lui remontaient pratiquement jusqu'à la racine des cheveux, et Happy était restée bouche bée. Ian, lui, avait tenté de se lever de son fauteuil, mais il avait dû se rasseoir. Il avait le visage empourpré par la fureur. S'il ne parvient pas à se dominer mieux que ça, il ne fera pas de vieux os. Après tout, ce ne sont pas ses affaires. Si son frère veut s'émanciper, il en a quand même bien le droit, songea Sally avec indignation.

Il faut vraiment adresser quelques paroles aimables à cette jeune femme. Disant la première banalité qui lui passait par la tête, Sally se tourna vers elle :

« Roxanne ! Quel joli nom ! »

S'approchant d'un pas, elle lui prit la main.

« Je crois que nous allons être contraintes de nous présenter nous-mêmes. Le marié, comme tous les mariés, est trop ému pour le faire. »

Posant un baiser sur le front de Clive, elle reprit :

« Je suis Sally. Et voici mon mari, Dan. »

Dan, qui s'était levé lui aussi, s'approcha à son tour pour lui tendre la main.

Maintenant, tout le monde était debout. La situation redevenait normale.

« Voici Happy. Son vrai nom est Elizabeth, mais tout le monde l'appelle Happy, et voici son mari Ian. »

Ian se pencha au-dessus de la main qu'elle tendait.

« Roxanne. Est-ce qu'il y a des gens qui vous appellent Roxy ?

— Non, dit la mariée avec un gracieux sourire. Non, cela ne s'est jamais produit. »

Qu'il était donc ridicule à s'incliner ainsi devant elle. On dirait un vicomte accueillant une baronne ! Le geste avait été presque ironique.

« Et voici Tina, notre fille.

— Mon Dieu, qu'elle est jolie ! s'extasia Roxanne.

— C'est pas vrai, je suis pas jolie, protesta Tina d'une voix boudeuse.

— En tout cas tu n'es pas très polie, riposta Dan. Tu devrais dire merci et serrer la main de la dame.

— J'veux pas lui serrer la main, hurla la fillette.

— Elle n'est pas obligée », intervint Roxanne.

C'était vraiment lamentable. Sally ressentit une lassitude soudaine envahir ses membres. Les autres enfants ne réagissaient pas ainsi. Oui, lamentable.

« Ne vous inquiétez pas, dit Roxanne avec une grande gentillesse. Je connais bien les enfants. Les mères sont toujours gênées de voir que leur progéniture ne réagit pas comme elles le voudraient. »

Oliver sortit alors de sa torpeur.

« Eh bien, Clive, je dois avouer que tu as fort bon goût. Maintenant que nous avons vu ta jolie épouse, il faut que tu nous parles un peu d'elle. Êtes-vous de Scythia, ma chère enfant ?

— Oh, oui ! Ma famille a toujours vécu dans cette ville. Nous avons tous travaillé pour la société Grey. Moi, je suis au service des expéditions. »

Elle parlait avec beaucoup d'aisance et avec une grande sincérité.

Sally appréciait fort cette attitude. En pareil cas, la plupart des jeunes femmes venant pour la première fois aux Aubépines auraient été intimidées. Manifestement celle-ci ne doutait pas un seul instant de sa valeur. Sa beauté lui donnait le droit d'être là, cela sautait aux yeux. On n'était pas obligé d'approuver, mais rien ne pouvait non plus autoriser à condamner. De toute façon, la situation ne manquait pas d'intérêt. Un bon sujet pour une comédie domestique.

Clive posa sa main sur celle de Roxanne et corrigea ce que la jeune femme venait de dire :

« Tu *étais* au service des expéditions. Maintenant, c'est terminé.

136

Nous avons acheté une maison, père. Pas très loin d'ici, dans Brookside Road, à trois kilomètres environ.

— Alors là, j'en reste complètement abasourdi. »

Oliver secoua la tête d'un air éberlué.

Dan loucha vers Sally. *Il y a de quoi*, disait son regard.

« Nous prenons possession des lieux le mois prochain. En attendant, j'ai une décoratrice qui s'occupe de l'ameublement.

— Oh, c'est absolument superbe, s'exclama Roxanne.

— Et en attendant, vous logerez ici ? demanda Oliver. Ou chez vos parents à vous, Roxanne ?

— Mes parents ? Je n'ai que mon père, et ça m'étonnerait qu'il tienne beaucoup à me voir m'installer chez lui. »

Elle partit d'un grand rire, la tête renversée en arrière.

« Non, je vais commencer une vie complètement nouvelle. Avec Clive. »

Il n'y eut aucun commentaire et le silence se prolongea jusqu'au moment où Clive annonça qu'ils allaient partir en voyage de noces jusqu'à la fin du mois.

« On va faire une croisière dans les îles grecques. Ensuite, direction l'Italie. Venise et les lacs, Côme et le lac Majeur.

— Le choix idéal pour une lune de miel. Un des pays les plus beaux du monde », commenta Oliver avec une grande urbanité.

Contrairement à Ian, dont la fureur était presque palpable, Oliver avait, comme à son habitude, retrouvé rapidement son équilibre après quelques courts instants de flottement. En revanche, on ne pouvait que se livrer à la spéculation quant à la nature véritable de ses pensées, lorsqu'il regardait son fils et sa nouvelle fille : ce fils si peu ragoûtant, surtout en ce moment, qui suait sang et eau avec son costume, sa cravate et son col fermé, en pleine chaleur. Avachi sur le canapé, il avait l'air d'un véritable nabot à côté de cette jeune femme fraîche et gracieuse. Le contraste était grotesque. On dirait des personnages de bande dessinée, songea Sally.

« Dommage que vous ne soyez pas venus plus tôt, vous auriez déjeuné avec nous, dit Oliver. Mais, de toute façon, il faut fêter l'événement. Vous pourriez rester à dîner avec nous ce soir, par exemple ?

— Ce sera seulement pour le mois prochain, père. Il faut que nous passions voir le père de Roxanne et ensuite nous prenons l'avion pour New York. Demain matin, c'est le grand départ pour l'Europe.

— Très bien, mais nous ne pouvons pas vous laisser partir sans fêter votre mariage. Ian, tu veux aller à la cuisine, s'il te plaît. Tu demanderas à Jeeves d'aller chercher du champagne à la cave. Et qu'il en monte plusieurs bouteilles ! Avec des biscuits et des gâteaux, bref tout ce qu'il pourra trouver. Mais tu es rouge comme un coq, Ian ! Tu ne te sens pas bien ? »

Mais Ian était déjà trop loin pour pouvoir entendre.

Sally avait invité Roxanne à faire une courte visite de la maison.

« Nous autres, femmes, nous aimons voir les intérieurs, n'est-ce pas ? Et celle-ci, on n'est pas près d'en construire de semblables, croyez-moi.

— Oh, avec grand plaisir. Quand on est arrivés dans l'allée tout à l'heure, j'ai dit à Clive qu'un domaine comme celui-là devait valoir une fortune. Plus d'un million, je dirais. Sans compter les meubles, bien sûr. J'étais dans le vrai ? demanda Roxanne en se tournant vers Oliver. Un million au bas mot ?

— C'est très difficile à dire. Cette propriété a été bâtie juste après la guerre de Sécession et la valeur de l'argent a considérablement évolué depuis. »

Il lui adressa un sourire gracieux.

Une fois de plus le regard de Dan croisa celui de Sally. C'était comme s'ils avaient échangé des impressions tout à fait similaires. Un être délicat comme Oliver ne pouvait que rentrer complètement dans sa coquille quand on lui posait de semblables questions sur sa maison. Mais, en gentleman accompli, il se devait d'accepter une situation maintenant devenue irréversible. Il allait s'accommoder au mieux de ce mariage.

Rassemblés maintenant dans la bibliothèque, ils attendaient le début des festivités réclamées par Oliver. S'impatientant légèrement, ce dernier s'enquit de ce que Ian pouvait bien être en train de fabriquer.

« Il est parti chercher le champagne, lui rappela Dan.

— Je ne lui ai pas demandé de l'apporter lui-même.

— Oh, quelle pièce superbe ! s'exclama Roxanne, son regard allant de la cheminée en pierre sculptée au plafond strié de poutres puis aux nombreuses consoles chargées de bibelots et de livres.

— Oui, n'est-ce pas ? acquiesça Happy. C'est celle que je préfère dans toute la maison.

— Mon frère et moi, nous la détestions autrefois parce que

138

c'était là que nous prenions nos leçons de piano, et nous n'étions pas plus doués l'un que l'autre pour la musique. Mais ta mère, Clive, jouait très bien, et elle passait de nombreuses soirées devant son clavier. Naturellement, vous autres, vous n'appréciiez pas tellement, à cette époque, ajouta Oliver en adressant un léger clin d'œil à Clive et à Dan, mais ça vous a quand même exercé l'oreille de l'écouter. Oui, toi aussi, Dan, même si tu n'étais ici que depuis un an quand elle est morte. Oui, cette pièce est pleine de souvenirs », conclut-il avec gravité.

Soudain il prit un air contrarié.

« Mais enfin qu'est-ce qu'il fabrique donc, Ian ? »

Dan se leva.

« Tu veux que j'aille voir ?

— Non, reste assis. »

Quelques secondes d'un silence gêné s'ensuivirent. Ce fut Roxanne qui le rompit. Se tournant vers Oliver, elle murmura :

« Tous ces livres ! Je suis sûre que vous devez en avoir sur tous les sujets possibles.

— Pas tout à fait. Mais il y en a plus que je n'aurai jamais le temps de lire avant la fin de mon existence.

— Oh, vous ne devriez pas parler ainsi. Un homme jeune et plein de santé comme vous ! »

Sally fut prise d'une commisération soudaine pour cette fille, aussi étrange que cela parût, car cette arriviste était parvenue à ses fins et n'avait donc nul besoin qu'on la prenne en pitié. Mais Roxanne était sur la sellette, exposée au jugement de chacun, et elle faisait de son mieux pour réussir son examen de passage.

Dan se serait amusé s'il avait su qu'elle compatissait ainsi aux supposées souffrances de la nouvelle venue. « Toi, tu prendrais en pitié le type qui t'a agressée dans la rue pour te piquer ton sac à main », disait-il toujours.

« Père a un livre qui décrit Scythia telle qu'elle était il y a près de deux cents ans. Vous voudriez le voir ? » allait-elle proposer mais Happy, qui avait un talent beaucoup plus développé pour entretenir une conversation, l'avait devancée.

« Père a vu tous les pays du monde, Roxanne, et il a rapporté des objets merveilleux. Venez regarder ça. Toutes les pièces de monnaie de ce plateau viennent de Rome, avant la naissance du Christ.

— Je n'arrive pas à le croire, s'exclama Roxanne en prenant l'air impressionné qu'on attendait d'elle.

139

— Oh, oui ! Et regardez ces fleurs en porcelaine. Cette rose, c'est ma préférée. Il y a même une goutte de rosée dessus. N'est-elle pas magnifique ? Et ces pâquerettes avec leurs pétales qui commencent à boucler. Et là, euh... là... Tiens, où il est le manège miniature ? Je me le demande. Il y a le plus merveilleux manège de chevaux de course que l'on puisse imaginer. Mais où est-il donc passé ?

— Il est chez moi, s'écria Tina. Il est à moi.

— A toi, ma chérie ? Vraiment ?

— Oui, il est chez nous, confirma Sally. On en a fait cadeau à Tina.

— Oui, il est à moi, à moi, à moi, cria Tina en trépignant. Et tu peux pas me le reprendre, pleurnicha-t-elle.

— Bien sûr que c'est à toi, la rassura Clive. Un cadeau pour une gentille petite fille. Viens t'asseoir sur mes genoux, comme tu le fais toujours, et ne pleure pas.

— Je ne veux pas m'asseoir sur tes genoux. Je ne t'aime pas.

— Elle ne parle pas sérieusement, Clive, intervint Dan en voyant le visage peiné de son cousin. Tu n'en doutes pas un instant, j'espère. Avec ce maudit manège, murmura-t-il à l'adresse de sa femme, on n'arrête pas d'avoir des histoires. Cette gamine est obsédée par ce truc.

— Ça y est, le voilà, lança Oliver en voyant Ian, suivi de la cuisinière et du valet de chambre, qui avaient dû être arrachés à leur sieste dominicale. Ils poussaient une table roulante à deux étages chargée d'un gigantesque seau à glace contenant trois bouteilles de champagne et d'un plateau en argent sur lequel étaient disposés des petits fours assortis et des gâteaux miniatures fourrés de crème glacée. Les jeunes mariés furent alors présentés au personnel et dûment congratulés, après quoi les domestiques se retirèrent. Les festivités familiales pouvaient commencer.

En fait ce fut Ian qui joua les maîtres de maison, s'arrogeant ainsi le rôle qui revenait de droit à Oliver. Ce fut lui qui remplit chaque flûte, qui se souvint de mettre de la limonade dans le verre de Tina et qui porta les toasts.

« A l'adorable jeune mariée, et à son bonheur, s'écria-t-il en levant son verre. Que ses rêves se réalisent. Oh, je sais, la phrase est très banale mais il faut se conformer à la tradition, n'est-ce pas ? »

Doucement, son père le reprit.

« Il me semble que tu as oublié le marié, Ian.

— Oh, vraiment ? Pardonne-moi, mon frère. Accepte mes excuses. Je suis tellement ému par le spectacle de cette innocente jeune mariée que j'en ai l'esprit tout troublé. Tiens, je vais te remplir ton verre. Tu n'es pas encore prêt ? Eh bien, moi, je le suis. Et voilà. A Clive, le courageux, fidèle, brillant Clive. Tu mérites ce qu'il y a de mieux, et nous pouvons tous constater que tu l'as maintenant. Bonne chance, mon frère, du fond de mon cœur. »

Et il donna à Clive une bourrade amicale dans le dos.

Que lui arrivait-il donc ? Sally vit que Happy était tout aussi interdite qu'elle.

Clive se leva d'un air digne et articula :

« Il m'est bien difficile, et ça l'est autant pour Roxanne, de traduire en paroles ce que je ressens en ce moment. C'est comme un rêve... »

Une quinte de toux le convulsa. Courbé en deux, haletant et suffoquant, il était secoué de spasmes, des pieds jusqu'à la tête. Roxanne bondit vers lui mais Oliver la repoussa d'un geste en disant d'une voix calme :

« Laissez-le. Dans ces cas-là il vaut toujours mieux le laisser se débrouiller tout seul. »

Quand Clive eut quitté la pièce en courant, Dan remarqua :

« Il sera sujet à ce genre de crises tant qu'il n'aura pas cessé de fumer.

— Il ne s'arrêtera jamais, pronostiqua Ian, pas avant d'avoir attrapé un cancer ou une autre maladie. »

Sally trouva cette remarque particulièrement brutale. Était-ce une façon de parler à une jeune mariée ? Mais Ian était plutôt coutumier de cruautés de ce genre. D'ailleurs, à en juger par la réflexion qu'elle avait faite sur son père, Roxanne devait se comporter de même en pareille occasion. En tout cas, elle ne manifesta pas la moindre émotion, attendant tranquillement que Clive revienne dans le salon. Au bout de deux ou trois minutes, il réapparut en effet, les yeux larmoyants, épuisé.

« Ça va maintenant ? » demanda-t-elle d'un ton guilleret.

Il lui adressa un faible sourire.

« Ça va. Excusez-moi, tous. Eh bien, reprenons les choses au point où nous les avions laissées. »

Happy et Sally firent circuler les assiettes de biscuits et de

141

gâteaux. Quand Tina en prit trois d'un coup, sa mère n'eut pas le courage de l'admonester. Il y avait déjà eu suffisamment d'incidents au cours de cette journée.

Toujours affecté au service du champagne, Ian incitait chacun d'une voix forte et autoritaire à vider son verre d'un trait.

« Bah enfin, où sommes-nous donc ? A un congrès d'une société de tempérance ? Nous fêtons un mariage, messieurs dames. Je vous signale que c'est du taittinger que nous avons ici, et qu'il n'est pas question de gâcher une telle marchandise. En tout cas, si vous ne buvez pas, moi je n'ai pas l'intention de me priver. »

D'un ton conciliant, Happy protesta :

« Tu es en train de t'enivrer, Ian.

— Bah, j'ai besoin de boire pour faire passer ces biscuits. D'ailleurs tout homme a le droit de s'enivrer s'il en a envie. De toute façon, quand on va à un mariage, c'est normal de boire un coup de trop. Et puis qu'est-ce que j'en ai à foutre ?

— Eh bien moi, je ne m'en fiche pas, intervint Oliver d'un ton sévère. Et elle ne me convient pas du tout, ta façon de souhaiter la bienvenue aux jeunes mariés...

— Bienvenue, s'écria Ian sans prêter la moindre attention à l'expression fâchée de son père. C'est ça ! Je n'avais pas souhaité la bienvenue à la mariée. Puis-je embrasser la mariée, Clive ? Un chaste baiser fraternel ? Cela ne te dérange pas ?

— C'est à la mariée d'en décider », répliqua Clive.

Bien que Roxanne se fût écartée de lui, Ian la prit à bras-le-corps et, lui tournant de force le visage de son côté, en s'y prenant à deux mains, il l'embrassa sauvagement sur la bouche.

« Ian ! » s'étrangla Happy.

Oliver saisit son fils par les épaules.

« Maintenant, tu t'assois et tu te calmes », dit-il.

Bien qu'il n'eût pas élevé la voix, on le sentait en proie à une grande colère.

« Mon fils n'a pas l'habitude de boire, expliqua-t-il à Roxanne, et je vous prie de l'excuser. Le champagne lui est monté à la tête. »

Esquissant un sourire ironique, il ajouta :

« Avec le champagne, ce sont des choses qui arrivent parfois.

— Ce n'est rien. L'intention n'était pas méchante », répondit Roxanne avec amabilité.

Maintenant calmé, Ian était assis sur sa chaise, surveillé de près par son père. Oliver orienta la conversation sur la Grèce et l'Italie.

« Puisque vous allez dans la région des lacs, ne manquez surtout pas Isola Bella. Prenez le bateau du matin, avant qu'il ne fasse trop chaud, recommanda-t-il. J'espère que vous emporterez ou que vous trouverez sur place un chapeau de soleil, Roxanne. Vous en aurez bien besoin.

— J'y avais déjà pensé, intervint Clive. Mais merci tout de même, père.

— Clive pense à tout », dit Roxanne en serrant affectueusement le bras de son mari.

« Tous les gestes qu'elle fait réussissent à charmer, pensa Sally. Est-ce un art qu'elle a appris ou quelque chose d'inné ? Les deux sans doute. J'aimerais bien pouvoir la photographier de dos, avec ce long cou, et de trois quarts, les yeux presque fermés pour mettre ses longs cils en valeur... »

Ian émit un bruit horrible. Son visage tout à l'heure cramoisi était devenu d'un blanc verdâtre. Il se leva et partit en courant. Puis, quand ils entendirent un grand fracas dans le vestibule, tous se levèrent pour aller voir.

« Ça va, dit-il en se relevant avec peine. Je me suis mêlé les pinceaux. Faut que j'aille aux toilettes. »

Dan le prit par le bras et annonça à mi-voix :

« Ça va aller. Je m'occupe de lui. »

Happy se tordait les bras.

« Je n'arrive pas à comprendre ce qui lui a pris. Jamais, depuis que je le connais, je ne l'ai vu ivre comme ça. D'ailleurs il n'est pas du tout porté sur l'alcool !

— Seulement sur le jeu », intervint Oliver en essayant de rire. Il faisait tout son possible pour mettre un peu d'humour dans cette situation.

Ils revinrent tous au salon pour se rasseoir.

« Voyons, où en étions-nous ? Ah oui, Isola Bella. Ah, quand vous regagnerez Venise en voiture, il faut que tu montres à Roxanne le balcon de Juliette.

— Le vrai ? s'exclama Roxanne d'un air extasié. Il existe encore ?

— Eh bien, c'est ce qu'ils prétendent, répliqua Oliver. Mais Juliette n'a jamais existé. Ce n'était qu'un personnage de théâtre, vous savez. »

Et la conversation se poursuivit ainsi, chacun se renvoyant la balle, tout en s'efforçant de faire en sorte que Roxanne n'ait jamais trop de mal à trouver une repartie.

Bientôt Dan reparut. Il annonça :

« Il va très bien, maintenant. Je lui ai conseillé de rester allongé un moment, ensuite je lui ai donné du café et il est parti chez lui. Il m'a chargé de l'excuser auprès de vous. Nous te ramènerons dans notre voiture, Happy.

— Mon Dieu, tu l'as laissé prendre le volant dans cet état ! Tu aurais dû me prévenir, j'aurais conduit moi-même.

— Il a insisté, Happy. D'ailleurs, selon lui, ce n'est pas le champagne qui l'a rendu malade. Il ne se sentait déjà pas très bien avant d'en boire. Il pense que c'est un virus qui est la cause de tout et il sera sans doute tout à fait remis une fois rentré au logis.

— Ah bon, tu crois ?

— Il était parfaitement en état de conduire, Happy, sinon je ne l'aurais pas laissé. »

Personne n'avait plus le cœur à prolonger cette visite. Roxanne regardait la montre en or qu'elle avait autour du poignet et Clive faisait un petit discours de remerciements. Tous sortirent dans l'allée pour dire au revoir au jeune couple et, aussitôt que la voiture fut hors de vue, ils regagnèrent la terrasse pour échanger leurs points de vue sur cette situation nouvelle.

« Alors là, les enfants, commença Oliver, je peux dire que j'ai été surpris ! Jamais je n'aurais cru que Clive fût homme à commettre un pareil coup de tête. »

Personne ne pouvait se montrer en désaccord avec lui. Alors Oliver poursuivit, les yeux fixés sur les arbres qui se dressaient de l'autre côté de la pelouse :

« Comment ont-ils bien pu se rencontrer ? Elle n'a pas du tout l'air du genre de fille qui... enfin que... Bref, elle n'a rien de commun avec vous deux », conclut-il en se tournant vers Happy et Sally.

La réaction de Happy à cette remarque fut tout à fait typique de son caractère.

« En tout cas elle est très sympathique. Bon, évidemment, je reconnais que quand on fait une visite du genre de celle-ci on se montre sous son meilleur jour. En tout cas, elle n'avait l'air nullement intimidée. Je me rappelle la première fois que je suis venue vous voir ici, père, j'étais morte de frousse. »

Oliver sourit.

« Oui, vous êtes aux antipodes l'une de l'autre. Mais Clive l'a

144

choisie. Il ne nous reste donc plus qu'à espérer qu'elle le rendra heureux.

— Oh, mais j'espère bien que ça va marcher, dit Happy avec conviction.

— J'ai comme l'impression que ce sera un ménage harmonieux, déclara Dan. Elle est tellement dynamique qu'elle réussira sans doute à le faire sortir de sa coquille. D'ailleurs, il faut bien le reconnaître, elle a tout intérêt à le rendre heureux.

— Nous verrons avec le temps, conclut Oliver. En tout cas nous ferons l'impossible pour leur faciliter la tâche, j'en suis sûr. »

Sally s'exclama soudain.

« Ça y est, j'ai compris pourquoi il s'intéressait tant à la décoration l'autre soir chez nous. Ça m'a vraiment étonnée sur le coup, car ce n'est pas du tout son genre. Il avait l'air tendu. Tendu et surexcité à la fois.

— Hé oui, dit Oliver en soupirant. Clive a toujours occupé une place à part dans mon cœur. Ce n'est pas que je le préférais à ton mari, Happy, mais il était différent.

— Je comprends, répliquait-elle sobrement.

— Je sais. Toi qui travailles avec des enfants, tu comprends forcément mieux ce genre de choses. »

Son regard se porta de nouveau sur les arbres lointains.

« Le problème, c'est que Clive n'a jamais été un enfant joyeux, il n'a jamais beaucoup ri. Pas plus maintenant, d'ailleurs. Ian, lui, c'était le garçon turbulent qui, pendant son adolescence, n'a cessé de me créer des difficultés. Avec Clive, je n'en ai jamais eu. Mais je ne me suis jamais tourmenté à propos de Ian. J'ai toujours eu la certitude qu'il réussirait. La vie était une aventure pour lui, et tout lui arrivait facilement : les succès sportifs, la popularité, les diplômes... qu'il a toujours décrochés, avec mention, par-dessus le marché. Et pour finir, une femme comme toi, Happy. Clive, eh bien, Clive était différent, comme nous en sommes tous conscients.

— N'empêche que je me fais du souci pour Ian, père, avoua Happy. Il n'avait pas du tout l'air dans son assiette aujourd'hui. Et ça fait plusieurs semaines que ça dure. Demandez à Dan. Tu as dû remarquer quelque chose au bureau, Dan, et tu t'es posé des questions, j'imagine.

— En effet, reconnut Dan, mais je ne dirai pas que cela m'a étonné. Je peux parler franchement, oncle Oliver ? Je sais que tu n'aimes pas qu'on parle affaires en ta présence. Tu voudrais que tout marche comme sur des roulettes, ainsi que cela se passait quand mon père et toi vous étiez à la tête de l'affaire, et aussi quand tu t'es retrouvé tout seul pour diriger la société. Mais en ce moment, les obstacles commencent à s'accumuler sur notre route. »

Sally brûlait de donner son avis mais elle ne se sentait pas en droit d'exprimer en public son opinion sur les Produits alimentaires Grey, pas plus qu'elle n'aurait admis que Dan vienne s'immiscer dans son travail. Mais elle pouvait tout de même avoir son idée personnelle, bien entendu, et elle trouvait que, si Ian était courageux et efficace, il n'en était pas moins parfois sujet à des accès de paresse. Quant à son goût de l'argent facile, il ne manquait jamais non plus de le manifester de temps à autre.

« Il fait toujours sa crise d'adolescence. Il n'est pas encore tout à fait adulte », avait-elle confié un jour à Dan. Et lui, tout en riant, il lui avait demandé si elle pensait qu'il le serait un jour.

« Mais au fond c'est un très brave type, avait ajouté Dan ; toujours de bonne humeur, gentil avec le personnel et merveilleux avec Happy. »

Certes ! N'empêche que son comportement avait été particulièrement odieux cet après-midi-là, pas tellement parce qu'il avait trop bu mais surtout à cause de la méchanceté dont il avait fait preuve. Oui, c'était bien de la méchanceté. Même si ce mariage lui semblait grotesque, il fallait absolument éviter de le montrer comme il l'avait fait.

« Ian est décidé à vendre nos bois aux Scandinaves et ma sœur l'y encourage, déclara Dan avec emphase. En réclamant sa part, elle ne fait qu'apporter de l'eau à son moulin. Si elle ne poussait pas ainsi à la roue, je crois vraiment qu'il serait possible de convaincre Ian. »

Et Dan poursuivit hardiment, peut-être un peu trop au gré de Sally :

« Nous savons tous combien cette forêt est précieuse à tes yeux, mon oncle. C'est ton grand-père qui a acheté cette terre, petit à petit. Et elle m'est précieuse, à moi aussi. Nous avons le même point de vue sur la question, il faut donc faire quelque chose pour la garder. Si seulement tu pouvais parler à Amanda, je suis sûr que cela ferait avancer les choses. Quelques paroles venant de toi... »

Oliver pivota sur sa chaise pour faire face à Dan.

« Amanda est... mais je ne veux pas critiquer ta sœur, Dan.

— Ne crains pas de me blesser. Tout ce que tu pourras dire sera parfaitement justifié. Tu ne te trompes jamais dans tes jugements.

— Dan, je suis désolé. Ce n'est pas le moment. Rendons-nous cette justice, à nous et aux jeunes femmes qui sont ici, que nous avons déjà beaucoup parlé cet après-midi. Et je suis sûr que Happy n'a plus qu'une envie maintenant : rentrer chez elle pour retrouver Ian. »

Tout d'un coup, Sally poussa un cri :

« Oh, mon Dieu, où est donc Tina ?

— Je ne sais pas, répondit Dan d'un air intrigué. Elle était là il y a un moment, non ?

— Elle doit être dans la maison, dit Happy avec calme. Elle est sûrement en train de liquider les gâteaux qui restaient. »

Avec le remue-ménage provoqué par Clive, ils avaient complètement oublié l'enfant. Dan et Sally se précipitèrent dans la maison, courant d'abord à la bibliothèque, où ils ne la trouvèrent pas, puis allèrent d'une pièce à l'autre, passant en revue le salon, la salle à manger, les halls d'entrée de devant et de derrière, et le bureau d'Oliver. Ils appelèrent la fillette à grands cris mais n'obtinrent aucune réponse.

« Vous avez vu là-haut ? » demanda Happy.

Ils montèrent tous les trois l'escalier menant dans les chambres, les boudoirs et les salles de bains mais leurs recherches restèrent infructueuses. Ils se regardèrent alors d'un air découragé.

« Elle est peut-être sortie dans le jardin, suggéra Oliver qui était resté au pied de l'escalier. Mais il n'y a aucune raison de s'affoler. Elle ne peut être qu'ici. »

La piscine, pensa Sally. Dan, qui avait manifestement eu la même idée, était déjà parti en direction du grand bassin. Mais l'eau bleue et transparente dans l'éclat du soleil de l'après-midi était si calme que l'on apercevait le fond dans ses moindres détails.

Sans échanger un seul mot, les quatre adultes s'éparpillèrent alors dans le parc. Aux Aubépines, il y avait des serres, des garages, des potagers et des vergers et, au centre de la roseraie, se dressait une petite maison d'été. Ils arpentèrent les lieux en criant le nom de Tina. La terreur ne cessait de monter en eux.

« Essayons la maison une fois de plus, suggéra Happy. Elle s'est peut-être cachée. Les enfants adorent faire des farces. C'est un jeu pour eux. »

Ils la trouvèrent tapie sous le piano, cachée par le lourd rideau qui retombait derrière l'instrument. Assise par terre, elle suçait son pouce.

« Qu'est-ce que tu fais là ? Tu nous as fichu une frousse de tous les diables, s'écria Dan.

— Oui, dit Sally. On s'est époumonés à t'appeler partout. Tu aurais pu nous répondre. »

Happy tenta de calmer un peu les esprits.

« Tu t'étais fait une petite maison pour te cacher dedans, hein, ma chérie ? »

Tina adressa à sa tante un regard inexpressif et ne donna aucune réponse. Manifestement, l'idée de s'amuser ainsi ne l'avait même pas effleurée.

Sally s'agenouilla à son côté.

« Tu vas bien ? demanda-t-elle en posant une main sur le front de la fillette. Tu as peut-être mangé trop de gâteaux. Tu n'as pas mal au ventre ? »

Tina leva les yeux vers les adultes et ne formula aucune réponse.

Happy, qui parfois parlait aux enfants comme sa grand-mère lui avait parlé jadis, dit avec gentillesse :

« C'est le chat qui t'a pris ta langue ?

— Qu'est-ce qui t'arrive ? » s'enquit Dan.

Non seulement Tina refusait de répondre mais on avait presque l'impression qu'elle n'entendait rien.

« Mais enfin, ce n'est pas drôle », s'exclama Sally, bien que personne n'eût seulement envie de sourire. Un frisson la parcourut. L'enfant s'était complètement repliée sur elle-même. Seule, sans doute, une mère pouvait se rendre compte que quelque chose de très étrange était en train de se produire dans l'esprit de Tina.

« Elle est fatiguée, un point c'est tout, hasarda Oliver au bout de plusieurs minutes de vains efforts pour tirer l'enfant de sa torpeur. Il vaut mieux la sortir de là-dessous, Dan, et la ramener à la maison. »

Tina se laissa extraire de sa cachette sans protester et elle repartit avec ses parents sans émettre la moindre parole.

CHAPITRE 10

Août 1990

« Qu'elle est mignonne, la petite chérie ! »

C'était la première fois que Susannah se redressait pour s'asseoir toute seule, sans basculer en arrière. Contente d'elle-même et de la nouvelle perspective que lui offrait le monde, elle se mit à gazouiller. Elle était vraiment adorable, avec son petit corps potelé et bien rose ! Elle ne portait rien d'autre que sa couche-culotte. Elle avait des fossettes aux coudes et aux genoux ! Ses yeux clairs en amande comme ceux de Dan, ni verts, ni gris ni bleus, mais un peu tout cela, étaient fixés sur Sally pour l'examiner avec attention, comme pour dire que maintenant qu'elle se tenait droite elle ne voyait plus du tout sa mère de la même manière.

Sally la sortit du berceau et l'embrassa dans le cou.

« Ma chérie, s'écria-t-elle. Je t'adore, je t'adore. Tu sais à quel point ? Non, bien sûr, tu ne peux pas l'imaginer. D'ailleurs tu ne pourras le savoir que lorsque tu auras un bébé à ton tour. »

Mais ce n'est pas demain la veille. Et en attendant, nous allons prendre bien soin de toi, chère petite Susannah, veiller sur toi et te protéger tous les instants de notre vie. A Dieu ne plaise que jamais rien ne vienne te faire du mal.

La semaine précédente, un oisillon était tombé du nid, là où la gouttière s'incurvait pour rejoindre celle qui bordait le toit de la cuisine. Chaque année, une famille nouvelle bâtissait son logis au même endroit, et chaque année Sally regardait avec Dan la mère au plumage brun couver patiemment ses œufs pendant deux semaines tandis que le père s'affairait alentour. Quand la tragédie avait frappé, Sally avait assisté aux efforts désespérés des parents pour tenter de sauver le petit être aveugle et nu, à peine gros comme la moitié d'un pouce, qui se débattait en agonisant dans l'herbe. Elle avait vu leur désespoir, tout en sachant que leur chagrin ne pouvait

149

certes se comparer à ceux des humains. Mais, en tout cas, ils avaient tout fait pour sauver leur bébé.

Perdre un enfant, le voir en proie à la maladie, à la mort, c'est vraiment la pire des choses...

« Madame Grey ! intervint Nanny. La voilà de nouveau reprise par ses crises de mutisme. Je n'arrive pas à lui arracher un seul mot ce matin.

— C'est la deuxième fois cette semaine, n'est-ce pas ?

— La troisième. Vraiment, je ne comprends pas ce qui lui arrive. Je n'avais encore jamais vu un enfant se comporter de cette façon. »

Surtout, ne pas manifester la moindre inquiétude devant Nanny, car il y a un risque de contagion et tout le monde, à la maison, doit éviter de prêter la moindre attention à ce que fait Tina. Telles étaient les instructions du Dr Vanderwater. En refusant de parler, Tina cherchait simplement à attirer l'attention, et la meilleure façon de l'en décourager c'était justement d'ignorer ce comportement. En fin de compte, elle s'apercevrait que cela ne servait à rien.

« Je ne sais vraiment pas quoi faire, madame Grey.

— Mais si, vous le savez, corrigea Sally avec le plus grand calme. Il ne faut rien faire.

— Qu'est-ce qui se passe ? demanda Dan qui était en retard pour aller au travail.

— Toujours la même chose. Elle refuse de parler. »

Son léger froncement de sourcils accentua les courtes lignes verticales qui séparaient ses yeux.

« Je ne sais que dire », murmura-t-il, comme se parlant à lui-même, tout en tendant la main pour caresser la tête de Susannah. Constatant qu'elle n'obtiendrait aucun conseil utile, Nanny redescendit au rez-de-chaussée pour s'occuper du petit déjeuner de Tina, laissant seuls Sally et Dan. Tous deux regardaient le bébé en silence. Dan fut le premier à parler.

« Tu es sûrement d'accord avec moi. Elle ressemble comme deux gouttes d'eau à Tina au même âge.

— Oui. »

Soudain un cri de douleur jaillit des lèvres de Sally. « Oh, Dan ! Qu'est-ce qu'on va faire ?

— Je ne vois guère autre chose que de continuer à suivre les instructions du docteur.

— Ces crises de mutisme sont tellement inexplicables ! Il y a des fois où je me dis que c'est parce qu'elle veut nous punir.

« — Nous punir ? De quoi donc ? Au nom du Ciel, que lui avons-nous donc fait ?

— Je ne sais pas. Elle a tellement l'air de nous provoquer. Cette façon insolente qu'elle a de me regarder quand je dis quelque chose ! Et elle refuse obstinément de répondre !

— Sally ! Nous provoquer ! Elle n'a que cinq ans.

— C'est possible. Dès l'âge de deux ans, il y a des enfants qui vous narguent ainsi. Et pourtant, certains jours, je me dis qu'il y a autre chose. Comme si elle était terrifiée.

— De quoi ? Elle n'a aucune raison d'avoir peur. Non, elle est jalouse de Susannah, c'est le diagnostic que nous avons tous accepté, non ?

— Son état est en train d'empirer, Dan. Il faut voir les choses en face. Or, si c'était à cause du bébé qu'elle était ainsi, elle devrait progresser, au contraire.

— Pas nécessairement. Pas du tout.

— Bon, eh bien, donne-moi ta version des faits.

— Non, donne-moi la tienne d'abord. »

Debout devant la table à langer, Sally était en train de changer Susannah. Pendant un moment, elle ne répondit pas. Puis, bien qu'elle ne fût pas certaine de tenir la bonne explication, elle finit par exprimer son point de vue.

« Parfois, je me dis qu'il faudrait la ramener voir le Dr Lisle.

— Ah non ! On l'a déjà vue ! Il n'y a aucune raison.

— Pourquoi ? Le Dr Vanderwater est en train de patauger.

— Tout le monde sait que les problèmes de comportement ne se résolvent pas comme une jambe cassée. On ne peut pas dire : "Dans six semaines, on va vous retirer votre plâtre". Donne-lui une chance, à cet homme.

— J'ai comme l'intuition qu'il n'a rien compris. Il est complètement à côté de la plaque, si tu veux m'en croire.

— Oui, eh bien, tes intuitions, à ta place je m'en méfierais. A côté de la plaque, ce n'est vraiment pas le genre du Dr Vanderwater. Il est le meilleur expert de sa spécialité. Le Dr Lisle ne lui arrive pas à la cheville. »

Sally ne savait plus à quel saint se vouer. Elle n'était debout que depuis une heure et elle se sentait déjà épuisée. Quand, après avoir allongé Susannah dans le parc, elle se tourna vers Dan, il vit qu'elle avait le visage baigné de larmes.

« Voyons, Sally ! »

Il passa un bras autour de ses épaules et dit d'une voix navrée :

« Je n'ai pas le cœur de te voir ainsi. Cela ne te ressemble pas. Écoute, ma chérie. Nous n'avons pas le choix. Il faut avant tout faire preuve de patience. Grâce à Dieu, nous n'avons personne de gravement malade dans notre entourage, personne qui soit en train de mourir d'un cancer... »

Sally frissonna, blottie contre son épaule.

« Je sais. Mais il y a d'autres choses. Rien de comparable, certes, mais des problèmes tout de même.

— J'espère que tu ne penses plus aux idées absurdes que le Dr Lisle t'avait mises dans le crâne.

— Je ne suis plus sûre de rien. Et il y a des pensées bizarres qui m'obsèdent.

— Oui, elles sont plutôt bizarres, en effet. Mais je croyais que tu en étais débarrassée.

— Je le croyais aussi.

— En tout cas, nous n'allons pas retourner chez l'autre médecin, Sally. On ne va tout de même pas changer notre fusil d'épaule chaque fois que des idées nouvelles te surgissent à l'esprit. A présent, ajouta-t-il en s'écartant d'elle, cela m'ennuie beaucoup de t'abandonner ainsi, mais il faut que j'aille travailler.

— Je vois le Dr Vanderwater ce matin, tu sais.

— Parfait, j'espère qu'il réussira à te remonter le moral. »

*

Chaque fois que ses yeux se détachaient du visage du docteur c'était pour se poser sur la photographie des quatre vigoureux bambins aux cheveux bouclés. Ils avaient l'air pleins de santé, la bouche fendue d'un large sourire, les yeux pétillants de malice. Le plus jeune, qui tenait une balle entre ses mains potelées, riait de bon cœur, montrant ses dents impeccables de bébé bien soigné. Tina avait eu la même tête, pas tellement longtemps auparavant.

« Excusez-moi de vous parler ainsi, docteur, dit Sally, mais je dois reconnaître que je n'ai pas entièrement réussi à oublier le premier diagnostic. »

152

Elle n'alla pas plus loin. Il lui paraissait difficile de continuer, et cette hésitation l'irrita. Elle, Sally Grey, qui avait toujours fait son chemin dans le monde, elle qui n'avait jamais tremblé devant personne, ni devant aucune situation, maintenant, regardez-la !

Et, d'une voix frémissante, elle reprit :

« Je fais des rêves tellement affreux, docteur. Je vois parfois Tina debout en un endroit très élevé, un rebord de fenêtre ou un précipice, et je veux l'attraper ou l'appeler mais je crains que, si je la fais sursauter, elle ne tombe dans le vide. De toute façon, je suis incapable de bouger, ma voix ne porte pas... » Elle s'interrompit puis ajouta : « Je suis désolée. Mes rêves n'ont aucun intérêt. Mais cela montre à quel point j'ai peur.

— A cause de cet autre diagnostic ? »

Elle détourna son regard, gênée par ces yeux qui la scrutaient avec gravité, et retomba sur la photo des enfants du médecin. Elle dit alors à voix très basse :

« Mon mari me trouve ridicule. Or il a beaucoup de clairvoyance, donc je suis sans doute ridicule.

— Eh bien, expliquez-moi pourquoi vous n'arrivez pas à vous débarrasser de cette obsession. Mais il est inutile de me répéter ce que vous m'avez déjà dit, à savoir que, d'après vous, Tina n'a fait aucun progrès depuis qu'elle est venue me voir pour la première fois. »

Elle s'empressa de préciser :

« Oh, je n'ai pas l'intention de me plaindre... »

Mais le Dr Vanderwater ne la laissa pas poursuivre.

« Je ne suis pas susceptible, vous savez. Si vous avez un motif de vous plaindre, n'hésitez pas à le dire.

— C'est bien là le problème. Je sais que ce genre de situation ne peut pas évoluer rapidement, mais il y a eu une véritable régression. Elle ne laisse plus personne la toucher. Par exemple, mon mari a un cousin qu'elle aimait beaucoup autrefois. Maintenant, elle refuse de l'approcher.

— Vous dites qu'elle ne veut plus se laisser toucher par personne. Mais dois-je comprendre que cela s'applique surtout à cet homme ?

— Eh bien, oui et non. »

Le docteur esquissa un léger sourire.

« Si j'en crois mon expérience, ce genre de réponse signifie généralement plutôt oui. Qu'a-t-il donc de particulier, ce monsieur ? »

Elle se trouva ridicule. Ce qu'elle avait à dire était tellement inconsistant et si peu convaincant, même à ses propres yeux !

« Il est bizarre, articula-t-elle enfin d'un air hésitant. Il était resté célibataire jusqu'à ces dernières semaines. Plutôt sauvage. Oui, enfin, un drôle de type, quoi.

— Votre description pourrait s'appliquer à bon nombre de génies. Elle ne correspond aucunement à ce que pourrait être un maniaque sexuel.

— Je sais. Mais il est toujours après Tina ; il l'embrasse, il la prend sur ses genoux, il lui offre des cadeaux. Je reconnais que mes explications ne sont pas très claires, » s'excusa-t-elle. A l'entendre, Clive apparaissait comme une espèce de Père Noël.

« Je vous comprends mais je maintiens mon diagnostic. Votre inquiétude est justifiée, toutefois, c'est pourquoi je vous recommanderai de rester extrêmement vigilante à l'égard de l'enfant, ce que vous faites déjà, j'en suis persuadé. Je ne veux exclure aucune éventualité. Le mal peut provenir de sources très inattendues. Cela peut être n'importe qui, même le père, bien qu'en l'occurrence je ne pense pas que quelqu'un soit directement impliqué. »

Elle était horrifiée de voir le cloaque bourbeux où ses pensées l'avaient amenée. Elle eut soudain honte qu'une telle idée, ne fût-ce qu'une fraction de seconde, ait pu venir à quelqu'un. Elle se ferma l'esprit, brusquement, comme elle aurait rabattu le couvercle d'une boîte avant de jeter la clé au loin.

« Je pars en vacances pour un mois, madame Grey. Pendant ce temps, vous savez ce que vous devez faire. Essayez de ne pas trop vous laisser perturber par ses colères ou par ses crises de mutisme. Comme l'a dit votre mari avec beaucoup de sagesse, en faisant preuve de patience, on résout bien des problèmes. »

Elle se reprochait amèrement d'avoir, sans la moindre trace de preuve, impliqué le cousin de son mari dans cette affaire, et elle sentit la honte l'accabler. Pauvre Clive, il était marié maintenant et, pour la première fois depuis fort longtemps sans doute, il était vraiment heureux de vivre.

« Je voudrais que tu le voies se pavaner dans le bureau, comme s'il avait décroché le gros lot ou la médaille du Congrès », disait Dan.

N'empêche qu'un homme pouvait fort bien être marié et en même temps...

Mais elle se reprit. Tout cela était vraiment trop absurde. La graine que le Dr Lisle avait semée avait pris les proportions gigantesques d'une plante parasite qui étouffait tout ce qu'il y avait d'autre dans sa tête. Clive, Ian, l'oncle Oliver, le fils si gentil de Nanny qui venait parfois en visite, le factotum qui amène son jeune garçon, le voisin de ses parents, l'été dernier, les soupçonner serait absurde ! Et pourquoi pas le père d'Emma, l'amie de Tina, qui habitait à côté de chez eux, dans la même rue ? C'est un homme bizarre, peu aimable, acariâtre. Je ne l'ai jamais trouvé sympathique...

« Oh, mon Dieu, faites que Tina redevienne normale ! » s'écriat-elle à haute voix.

*

La maison de Clive est charmante. Lila Burns a accompli un véritable miracle en moins d'un mois, se disait Sally pendant que Roxanne leur montrait, à Happy et à elle, les différentes pièces de sa demeure. Lila, grâce à la baguette magique des sommes quasiment illimitées mises à sa disposition, avait accumulé dans la maison tapis orientaux, moquettes tissées à la main, cuivres bien astiqués, argenterie anglaise, porcelaine française, et meubles en acajou et en érable à grain ondulé du XVIIIᵉ siècle, ainsi que des peintures de genre du XIXᵉ. Clive avait eu des idées très arrêtées et Lila l'avait parfaitement compris. Dans le bureau du maître de maison, tendu de papier rouge foncé, l'un des murs était entièrement recouvert de chevaux encadrés de bois doré. Dans le salon bleu et blanc, la cheminée était bordée d'un carrelage à fleurs. Des glaïeuls pourpres trônaient dans une cruche, sur un coffre, entre deux fenêtres.

Roxanne posa sur la table un plateau garni de thé glacé et de gâteaux, puis elle s'assit. Cette journée d'août était d'une chaleur humide particulièrement déplaisante, que l'on sentait dans la pièce malgré la climatisation. Sally se sentait toute moite et sa robe lui collait à la peau. Pourtant, Roxanne, toute de blanc vêtue, respirait la fraîcheur.

« J'adore ta robe, dit Happy.

— Vraiment ? Elle vient de mon trousseau. C'est Clive qui l'a choisie. Il achète lui-même toutes mes toilettes.

— Tu as de la chance, car il a le goût très sûr, observa Sally. Moi, s'il fallait que je me fie à Dan, mon Dieu, le désastre. Parfois, il me dit : "Elle est bien ta robe, elle est neuve ?" "Non, je réponds, ça fait quatre ans que je l'ai." »

Toutes trois éclatèrent de rire. La conversation se déroulait sans le moindre problème entre elles. Depuis que Roxanne et Clive étaient rentrés de leur voyage de noces, les deux autres femmes avaient fait un effort pour accueillir la nouvelle venue. Et Sally, qui tenait beaucoup à analyser les motivations, les siennes comme celles des autres, avait conclu que cette sollicitude provenait d'un souci de courtoisie normal chez une personne bien élevée, d'un désir très pragmatique de maintenir la paix au sein de la famille, d'une certaine curiosité et d'une vague compassion. Un mélange bien étrange !

Mue par cette compassion, elle avait tenté d'imaginer quel besoin avait poussé Clive à se marier aussi rapidement. Elle essaya de concrétiser les différentes privations qui avaient fait de la jeune femme assise en face d'elle un être prêt à tout pour s'installer dans une belle maison et se faire couvrir de bijoux, en échange d'un mari comme Clive. Elle ne pouvait pas en être amoureuse ! Il était impossible qu'elle ressente ce que Sally Grey avait éprouvé à Paris, six ans auparavant. Et qu'elle éprouvait encore.

« Ça ne vous rend pas paresseuses, ces après-midi d'été ? » demandait Roxanne.

Après-midi d'été. Henry James avait dit que ces quelques mots étaient les plus beaux de tous. Mais il fallait tout de même voir d'abord qui vous étiez et où vous les passiez, ces après-midi. Une jeune fille qui emballe des cartons dans un vaste hangar bruyant, ou une dame qui boit du thé glacé dans son salon bleu et blanc climatisé. Une bouffée de pitié, contradictoire et perverse, envahit de nouveau Sally.

« Il y a des fois où je ne me reconnais pas moi-même, expliqua Roxanne. Je me réveille et, pendant une minute, je n'arrive pas à réaliser où je suis. Et, quand j'y parviens enfin, je me dis que cela ne pourra pas durer indéfiniment. Quand je pense à tout l'argent que Clive a dépensé... » Elle se plaqua soudain la main sur la bouche. « Excusez-moi. Il dit toujours qu'on ne doit pas parler du prix des choses.

— C'est vrai, acquiesça Sally en riant. N'en parle pas. Il suffit de laisser les gens constater de visu.

156

« — Ce que j'aime bien, chez vous deux, reprit Roxanne, c'est votre sens de l'humour. Et vous avez le chic pour tout voir au-delà des apparences. » Elle s'interrompit, prenant un air pensif. « Oh, ce que je voudrais tout faire bien du premier coup ! Clive a tellement été gentil avec moi. Savez-vous qu'il a donné l'argent pour que ma sœur parte en colonie de vacances ce mois-ci ? Et il va faire ce qu'il faut pour qu'elle puisse continuer ses études. Elle veut aller en Floride, alors il lui cherche une école là-bas. Oui, il a vraiment été très généreux avec nous.

— Ça lui fait du bien à lui aussi, affirma Sally. Selon Dan, Clive n'est plus du tout le même homme au bureau. Autrefois, il était... » Elle s'apprêtait à dire « renfermé » mais elle se ravisa. « ... très discret, absorbé dans ses pensées, tu vois. Mais maintenant, il parle des petits plats que tu lui prépares, il vante tes qualités de cordon bleu et la manière dont tu t'es occupée de lui quand il a été malade sur le bateau, et...

— Clive a été malade ? Je ne le savais pas, interrompit Happy.

— Il a eu ses quintes de toux habituelles mais une nuit, il ne pouvait plus s'arrêter, alors on est allés voir le médecin de bord pour qu'il lui donne des médicaments. La toux a cessé mais il a eu de la fièvre, et il avait mal au côté. "C'est une toux de fumeur", il disait, Clive. »

Happy adorait parler de problèmes médicaux. Chez elle, elle avait tout un rayon plein de livres de médecine populaire. Elle reprit, d'un ton catégorique :

« Je ne suis pas d'accord. Ce que dit Clive n'a aucune importance. Ce qui compte, c'est l'avis des docteurs. Il devrait s'en inquiéter, Roxanne.

— C'est ce que le docteur lui a dit de faire aussitôt qu'il serait rentré, mais il est têtu, et il n'y est pas encore allé. Je crois qu'il prend trop de bon temps dans cette maison. »

Du bon temps, il doit s'en donner, songea Sally, un petit sourire entendu effleurant à peine ses lèvres.

« D'après Clive, tu aurais une recette spéciale pour le gâteau au chocolat, Happy. Je me suis demandé si tu pourrais me la donner. J'adore faire la cuisine, tu sais.

— Eh bien, oui, naturellement. Passe-moi du papier et un crayon, je vais te l'écrire tout de suite. On peut dire que les deux frères aiment autant le chocolat l'un que l'autre. »

Une fois les deux visiteuses seules dans la voiture, sur le chemin du retour, Happy confia à Sally :

« Elle n'a rien d'une femme d'intérieur, mais peut-on jamais savoir ?

— En tout cas, elle apprend vite. As-tu remarqué comment elle a réagi après avoir parlé du prix des choses ? Clive est en train de la transformer du tout au tout. Jusqu'à sa façon de parler qui est différente. Elle n'a pas juré une seule fois pendant tout le temps qu'a duré notre visite.

— Elle va bientôt être trop raffinée pour nous, s'esclaffa Happy. J'aurais voulu que tu m'entendes l'autre soir quand je me suis cogné le coude au coin du meuble de la salle de bains.

— Tu te rappelles ce qu'elle a dit sur son père le jour où Clive est venu aux Aubépines pour nous la présenter ? Elle a dû avoir une vie absolument horrible.

— J'ai été très gênée quand elle a fait allusion à la maladie de Clive, pendant leur voyage. Je n'en savais rien. C'est la faute de Ian. Il est tellement contrarié par ce mariage qu'il ne me parle plus jamais de son frère. Pourtant, ce n'est pas le genre de Ian de se formaliser parce qu'une jeune fille fait un mariage d'argent.

— Non, d'autant moins que c'est pour ça que tu l'as épousé, n'est-ce pas ? lança Sally d'un air taquin.

— Arrête de dire des bêtises. Tu m'avais parfaitement comprise. Malgré tout le respect que je dois à Oliver, Ian n'a pas du tout la même mentalité que son père. Et c'est pour ça que je n'arrive pas à comprendre pourquoi il réagit ainsi. Il n'a même pas été rendre visite à Clive depuis leur retour et ça fait déjà un mois qu'ils sont rentrés. Je lui ai reproché son manque de courtoisie : presque tous les gens que nous connaissons sont déjà allés là-bas ! Oh, bien sûr, c'est surtout par curiosité qu'ils y vont, ne nous faisons pas d'illusions, mais le résultat est quand même là.

— Et comment explique-t-il son manque d'intérêt pour les jeunes mariés ?

— Bah, il m'a dit un jour que c'était immoral pour un homme d'acheter son épouse, mais que, si son frère trouvait ça bien, il lui souhaitait bonne chance.

— Moi aussi, je leur souhaite bonne chance. Il est difficile de la trouver antipathique. En tout cas, moi, je ne peux pas.

— J'ai pourtant comme l'impression que les choses ne vont pas aller comme sur des roulettes pour eux. Je crains que Clive ne soit malade, beaucoup plus malade qu'il ne veut bien le reconnaître. »

Sally se dit alors que Happy devait aussi avoir son opinion sur Tina. Car elle avait vu comment l'enfant se comportait à l'école maternelle, et elle avait également eu pas mal d'échos provenant de sources diverses. Mais Happy était beaucoup trop polie pour aborder ce sujet d'elle-même, et comme Sally était résolue à éviter d'ébruiter les problèmes de sa fille, elle n'avait l'intention d'en parler à personne.

Revenant sur le mariage éclair de Clive, elle observa :

« C'est vraiment extraordinaire, Dan était persuadé qu'il ne se marierait jamais, alors que moi je n'avais jamais exclu cette éventualité. De nos jours, les gens se marient beaucoup plus tard qu'autrefois, et nous-mêmes nous avons pris le temps de la réflexion. Mais je croyais qu'il allait épouser une sorte d'intello, une fille taciturne et effacée, qu'il aurait dégotée dans un laboratoire ou une bibliothèque quelconque.

— Eh bien oui, dit Happy avec sa prudence coutumière. Cela montre que nous ne savons jamais ce que l'avenir nous réserve. »

*

Debout devant la glace occupant tout le mur du dressing-room, Roxanne se regardait. Clive avait raison. La simplicité donnait beaucoup plus de classe. Avec une grimace, elle se rappela la robe de satin rouge, trop criarde, trop chargée d'ornements, trop décolletée, qu'elle avait mise pour leur premier dîner. Celle-ci, en lin blanc, qui avait coûté trois fois plus cher que l'autre, mettait beaucoup mieux en valeur son teint, sa silhouette et ses cheveux.

Prenant beaucoup de précautions pour éviter de la tacher avec son rouge à lèvres, elle l'enleva pour la ranger. Trois côtés du vaste placard étaient garnis de vêtements, en soie, en lin et en coton. Il y avait aussi un ensemble écossais en tweed déjà prêt pour l'automne, une veste de cuir achetée en Italie, des chaussures et des sacs, et le chapeau de paille clair dont elle s'était coiffée le jour de son mariage. Trois ou quatre fois par jour, chaque jour, elle se sentait attirée comme par un aimant devant ce placard où se trou-

159

vaient entassées toutes ces merveilles. Elle en éprouvait un tel bonheur ! Ainsi qu'elle l'avait dit, elle vivait un véritable rêve.

Certes, quand on s'éveille après de tels rêves, on n'est pas toujours heureuse !... En fait, songeait-elle, la vérité c'est que je n'ai pas la conscience tranquille. J'ai l'impression d'avoir volé tout cela. D'ailleurs, n'est-ce pas le cas ? Peut-il vraiment croire que je sois tombée follement amoureuse de lui ? Ou que j'attende avec impatience que vienne la nuit pour que nous allions nous coucher dans ce lit... comment appelle-t-il cela : Chippendale ou je ne sais quoi ? Il n'est pas très réconfortant de se dire que l'on est une menteuse, de se forcer à sourire quand on va se promener ensemble, quand on mange ensemble, et de prendre un air passionné quand on fait l'amour. Non, je n'ai pas la conscience tranquille.

Elle alla à la fenêtre. Devant elle s'étendait la vaste pelouse ondulée et le bouquet de sapins dont Clive disait qu'« il était tombé amoureux ». Des sapins bleus du Colorado. Boff ! Un arbre, c'est toujours un arbre ! Mais ceux-là sont jolis, c'est vrai.

Elle repartit vers ses trésors en songeant : tant qu'il ne se doute de rien, tant qu'il ne souffre pas, qu'est-ce que je fais de mal, après tout ? Pauvre garçon ! Il faisait tellement d'efforts pour lui plaire. Il était tellement gentil ! Il vous donnait envie d'être gentille avec lui. Non, elle ne le ferait jamais souffrir, jamais elle ne le priverait de son bonheur. Ce serait aussi méchant que d'enlever un bonbon à un bébé, comme on dit. Non, elle lui procurerait toutes les satisfactions possibles. Elle paierait loyalement sa dette.

La visite qu'elle venait de recevoir s'était très bien passée. Elles étaient gentilles toutes les deux, pas snobs pour deux sous ! Que de femmes à leur place auraient cherché à lui en imposer ! Les femmes, ce sont de vraies tigresses, surtout si elles s'aperçoivent que vous êtes plus séduisantes qu'elles. Mais ces deux-là, elles n'étaient pas jalouses le moins du monde.

Pourtant il y avait intérêt à être un peu comédienne pour réagir de façon naturelle en présence de la femme de Ian. De nouveau, elle sentit sa conscience la torturer. Si bizarre que cela puisse paraître, jamais auparavant elle n'avait éprouvé le moindre scrupule à son égard. Mais maintenant qu'elle la connaissait, il en allait tout autrement. N'empêche que des situations de ce genre, ça se produit tous les jours. Il suffit de lire les journaux pour s'en convaincre. L'épouse légitime assiste à la soirée donnée par la « boîte », et elle

160

serre la main de la secrétaire qui la salue avec respect... sous le regard du mari.

Ah, si elle avait pu avoir la maison et Ian en même temps ! Ç'aurait été trop beau ! Elle sentit une sorte de trépidation dans sa poitrine, comme si son sang s'était échauffé à la pensée de ce qui aurait pu être... si seulement il avait voulu. Qu'est-ce qui lui avait donc pris ? Ils étaient fous l'un de l'autre, ils ne pouvaient pas supporter la moindre séparation. Son sang commença à bouillonner... Elle dut faire un effort pour se calmer.

« Du calme, Roxanne, se dit-elle. Mets donc un short et va lire un magazine dans le hamac. »

Il commençait à faire un peu plus frais. Une brise légère bruissait au-dessus de sa tête. Lentement, elle sentit les effets bienfaisants de cette verte quiétude qui apaisait peu à peu le tumulte qui s'était déchaîné en elle. Après tout, on ne peut pas tout avoir, n'est-ce pas ? Elle allait fermer les yeux un moment, puis elle irait confectionner un gâteau au chocolat pour le dessert de Clive. C'était un plaisir de voir combien il appréciait la pâtisserie.

« Alors, la Belle au bois dormant ! Réveille-toi, espèce de garce ! »

Ian, sanglé dans son costume trois-pièces, avait posé son attaché-case par terre et, les bras croisés, il fixait sur elle un regard fulgurant. Un moment, il bougea légèrement : elle crut qu'il allait la frapper.

« Ne prends pas cet air épouvanté. Je ne vais pas te tuer, même si tu le mérites amplement. Mais tu ne vaux pas la peine que je passe le reste de ma vie en prison, » fulmina-t-il.

Elle sentit que son cœur battait à grands coups ; en outre, des douleurs causées par de multiples coups d'épingle lui transperçaient le corps du bout des doigts jusqu'à la plante des pieds.

« Alors, tu n'as rien d'autre à dire pour ta défense ? »

Elle dut s'humecter les lèvres, tant sa bouche était sèche, avant de pouvoir répondre :

« J'en ai autant à ton service.

— Eh bien, vas-y, pose-moi la même question. Moi, voici ce que je peux dire pour me justifier : moi, je ne t'ai jamais menti. Je ne t'ai jamais raconté d'histoires. Je t'ai dit ce que je pensais, et ce que je pensais, je te l'ai dit. »

Il émanait de sa personne une impression de force. Il était planté devant elle comme si la terre entière lui appartenait. Tel un prince, tel un seigneur, la bouche crispée, l'œil flamboyant, il la défiait. Ainsi qu'il l'avait toujours fait.

Et soudain, toujours tenaillée par une douleur qui ne l'avait jamais quittée, elle s'enhardit.

« Je ne t'ai jamais raconté d'histoires. Je t'ai dit, le dernier soir où nous nous sommes vus, que si tu ne voulais pas m'épouser, tu pouvais aller au diable. C'était très facile à comprendre, Ian.

— Et alors tu as eu le culot de faire ça. Tu as joué ce tour à Clive. Un sale tour de sale bonne femme !

— Ne me traite pas de sale bonne femme. »

Descendant d'un bond du hamac, elle se dressa de toute sa taille.

« Je n'ai pas été plus malhonnête avec lui que toi avec Happy.

— Comment peux-tu comparer, espèce d'idiote, voleuse, hypocrite ! cria Ian.

— La comparaison est tout à fait légitime. Et puis, mets-y une sourdine. Clive risque de rentrer d'une minute à l'autre.

— Et après ? J'ai tout de même bien le droit de rendre visite à ma belle-sœur dans sa nouvelle demeure, non, persifla-t-il.

— Je me demandais combien de temps il te faudrait pour rassembler assez de courage et venir me voir. Ton attitude commençait à paraître plutôt bizarre.

— J'avais peur que tu ne sois foudroyée par une crise cardiaque en me voyant.

— C'est plutôt toi qui paraissais sur le point d'en avoir une le jour où nous sommes allés chez ton père.

— Ce n'est pas le cœur qui a flanché. J'ai été pris de nausées. J'ai eu envie de vomir. Ce que j'ai fini par faire, d'ailleurs. Je ne croyais pas qu'une femme puisse être assez salope pour jouer un tour pareil à un pauvre imbécile crédule et sans défense comme mon frère.

— Un imbécile, lui ? Tu me disais toujours qu'il était un véritable génie.

— En mathématiques ! Tu sais très bien ce que je voulais dire.

— En tout cas, je ne le qualifierai jamais d'imbécile, moi. La seule chose juste que tu aies dite, c'est qu'il ne s'est jamais douté de rien.

— Quoi ? Il ne sait pas que nous nous sommes déjà rencontrés avant ?

— Tu fais l'idiot ou quoi ? Bien sûr que je ne lui ai rien dit !

— Ce n'est pas si évident ! Il vaudrait peut-être mieux qu'il soit mis au courant. »

162

Roxanne agita vers lui l'annulaire de sa main gauche, le doigt qui portait la bague en diamant.

« Pas question ! Il ne faudra jamais qu'il le sache. Tu ne voudrais tout de même pas que Happy soit mise au courant. Alors tu as intérêt à ne jamais ouvrir la bouche. Jamais, jamais ! Tu ne me fais pas peur, tu sais. »

Comme Ian gardait le silence, elle lui poussa doucement la poitrine du bout du doigt, l'index cette fois, et lui décocha un sourire.

« Allons, ne fais pas cette tête. Tout s'est arrangé le mieux du monde, et ton frère est heureux comme un poisson dans l'eau.

— Oui, après tout, autant prendre les choses du bon côté. Ce sera plus agréable pour tout le monde.

— Tu vois bien, il n'est plus le même homme. Il commence enfin à apprécier vraiment l'existence.

— Et naturellement, toi, tu n'en tires aucun avantage, n'est-ce pas ? dit Ian en promenant son regard sur la véranda aménagée en jardin d'hiver et sur le petit bassin peuplé de poissons rouges qui s'étalait sous les saules.

— Oh, que si, j'en tire des avantages. Et comment ! Je ne nie d'ailleurs pas que c'était le but recherché. Seulement, j'ai conclu un marché et je m'y tiendrai. Il me traite comme une princesse et, si je dis ça, ce n'est pas seulement parce qu'il m'achète plein de trucs, comme cette maison, par exemple. Cela va beaucoup plus loin. Il me respecte. C'est pour ça que je tiens tellement à lui. Il me fait confiance et moi, je ne lui ferai jamais d'entourloupette. Je jure bien que non ! »

Ils restèrent un long moment, sans prononcer la moindre parole, découvrant l'un chez l'autre une nouvelle et incroyable réalité. Ian regarda Roxanne de la tête aux pieds, à plusieurs reprises. Sans sourciller, elle le fixa droit dans les yeux.

« Bon sang, dit-il enfin, c'est que je te croirais presque. Il arrive donc que des miracles se produisent !

— Tu peux me croire.

— Il ne te pose jamais de questions ?

— Quelles questions pourrait-il être amené à me poser ?

— Au sujet de ton manteau de vison, par exemple ?

— Il ne l'a pas encore vu. On est au mois d'août, ne l'oublie pas. De toute façon, je l'ai donné à ma belle-mère. Ça lui a inspiré un peu de considération à mon égard. Comme ça, personne de ma famille ne risque de se pointer ici pour nous embêter. Ils attendront que je les invite. Ils savent qu'il y aura d'autres cadeaux à la clé s'ils savent se tenir tranquilles.

— Tu penses à tout.

— Je veux mener une bonne petite existence ici. Les voisins sont très sympathiques. Je n'en reviens pas de l'amabilité de ces femmes à mon égard, aussitôt après que nous avons emménagé.

— N'oublie pas que le nom des Grey est une excellente référence. Ça aide !

— Oh, mais je ne l'oublie pas, Ian.

— Je m'en doute. Dis donc, Clive a dépensé un sacré paquet ici. Je ne pensais pas qu'il était aussi riche. »

Reprenant son attaché-case, il poussa un soupir.

« Bien, je crois que je vais rentrer. J'aurais encore beaucoup de choses à te dire, mais il faut savoir tourner la page, ça ne servirait rien de rabâcher nos vieilles rengaines. Il n'en sortirait rien de bon. Remarque bien que je ne vois pas non plus sur quoi va déboucher cette situation rocambolesque, de toute façon.

— O.K. ! Il faut que je me mette à préparer le dîner maintenant.

— Ah oui, il paraît que tu es un véritable cordon bleu, en plus de tes autres talents.

— De quels autres talents veux-tu parler ?

— Tu le sais très bien, Roxy, et crois-moi, ça a du mal à passer. Je n'arrive pas à vous imaginer, toi et Clive en train de...

— Tais-toi, coupa-t-elle, je ne veux pas entendre la suite. Oui, je suis bonne cuisinière. Il le fallait bien si je voulais manger autre chose que des plats tout préparés.

— Et qu'est-ce que vous allez manger ce soir ? »

Elle se rendait bien compte qu'il cherchait tous les prétextes pour s'attarder, car il lui paraissait pénible de s'arracher à sa présence. Et elle en ressentait une certaine amertume car elle éprouvait la même chose que lui.

Pourtant, mélangé à cette amertume, il y eut aussi le vague plaisir un peu mesquin de le narguer en disant :

« Nous mangerons du *bœuf à la mode*[1], avec de la sauce au radis noir.

---

1. En français dans le texte.

— Bravo ! Tu as même réussi à bien prononcer, à la française. Félicitations.

— Et du gâteau au chocolat, ajouta-t-elle sans relever le sarcasme. C'est la recette de ta femme. Il paraît que c'est ton dessert favori. »

Ian la toisa de nouveau de haut en bas.

« Alors toi, tu peux dire que tu as un sacré culot ! Je n'aurais jamais imaginé qu'une telle chose soit possible ! Tu as fait tout ce qu'il fallait pour être copine avec ma femme !

— Elle est sympa, ta femme. Sally et elle ont été très chic avec moi. Évidemment, il y a des fois où je suis très gênée en la regardant, quand je pense à ce que j'ai fait.

— Gênée, toi ? Tu m'étonnes.

— Parfaitement. Mais ça dépend des fois, remarque.

— Il ne faut plus que je te revoie. Jamais. Tu comprends ça, j'espère.

— Mais il le faudra bien, non ? Je fais partie de la famille maintenant.

— Et après ? Les hommes se voient au bureau tous les jours, mais les femmes, elles, font ce qu'elles veulent. Rien ne nous oblige à nous retrouver le soir. Quant aux réunions de famille, il n'y en a que trois par an : Thanksgiving, Noël et l'anniversaire de père. Ce ne sera pas la mer à boire.

— Non, bien sûr.

— Alors, salut, Roxanne.

— Salut. »

Pendant une ou deux minutes elle regarda sa voiture descendre l'allée et disparaître. Puis elle tourna les talons et entra dans la maison pour cuire son gâteau au chocolat.

*

Ian se demandait comment il aurait pu analyser ses sentiments s'il avait eu à le faire. Il y avait en lui un mélange écœurant d'indignation, de dégoût et de tristesse. En pensant à toute cette vitalité, à cette chair pulpeuse, rose comme un melon ou comme une pêche, maintenant destinée aux bras malingres de Clive, il ressentait une

165

véritable douleur physique. Du poing droit il martela le tableau de bord de sa voiture.

Il avait tort pourtant de diriger sa colère sur Clive. Son frère n'était qu'une victime, comme lui. Concentre plutôt ta fureur sur cette garce, cette salope au short et au débardeur blancs, maintenant bien confortablement installée, en toute sécurité, dans son nid fastueux.

Ta femme est sympa. Quelle audace, quel incroyable culot ! D'après Clive, ils se sont rencontrés à l'école d'équitation. Ah, elle a bien manigancé son coup. Elle a dû inscrire dans sa mémoire toutes les remarques qu'il m'était arrivé de faire, sans me méfier. Elle a les qualités d'un véritable chef d'entreprise, le cran, l'ingéniosité, la détermination. Et pour l'amour, quelle experte ! Et quelle actrice ! Elle a littéralement envoûté ce pauvre Clive. Mais il faut reconnaître que, pour lui, c'est une véritable résurrection. Ce nabot taciturne, qui autrefois restait penché sur son bureau toute la journée, maintenant se pavane dans les couloirs en sifflotant. Dans les toilettes, les employés échangent des plaisanteries à son sujet, le genre de facéties que l'on entend parfois, entre hommes, quand le futur marié enterre sa vie de garçon.

Ah, elle a bien tiré son épingle du jeu, se disait-il. Comme elle l'a reconnu, elle a conclu une sorte de marché. Elle s'immisce dans la famille, dans la vie des Grey, et personne n'y voit que du feu. Oui, il va falloir garder ses distances. Elle est venimeuse, cette fille. Même si son venin est le plus délicieux qui soit... Une fois de plus, il martela le tableau de bord.

Il avait presque atteint la petite route qui bifurquait vers chez lui quand il eut une vision de Happy. Il avait l'impression de voir son visage de l'autre côté du pare-brise, flottant devant lui en le fixant avec une tendresse indicible, les yeux illuminés par ce petit sourire qu'il connaissait si bien. Et il s'indigna à l'idée qu'elle se montrait « chic » avec Roxanne, en toute innocence, ignorant totalement quelle humiliation cette garce lui avait fait subir.

Mais en fait, n'était-ce pas plutôt lui, et non Happy, qui avait été le plus humilié ?

Trempé de sueur, il ôta sa veste et fit demi-tour, repartant vers le centre commercial de la banlieue de Scythia, où il se rappelait avoir vu une boutique de fleuriste.

« Celles-ci, suggéra-t-il. Les petites fleurs roses.

— Abricot, dit le vieil homme. Un parfum d'autrefois. Très odorantes.

— Ou alors les rouge vif qui sont là ? Ce serait mieux ?

— Tout dépend de la femme. Il y a celles qui aiment le rouge un peu criard, et nous les connaissons tous. L'abricot, c'est pour la femme douce, celle qui dure.

— Puisque vous êtes philosophe, dit Ian, conseillez-moi. Et si j'en prenais un mélange des deux. »

L'homme s'esclaffa. C'était un très vieil homme.

« Ce n'est jamais ainsi que ça se passe. Cela nous le savons tous aussi. »

Happy devait être installée à son bureau, elle se préparait à accueillir ses nouveaux élèves car la rentrée était proche. Ses yeux s'illumineraient quand il apporterait les roses.

« Ian, elles sont superbes, s'écrierait-elle avant d'ajouter : y a-t-il quelque chose de spécial aujourd'hui ? Quelque chose que j'aurais oublié ? »

Oui, quelque chose de spécial. Dans un sens.

« Je vais prendre les roses abricot, dit-il. Pour la femme douce, celle qui dure. »

CHAPITRE 11

Septembre 1990

Pendant les premières semaines de septembre, dans les bois qui escaladaient les collines derrière la maison, s'attardait encore çà et là une tache émeraude, parmi les érables ocre et dorés. La douceur de l'air était imprégnée de l'arôme subtil et vaporeux de l'automne.

Sally reposa son livre et laissa son regard errer de l'autre côté de la fenêtre, dans le jardin où Nanny jouait avec les enfants. Elle était maintenant penchée vers Susannah dont elle tenait la main. Âgée d'à peine plus de neuf mois, la toute petite fille faisait déjà ses premiers pas. Quand elle leva la tête vers Nanny, il y eut de l'étonnement dans ses yeux : *Regarde ce que j'arrive à faire*, semblait-elle dire.

Sally ne put s'empêcher de sourire, car la plupart des bébés commencent à marcher à douze mois, sinon plus tard. Puis, aussi vite qu'il était venu, le sourire disparut de ses lèvres. Tina avait aussi fait ses premiers pas à neuf mois. Dorénavant, quelle que fût la cause du plaisir inédit que leur procurait ce bébé nouveau, son rire joyeux ou sa chevelure brune de plus en plus fournie, elle devait se dire que Tina avait fait ou avait été exactement la même chose.

A présent, au grand soulagement de Nanny sans doute, Tina était occupée dans le bac à sable. Tant mieux pour Nanny, se disait Sally, car à elle seule la turbulente fillette pouvait presque occuper son entourage à temps complet, sans laisser le loisir à qui que ce soit de profiter des progrès et de la présence de Susannah. Il est vrai que Tina avait grand besoin d'aide.

Depuis le début de l'année scolaire, chaque matinée commençait par une bataille gagnée tantôt par la mère, tantôt par la fille. L'instituteur de sa classe d'école maternelle était un jeune homme, représentant type de la nouvelle génération d'enseignants. Tout le monde s'accordait à dire qu'il était pétri de talents et qu'il sentait d'instinct de quoi ces jeunes enfants avaient besoin, mais il n'en demeurait

168

pas moins que Tina avait peur de lui. Et il n'y avait pas moyen de la raisonner.

Le Dr Vanderwater, aussitôt informé de la situation, s'était penché sur le problème. Et soudain, une semaine plus tôt, Tina avait annoncé qu'elle ne voulait plus retourner « jouer » avec le docteur. Et alors, qu'allons-nous faire ? s'était demandé Sally. On ne peut tout de même pas se saisir d'une enfant par la force et l'emmener, hurlant et se débattant, en un lieu où elle ne veut pas mettre les pieds.

La seule chose qui intéressait vraiment Tina, c'était de monter son poney, Rosalie. Mais cela n'était possible que si son oncle Clive louait un cheval pour l'accompagner. Or, elle ne supportait plus la présence de son oncle Clive.

« Je ne veux pas, je ne veux pas aller avec lui. Je ne l'aime pas », criait-elle en tapant du pied comme à son habitude.

Il ne servait à rien de tenter de la raisonner, d'autant que, de toute façon, Clive était hospitalisé depuis trois jours. Il souffrait en effet d'une pneumonie aiguë.

« Ne cherchez pas à la convaincre par la douceur ou par la raison, conseilla le Dr Vanderwater. Laissez faire les choses. Si elle ne veut pas venir me voir en ce moment, n'insistez pas. Elle décidera elle-même de revenir. Elle finira par me considérer comme un ami, à condition de ne pas vouloir être trop persuasif. »

Venant d'un spécialiste, le conseil paraissait judicieux. Alors pourquoi Sally était-elle envahie par le doute ? Le trajet du matin jusqu'à l'école, suivi de l'inévitable séance de shopping puis des inéluctables tensions qui se produisaient à l'heure du déjeuner, tout cela l'avait épuisée, elle qui pourtant ne se fatiguait pas facilement, car une marche de seize kilomètres ne lui avait jamais fait peur. Mais depuis quelque temps, les week-ends étaient devenus un véritable enfer.

Reprenant le livre qu'elle avait laissé tomber sur le sol, elle essaya de poursuivre sa lecture ; mais le livre retomba de nouveau, tandis qu'elle fixait, sans les voir, les feuillages qui recouvraient la colline.

« Tu as l'air de quelqu'un qui vient de perdre son dernier ami », observa Dan en entrant.

Elle crut déceler un soupçon de dédain dans sa voix. Se retournant vers lui, elle constata qu'elle ne s'était pas trompée.

« Pas mon dernier ami, mais j'ai perdu quelque chose, en effet. »

169

Non sans affectation, il poussa un long soupir exaspéré.

« Ah, non ! Ne recommence pas ! Ou ne continue pas, ce serait peut-être plus juste ! On croirait que nous venons d'avoir un deuil dans la famille. Un peu de nerf, voyons ! »

Vexée de la brutalité de ces paroles, elle reprit sur le même ton :

« Un peu de nerf ! Peut-il y avoir une expression plus stupide que celle-là ? Qu'est-ce que je fais à ton avis ? Toi au moins, tu peux te changer les idées quelques heures par jour, tandis que moi, je reste ici à essayer de... à essayer de... » Elle ne put achever. Comment pourrait-elle décrire ce qu'elle tentait de faire ?

« Parce que, moi, je n'ai jamais de problèmes au bureau. La seule chose que j'aie à faire, c'est de rester assis dans mon fauteuil à répondre au téléphone, à écrire des lettres charmantes et à les signer, en attendant que le chèque tombe à la fin du mois. Un simple passe-temps, en quelque sorte !

— Tu sais très bien que ce n'est pas ce que j'ai voulu dire. N'empêche que les problèmes que tu as à résoudre ne sont rien, parfaitement, rien, c'est zéro — et elle arrondit le pouce et l'index pour les joindre en forme de 0 — zéro, je dis bien, comparé à ce calvaire. L'état de Tina est en train de s'aggraver, tu ne t'en es pas aperçu ?

— Non, pas du tout. Moi, je trouve au contraire qu'elle va un peu mieux.

— Tu ne peux pas croire ça, Dan. Ou alors tu es complètement aveuglé par ton optimisme congénital.

— Tu as quelque chose contre l'optimisme ?

— Oui, quand ce n'est qu'un moyen de se protéger des faits qui sautent aux yeux mais qu'on ne veut pas voir. Et cet aspect de ton caractère, je ne peux absolument pas le supporter.

— Le problème avec toi, c'est que tu veux avoir tout de suite tout ce que tu désires. Tu voudrais même l'avoir avant, si c'était possible. Pourtant, tu es suffisamment instruite pour savoir que cela ne se produit jamais. Tu me surprends beaucoup, Sally.

— Grâce à mon instruction, mon ami, je sais un tas de choses. Et ce que je sais, en particulier, c'est que le Dr Vanderwater prend beaucoup trop à la légère les problèmes de Tina.

— Trop à la légère ? Et sur quoi fondes-tu ce jugement ? Dans quelle faculté de médecine as-tu décroché tes diplômes ?

— Tu peux te dispenser de te moquer de moi, Dan, protesta-t-elle en se levant. Écoute, je veux retourner voir le Dr Lisle. Je viens d'en prendre la décision.

— Alors là, tu es complètement à côté de la plaque. Quels résultats avons-nous obtenus avec elle ? Aucun ! Absolument aucun. Pire que rien, je dirais même.

— On ne lui en a pas laissé le temps.

— Écoute-moi. La seule chose qu'elle ait pu faire, cette bonne femme, c'est de nous sortir un truc absolument horrible, reposant sur une théorie on ne peut plus fumeuse. Mais enfin, bon sang, on a déjà parlé de tout ça plus de cent fois, j'en ai assez. Je ne veux plus jamais qu'on me rebatte les oreilles avec ça.

— Tu m'as l'air assez dictatorial ce matin, dis donc !

— Non, j'essaie de faire preuve de bon sens. Et je suis le père de l'enfant.

— Eh bien moi, je suis sa mère. Ça compte pour du beurre, ça, peut-être !

— Ah bon ? Je croyais que c'était Mme Monks, notre voisine, qui était sa mère.

— Très drôle ! Dan, il faut que nous fassions quelque chose pour cette enfant. Tu ne te sens pas concerné ?

— Non, je ne me sens pas concerné, chantonna-t-il. Mes enfants ne m'intéressent pas le moins du monde.

— Ne te paie pas ma tête, Dan Grey, je ne le supporterai pas. J'ai autant le droit que toi de prendre des décisions dans cette famille.

— Eh bien, il me semble que tu en prends des décisions, non ? Il n'y a jamais moyen de t'arrêter.

— En tout cas, je veux ramener Tina chez le Dr Lisle, ou chez quelqu'un d'autre. Je veux un second avis et toi, tu veux m'en empêcher, alors ne dis pas que tu ne me contraries jamais.

— Eh bien, ce sera l'exception qui confirme la règle.

— C'est ton dernier mot ?

— C'est mon dernier mot. »

Des larmes de colère roulèrent sur les joues de Sally.

« Espèce de sale type ! » cria-t-elle au moment où Dan quittait la pièce.

Frustrée et furieuse, elle ne savait plus que faire. Elle s'écarta de la fenêtre pour que Tina ne risque pas de la voir et de venir solliciter auprès d'elle une attention qu'elle n'avait nulle envie d'accorder.

Peut-être une promenade, une longue randonnée dans les collines, parviendrait-elle à calmer son tourment et sa colère. Elle monta au premier pour ôter ses souliers à talon et mettre des espadrilles, se coiffer — elle faisait vraiment souillon, avec ses cheveux ébouriffés — et redescendit en silence pour éviter d'attirer l'attention de son mari. Qu'il aille au diable, celui-là !

Elle avait atteint la porte d'entrée quand il surgit dans le hall. Cette fois, il avait repris une allure plus habituelle.

« Assieds-toi », dit-il.

Quand elle l'eut suivi dans le salon, il reprit :

« Ça ne va pas du tout, nous sommes à cran, l'un et l'autre, et nous ne savons plus à quel saint nous vouer, alors ça dégénère en pugilat. Je sais, ajouta-t-il avec un air de regret, que ce genre de réaction est tout à fait normal. Malheureusement, c'est toujours ainsi que se comportent les gens quand ils sont accablés par les soucis. Je suis désolé qu'il en ait été ainsi pour nous. Excuse-moi. »

Instantanément radoucie, elle fit amende honorable à son tour.

« Je suis désolée moi aussi. Je n'ai pas toujours été un modèle de douceur non plus, ces derniers temps.

— J'ai pensé à quelque chose. Nous sommes en septembre. Il faut voir les choses en face, sans s'affoler. Nous n'avons qu'à donner à cet homme jusqu'au 1er janvier pour continuer son travail avec Tina, et ensuite, si nous ne constatons aucune amélioration, nous irons ailleurs. Soit chez le Dr Lisle, si tu le souhaites, soit chez un autre docteur. Qu'est-ce que tu penses de ça ?

— C'est une bonne idée, à condition que Tina accepte d'abord de retourner voir Vanderwater, dit Sally d'un air dubitatif.

— Eh bien, si elle refuse, alors nous saurons avec certitude qu'il n'est pas le docteur qu'il nous faut. Il est d'ailleurs également possible qu'entre toi, moi et Nanny, avec le temps, elle finisse par guérir. On peut toujours essayer, non ? »

Ne sachant que penser au juste, elle n'en acquiesça pas moins. Cette suggestion lui paraissait raisonnable, somme toute.

« Il y a encore autre chose qui m'a perturbé, reprit Dan. Ian et moi nous avons reçu un courrier urgent, ce qui nous a obligés à nous rendre au bureau, bien que nous soyons un samedi, pour en discuter.

— Ah bon, je me demandais aussi pourquoi tu sortais ce matin. De quoi s'agissait-il ?

172

— Cela provenait d'Amanda. Une fois de plus. Tiens, je te lis ce qu'elle a écrit : "J'ai déjà attendu trop longtemps. Je vous ai fait une proposition en mars dernier, et je n'ai toujours pas reçu la moindre réponse ; sauf que Dan m'a purement et simplement opposé un refus formel tandis que Ian me conjurait de faire preuve d'un peu de patience. Quant à Clive, lui, il se contente de me rétorquer qu'il ne veut pas prendre parti, ce qui est tout bonnement ridicule. Bref, je pense avoir été suffisamment patiente, car j'en ai assez d'attendre la décision de vos investisseurs étrangers, qui peuvent très bien changer d'avis. Et, en admettant qu'ils donnent suite à leurs projets, dans la mesure où vous n'arrivez même pas à vous mettre d'accord entre vous, combien de temps me faudra-t-il encore attendre pour que vous régliez votre problème ? Il faut donc que vous me rachetiez ma part, au prix du marché, sinon je vends toutes mes actions à des étrangers. Je vous ai déjà prévenus que je voulais le faire, mais vous n'avez pas voulu me croire. Mon cabinet d'affaires de New York me conseille maintenant de...", et ainsi de suite, conclut Dan en s'essuyant le front. Eh bien, tu vois que j'avais encore là une autre raison d'être de mauvaise humeur, Sally. Les choses approchent de leur dénouement et cela me tracasse tellement que je n'arrive plus à garder la tête sur les épaules.

— Alors, tu as vu Ian. Qu'est-ce qu'il en dit, lui ?

— Ça s'est très mal passé, expliqua-t-il d'un ton lugubre. On s'est battus comme des chiffonniers. Oh, verbalement, bien sûr, mais d'une façon très violente. Il m'a insulté avec la même virulence que s'il m'avait surpris en train de lui faire les poches. Ian ne peut pas résister à l'offre des Danois, pour lui, c'est une occasion qui ne se représentera jamais. Mais c'est l'appât de l'argent qui le motive, rien de plus. Lui qui, de toute sa vie, ne s'est jamais plaint d'avoir à travailler ! Il avait toujours aimé relever les défis mais maintenant, un rien le décourage. Il prétend en avoir par-dessus la tête parce que nos fournisseurs d'Amérique du Sud ont suspendu leurs livraisons, ou parce que nos ventes de chocolat sont en train de chuter à cause de l'apparition d'un nouveau concurrent européen et de l'augmentation de nos coûts de production. Et ainsi de suite. Donc, selon lui, si nous vendons la forêt, nous pourrons nous permettre de liquider l'affaire et de nous débarrasser de tous les soucis qu'elle nous cause... Bref, tu vois où il veut en venir... », conclut Dan, incapable de poursuivre ses explications.

En présence d'une telle détresse, Sally sentit renaître en elle son profond sentiment de loyauté.

« Je trouve cela répugnant, s'écria-t-elle, après avoir reçu un pareil héritage, de n'avoir rien de mieux à faire que de le jeter aux ordures.

— Sans parler du tort que nous allons causer à nos ouvriers et à la ville tout entière.

— Quand Oliver revient-il de France ?

— Juste avant Noël. Il a été invité à passer quelque temps chez des amis dans les Alpes. Mais s'il était ici, cela ne changerait strictement rien. Il ne veut aucunement influencer notre décision, comme il l'a déjà dit maintes et maintes fois.

— Mais Ian et toi, vous êtes vraiment fâchés ? Vous ne vous adressez plus la parole ? Je regrette vraiment qu'il y ait une telle discorde entre vous, surtout que Happy et moi nous sommes très bonnes amies.

— Mais cela ne doit rien changer à vos relations. Même si Ian et moi, nous nous faisons la tête en ce moment. »

Le ton désespéré de Dan attrista l'atmosphère d'une pièce pourtant si pleine de vie, dans laquelle les chrysanthèmes et les dernières roses de la saison jetaient leurs notes de couleurs entre les livres et les photographies. Une poupée de chiffon gisait sur le plancher et un énorme puzzle attendait sur une table. Un étranger qui serait entré là n'aurait jamais pu imaginer qu'une famille qui possédait toutes ces choses puisse avoir tant de soucis.

« Je crois, dit soudain Dan, que je vais passer à l'hôpital pour rendre visite à Clive. Il doit rentrer chez lui demain, alors je ne pense pas que son état risque de s'aggraver si je le mets au courant de ce qui s'est passé ce matin. J'en profiterai pour lui demander ce qu'il en pense. Il serait tout de même grand temps qu'il prenne parti, pour l'un ou pour l'autre. »

*

Clive était assis dans son lit. Il fut heureux de voir arriver Dan.

« Je croyais que j'allais te trouver en train de faire les cent pas dans le couloir, pour te préparer à effectuer ton retour au bercail, demain.

« — Non, je me repose.

— Tu as raison. Une pneumonie, il n'y a rien de tel pour épuiser un malade.

— Tu l'as dit. Tu en as déjà eu une ?

— Pas encore, non.

— Tu es taillé pour faire un centenaire. Comme on dit, tu respires la santé, Dan. »

C'était vrai. Avec son teint clair, ses joues roses, sa grande taille et sa carrure d'athlète, Dan apparaissait comme le type même de l'homme idéal aux yeux de Clive qui, pourtant, ne s'était jamais formalisé de cette supériorité. Dan était en effet tellement modeste que l'on ne pouvait qu'éprouver de la sympathie envers lui. Pourtant, en regardant bien son cousin ce jour-là, Clive lut sur son visage une expression qui l'incita aussitôt à demander :

« Quelque chose qui cloche ?

— Non, pourquoi ? Je suis simplement passé te voir. »

Clive plissa les yeux pour mieux scruter les traits de son visiteur.

« Il y a quelque chose qui te tracasse. Je le vois sur ta physionomie. »

Dan sourit.

« Décidément, on ne peut rien te cacher. Eh bien, oui, en effet, Ian et moi on s'est accrochés ce matin. Toujours la même histoire à propos de ce consortium danois, sur laquelle viennent se greffer nos démêlés avec mon enquiquineuse de sœur. Amanda nous a envoyé une lettre. Je devrais presque plutôt dire un ultimatum. Je ne serais pas venu te casser les oreilles avec ça aujourd'hui si je n'avais pas su que tu allais mieux au point de rentrer chez toi demain.

— Tu as eu raison de venir. Tu veux connaître ma position.

— Oui. Évidemment, je sais bien que les négociations avec les Scandinaves peuvent ne pas aboutir mais il faut quand même que nous sachions à quoi nous en tenir sur nos positions respectives.

— Cela aboutira. J'ai examiné les chiffres, et l'investissement qu'ils réaliseraient serait valable. Nous avons affaire à des gens déterminés.

— Les habitants de la ville se font du souci. Ils ont peur qu'il y ait une scission dans notre société. Des bruits inquiétants commencent à circuler.

— Je sais. Une des infirmières de cet hôpital m'a fait part de ses inquiétudes. Dans l'ensemble, à part les commerçants et les entrepreneurs, les gens ne veulent pas voir se créer une nouvelle communauté, et ils ne veulent pas non plus que la société Grey disparaisse. A ce qu'ils m'ont dit.

— Alors, quelle est ta position ? »

Clive resta silencieux un moment, absorbé dans ses réflexions.

« Pour père, comme pour toi, ce qui compte avant tout c'est que la nature soit préservée. Chaque arbre, chaque bestiole a un caractère sacré. Pour moi, il n'en va pas de même. Du moment que j'ai un espace suffisant où je puisse me sentir tranquille, avec mon cheval, ça me suffit largement. Mais pour vous, il faut tout conserver. Si je vote avec toi, contre Ian et Amanda, la famille et la firme seront profondément divisées. On se retrouvera à deux contre deux, devant les tribunaux de ce pays. Mais si je vote pour Ian, père en aura le cœur brisé. Il est vrai que, de toute façon, il aura le cœur brisé. »

Dan attendait. Soudain, il ne put se contenir davantage.

« Je n'arrive pas à comprendre quelle mouche a pu piquer Ian. Bien que j'aie dit à Sally que la tentation était trop forte pour lui, étant donné l'importance du chiffre avancé, je ne réussis pas à imaginer ce qui se passe dans sa tête.

— Le pouvoir et le prestige. Ce projet est terriblement novateur. On en parlera dans tous les journaux.

— Je voudrais bien savoir pourquoi ton père fait montre d'une telle neutralité. Tu crois qu'il s'en fiche ?

— Sûrement pas.

— Alors pourquoi ne veut-il pas prendre position ?

— Je n'en ai aucune idée.

— Toi aussi, tu affiches une certaine neutralité, Clive ; tu refuses de prendre parti. Je peux te demander pourquoi ?

— Pourquoi ? Parce qu'on me laisse toujours sur la touche. Et aussi parce que c'est tellement plus facile de ne pas s'impliquer, de faire un travail efficace — d'après ce qu'on me disait, et je savais d'ailleurs que c'était le cas — en vivant tranquillement au côté de père et en vous laissant diriger l'affaire à votre guise. Moi, ça m'arrangeait, je n'avais besoin de rien : un nouveau costume de temps à autre, des livres, un voyage à l'étranger une fois par-ci par-là. Mais maintenant, tout a changé. Roxanne est entrée dans ma vie. Maintenant, je veux prendre position. Et j'ai décidé de me mettre de ton côté, Dan. Je voterai comme toi. Nous nous battrons s'il le faut, et j'ai bien l'impression que ce sera nécessaire. »

Dan lui saisit la main.

« Sûrement oui, dit-il en riant. Il va falloir en découdre. Tu ne peux pas savoir à quel point tout cela est important pour moi.

— Oh, si, j'en suis parfaitement conscient.

— Il va falloir que nous ayons une entrevue avec Ian pour mettre les choses au point et envisager les prochaines mesures à prendre.

— Je croyais que tu ne lui adressais plus la parole.

— Nous ne sommes pas des enfants. Il faut régler cette question à tout prix. Nous allons forcément être obligés de discuter de la politique commerciale de la société en gardant le bon cap, jusqu'à... enfin jusqu'à plus ample informé. Nous pourrons nous rencontrer chez toi un jour quelconque de la semaine prochaine quand tu te sentiras suffisamment remis. »

Clive prit alors une grande résolution. Il n'avait encore rien dit à personne, n'ayant pas eu l'occasion de parler depuis que les médecins avaient quitté sa chambre une heure plus tôt.

« Pas cette semaine, Dan, dit-il en se demandant quel effet les mots produiraient quand il les prononcerait à haute voix. Naturellement, quand tu as une pneumonie, on te fait des radios des poumons. Ils ont trouvé une tache dans le poumon droit, une tache assez grosse, dans le hile droit. Alors ils ont fait une biopsie ouverte. Le pathologiste a procédé à l'examen d'un prélèvement congelé et il est revenu annoncer la nouvelle une demi-heure après. C'est un cancer. »

Un cancer. Il avait prononcé le mot.

« Mon médecin traitant vient de m'amener un pneumologue tout à l'heure. J'ai eu toutes les explications. Il va falloir qu'ils m'enlèvent le poumon. »

Dan fixait sur lui de grands yeux attristés. Il apparaissait clairement qu'il éprouvait une compassion sincère. Il y a tellement de gens qui se contentent de jouer la comédie de la commisération, songeait Clive. Des comédiens, sans plus.

« Je lui ai dit que je voulais savoir la vérité, quelle qu'elle soit. S'il y a des adhérences ailleurs, je veux qu'on me le dise. Et il m'a donné sa parole.

— Ne dramatise rien, objecta Dan à mi-voix en tendant le bras pour toucher la main de Clive. Les cas de guérison sont beaucoup plus nombreux que les issues fatales, les statistiques le prouvent. »

177

Clive sourit.

« Toujours optimiste, Dan.

— Non, je suis réaliste. Est-ce que je peux faire quelque chose pour toi ? Tu peux me demander n'importe quoi.

— Seulement d'une manière négative. Roxanne va être là d'une minute à l'autre. Ne parle de rien. Je veux lui annoncer moi-même la nouvelle quand nous serons seuls. La pauvre !

— Compte sur moi.

— Dis-moi, comment va ma Tina ? Elle m'a beaucoup manqué, ainsi que Rosalie, ces dernières semaines.

— Elle va très bien. Sally a fait un peu de poney avec elle.

— Tant mieux, mais je sais qu'elle sera heureuse d'en refaire avec moi. Je l'adore, cette petite. Dès que je serai sur pied, nous la prendrons avec nous à Red Hill, maintenant que la petite maison est finie. Tu vois, ton optimisme est contagieux, Dan. »

CHAPITRE 12

Septembre 1990

Clive n'est plus qu'une forme oblongue, emmaillotée de blanc et gisant sur le lit, reliée à des machines par une série de tubes. Le goutte-à-goutte s'insère dans son bras gauche. De la région des côtes part un tube plus gros, dans lequel circule un liquide jaune, légèrement teinté de sang. Enfoncé dans sa bouche, un autre conduit provient d'un respirateur qui, dressé à côté du lit, émet un bruit discret et rythmé. Ian, debout auprès de lui, considère son frère d'un œil apitoyé. Clive semble encore plus petit qu'il ne l'a jamais été, il a l'air tout rabougri, et son visage a pris une teinte verdâtre, maladive. Mais que peut-on espérer de mieux chez un homme qui vient de subir l'ablation d'un poumon ? Pauvre garçon ! Il ne méritait pas ça.

Désespérément, l'œil suppliant, Clive pointait le doigt vers le tube qui lui entrait dans la bouche.

« Pas encore, monsieur Grey, dit l'infirmière avec bonté. Dans vingt-quatre heures, nous vous l'enlèverons et vous pourrez parler autant que vous voudrez. »

Roxanne était de l'autre côté du lit, l'air épouvanté. Ian ne l'avait pas revue depuis le jour où il était passé chez elle et l'avait trouvée couchée dans le hamac, vêtue de son short blanc ultracourt. A présent, elle était l'image même de l'épouse respectable et coquette à la fois, avec son ensemble d'automne gris et son foulard corail qui lui enveloppait les épaules. Toujours sensible à l'élégance des femmes, il nota le sac à main brun foncé et les escarpins assortis, les boucles d'oreilles en or d'une grande sobriété et la teinte pâle du vernis à ongles. Au souvenir des longues griffes rouge foncé qu'elle avait pris soin d'exhiber sur la nappe, il ne put s'empêcher de sourire intérieurement. Il avait toujours su qu'elle apprendrait très vite, mais là, elle avait vraiment fait preuve de célérité.

« Pauvre Clive, gémit-elle. Mon pauvre Clive ! »

Elle posa une main, celle qui était ornée du diamant étincelant, sur les doigts flasques étalés sur le drap. Ian se disait : « Cette bague a dû coûter une fortune. A côté, celle de Happy a l'air d'un bijou de pacotille, et pourtant je sais combien je l'ai payée. »

« Tu as perdu au moins cinq kilos. Mais tu sortiras d'ici lundi, et avec moi, tu vas vite te remplumer. Je te ferai de la soupe aux pommes de terre : la meilleure que tu aies jamais mangée. D'ailleurs, je vais peut-être t'en apporter demain, si on m'autorise à te la donner. »

Ian ne put s'empêcher d'intervenir d'un ton dépourvu d'aménité :

« Lundi ? Qui a dit qu'il sortirait lundi ?

— Bah, le docteur, naturellement. »

Ian pivota sur ses talons et partit vers la porte.

« Il faut que je lui parle. Je vais voir s'il est dans le coin.

— Cela ne servira à rien. Je lui ai déjà parlé, et je suis la femme du malade.

— Oui, eh bien moi, je suis son frère », rétorqua Ian.

Il sortit dans le couloir et ne tarda pas à trouver le médecin.

« Je sais que vous avez déjà parlé à Mme Grey — il avait eu du mal à prononcer ces deux derniers mots — mais elle n'est son épouse que depuis trois mois tandis que moi je suis son frère depuis ma naissance. »

En voyant le docteur lever les sourcils, Ian se rendit compte qu'il s'était exprimé de manière agressive, désobligeante pour Roxanne. Mais à l'idée qu'elle assumait son rôle d'épouse auprès d'un membre de la famille des Grey, il avait ressenti l'impression qu'on lui donnait un coup de poignard dans le dos, ici, dans cette institution où l'on ne traitait que les problèmes vitaux. Son sentiment de responsabilité à l'égard de son frère, le fait qu'ils étaient unis par les liens du sang s'imposaient maintenant comme des éléments de toute première importance. Pourtant, il reprit plus doucement :

« Vous lui avez enlevé un poumon, alors ma question maintenant, c'est naturellement : quel est votre diagnostic ? »

Le docteur décrivit la situation avec beaucoup de précision.

« La tache qu'il y avait dans le poumon de M. Grey révélait, comme vous le savez, la présence d'un cancer. Quand nous avons enlevé le poumon, nous avons également fait disparaître les nodules qui se trouvaient dans la région du hile. Nous avons la conviction

180

d'avoir fait un bon nettoyage, en nous débarrassant de tout ce qui posait problème dans la zone pulmonaire.

— Donc, tout est réglé ?

— Pas tout à fait. Il lui faudra maintenant suivre un traitement chimiothérapique pour supprimer tout risque de complications ultérieures. Et naturellement, nous maintiendrons une surveillance vigilante, en faisant un scanner des os, et en procédant à tous les examens nécessaires. Si d'ici un certain laps de temps nous ne trouvons rien d'anormal, nous pourrons nous flatter d'avoir réussi.

— Autrement dit, il sera complètement guéri. C'est bien cela ?

— Monsieur Grey, il peut toujours y avoir, quelque part dans le corps humain, des cellules microscopiques que nous n'avons pas vues. Mais si, après avoir procédé aux examens les plus approfondis que l'on puisse faire maintenant, nous ne trouvons rien, nous conclurons que c'est le côté positif qui l'emporte, et nous nous en réjouirons.

— D'accord. Je voulais pouvoir câbler des renseignements précis à notre père. Il est en vacances en Europe, et mon frère m'avait formellement interdit de lui dire quoi que ce soit qui puisse l'amener à précipiter son retour si ce n'était pas nécessaire. »

Quand il rentra dans la chambre, l'infirmière était en train de laver le visage de Clive avec un gant mouillé. Il resta à la regarder faire, à côté de Roxanne, se sentant comme elle inutile et un peu mal à l'aise.

« Je crois, dit l'infirmière, qu'il va bientôt s'endormir. Vous n'avez plus aucune raison de rester, à moins que vous n'y teniez particulièrement. Tout va très bien se passer.

— Dans ce cas, dit Ian, je vais m'en aller. Vous avez le numéro de téléphone de Mme Grey et le mien pour le cas où vous auriez besoin de nous.

— Tu ne pourrais pas me ramener chez moi, Ian, demanda Roxanne. Je n'ai pas de voiture. Oui, mon chéri, expliqua-t-elle à Clive qui avait levé les sourcils d'un air interrogateur, les deux voitures sont inutilisables. La tienne est toujours à la révision et la mienne avait la batterie à plat ce matin. Ils m'ont dit au garage qu'ils ne pourraient pas arriver avant une heure et demie et, comme je voulais venir te voir le plus vite possible, j'ai pris un taxi. Alors, tu peux me ramener, Ian ?

— Bien sûr, sans problème. »

Et pourtant, il y en aurait, des problèmes. Une demi-heure de trajet à faire la conversation avec elle. Il n'avait rien à lui dire, ou plutôt il en avait trop à dire à cette espèce d'intrigante, cette comédienne de dixième ordre. Mais non, c'était une femme de premier ordre : elle était superbe. Tu la vois, penchée au-dessus de cette pauvre tête à moitié chauve qui est en train de suer sang et eau, serrant entre ses doigts une main innocente. Écoute-la parler maintenant :

« Au revoir, mon chéri. Dors bien. Je suis sûre qu'ils vont te donner quelque chose pour dormir, si tu en as besoin, mais regarde, tes yeux se ferment déjà. »

Elle gagna la porte sur la pointe des pieds. Une fois dans le couloir, elle murmura :

« Pauvre Clive. Il a vraiment une petite mine, n'est-ce pas ?

— Qu'est-ce que tu croyais ? Qu'il serait frais comme la rosée après une journée à la campagne ?

— Tu n'as pas de cœur. Il a une mine affreuse et je me fais un sang d'encre à son sujet.

— J'ai beaucoup de cœur et toi, tu réussis parfaitement à jouer l'épouse rongée par l'inquiétude.

— Écoute, si tu dois me crier dessus pendant tout le trajet, je vais prendre un taxi, dit-elle quand ils arrivèrent sur le bord du trottoir.

— Crier ? Qui parle de crier ? Je ne crie jamais, d'abord.

— En tout cas, tes réflexions, tu peux les garder pour toi.

— Eh bien, tu n'as qu'à les mettre dans ta poche avec ton mouchoir par-dessus. »

Deux jeunes gens qui passaient à bord d'une décapotable rouge regardèrent du côté de Roxanne et poussèrent un sifflement admiratif.

« Ils en ont du culot, ceux-là », protesta-t-elle en redressant la tête. Puis, se tournant vers Ian, elle ajouta : « Je pourrais leur demander de me ramener, tu sais.

— Je sais que tu en serais parfaitement capable. Allez, amène-toi, grommela-t-il, monte dans la voiture. »

Elle s'assit, ajustant avec soin la ceinture de sécurité pour éviter de froisser son bel ensemble. Puis elle croisa les chevilles et posa ses mains sur ses genoux. C'était une pose qu'elle avait longuement étudiée afin de se donner un air respectable, alors que pour Happy ou Sally il s'agissait d'une posture naturelle. La comparaison amusa Ian. Il aimait observer les réactions des gens, dans leurs multiples et subtiles variations. Il ne s'impatientait jamais quand il fallait attendre dans les aéroports car ainsi il pouvait étudier ses compagnons de voyage. « L'objet d'étude idéal pour l'homme, se disait-il toujours, c'est l'homme. Ou la femme... »

Elle regardait droit devant elle, d'un air concentré, notant tout, les femmes pauvrement vêtues qui sortaient des boutiques bon marché du centre-ville, leurs sacs à provisions à la main, ou les livreurs qui suaient sang et eau pour charger ou décharger leurs camions. Il y avait de plus en plus de voitures, car c'était l'heure où ouvriers et employés, leur longue journée de travail terminée, se dépêchaient de rentrer chez eux. Hier encore, elle menait cette existence médiocre et besogneuse !

Et il se dit qu'elle devait parfois se réveiller au beau milieu de la nuit, avec Clive endormi à côté d'elle, dans leur coquette chambre conjugale qu'il n'avait pas vue mais pouvait fort bien imaginer. Et les yeux grands ouverts dans le noir, elle était sans doute frappée d'étonnement ou d'horreur devant ce qu'elle avait fait.

Tout à coup, elle s'écria :

« Tu n'es pas obligé de faire la gueule.

— Je ne fais pas la tête. Je conduis.

— T'as pas dit un seul mot.

— Toi non plus. On croirait que tu as avalé ton parapluie.

— Je pensais que ça me fait tout drôle de me retrouver assise à côté de toi. Drôle et presque naturel, dans un sens.

— Ne revenons pas là-dessus, Roxanne.

— T'as raison. Tu pourrais pas m'arrêter devant l'épicerie une minute ? Je vais me prendre un sandwich pour le dîner.

— Si tu veux. Mais tu ne mangeras rien d'autre ?

— Si tu crois que j'ai la tête à faire de la cuisine ! Toute seule, ça ne me dit rien du tout. Comme ça, je vais me mettre devant la télé, manger mon sandwich, et ensuite j'irai me coucher. »

Il ne fit aucun commentaire.

« Le midi, ça m'est égal, mais manger toute seule le soir, je sais pas pourquoi, ça me fout le cafard.

— Oui. »

En fait, il n'avait pas songé à son propre dîner. Happy était partie pour deux jours dans le Rhode Island afin d'aller voir sa sœur et le bébé qui venait de naître. Elle avait dû lui préparer des tonnes de provisions mais la perspective de devoir explorer le réfrigérateur, de réchauffer les plats et de faire la vaisselle ensuite ne l'emballait pas outre mesure.

Pendant qu'il se livrait à ces réflexions, le feu se mit au rouge à l'endroit même où se trouvait le meilleur restaurant de la ville. Et soudain, il s'aperçut qu'il mourait de faim. L'eau lui venait à la bouche.

« Eh bien moi, je me taperais bien un bon steak, dit-il, ou peut-être une escalope milanaise. Ça te dirait de m'accompagner ? »

Soudain, mais trop tard, il se rappela que c'était dans ce restaurant qu'ils s'étaient vus pour la première fois, trois ans plus tôt.

« Oui, mais...

— Mais quoi ?

— On pourrait nous voir ensemble.

— Tu es parfaitement ridicule. Réussiras-tu à te mettre dans la tête que je n'ai aucune visée sur toi, qu'il n'y a absolument rien à cacher... Enfin, rien de ce qui pourrait se passer à partir de maintenant, je veux dire. Ce qui se produit, c'est que ma femme est partie pour deux jours et que ton mari, qui est mon frère, est à l'hôpital. Et nous allons dîner ensemble parce que j'ai faim et parce que, je le suppose du moins, tu as faim toi aussi. Car tu as faim, n'est-ce pas ?

— Oui, j'ai faim.

— Alors, O.K. On va manger. »

Quand les autres femmes, et pas seulement les hommes, regardent une femme, tu peux être sûr qu'elle est irrésistible, se dit Ian en gagnant leur table.

« On ne va pas d'abord au buffet des hors-d'œuvre ? demanda-t-il.

— Non. Je vais juste commander un plat. C'est... »

Elle haussa les épaules avec élégance et reprit :

« Non, ce comptoir me rappelle trop de souvenirs. Tu sais que je ne suis jamais revenue ici : j'ai dit à Clive que je n'aimais pas ce restaurant.

— Mais qu'est-ce que c'est que ces histoires ? Tu as bien combiné ta petite affaire et tu es arrivée à tes fins, alors épargne-moi tes accès de nostalgie. Cela ne m'intéresse pas, Roxanne. Je suis venu ici pour manger et rien d'autre.

184

— D'accord. T'as pas besoin de t'énerver comme ça !

— Je ne m'énerve pas. On passe la commande. »

Tout était parfait, comme toujours : le steak cuit à point, les frites croustillantes et l'assortiment de légumes largement aussi succulent que les ratatouilles qu'on lui avait servies en France. Sans penser à rien de précis, il mastiqua avec application et but son vin en regardant dans le vague, au-delà de la tête de Roxanne.

« On ne peut tout de même pas rester comme ça à manger sans parler, dit-elle au bout d'un moment.

— Pourquoi pas ? »

Elle risqua une plaisanterie :

« Les gens vont croire que nous sommes mariés. »

Évidemment, pour certains couples de sa connaissance, la remarque était parfaitement justifiée, mais elle ne s'appliquait aucunement à Happy et lui. Elle avait toujours quelque chose à lui raconter, et ce n'étaient pas des propos uniquement destinés à meubler la conversation.

Happy, elle, était intéressante, et il se sentait mal à l'aise dans ce restaurant, quand il pensait à elle. Il n'aurait jamais dû venir là, avec Roxanne, ni ailleurs non plus, et il le savait dès le départ ! Alors, pourquoi diable l'avait-il fait ?

« D'accord, dit-il, puisque nous ne sommes pas mariés nous n'avons aucune raison d'avoir l'air de l'être. Alors parlons.

— De quoi veux-tu parler ?

— Ça m'est égal. De politique. N'importe quoi. Qu'est-ce qu'il y a de neuf en ville ? »

Elle réfléchit un moment avant de demander :

« Qu'est-ce qu'il en est de votre grand projet, cette histoire de forêt ? Clive m'a dit que Dan et toi vous étiez à couteaux tirés à cause de ça.

— Oui, et c'est bien dommage. Je ne veux pas du tout me fâcher avec lui, pas plus qu'il ne veut se fâcher avec moi, mais à mon avis il a tort de dédaigner une offre pareille.

— Clive ne m'a pas dit à combien elle s'élevait. Il ne me dit pas grand-chose sur ce qui se trame chez vous. »

Au moins, Clive n'avait pas totalement perdu la raison. La dernière chose que cette femme avait besoin de connaître, c'était bien la nature et l'importance des problèmes financiers qui agitaient les Produits alimentaires Grey. Toute la ville aurait été au courant dès

185

le lendemain. Mais il fallait aussi reconnaître qu'elle était trop avisée pour éventer des faits aussi confidentiels. De toute façon, moins elle en saurait, mieux cela vaudrait.

« Eh bien, c'est une offre très importante. Je suppose que Clive a l'intention de se mettre de mon côté.

— Je ne sais pas, il ne m'en a pas parlé. Et au fait, qu'est-ce qu'il en est de la dénommée Amanda ?

— Je peux très bien m'entendre avec elle. »

Elle me fait penser à un frelon, Amanda, songea-t-il. Elle bourdonne et elle pique. Mais il ne subsiste aucune zone d'ombre sur ce qu'elle désire : elle veut de l'argent. Et pourquoi pas, après tout ? N'est-ce pas le but ultime de tout un chacun, à l'exception de types comme Dan ? Un bon petit paquet de fric. Voyager, découvrir le vaste monde, aucun souci, aucun effort. Le problème, c'est qu'il faut la décider à bien voter. Lui faire comprendre que c'est la seule façon pour elle d'avoir l'argent qu'elle veut. La relancer sans cesse. Elle vous glisse entre les doigts comme une anguille.

« Amanda, c'est une garce, dit-il. Mais il y a garce et garce. Elles ne sont pas toutes à fourrer dans le même sac.

— Ça, c'est une pierre dans mon jardin !

— Ne me regarde pas comme ça ! Oui, c'est bien à toi que je pensais, mais tu n'as rien de commun avec Amanda. La seule chose qui vous rapproche c'est que vous êtes aussi coriaces l'une que l'autre. Intelligentes et teigneuses. Ah, vous savez les défendre, vos intérêts.

— Il le faut bien, quand on a affaire aux hommes. Excuse-moi, il faut que j'aille aux toilettes. »

Dès qu'elle fut partie un homme s'approcha de la table et s'adressa à Ian à mi-voix :

« Hey, qui c'est la fille qui est avec toi ? Qu'est-ce qui t'arrive ? »

Une vieille connaissance du club de tennis ; leurs relations l'autorisaient à se montrer aussi familier. Ian répondit en riant :

« Il ne m'arrive rien du tout. C'est ma belle-sœur. Tu savais que Clive est à l'hôpital ?

— Bien sûr. Je lui ai envoyé mes vœux de prompt rétablissement. Comment va-t-il ?

— Il se remet tout doucement, merci.

— Attends, je pige pas très bien là. Ta belle-sœur. Tu veux dire que c'est la femme de Clive ?

186

— Exactement.

— Bon sang ! Je n'aurais jamais imaginé que Clive puisse avoir une femme pareille. Sans vouloir t'offenser », se hâta-t-il d'ajouter en voyant Ian faire la grimace.

Ian comprit alors que la colère devait se voir dans ses yeux, non pas à cause de la maladresse de cet homme mais parce que cette situation devenait vraiment absurde. Mieux vaut ficher le camp d'ici, se dit-il, avant que l'on ne se pose d'autres questions.

Quand ils furent dans la voiture, le silence s'installa de nouveau jusqu'au moment où Roxanne se pencha en avant pour allumer la radio.

« Je peux ?

— Oui, oui, bien sûr. »

L'habitacle fut alors empli d'airs tirés des comédies musicales des années quarante comme *South Pacific* et *My Fair Lady*. Roxanne aimait beaucoup ce genre de musique, avec ces refrains qui vous donnent envie de chanter à l'unisson, et des paroles où reviennent sans cesse des mots comme « printemps » et « clair de lune ». Il fallait le reconnaître, elles ne manquaient pas de charme, ces vieilles chansons.

Il flottait aussi dans la voiture un parfum agréable, celui des cheveux de Roxanne. Comme il faisait froid, les vitres étaient remontées et dans l'air confiné on décelait sans mal l'origine de cette odeur. C'était un nouveau parfum que Ian ne connaissait pas.

« Savais-tu, dit-elle, que Clive m'a acheté un petit chien ?

— Non. »

S'imaginait-elle qu'ils n'avaient pas autre chose à faire au bureau que de se parler des cadeaux et des chiots qu'ils offraient à leur femme ?

« Oui, un amour de petit chien, une robe fauve et des joues tirant sur le noir. Les carlins, c'étaient les chiens favoris des Windsor, tu sais. Ils en avaient toute une flopée.

— Ah, vraiment. »

Elle, si intelligente et si avisée ! Elle était capable de jacasser comme une idiote.

« Eh bien, nous y voilà, dit-elle en entendant les roues crisser sur le gravier. Tu veux entrer une minute pour le voir ? Il est resté tout seul pratiquement toute la journée mais je ne pouvais pas faire autrement, il fallait bien que j'aille auprès de Clive. »

Qu'il était envoûtant, son parfum !... Le temps avait changé, une vraie nuit d'automne ! Il faisait noir comme dans un four, et les jours sans cesse plus courts annonçaient déjà l'hiver. Bizarrement, Ian aimait l'hiver, mais seulement une fois qu'il avait commencé. Bien sûr, il adorait aussi le printemps et l'été ; non, c'était seulement l'automne qui le déprimait. Il n'avait pas envie de rentrer chez lui pour trouver une maison vide... Pas encore. Toutes ces pensées lui traversèrent l'esprit pendant que Roxanne, déjà descendue de voiture, venait lui ouvrir la portière.

« Alors, tu viens ? demanda-t-elle.

— D'accord. Tu vas me montrer ta maison. »

Il faillit ajouter : « D'après Happy, elle est très belle », mais il ne put se résoudre à prononcer le nom de sa femme en de telles circonstances.

La première chose qu'il remarqua, ce fut l'escalier incurvé, avec ses contremarches très basses. On n'en faisait plus de semblables. Cela coûtait trop cher. La construction datait manifestement des années trente. Quant au papier peint, il évoquait le style à la mode avant la guerre d'Indépendance. On reconnaissait bien là les préférences de Clive, toujours très porté sur l'histoire, un peu trop peut-être, mais l'ensemble était tout de même de fort bon goût.

Pourtant, la cuisine n'avait rien d'historique. Avec son étincelante porcelaine blanche et ses cuivres rutilants, elle présentait vraiment tous les gadgets dernier cri, et on n'aurait pu imaginer quelque chose de plus moderne. Clive n'avait pas rechigné à la dépense !

Un chiot bien rondelet qui somnolait sur son petit matelas, dans un coin, se leva et s'approcha de sa maîtresse en se dandinant. Il poussait des jappements aigus, comme pour lui souhaiter la bienvenue. Roxanne le prit dans ses bras et le blottit contre sa joue.

« Pauvre Ange ! C'est son nom, tu sais, Ange. C'est moi qui ai eu l'idée de l'appeler comme ça. A tort, sans doute, puisque les anges sont des filles, n'est-ce pas, tandis que lui c'est un vrai garçon, on ne peut plus turbulent.

— Ne t'inquiète pas pour ça. Il est bien nommé. Les anges sont du sexe masculin.

— Ah bon ? Remarque, c'est exactement ce que m'a dit Clive mais je ne l'ai pas cru.

— Il réclame son dîner, j'ai l'impression.

— Regarde, il a fait ses besoins sur le journal. Il apprend rudement vite. Tu veux un cognac, Ian ? Il est dans le petit placard du bar, dans le bureau de Clive. La lumière est allumée. »

Elle parlait vite tant elle avait envie qu'il s'attarde un peu, redoutant de l'entendre dire quelque chose du genre : « Non, je ne reste qu'une minute. » Mais lui ne demandait pas mieux que de déguster tranquillement son cognac avant de repartir chez lui. Si elle s'imaginait qu'il allait se passer autre chose, elle se fourrait le doigt dans l'œil jusqu'au coude. En fait, il ne pensait pas qu'elle allait risquer de compromettre tout ce qu'elle avait gagné en s'envoyant en l'air avec l'homme qui était devenu son beau-frère.

Il y avait dans ce bureau une atmosphère chaude, ainsi qu'il se doit. Les couleurs se juxtaposaient harmonieusement, comme sur un vitrail ; les tapis, les tentures et les reliures des livres formaient un ensemble des plus agréables à l'œil. La carafe de brandy à la main — du cristal de France de la plus belle eau, s'il vous plaît ! —, il fit le tour de la pièce, examinant tout avec attention. Par curiosité, il feuilleta quelques livres appartenant à Clive : mathématiques, physique, astronomie, trous noirs, nanosecondes... Il les remit avec soin dans l'ordre alphabétique, comme il les avait trouvés.

Puis, pour la première fois, il se dit que jamais encore Clive n'avait eu un chez-soi bien à lui et il en ressentit une certaine émotion. Clive avait été confiné aux Aubépines toute sa vie, dans la maison de son père. Mais ce n'était la faute de personne. Le mot faute était peut-être mal choisi, d'ailleurs car personne n'avait décidé, ni l'intéressé lui-même, ni qui que ce soit d'autre, que Clive serait tel qu'il était devenu.

Il ne m'a jamais aimé, se dit Ian, dès le début, avant même que nous ayons eu l'âge d'aller en classe. Et moi ? Je ne me suis jamais beaucoup intéressé à lui, à vrai dire. Sa présence n'avait guère d'importance à mes yeux. J'espère de tout mon cœur que le destin va enfin lui être favorable et que cette tête de linotte qu'il a épousée fera tout pour assurer son bonheur. Et veuille le Ciel qu'il ne soit pas aussi malade qu'il en avait l'air tout à l'heure !

Incapable de rester en place, il continua d'observer les lieux, réchauffant le cognac entre ses doigts. Il contempla deux très jolis paysages et une photographie de ses parents, jeunes et heureux d'être ensemble. Sur une autre table trônait une photo récente de Clive à côté de la petite fille de Dan, juchée sur le poney qu'il lui

189

avait donné. Cette enfant est déjà une beauté, était-il en train de se dire lorsque Roxanne vint le rejoindre.

Elle avait enfilé une robe d'été courte et flottante faite d'un tissu léger de couleur vert pomme. Ses cheveux, retenus auparavant sur la nuque par un nœud de ruban plat, flottaient maintenant librement sur ses épaules.

« J'ai promis à Clive de lui préparer de la soupe aux pommes de terre. Il pourra en manger demain, je crois, dès qu'ils lui auront enlevé ce truc de la bouche. Et je n'allais tout de même pas me mettre à faire la popote avec le tailleur que je portais tout à l'heure, pas vrai ? »

Ses seins oscillaient légèrement au rythme de ses pas. Bon Dieu, elle ne porte absolument rien sous sa robe, si on peut appeler ça une robe ! Il saisit la photographie en disant :

« Il est bien, là, avec Tina.

— Il en est fou, de cette gosse.

— C'est une très belle fillette. Elle va être plus jolie que sa mère, ce qui n'est pas peu dire. J'ai toujours admiré Sally », ajouta-t-il en se disant : « Que cette péronnelle sache au moins qu'elle n'est pas la seule à être regardée par les hommes ! »

« Peut-être, mais elle a quelque chose qui ne tourne pas rond, cette petite.

— Comment ça ? Elle est tout à fait normale, un peu gâtée, c'est tout. C'est le cas de beaucoup de gosses, et ça ne les empêche pas d'évoluer très bien par la suite.

— Non, c'est autre chose. J'ai approché pas mal d'enfants et je m'y connais un peu. L'autre jour, Sally m'avait invitée chez elle à venir voir un aménagement que sa décoratrice avait réalisé, celle que Clive a engagée pour installer cette maison, eh bien la gosse, elle n'a pas voulu parler. Ni à moi ni à Sally ni à personne. Pendant toute l'heure où je suis restée là-bas, elle n'a rien fait d'autre que jouer avec son espèce de manège à musique. »

Ian était offusqué à l'idée qu'on qualifie d'anormal le comportement d'un enfant appartenant à la famille des Grey, même s'il s'agissait d'une gamine que lui-même avait qualifiée de « sale gosse » bien des fois auparavant. Happy lui avait déjà parlé de Tina, disant que Dan et Sally avaient des problèmes avec la fillette. Il ne savait pas de quoi il s'agissait exactement, car elle avait seulement précisé qu'il allait sans doute falloir « s'occuper » de Tina, euphémisme pour désigner ce à quoi on en est réduit quand on ne sait plus que faire pour venir à bout d'un enfant rebelle. Elle avait eu un comportement particulièrement odieux, paraît-il, à la petite fête que Happy avait donnée dans son école maternelle. Dommage ! Une si jolie fillette, qui avait les yeux clairs de Dan et l'abondante chevelure noire de Sally. Déjà, à cinq ans, et si incroyable que cela pût paraî-tre, on pouvait imaginer la femme intensément féminine qu'elle allait devenir.

« Je n'ai rien d'une psy, mais... », commença Roxanne.

Il l'interrompit sans ménagement.

« T'as raison. Tu n'as rien d'une psy. Alors, ne parlons plus de ça.

— Clive veut qu'on ait un bébé, tu sais. Il voudrait une petite fille.

— Et alors ? Qu'est-ce qui vous en empêche ? Tu as la bague au doigt, il ne devrait pas y avoir d'obstacle. »

Il se rendait compte qu'il était odieux ; odieux et cynique. Mais une fois de plus, à l'idée que Clive avait cette femme dans son lit, une rage folle le reprenait.

« Je ne sais pas. Il va falloir sans doute que je me fasse une raison. Il va falloir y passer. Oh, ce que j'aurais voulu l'avoir avec toi, cet enfant. Un enfant à nous. Tu te rends compte ! »

Les yeux humides, Roxanne lui lançait un regard suppliant. Un véritable appel au secours.

Il posa sur la table son verre de cognac à demi plein.

« Je t'ai dit..., commença-t-il.

— D'accord, d'accord. Excuse-moi. Mais reconnais que ç'aurait été rudement bien. On aurait eu un bébé magnifique, étant donné notre physique. »

Ian ne put s'empêcher de se dire : « J'ai toujours voulu un gosse. Un garçon, de préférence. Mais il faudra que ce soit avec Happy, surtout pas avec Roxanne. Pourquoi ? Parce qu'elle a une sale men-talité, cette fille. Oh, ce n'est pas l'appât du gain — de toute façon, je ne vaux pas mieux qu'elle sur ce plan-là —, mais c'est son esprit calculateur qui me déplaît. J'aurais horreur que mon gosse soit retors et combinard comme elle. »

« Dis-moi, demanda-t-il avec curiosité, maintenant que tu es arri-vée à tes fins, est-ce que tu te sens à l'aise dans notre famille ? Je suppose que tu t'es métamorphosée complètement, en actrice talentueuse que tu es. »

Pendant un moment, elle réfléchit à la question. Puis elle répondit avec beaucoup de gravité.

« Je me sentirais encore beaucoup mieux dans ma peau si c'était à toi que cette maison appartenait. Parce que, alors, j'aurais fait un mariage d'amour, tu comprends ? »

Voyant qu'il la fixait d'un œil réprobateur, elle reprit avec une gaieté pleine de défi :

« Évidemment, il n'est pas question que je retourne chez mon père. Alors, puisque je suis ici, autant faire contre mauvaise fortune bon cœur. »

Une nouvelle fois, il reconnut qu'elle lui répugnait vraiment, cette femme. Il répliqua sèchement :

« Eh bien c'est ça ! A femme médiocre, destin médiocre !

— Pourquoi faut-il que tu dises toujours des vacheries ?

— Pas toujours, figure-toi. »

Il ne put réprimer un bâillement.

« Il va falloir que tu m'excuses. La journée a été longue pour moi comme pour toi. Je rentre chez moi.

— Je croyais que tu voulais voir la maison. Viens au premier, je vais te montrer. Il n'y en a que pour une minute. »

Mi-réticent, mi-intéressé, il la suivit, le chiot trottinant sur leurs talons.

« Je vais te montrer le lit du chien, dit-elle. Tu le vois, là, au pied du nôtre. »

Le lit conjugal, bas sur pied, était recouvert d'un tissu jaune à fleurs, et Ange couchait dans un petit lit assorti.

« C'est pas adorable ? J'ai vu ça dans un magazine ; il y a un fabricant qui aménage pour le chien un lit identique à celui des maîtres. Regarde, il a même un oreiller. »

Mais ce n'était pas la couche du chien que Ian regardait, c'était le lit nuptial. Et la fureur, cette fureur contre laquelle il avait tant essayé de lutter depuis le mois de juin, et qu'il avait presque — oui, presque — réussi à vaincre, remontait en lui de nouveau. Il en avait le goût dans la bouche, un goût amer comme le fiel et brûlant comme le poivre.

« Viens voir la salle de bains. Elle est plus grande que la chambre que j'avais chez mon père. Il y a un jacuzzi et Clive y a fait ouvrir une fenêtre dans le toit. Qu'est-ce qu'il y a ? Ça ne te plaît pas ?

— Mais si, ça me plaît. Il n'y a rien ici que l'on ne puisse pas aimer.

« — Maintenant, écoute ça. Non, rentre d'abord. Écoute. Même dans la chambre d'amis. »

Elle actionna un interrupteur et un flot de musique se déversa dans la pièce.

« Partout dans la maison, on l'entend ; là où tu veux », annonça Roxanne comme s'il s'était agi d'une innovation dont personne n'avait jamais entendu parler.

Ce qui avait sans doute été son cas, à elle.

« Très joli, apprécia-t-il.

— Clive aime beaucoup entendre la musique au lit. Moi aussi, sauf qu'on n'a pas tout à fait les mêmes goûts. Il aime surtout Chou... euh chou... quelque chose.

— Ah, Schubert !

— C'est ça. Mais il apprécie aussi le genre de musique que je préfère. Et parfois, on danse. Regarde. »

Elle augmenta le volume, et le hall d'entrée et les différentes pièces retentirent aussitôt des accents syncopés de la musique de rock. Évoluant en rythme, elle se trémoussa jusqu'au bout du couloir et revint vers Ian en virevoltant, faisant tressauter sa poitrine, et voler sa courte jupe, ce qui, comme Ian l'avait deviné, révéla qu'elle était nue au-dessous.

« Alors, qu'est-ce que tu en dis ? »

Ses yeux étincelaient. Soudain, elle se jeta contre lui.

« Embrasse-moi. Je te l'ordonne. Allons. Ça ne te coûtera rien. »

Le parfum était un mélange de rose, de pin, de foin frais, de fruits tièdes et de femme chaude. Sa bouche avait le goût de framboise. Il tenta de se libérer de cette étreinte passionnée mais il n'y parvint pas parce que Roxanne était vigoureuse. Certes, il était plus fort qu'elle et il y serait parvenu s'il l'avait vraiment voulu. Mais, même menacé d'un pistolet, il n'aurait pas pu arrêter ce qui venait de commencer. Et les lèvres de la femme encore collées aux siennes, il la souleva dans ses bras et la porta jusqu'au lit de la chambre d'amis.

La seule pensée rationnelle qui lui avait traversé l'esprit avait été : pas ici, pas dans la chambre où elle couche avec lui. Et puis le noir complet se fit en lui.

*

Quand il se réveilla, il était presque minuit à sa montre-bracelet. Roxanne l'avait regardé dormir. Il se dressa sur un coude et fronça les sourcils.

« Tu ne sais donc pas que les gens n'aiment pas qu'on les regarde quand ils dorment.

— Qu'est-ce que ça peut bien leur faire puisqu'ils ne s'en aperçoivent pas.

— Ah, ne sois donc pas stupide !

— Les hommes aiment toujours à se dire que les femmes sont stupides. »

Il ne put s'empêcher de sourire. Cette réflexion, Amanda Grey ne l'aurait pas reniée.

« Tu es tellement gentil quand tu souris, Ian. »

Aussitôt son sourire disparut. Qu'avait-il donc fait là ? Cette fois il avait vraiment dépassé la mesure ! Déjà, au cours des années passées il avait eu suffisamment de remords à l'égard de Happy, mais cette nuit, il avait commis une double offense. Mon Dieu, si Roxanne se mettait à prendre au sérieux ce qui venait de se passer, il allait foutre en l'air la vie de ce pauvre Clive, une vie qui, manifestement, n'allait pas tarder à toucher à son terme.

« Ne prends pas un air aussi malheureux, Ian, dit-elle comme si elle avait lu dans son esprit. Nous n'avons rien volé à personne. »

Il se leva en toute hâte et enfila ses vêtements. Il était terriblement anxieux.

« La dernière fois que je suis venu ici, tu as dit que tu avais l'intention de rester fidèle à Clive et de respecter le marché que tu avais passé avec toi-même. Si tu reviens sur ta parole et si tu oses...

— J'ai bien l'intention de le respecter, Ian. J'ai appris à aimer Clive et ce qui vient de se passer ici ce soir ne changera rien à la situation. Jamais, tu entends, jamais il ne le saura », dit-elle avec le plus grand calme en remettant sa robe verte.

Que tout cela était donc étrange ! Quelques heures plus tôt, elle s'était jetée dans ses bras, et il l'avait désirée, mais maintenant, il était simplement fatigué et angoissé, il n'avait plus qu'une hâte : rentrer chez lui. L'air stupide, il bégaya, cherchant ses mots :

« Tu es vraiment une fieffée comédienne !

— Je ne t'ai pas du tout joué la comédie, pas à toi, dit-elle ! Tu peux me croire. »

Le regardant droit dans les yeux, elle ajouta :

194

« Et tu le sais très bien. »

Il courut presque pour descendre l'escalier. Elle arriva en bas en même temps que lui.

« Et tu sais très bien aussi que tu as envie de recommencer. Nous nous le devons à nous-mêmes, Ian. Quand pourrons-nous le faire ?

— Tant que ton mari est à l'hôpital, il n'y aura pas de problème.

— Mais il en sortira bientôt. Que ferons-nous alors ?

— La réponse s'impose d'elle-même.

— Mais nous nous le devons à nous-mêmes, Ian. Nous ne faisons de mal à personne, plaida-t-elle.

— Tu as oublié de faire ta soupe aux pommes de terre, lança-t-il par-dessus son épaule en franchissant la porte.

— Oh, mon Dieu. »

De l'allée, en montant dans sa voiture, il vit par la fenêtre de la cuisine, maintenant éclairée, que Roxanne avait déposé des pommes de terre en tas sur la table et commençait à les éplucher. Elle pleurait.

Oui, ils pouvaient se vanter d'avoir bien compliqué la situation !

Quand il pénétra dans sa maison vide, un silence impressionnant l'accueillit. Même le chien était parti car Happy l'avait emmené pour qu'il ne reste pas seul toute la journée.

Lorsqu'il vit le témoin clignoter sur son répondeur, il eut tout de suite la certitude que la voix serait celle de Happy.

« Il est onze heures et je n'ai toujours pas reçu ton coup de téléphone, j'en conclus que tout a dû bien se passer pour Clive. Je sais que tu ne voudras pas appeler après minuit, pour ne réveiller personne, mais je t'en prie, contacte-moi demain matin, dès six heures. Je t'aime. Bonne nuit ! »

Il se plaqua les mains de chaque côté de la tête. Bordel de bordel de bordel ! Puis il monta se coucher et resta les yeux grands ouverts, roulant dans sa tête les événements de la journée et du début de la nuit.

Il avait l'impression d'être comme un alcoolique, le genre de gars qui réussit très bien à vivre sans jamais boire mais qui ne peut plus se retenir dès qu'il se retrouve en tête à tête avec une bouteille en face de lui sur la table. Il lui semblait aussi qu'il n'avait pas atteint son âge réel, qu'il en était resté au stade de l'adolescent attardé, qui prolonge indéfiniment ses années d'étudiant. Ah, évidemment, pour un type bien équilibré comme Dan, la vie devait être beaucoup moins compliquée... Non que Dan fût parfait ; c'était un sacré entêté, ce salopard ! Il fallait le voir tenir tête à Ian pour cette histoire de Grey's Woods qu'il refusait de vendre. Entêté, stupide, et bêtement sentimental !

Son esprit passait d'un sujet à l'autre. Il est vrai que les problèmes ne manquaient pas : le cancer de Clive apparaissant comme le couronnement de tout le reste. Que faire pour s'endormir ? Il descendit au rez-de-chaussée, prit le journal du matin sur la table de l'entrée et remonta se coucher pour essayer de le lire.

Le quotidien fourmillait de mauvaises nouvelles. Normal, on ne fait jamais de journalisme avec les trains qui arrivent à l'heure. Il frissonna, se demandant si Roxanne pourrait un jour se révéler dangereuse pour lui. Sans doute que non, mais pouvait-on jamais savoir ? Elle était impulsive, coléreuse, quitte à regretter par la suite ses accès de mauvaise humeur. Non, il ne voulait plus jamais se retrouver seul avec elle.

Et pourtant, il savait, et c'était cela qui l'effrayait le plus, que cela lui arriverait immanquablement et alors — les jambes blanches qui dansent, ces yeux immenses moqueurs et pleins de rires qui dansent eux aussi, le goût de framboise —, ça les mènerait où, tout ça ? Il n'en savait rien. Rien ne reste identique, tout le monde est d'accord pour le reconnaître. Il faut qu'il se produise quelque chose, mais quoi ?

« Ah, et puis la barbe ! » cria-t-il en jetant le journal à terre. Il éteignit la lumière. Le jour naissant apparaissait déjà à la fenêtre.

CHAPITRE 13

Décembre 1990

La tempête approchait. Les rafales menaçantes s'intensifiaient à tout moment. On pouvait dire aussi que l'incendie couvait, d'abord un simple crépitement dans la broussaille, qui ne tarderait pas à embraser les cimes des arbres. À moins que l'on ne puisse obtenir une trêve, se disait Ian. Mais comment ?

Il alluma la lampe de bureau et parcourut le journal pour la troisième fois ce matin-là.

On nous signale — il eut alors un geste de mépris pour ces reporters, qui signalent n'importe quoi, en se fondant sur des ragots qu'ils ne se donnent même pas la peine de vérifier — *que les deux cousins Ian et Daniel Grey ne s'adressent plus la parole mais s'envoient des messages par l'intermédiaire de leurs secrétaires.*

Ça, au moins, c'était partiellement vrai. Son regard se porta alors sur l'éditorial et il lut :

La situation s'est trouvée compliquée par l'offre émanant d'un groupe d'investisseurs européens qui propose de bâtir une série de lotissements dans la partie sud des forêts qui appartiennent à la famille Grey depuis plus d'un siècle. S'ajoutant aux querelles intestines qui agitent la famille et suscitent déjà de nombreuses rumeurs, ce qui est bien normal étant donné le rôle important joué par chacun de ses membres, apparaît donc un nouveau conflit entre les écologistes et les partisans d'un libéralisme « sauvage » et sans entraves. Mais ce qui inquiète la population, beaucoup plus que ce problème environnemental, c'est la survie de cette firme respectée qui occupe depuis si longtemps une position dominante dans l'économie, la culture et les activités philanthropiques de notre cité. Ni la ville de Scythia ni la région tout entière, avec ses agriculteurs, ses ouvriers et toutes les familles concernées, ne pourront jamais survivre à la disparition ou à l'affaiblissement des Produits alimentaires Grey.

197

Nous en sommes donc réduits à espérer que les intéressés garderont leur sang-froid et réussiront à éviter la catastrophe.

« Garder son sang-froid ! » Facile à dire. Combien d'entre vous, braves gens et citoyens exemplaires, refuseraient une offre de vingt-huit millions de dollars ? Finie l'obligation de se lever quand le réveil sonne pour aller au travail ! Finie à jamais ! Alors, combien seraient contre, hein ? Et pourtant, vous attendez de moi que je refuse ce pactole !

Sur la page d'en face, il y avait un gigantesque placard publicitaire, occupant tout l'espace et signé par différents citoyens inquiets qui avaient formé une association de défense en faveur de Grey's Woods. Et sur la page suivante étaient reproduits, adressés au rédacteur en chef, des messages indignés et même caustiques, émanant de défenseurs de la nature ou de partisans de la libre entreprise.

Il écarta le journal et saisit une liasse de lettres, qu'il lut en marmonnant entre ses dents. Il y en avait une, envoyée par Amanda, une de plus. Il s'agissait en fait d'un véritable ultimatum : elle lui laissait jusqu'au 1er janvier de l'année suivante pour prendre une décision. Après quoi, elle viendrait en personne. Il trouva également une note comminatoire rédigée par des avocats qu'elle avait engagés à New York — un cabinet très lancé qui devait prendre au moins cinq cents dollars de l'heure. Il fallait qu'elle ait rudement envie d'obtenir des résultats pour dépenser des sommes pareilles !

Ian sentit le sang battre dans ses tempes en ouvrant une enveloppe portant l'en-tête des avocats new-yorkais du consortium. Elle contenait la photocopie d'une mise en demeure envoyée par les Suédois. Eux aussi exigeaient une réponse immédiate, au plus tard pour le 1er janvier. Mais même s'il répondait favorablement dans les délais impartis, l'affaire ne serait pas automatiquement conclue pour autant, car il y avait encore un certain nombre de formalités dont il fallait venir à bout avant de conclure. La dernière lettre venait de l'avocat des Produits alimentaires Grey : c'était une analyse de la situation, très fouillée, qui occupait trois pages bien remplies.

Il rejeta le tout au loin, se dressa d'un bond et quitta la pièce en faisant claquer la porte si fort que sa secrétaire, qui travaillait dans le bureau voisin, releva la tête d'un air consterné. Il partit à grands pas dans le couloir et entra sans frapper dans le bureau de Dan en criant :

« Alors ? Tu as lu ton courrier du matin ?

— Tu veux parler d'Amanda ?

— Exactement. Amanda la harpie. Et de ses avocats. Elle va nous ruiner.

— Pas nécessairement. Je ne suis pas prêt à lui céder. Il doit y avoir un moyen de s'en sortir. »

Il y avait des jours où Dan lui portait vraiment sur les nerfs avec son optimisme placide, aveugle et stupide !

« Le seul moyen de s'en sortir, c'est de marcher avec les Suédois, comme je te l'ai déjà expliqué plus de cent fois. Avec cet argent, nous... »

Dan leva la main pour l'arrêter.

« Je t'en prie, ne recommence pas.

— Mais enfin, bordel, pourquoi ne m'écoutes-tu pas, alors ? C'est notre dernière chance. Ils en ont marre de nos tergiversations. Et toi, tu restes là, les bras croisés, comme un imbécile ! Quant à Clive, on ne peut rien en tirer ; faut surtout pas le bousculer, pas même lui parler, avec sa maladie. Alors on se retrouve à deux contre deux. L'impasse complète, quoi. Comme ça, l'affaire nous passera sous le nez et il faudra tout de même donner satisfaction à Amanda. On va se casser la gueule. Tu veux que je te dise : les Produits alimentaires Grey vont se casser la gueule ! »

Non sans amertume, Dan rétorqua :

« De toute façon, tu voulais mettre la clé sous la porte, tu voulais jouir d'une totale liberté, tant que tu es encore assez jeune pour en profiter, à ce que tu disais.

— Non. Je ne demande pas mieux que de payer ma part et de te laisser continuer avec Clive.

— Tu sais très bien que je ne pourrais jamais m'en tirer tout seul avec Clive, même s'il était en parfaite santé.

— Il est en train de se remettre. Il n'en a plus que pour un mois de chimiothérapie, c'est tout. Et je suis persuadé qu'à vous deux vous vous en tirerez très bien.

— Sûrement pas. Et tu viens de dire qu'il est trop malade pour que tu puisses lui parler, chimiothérapie ou non.

— Arrête de couper les cheveux en quatre. Bon, même si vous êtes obligés de fermer boutique, de tout liquider parce que Clive et toi vous n'arrivez pas à faire face, ça vaut quand même mieux que de se retrouver en faillite parce que Amanda nous a mis le couteau sous la gorge.

— Liquider ! » répéta Dan.

Il se leva pour aller jusqu'à la fenêtre d'où il apercevait le bâtiment tout neuf abritant les bureaux et les entrepôts où aboutissait une ligne de chemin de fer. On déchargeait un camion de tomates, venues directement de la ferme, et trois semi-remorques repartaient avec des cartons que l'on allait acheminer dans tous les coins du pays. Le vieux Félix, un retraité qui ne se résignait pas à quitter son emploi, considérant l'usine comme son véritable foyer, complétait le tableau.

Sans avoir besoin de regarder, Ian savait ce que voyait Dan. Et il savait aussi ce qu'il pensait, parce qu'il l'avait suffisamment entendu. *Tout cet édifice, qu'il a fallu tant de temps pour construire, va passer entre des mains étrangères. Ou pis encore, et plus probablement, la firme va se faire absorber par une multinationale, qui va la démanteler et la délocaliser.* Il y avait du vrai là-dedans. Et la vérité faisait mal. Un mal auquel Ian n'était pas insensible, lui non plus.

Bien sûr, mais vingt-huit millions de dollars !

« Mieux vaut en finir avec dignité, Dan, s'il faut en arriver là. Cela vaudra mieux que de laisser Amanda foutre tout en l'air. »

De là où il était, à l'autre extrémité de la pièce, il entendit le long soupir de Dan. Au bout d'un long moment, Dan se retourna. Il avait l'air triste ; cette physionomie lugubre, Ian ne la lui avait jamais vue ; c'était le visage affligé d'un homme en proie à un profond abattement. Mais il parla avec calme.

« D'accord, Ian. J'abandonne. Occupe-toi des formalités. Fais à ton idée. »

*

L'après-midi fut d'une douceur extraordinaire, bien que l'on fût déjà arrivé à la première semaine de décembre. Les rares feuilles qui restaient encore dans les arbres tombaient tout droit, car il n'y avait pas un souffle de vent. Sally et Dan, de chaque côté de Clive, marchaient lentement autour du paddock de l'école d'équitation.

« Il faudrait emmener Clive faire un tour, samedi après-midi, avait suggéré Dan. Il voudrait bien aller voir son cheval et apparemment Roxanne a d'autres chats à fouetter. »

Il a une mine affreuse, songeait Sally. Ce n'était pas seulement parce qu'il était maintenant pratiquement chauve, car il avait perdu tous ses cheveux à l'exception d'une semi-couronne fort clairsemée, entourant un dôme de peau complètement nue. C'était surtout à cause de son teint, d'une pâleur cadavérique. Pourtant, les médecins affirmaient qu'il allait bien, et lui-même se proclamait complètement rétabli.

Il était allé au bureau trois fois par semaine, après avoir terminé la période de convalescence qui suit obligatoirement un tel traitement.

« Comment te sens-tu ? s'inquiéta Dan. On peut s'asseoir un moment sur un banc, si tu veux.

— Oui, peut-être. Je me sens encore un peu faible. J'ai l'impression qu'il y a des années que je ne suis pas monté sur un cheval.

— Tu pourras monter beaucoup plus tôt que tu ne le crois, affirma Dan.

— Je n'en doute pas. Je le sais, même. »

Clive avait du courage. Il ne voulait pas qu'on s'apitoie sur son sort. Et pourtant Sally ne pouvait s'empêcher de le plaindre. Un courage pareil susciterait encore davantage de commisération.

Ils avaient suggéré à Tina de les accompagner ce jour-là, mais elle avait alors sombré dans un mutisme total et ils avaient préféré ne pas insister. Grands Dieux, combien de temps cela va-t-il encore durer, s'était demandé Sally. Elle avait menti à Clive, affirmant avec entrain : « Nous l'amènerons la prochaine fois. Elle a une amie qui joue avec elle et elles s'amusaient tellement que nous n'avons pas voulu les déranger.

— Bien sûr », avait approuvé Clive.

Ils restèrent un moment assis à regarder les chevaux. Les grands malades, même s'ils sont en voie de guérison, vivent dans un monde à part, s'était dit Sally. Elle avait donc pensé que la vue de ces animaux robustes et l'ambiance saine et salubre allaient plonger Clive dans un véritable bain de jouvence. Et lui, il en ressentait une profonde reconnaissance, bien qu'il restât assis sur son banc sans prononcer la moindre parole.

« Père rentre à la maison la semaine prochaine, dit-il enfin. Il appelle tous les jours pour prendre de mes nouvelles.

— Il va le sentir passer quand il paiera la note de téléphone, remarqua Dan sur le mode de la plaisanterie.

— Il veut arriver quelques jours avant Noël à Red Hill. Tu le savais ?

— J'en avais entendu parler. On va s'amuser un peu, ça nous changera.

— J'en suis très content, moi aussi. J'ai envie de m'installer dans mon bungalow tout neuf. Roxanne et moi, on y dormira et on ira au manoir pour les repas. Mon premier Noël avec Roxanne ! »

D'un ton pensif, il ajouta :

« J'aimerais bien avoir une autre gueule, pourtant. Chaque fois que je passe devant un miroir, ça me donne envie de gerber. C'est pas que j'étais un Apollon autrefois, mais maintenant...

— Oh, c'est pour tes cheveux ? intervint vivement Sally. Ils vont repousser en un rien de temps, ne t'inquiète pas pour ça. »

Clive se tourna vers elle.

« Tu es très gentille avec moi, Sally. Je ne crois pas te l'avoir dit, ni t'avoir remerciée d'avoir accueilli Roxanne comme tu l'as fait. Happy aussi, d'ailleurs. Par contre, je ne comprends pas le comportement de Ian. Il est venu me voir à l'hôpital, il se montrait des plus prévenants avec moi, et il continue encore de le faire d'ailleurs, mais il ne vient jamais chez nous, il ne me demande jamais des nouvelles de ma femme. Je sais bien que mon mariage l'a beaucoup surpris, comme vous tous, sans doute, mais ce n'est pas une raison pour être comme ça. Vraiment, je ne comprends pas.

— Il a eu beaucoup de soucis, expliqua Dan. Je ne sais pas si tu es au courant.

— Oui, j'ai lu le journal ce matin », dit Clive. En souriant, il ajouta : « Et je suis au courant pour les lettres également. J'ai surpris ma secrétaire en train de cacher celles qui m'étaient destinées, mais je lui ai demandé de me les communiquer.

— Nous ne voulions pas que tu te mettes martel en tête, déclara Dan.

— Je comprends. »

Clive resta un moment silencieux, puis il annonça :

« Je sais que je peux vous parler franchement, à l'un comme à l'autre, c'est pour cela que je ne vous cacherai pas le fond de ma pensée. Amanda, je ne la comprends pas non plus. Il est vrai que je la connais à peine. Mais cet appât du gain, chez elle comme chez Ian, ça me dépasse complètement. Ils ont déjà tellement d'argent !

— Moi aussi, ça me dépasse, avoua Dan.

— Pour Ian, j'ai bien peur qu'il n'y ait rien à faire. Mais père réussira peut-être à convaincre Amanda quand elle viendra.

— Peut-être », convint Dan.

Il dit cela mais il ne se fait aucune illusion, songea Sally. Elle était triste pour lui, et triste pour cette forêt ancestrale qui étalait maintenant devant elle ses silencieuses profondeurs.

Saisi d'émotion, Dan toussa pour s'éclaircir la voix, puis il lança soudain :

« Clive, j'ai décidé d'abandonner la lutte. Face aux Suédois, à Ian et à Amanda, je sens que la bataille est perdue d'avance, quelle que soit la position que tu adopteras. Il n'y a pas d'autre solution.

— Qu'est-ce que tu racontes ?

— J'ai dit à Ian de faire comme il le croyait bon. J'en ai assez de me battre contre les moulins à vent. Et je te libère de ta promesse. Rangeons-nous tous dans le camp de Ian et voyons ce qui arrivera.

— Dan, tu ne peux pas faire ça.

— Tu crois que je vais continuer de me cogner la tête contre le mur ? Il n'y en pas qu'un, de mur, il y en a deux !

— Moi, je vote contre le consortium. Je vote pour la sauvegarde de la forêt. Sa disparition briserait le cœur de père, et le tien aussi.

— Oliver n'a pas pris parti, Clive.

— Uniquement parce qu'il veut ne faire de peine à personne. Voilà comment il est. Mais je sais ce qu'il y a au fond de son cœur. Je le sais. »

Clive releva la tête avec une expression de défi.

« Je n'en ai peut-être pas l'air mais je suis prêt à me battre. »

Éclatant soudain de rire, il reprit :

« C'est marrant, mais je ne sais pas pourquoi, Roxanne m'a entrepris sur ce sujet il n'y a pas très longtemps. Je n'aurais jamais cru qu'elle s'intéresserait à ça mais j'ai l'impression que c'est Happy qui a dû lui en parler. Elle pense que je devrais voter avec Ian, en faveur du consortium. »

Bizarre, en effet, songea Sally. Happy ne parle jamais affaires avec moi. C'est notre convention tacite.

« C'est sans doute l'argent qui la tente, continua Clive avec un petit rire. Vingt-huit millions ! C'est une somme considérable, même pour les riches, alors pour quelqu'un qui n'a jamais rien eu...

Mais elle sait apprécier les bonnes choses ! C'est un plaisir de la voir s'activer dans la maison, surtout dans la cuisine. Elle s'entend merveilleusement à préparer des petits plats. Une vraie petite femme d'intérieur ! »

Sally se réjouissait que l'on ait cessé de parler affaires. Ces incessantes discussions avaient miné Dan, de même que cet angoissant problème que leur posait leur enfant.

« Elle adore rester à la maison, mais quand il lui arrive de partir pour l'après-midi, vous ne pouvez pas imaginer à quel point elle me manque. La maison est trop silencieuse, en son absence. »

Il paraissait vraiment heureux, avec cette expression sereine sur ses traits. Sally ne l'avait jamais entendu parler si ouvertement de lui-même. Elle ne le reconnaissait plus. Et il avait justement fallu que ce soit Roxanne qui opère cette métamorphose.

« Tu sais, ajouta Clive, je n'avais jamais mesuré à quel point la vie peut être belle. Tout a commencé en fait il y a juste six mois. Vous voyez comment ça fait, le feu d'artifice du 4 Juillet, le jour de notre fête nationale, cet embrasement formidable qui a l'air de dessiner des fleurs partout dans le ciel ? Eh bien, c'est exactement la même chose qui est arrivée dans ma vie. »

Une telle imagination poétique provenant de cet homme ne pouvait que vous confondre. Peut-on jamais savoir, finalement, ce que l'on va découvrir chez les gens que l'on croit le mieux connaître ? Et ce n'est pas sans une certaine confusion qu'elle se remémora les horribles soupçons qu'elle avait autrefois nourris à l'égard de Clive Grey.

Il dit d'un air timide :

« Il faut que je vous confie un secret à tous les deux : Roxanne est enceinte. Elle n'en est encore qu'au tout début et elle ne veut pas qu'on annonce déjà la nouvelle, mais je ne peux pas m'empêcher d'en parler à quelqu'un.

— Félicitations, s'exclama Dan. C'est formidable. Absolument sensationnel.

— J'en suis toute retournée », renchérit Sally, qui se demanda alors ce qui risquait de se produire quand un père avait toutes les chances de mourir avant la naissance de son enfant, même si les docteurs affirmaient que Clive était guéri. Mais il avait une mine tellement affreuse !

« J'espère qu'il ne me ressemblera pas, dit Clive d'un ton profondément convaincu.

« — Pourquoi ? Tu as un physique tout à fait acceptable. Et puis ce qui compte, ce n'est pas la beauté, tant qu'on a la santé », lui assura Sally avec la plus grande sincérité mais sans pouvoir s'empêcher de nourrir quelque inquiétude.

Le court après-midi d'hiver tirait à sa fin. Il était temps de ramener Clive au logis. Pendant une minute, ils restèrent assis dans la voiture pour le regarder remonter lentement, d'un pas presque traînant, le chemin en pente qui menait à sa porte d'entrée. D'une main mal assurée, il introduisit la clé dans la serrure et pénétra dans son élégante demeure.

« Mon Dieu, que c'est triste ! s'exclama Dan.

— Oui, mais tu as vu comme il a changé ? Lui qui était complètement aigri et qui critiquait toujours tout, il voit maintenant le monde avec beaucoup plus d'indulgence. Je ne le reconnais pas. C'est la maladie ou sa femme qui l'a métamorphosé ainsi ?

— Un peu des deux, je suppose. »

Arrivé au sommet de la côte, là où l'on distinguait les lumières de la ville à travers les arbres dénudés qui bordaient la route, Dan ralentit la voiture.

« Mon père a travaillé là-bas aussi, murmura-t-il, de même que son père, avant lui. »

Sally posa une main sur son bras, sans parler, car elle avait compris qu'il pleurait déjà la mort des Produits alimentaires Grey.

« Dans deux semaines, je pars en Écosse pour cinq jours, dit-il. Il faut que je voie un nouveau produit. De la viande hachée pour faire des pâtés en croûte. Mais je serai rentré pour Noël, bien entendu.

— Donc tu n'as pas encore jeté l'éponge ?

— Nous ne sommes pas encore dans la tombe, même si nous risquons de nous y retrouver bientôt. Mais tant que j'aurai la tête hors de l'eau je continuerai de m'occuper de l'affaire.

— Tu as des tripes, comme on dit, Dan Grey.

— Le 1er janvier. C'est à partir de cette date que les choses se gâteront. »

Elle aurait pu lui rappeler sa promesse, si d'ici cette date l'état de Tina ne s'était pas amélioré, ils redoubleraient leurs efforts pour lui trouver un docteur compétent. Elle aurait pu lui dire également que la veille au matin, quand Happy était passée la voir pour une raison quelconque, elle avait trouvé Tina en proie à une colère

205

épouvantable et refusant obstinément d'aller à l'école. Happy avait alors suggéré, avec beaucoup de délicatesse, de la montrer à un docteur. « Vous l'avez emmenée quelque part ? » avait-elle demandé et, quand Sally lui avait répondu que cela n'avait pas encore été fait, Happy avait une nouvelle fois mentionné le nom du Dr Lisle. « Il paraît qu'elle est formidable », avait-elle dit, mais Sally n'avait rien répondu.

Elle aurait pu lui dire tout cela mais elle n'en fit rien. Le froid se faisait de plus en plus intense et le jour se mourait. L'année se mourait, elle aussi. Laissons-la mourir en paix. Une fois franchi le cap du 1er janvier, comme l'avait prédit son mari, les difficultés sérieuses allaient commencer.

CHAPITRE 14

Décembre 1990

Ian souleva le store crasseux et regarda le parking. La bourrasque soufflait avec une telle force qu'il entendait presque grincer l'enseigne du motel Happy Hours qui se balançait au gré du vent. Il n'était que quatre heures moins le quart mais la nuit tombait déjà et les rampes lumineuses qui annonçaient l'approche de Noël étaient toutes allumées.

Ian détestait ces rendez-vous en plein jour. Il leur manquait l'atmosphère intime qu'il appréciait tant la nuit car elle pouvait conférer beaucoup de charme même à des lieux aussi sordides que celui où il était maintenant.

Assise sur le lit, Roxanne frissonnait.

« C'est une vraie putain de glacière ici, marmonna-t-elle. Au prix qu'on paie, ils pourraient au moins mettre un peu de chauffage ! »

Comme toujours, ses vêtements avaient été jetés sur une chaise. Il saisit son manteau de vison et lut l'étiquette d'un grand fourreur de New York : ce manteau était indiscutablement mieux que celui qu'il lui avait offert autrefois.

« Tiens, enveloppe-toi là-dedans, lança-t-il avec brusquerie. Au fait, ne m'avais-tu pas annoncé que tu avais cessé de dire des grossièretés toutes les deux minutes ? »

Elle éclata de rire.

« Je ne suis grossière qu'en ta compagnie. Quand tu es avec moi, je peux être moi-même. »

Il savait qu'il aurait dû la remercier de ces paroles flatteuses en se montrant particulièrement tendre envers elle. Mais, comme il était de mauvaise humeur, il n'en fit rien. *Après le coït, l'homme est triste.* Il se souvint d'avoir lu cette citation latine pendant qu'il était encore à l'école et il en avait beaucoup ri avec ses meilleurs copains. Au cours des années qui s'étaient écoulées ensuite, il avait rarement éprouvé cette tristesse, surtout quand il avait eu Roxanne pour partenaire. N'empêche que, maintenant, il avait comme un nuage devant les yeux et un poids sur les épaules.

Telle une reine drapée dans son manteau d'apparat, elle était maintenant enveloppée dans sa fourrure fauve, avec un étroit collier d'or qui scintillait dans l'échancrure, sur le devant. Après la satisfaction du désir — et ne te méprends pas, Ian, se dit-il, tu as été aussi ardent qu'elle —, elle se sentait d'humeur à entreprendre une longue conversation.

« Lève-toi, ordonna-t-il. Je ne sais pas ce qu'il en est pour toi, mais moi, il faut que je rentre de bonne heure pour le dîner. Nous avons des invités.

— Je croyais que tu restais chez ton père, à Red Hill, pour le week-end. Nous, on y est allés hier soir et je me suis donné l'après-midi de liberté, soi-disant pour aller chez le dentiste, ah, ah, ah ! »

Roxanne ne pouvait se résoudre à appeler Oliver « père » comme le faisait Happy. Peut-être parce qu'elle avait encore son propre père. Et pourtant, Happy était dans le même cas, appelant son père « papa ». Sans doute Roxanne était-elle trop impressionnée par le patriarche pour pouvoir prononcer ce mot. La plupart des gens étaient intimidés en sa présence, même quand il déployait tout son charme.

« Nous irons chez lui ce soir, après le départ de nos invités », précisa Ian.

Cela, c'était une idée de Clive, et elle n'avait pas eu l'heur de plaire à tout le monde. Pourtant, le pauvre garçon ne se montrait guère exigeant. Peut-être se disait-il que ces fêtes de Noël seraient sans doute les dernières pour lui. Et il imagina Clive là-bas, installé à lire devant le feu.

« Ce Noël sera pour moi la première occasion de me retrouver avec toute la famille. Je sais que tu redoutes ces festivités mais rassure-toi, je serai parfaite », dit Roxanne avec un petit geste qu'elle affectionnait beaucoup et qui consistait à porter le bout de ses doigts au niveau de ses lèvres, comme pour envoyer un baiser.

Cette mimique eut également le don d'exaspérer Ian.

« Bon, tu te magnes, oui ? Faut que je paie la note, moi, et ce sera impossible tant que tu seras encore dans la chambre.

— D'accord, d'accord ! »

Elle se mit alors à bâiller et à s'étirer pour enfin se glisser, entièrement nue, hors du lit. Elle se baissa pour prendre ses vêtements, agrafa son soutien-gorge dans le dos, la poitrine pointée en avant, puis leva les bras pour remettre son pull : tous ses mouvements, pleins d'une lenteur et d'une grâce calculées, faisaient penser à ceux d'une strip-teaseuse professionnelle.

« Ça ne se voit pas encore, dit-il.

— Ç'te blague ! Ça fait que deux mois. »

Trois semaines plus tôt, elle lui avait annoncé qu'elle était enceinte et il y avait encore des moments où il était presque certain d'avoir rêvé.

« Tu es bien sûre de ne pas t'être trompée ? Vraiment sûre ? s'enquit-il une fois de plus.

— Je t'ai dit que j'étais allée voir le docteur. Y a pas d'erreur possible.

— Enfin je veux dire, il est de qui ? questionna-t-il en ravalant son dégoût.

— Alors là, t'as un sacré culot de me poser une question pareille, Ian.

— J'ai bien le droit de demander, non ? On n'a couché ensemble que trois fois. Une fois, l'autre soir, chez toi et deux fois ici.

— Mais une seule fois peut suffire, mon ami. Et puis à quoi ça rime, ces questions, de toute façon ? T'as vu l'autre, dans quel état il est ? Et ça fait trois mois que j'ai pas couché avec lui. Je me demande comment on aurait pu. Fais donc marcher ta cervelle. Hé oui, conclut-elle, en fixant un ruban de velours dans ses cheveux, la lune de miel a été rudement courte.

— Arrête ! » s'indigna-t-il.

Elle était révoltante. Il se retourna vers la fenêtre, regardant la BMW de Roxanne, garée bien en évidence.

« Il n'est pas trop radin avec toi, à ce que je vois.

— Qu'est-ce que tu regardes, la voiture ? Pas trop, non. Beaucoup moins que toi autrefois en tout cas.

— Arrête ! » dit-il encore.

Il revoyait Clive étendu sur son lit d'hôpital, avec tous ces tuyaux reliés à des appareils, puis il l'imagina soudain, gisant dans un cercueil. Il pivota sur ses talons.

« J'ai honte de moi, Roxanne ! » s'écria-t-il.

Elle était en train de se remettre du rouge à lèvres. Quand elle eut fini de le répartir avec beaucoup de soin, elle lui répondit :

« C'est un peu tard, maintenant, non ? Je vais te dire, Ian. Ton problème, c'est que tu as trop de moralité. Si tu m'avais épousée au moment où c'était encore possible, nous ne serions pas dans le pétrin en ce moment. »

La peur s'insinuait en lui. Il la sentait qui le traversait comme de l'eau glacée, envahissant les parties les plus vitales de son corps.

« Il ne va pas se... se poser des questions sur les dates ? s'inquiéta-t-il.

— Non. Je l'ai laissé prendre un peu son plaisir aussitôt qu'il a commencé à se sentir mieux, bien qu'il n'ait jamais pu aller vraiment jusqu'au bout. Mais le principal, c'est qu'il ait eu l'impression de conclure chaque fois. Il est tellement paumé qu'il ne fait pas la différence. De toute façon, il est complètement incapable d'avoir le moindre soupçon.

— Je me suis conduit comme un salaud, Roxanne.

— Tu pourrais au moins me dire que tu es content à l'idée que je vais te donner un enfant. Toi qui en voulais un depuis si long-temps. La plupart des hommes seraient ravis.

— Oh, ce sont surtout les femmes qui en veulent, dit-il, évitant de lui répondre directement. Naturellement, j'espère que tout se passera bien, tant pour le bébé que pour toi, d'ailleurs.

— Tiens, au fait, tu ne m'as pas demandé de me faire avorter.

— Je suis contre l'avortement. »

Elle revint à la charge.

« Tu pourrais tout de même te réjouir à l'idée que je vais avoir un bébé. »

L'idiote ! Comment pourrait-il se réjouir ?

« C'est à cause de la situation, Roxanne. Je suis terriblement, terriblement inquiet. »

Ils restèrent face à face, prêts à partir mais hésitant à s'en aller. Oui, pensait-il, j'ai voulu avoir un enfant. Mais pas avec elle. Quelle ironie ! Même s'il se révélait être le bébé le plus beau du monde, il ne serait jamais à lui, il serait à Clive. Et, si Clive mourait, elle se remarierait deux ans plus tard. Métamorphosée comme elle l'était maintenant, Mme Grey, la jolie veuve, ne serait pas à court de prétendants. Ces pensées défilaient à toute vitesse dans sa tête, à la même vitesse que les nanosecondes dans les livres de physique de Clive. Et si elle refusait de se remarier, préférant s'accrocher à lui ? Il serait piégé, irrémédiablement enchaîné à elle. Elle le tiendrait à sa merci jusqu'au dernier jour de son existence, au-delà même, car elle pourrait ensuite exercer son influence sur Happy. A cette dernière pensée, il ne put s'empêcher de pousser un gémissement.

« Tu m'as l'air d'un vrai cadavre ambulant, ironisa-t-elle.

— Pour l'instant, c'est exactement ce que j'ai l'impression d'être. »

Il entendait la voix de son père : « *La femme de ton frère ! Cette catin !... et Elizabeth, ta merveilleuse épouse... Et moi qui croyais que tu avais tiré un trait sur toutes tes frasques avant de te marier... Moi, j'ai vécu proprement, je me suis amusé, mais jamais avec la femme de mon frère. Et une fois que j'ai été marié, ta mère a été la seule femme...* »

Ça, c'était le père quand il se croyait obligé de donner des leçons de morale victorienne. Comme si les victoriens avaient vraiment vécu en conformité avec leurs principes ! N'empêche que son père aurait raison de s'indigner de la conduite de son fils.

« Si jamais tu en parles à qui que ce soit et que Clive finisse par le savoir, ça risquera de le tuer, dit-il.

— Non mais, qu'est-ce que tu t'imagines ? Que je vais publier une annonce dans le journal ? »

Elle le fixait d'un œil dur. Elle lui en voulait et il comprenait pourquoi. Une femme qui attend un enfant veut qu'on lui témoigne de l'attention, qu'on lui adresse des éloges. Elle veut que le père se réjouisse à l'annonce du miracle qui se produira au moment de la naissance. Il se remémora la joie et la fierté de Dan.

C'est pourquoi il lui dit, avec beaucoup de douceur :

« Ne sois pas en colère contre moi. Il y a une partie de moi-même qui est très contente que tu attendes un bébé, tandis que l'autre partie se manifeste comme tu l'as vu tout à l'heure. Mais surtout ne fais aucune confidence à personne, pas même à ta sœur. Tu imagines ce qui se passerait si la vérité venait à se savoir ? Mon père, Clive, Happy... »

Elle ne le laissa pas terminer.

« Rien que pour Happy — sans parler de Clive, à qui je tiens beaucoup plus que tu ne le crois sans doute — je ferai attention de ne rien dire. Je ne suis pas aussi perverse que tu le penses.

— Je n'ai jamais pensé que tu étais perverse, Roxanne ! »

Évidemment, elle n'était pas une femme « bien » comme Happy ou Sally, mais elle n'était certainement pas complètement immorale non plus.

211

« Elle a été très gentille avec moi, elle m'a donné des recettes et toutes sortes de conseils, alors qu'elle aurait très bien pu me battre froid. Tu n'as pas besoin de t'inquiéter, Ian, poursuivit-elle en redressant brusquement la tête, d'ailleurs si tu as des doutes sur mes bonnes intentions, dis-toi bien que je ne suis tout de même pas folle au point de négliger mes propres intérêts. »

Cette fois, il se retrouvait en terrain connu. Il acquiesça d'un signe de tête.

« Oh, alors là, je n'en doute pas le moins du monde. »

Elle fronça les sourcils.

« A propos de la défense de mes intérêts, qu'est-ce qui se passerait à ton avis s'il arrivait quelque chose à Clive ?

— Tu ne vas tout de même pas l'enterrer déjà !

— Je n'en ai nullement envie, mais ces choses-là peuvent arriver au moment où l'on s'y attend le moins. Il est très malade et moi j'attends un bébé. Alors il me semble que je suis en droit de m'inquiéter.

— En somme tu veux savoir ce qu'il y a sur son testament, déclara Ian sans ménagement. Eh bien, je n'en ai aucune idée, figure-toi. Qu'est-ce que tu attends pour le lui demander ? »

En principe, on ne doit pas se poser ce genre de questions — quoique tout le monde l'ait toujours fait, et le fasse encore — tant que la personne n'est pas morte. Il est bien temps ensuite de s'inquiéter pour savoir de quoi on va hériter.

« Avec ça que c'est facile de le lui demander, dans l'état où il se trouve en ce moment ! Ne me dis pas que tu ignores tout de ses intentions. Tu as sûrement une petite idée de ce qui m'attend mais tu ne veux pas m'en parler. »

Ian trouvait ce sujet de conversation parfaitement odieux.

« Eh bien, commença-t-il à contrecœur, il a toujours affirmé qu'il voulait laisser quelque chose à Tina, et je suppose qu'il a dû ajouter Susannah sur la liste de ses héritières. »

Il avait laissé échapper ces confidences sans se méfier, mais il comprit immédiatement qu'il venait de commettre une grossière erreur.

« Qu'est-ce que c'est que cette histoire ? Pas question ! Ce qu'il possède me revient entièrement, à moi et à mon gosse. Ces deux-là, elles ont leur père à elles, elles ont pas besoin du père de mon enfant. »

Le père de mon enfant. C'était bien là le hic. Il était quasiment certain que Roxanne ne récupérerait aucune des actions sur les Produits alimentaires Grey si Clive venait à mourir. Il avait été convenu que les actions devaient rester entre les mains des Grey, qui se les transmettaient de génération en génération. La question était de savoir ce que possédait Clive en dehors de son portefeuille boursier. Il avait toujours eu la réputation d'être économe, et on pouvait supposer qu'il avait opéré de bons investissements. Mais il avait aussi dépensé une fortune pour acheter cette maison, si bien qu'il devait maintenant se trouver complètement à sec. Étant donné la frénésie de dépenses qui s'était emparée de lui, c'était bien l'hypothèse la plus vraisemblable. Dans ce cas — *mais pourquoi faut-il parler de lui comme s'il était déjà mort ou comme s'il était sur le point de mourir ?* —, dans ce cas, il laisserait la maison à sa veuve. Seulement, une maison ça ne se mange pas, et il n'est pas question non plus de vivre des intérêts du capital que sa vente peut rapporter, vivre suffisamment bien, en tout cas. D'autant que, maintenant, elle a pris goût au luxe ! Ian sentit que sa tête lui tournait. Roxanne allait intenter un procès. Contre qui ? Eh bien, contre le père de son enfant, bien sûr. Contre M. Ian Grey.

Son front se couvrit de sueur. Dans cette chambre glacée, engoncé dans son pardessus, il sentait la chaleur monter en lui, elle lui embrasait le visage. Tout d'un coup, cette nouvelle menace dominait toutes les autres. L'horizon qui avait été jusqu'à présent d'un gris lugubre devenait d'un noir des plus sinistres. Sa crainte de voir s'échapper le pactole que lui rapporterait la vente de la forêt, et son inquiétude à l'idée qu'Amanda allait démanteler toute la trésorerie de la société n'étaient plus qu'une broutille en comparaison du péril que représenterait la réaction de Roxanne.

Elle fondit en larmes.

« Ian, j'ai peur. Qu'est-ce que je vais devenir si Clive disparaît ? Je ne veux pas quitter cette maison, je n'accepterai jamais qu'on me reprenne tout. J'aurai tout perdu, comme Cendrillon au douzième coup de minuit. »

Elle se précipita dans ses bras, sanglotant contre son épaule.

« Je sais bien que pour toi je ne suis que deux mains avides, qui cherchent à saisir tout ce qui passe à leur portée, mais reconnais tout de même que j'ai été gentille avec lui. Je ne me contente pas de prendre. Je donne aussi. Je le rends heureux. Tu peux le lui demander, il te dira combien il est heureux avec moi. »

Le bonheur de Clive ne serait sûrement pas sans mélange s'il entendait sa femme parler ainsi !

Des sanglots profonds, effrayants, jaillissaient de sa poitrine ; elle était en proie à une panique incontrôlable. Il lui tapota le dos, murmurant des paroles apaisantes.

« Ce n'est pas la peine de le lui demander, il n'arrête pas de le dire à tout le monde, que tu le rends heureux.

— Juste au moment où je commençais à m'habituer à ces bonnes choses, il faut envisager de tout perdre ! »

Incapable de se dégager du poids de ce corps penché sur lui et de ces bras qui l'emprisonnaient, il resta immobile. En dépit de l'inquiétude qui le rongeait, il ne pouvait se défendre d'une certaine commisération ; elle avait été tirée de la fange et placée au haut de la montagne. Qu'y avait-il donc d'étonnant à ce qu'elle redoute la chute à ce point ? Il continua de lui caresser les épaules en répétant sans cesse :

« Tu te fais du souci pour rien. Tu n'as absolument rien à craindre. »

Elle leva la tête, saisit sa pochette, et s'essuya les yeux, sanglotant encore :

« Je t'aime, Ian. Je t'aimerai toujours. »

D'un geste mécanique, comme si sa main se déplaçait toute seule, il lui flattait le dos. Il commençait à mettre un peu d'ordre dans ses idées, sans même la regarder.

Tu traites un problème logiquement, comme en géométrie. Tel fait découle de tel autre, qui lui-même provient d'une donnée antérieure, et tu continues à raisonner ainsi jusqu'à ce que tu trouves la solution de ton problème. Or, ce qu'il nous faut en l'occurrence, c'est suffisamment d'argent pour que Roxanne se tienne tranquille, quelles que soient les circonstances. Il faut aussi désintéresser Amanda, car sinon le résultat n'en sera que trop évident. Cela nous ramène donc à la nécessité de vendre la forêt. Eh bien, justement, miracle des miracles, Dan renonce à nous mettre des bâtons dans les roues, le seul obstacle restant c'est Clive, qui est convaincu, à juste titre sans doute, que cette transaction briserait le cœur de père. Mais Clive ne sait pas qu'il y a autre chose qui provoquerait une fissure autrement plus grave dans le cœur de père... et c'est cela qu'il faut empêcher, et Roxanne est la seule qui puisse y parvenir.

« Je t'aime tellement, Ian. Tu ne sais pas à quel point je t'aime. »

C'est vrai, songeait-il, je ne le sais pas. Mais ça peut servir. Pour sauvegarder ses intérêts financiers, tous les moyens sont bons.

« Il faut que je te parle, lança-t-il. Retirons nos manteaux et asseyons-nous.

— Mais je devrais être déjà rentrée. Il est resté à se morfondre toute la journée, le pauvre. Je ne le laisse pratiquement jamais seul en ce moment. Il a besoin de moi et je me sens déjà tellement coupable à son égard ! Il croit que je suis allée chez le dentiste et que j'ai ensuite emmené ma sœur déjeuner au restaurant. Elle est revenue de l'école. Il faut que je me dépêche de rentrer.

— Nous n'en avons pas pour longtemps si tu fais bien attention à ce que j'ai à te dire. Clive a dû te parler de cette affaire. Tu sais bien, cette société qui veut implanter une communauté nouvelle sur une partie de Grey's Woods.

— Ouais, j'en ai entendu parler, et j'ai lu un ou deux articles là-dessus dans le journal. Clive ne m'en a pas dit grand-chose. Je sais que tu voudrais bien qu'il soit d'accord avec toi, c'est tout.

— Bon. Je vais t'expliquer de quoi il s'agit. »

Quand il lui eut présenté les grandes lignes du projet, en simplifiant au maximum, elle s'exclama :

« Mais qui c'est donc, cette Amanda qui vous fait tellement peur à tous ?

— Nous n'avons pas peur d'elle. Seulement nous n'avons pas envie non plus de nous lancer dans un procès qui va s'éterniser pendant dix ans.

— Pourquoi ton père ne peut-il pas la raisonner ? »

Très bonne question. Que son père, avec tout son prestige et son autorité, qui lui valaient un tel respect dans tous les lieux publics avant même qu'il ait eu besoin de dire qui il était, ne puisse pas ramener à la raison une jeune femme impétueuse et excentrique comme Amanda, il y avait vraiment de quoi s'étonner.

« Il a le cœur malade, et ce qui peut lui arriver de pire, c'est de se trouver mêlé à une querelle, expliqua-t-il. Alors tu vois à quel point il est important que Clive cesse de s'opposer à la vente de nos forêts. Ainsi, nous aurons l'argent qui nous permettra de donner satisfaction à Amanda et... — là-dessus, il adressa à Roxanne un regard appuyé et qui en disait long — de cette manière il en restera un bon paquet pour toi, que Clive meure ou non. De toute manière — et puisse-t-il vivre longtemps encore — nous mettrons une partie de ce capital à ton nom et tu seras définitivement à l'abri du souci. »

Elle fixait sur lui des yeux étincelants, agrandis par l'espoir, et un petit sourire, qu'elle ne put contrôler, lui éclaira le visage.

« A condition, répéta-t-il d'un ton sévère, presque solennel, pour la troisième ou quatrième fois, à condition que tu réussisses à convaincre Clive. Maintenant, rentre chez toi et mets-toi à l'ouvrage. Je suis sûr que tu peux y arriver. Tu sauras comment t'y prendre.

— Ne t'inquiète pas, il fait tout ce que je lui demande, alors ça, il le fera aussi. »

Espérons-le, se dit-il. Sinon, je vais me retrouver avec deux boulets aux pieds : Amanda et Roxanne, qui vont me réclamer de l'argent à cor et à cri. De l'argent, il n'y avait que ça qui les intéressait, l'une comme l'autre. Quelle malédiction ! La source de tous les maux. Aussi incroyable que ce fût, il en était arrivé à ne plus souhaiter toucher le pactole pour lui-même. S'il le voulait maintenant, c'était pour pouvoir se débarrasser d'elles.

« Va, dépêche-toi, dit-il. Il se fait tard et la météo a prévu de la neige. »

Lui passant les bras autour du cou, elle leva vers lui ses lèvres pour qu'il les embrasse.

« Roxanne, on n'a plus le temps, protesta-t-il après les lui avoir effleurées.

— C'était pas un baiser, ça ! Alors que je t'aime tant ! Il y a des fois où je suis complètement désespérée de ne pas t'avoir auprès de moi, tu le savais ? Tu es tout pour moi, Ian. Si jamais je te perdais...

— Roxanne, dit-il impatiemment en ouvrant la porte. Va, dépêche-toi. »

Pourtant, elle s'attarda encore un moment.

« J'en suis même presque arrivée à m'attacher à cette horrible chambre. Après tout, c'est le seul endroit où nous ayons pu être seuls ensemble. Quand est-ce qu'on se revoit ?

— Commence par le commencement. Je t'ai dit de quoi j'ai besoin. J'ai besoin que tu rentres chez toi pour essayer de raisonner Clive. »

Une fois sur le parking, ils se séparèrent et Ian partit de son côté à toute vitesse. Il avait envie de rentrer chez lui au plus vite, pour retrouver Happy, si jolie et si élégante. Avec elle, il n'avait aucun souci à se faire. Elle avait suffisamment d'occupations pour ne pas l'importuner avec ses exigences et ses jérémiades. Elle n'était pas du genre à réclamer davantage d'amour et de l'argent à n'en plus finir.

216

Clive était resté allongé sur le canapé presque toute la journée, à lire puis à somnoler pour se replonger ensuite dans sa lecture ou regarder la télévision et les flammes qui dansaient dans l'âtre. De temps à autre, il se levait pour remettre une bûche. C'était un tel plaisir de voir jaillir les étincelles, la lueur orange qui s'élevait alors laissait ensuite la place à un paisible ronron ponctué de temps à autre par un modeste craquement. Un moment, il alla dans la cuisine minuscule, mais parfaitement aménagée, se préparer une tisane, qu'il remporta auprès du feu pour la déguster avec quelques-uns des cookies au citron confectionnés par Roxanne.

Il l'adorait, ce cottage. Dans un genre différent, il était tout aussi agréable que la belle maison qu'il avait achetée dans la banlieue de Scythia. C'était un bungalow en rondins, d'une structure on ne peut plus simple, qu'il avait conçue lui-même. La forêt l'entourait de toutes parts, si proche que, lorsqu'on ouvrait les fenêtres, on entendait le frémissement des rameaux. Même par les journées sans vent, la forêt bruissait. La plupart des gens ignoraient ce détail. Quant à ses chevaux, il en avait deux maintenant, un pour Roxanne et un pour lui ; ils avaient leur écurie au sommet de l'éminence qui s'élevait derrière la maison du père. Ce n'étaient pas les plaisirs qui manquaient dans le coin.

Et de plus, il allait mieux. Il le sentait. Lentement, les forces revenaient. Avec un peu de chance, il pourrait bientôt remonter à cheval. Et avec un peu plus de chance encore, ses cheveux, ce qu'il en restait du moins, allaient reprendre de la vigueur. Pris d'une impulsion subite, il alla se poster devant la glace de la salle de bains. Il n'y avait pas encore la moindre trace de repousse, son crâne luisant et bosselé restant presque complètement dénudé. Quand on a des cheveux, se dit-il, on ne se rend pas compte qu'un crâne n'a pas une surface régulière et lisse comme un ballon. Oh, que c'est laid ! Oui, il se trouvait laid. Surtout avec ses joues si maigres, si hâves, on aurait dit que son menton était encore plus fuyant qu'autrefois. Même si c'était impossible — un menton, ça ne change jamais de forme, voyons ! —, il en avait nettement l'impression. Quant à ses dents, elles paraissaient énormes, comme des dents de cheval.

217

L'anxiété lui plissa le front. Que pouvait donc penser de lui une femme ravissante et radieuse comme Roxanne ? Au fond d'elle-même, dans ce for intérieur que les gens, si gentils et souriants soient-ils, ne révèlent jamais. Sans cesse, ou presque, cette question le harcelait. Mais à quoi bon se faire tant de soucis, ce n'est pas en se tourmentant qu'on trouve les réponses à ses questions. Ne vaut-il pas mieux se contenter de profiter de ce qu'on a, sans trop analyser les motifs et les mobiles ?

Elle portait en elle le bébé qu'il lui avait fait. En dépit de la maladie qui l'avait attaqué comme une bête sauvage, tapie dans l'ombre, il avait réussi cette chose merveilleuse : un bébé qui lui appartenait, qui leur appartenait, à lui et à Roxanne.

Ils étaient restés sans faire l'amour pendant des semaines. Plus longtemps peut-être ? Entre l'opération qu'il avait subie et tous les traitements qui avaient suivi, il avait un peu perdu la notion du temps. Cela n'avait pas dû être facile pour une jeune femme robuste comme elle de se passer si longtemps de caresses. Allons, encore un mois ou deux à patienter et il serait de nouveau d'attaque. Comme autrefois.

« Ce que je suis heureux ! » dit-il à haute voix, arrachant à son sommeil le chiot qui dormait dans son joli panier.

Il pensa alors qu'il aurait dû avoir sa maison à lui depuis bien des années. Et aussi se lancer dans le monde, au lieu de travailler dans l'usine familiale. En tout cas il aurait mieux fait de ne pas rester loger avec son père. Ah, que d'erreurs on peut faire au cours d'une existence !... Pourtant, il savait bien pourquoi il les avait commises, ces erreurs : Les Aubépines, c'était pour lui une sorte de havre de paix. Adolescent, il s'y était réfugié, après avoir souffert comme un damné dans son école préparatoire à l'université. Comme on jugeait ses qualités physiques fort médiocres — il était même d'une taille très inférieure à la moyenne —, on l'avait toujours laissé stagner sur la touche. Au fond du gouffre, pour ainsi dire. Compréhensif, son père lui avait permis de retourner à l'école locale, pour qu'il puisse retrouver tous les soirs cet abri où il se sentait tellement en sécurité.

Mon fils sera différent, se dit-il. J'espère qu'il ressemblera à Ian. Mais une petite fille, ce ne serait pas mal non plus, une belle petite poupée dans le genre de Tina, bien potelée et toute rose. Il y a longtemps que je ne l'ai pas vue, d'ailleurs. Dommage qu'elle ne vienne plus me voir.

218

Une voiture pénétrait dans l'appentis accolé à la maison. Roxanne était de retour. Il se leva joyeusement pour l'accueillir.

*

« Où donc es-tu restée si longtemps ? demanda-t-il. Je me suis beaucoup ennuyé de toi, tu sais. »

Maintenant, il allait falloir qu'elle se lance dans des explications assommantes et réponde à mille questions sur l'école que fréquentait sa sœur et sur la date de sa prochaine visite chez le dentiste. Il désirait toujours tout savoir, faisant montre d'un intérêt qui ne se démentait jamais pour les moindres actes de son existence. A croire qu'il voulait la dévorer tout entière.

Elle se sentait plutôt déprimée, finalement. Pendant le trajet du retour, elle avait revécu sa journée. Indiscutablement, il y avait quelque chose de changé. Ian ne lui avait pas manifesté la moindre tendresse. Il voulait prendre son plaisir tout de suite, sans plus, et elle trouvait que ce n'était pas assez ; si c'était uniquement à cela que servaient les rencontres entre un homme et une femme, alors c'était vraiment à désespérer de tout.

« Je te l'ai dit », commença-t-elle. Puis, décelant l'exaspération qu'il y avait dans sa voix, elle lui décocha un sourire. Après tout, elle l'aimait bien, Clive, elle n'avait aucune raison de décharger sa mauvaise humeur sur ce pauvre garçon.

« Je suis allée chez le dentiste ; il m'a fait un plombage. Il n'y avait pas grand-chose à la dent. Ensuite j'ai retrouvé ma sœur et nous avons déjeuné ensemble. On a discuté jusqu'à trois heures de l'après-midi et me voilà.

— En somme, tu as passé une bonne journée. Comment va Michelle ?

— Très bien. Elle est revenue de Floride toute bronzée. »

Se souvenant soudain qu'il serait de bon ton de manifester quelque reconnaissance, elle se hâta d'ajouter :

« Elle t'envoie toutes ses amitiés. Et elle te remercie beaucoup. L'école est super, elle a de bonnes notes et tu vas recevoir un bulletin très élogieux. »

Clive lui adressa un sourire rayonnant.

219

« C'est formidable », dit-il.

Manifestement, il attachait beaucoup d'importance aux études de sa petite belle-sœur, une jeune fille qu'il connaissait à peine. Décidément, il avait des réactions bien surprenantes.

« Je suis rentrée tout doucement. Il venait de commencer à neiger et les routes glissantes, moi, ça me rend nerveuse.

— Tu t'es faite rudement belle pour aller rendre visite à ton dentiste et déjeuner en ville.

— Je voulais montrer mon vison à Michelle, expliqua-t-elle en époussetant le vêtement pour le débarrasser des flocons de neige qui avaient commencé à fondre, avant de l'accrocher dans la penderie.

— Il lui a plu ? »

Il devenait vraiment barbant ! A croire qu'il cherchait à parler pour ne rien dire, simplement pour l'empêcher de s'éloigner, de disparaître à sa vue. Ce soir-là, elle le trouvait particulièrement exaspérant. C'est bizarre, comme on peut aimer quelqu'un, lui témoigner de la gentillesse et de la reconnaissance et ne pas pouvoir supporter sa présence !

« Elle l'a adoré. Et c'est parfaitement normal, d'ailleurs. C'est un des plus beaux manteaux que j'aie jamais vus.

— Tu es superbe avec. D'ailleurs, tu es superbe avec tout ce que tu mets. Mais c'est quand tu n'as rien sur toi que tu es la plus belle. »

Une fois de plus, elle se força à sourire. Elle lui lança, d'un ton taquin :

« Tu le penses vraiment ?

— Et comment ! Bien que je ne t'aie pas vue en tenue d'Ève depuis longtemps.

— Forcément, avec ta maladie.

— Maintenant, j'attaque la dernière ligne droite. Aussitôt que j'aurai franchi la ligne d'arrivée, je rattraperai le temps perdu, je te le promets. »

Elle ne put empêcher une légère crispation de ses traits. S'imaginait-il vraiment qu'elle avait hâte qu'il la prenne dans ses bras, qu'elle était impatiente de recevoir ses caresses ? Mais ne lui avait-elle pas donné toutes les raisons de penser que la passion avec laquelle elle répondait à son amour était totalement sincère ? A présent, après avoir de nouveau passé l'après-midi avec Ian, elle s'étonnait elle-même de voir avec quel talent elle avait réussi à simuler si bien la passion. Et pourtant, elle n'éprouvait à son égard que de la répugnance physique. Elle ne supportait pour ainsi dire plus qu'il la touche, le pauvre.

« Tu dois avoir faim, dit-elle. Dans vingt minutes, on pourra passer à table.

— Je croyais qu'on irait manger à côté, chez père, pendant toute la semaine.

— On ira demain. J'ai pensé que tu préférerais peut-être que j'étrenne ta petite cuisine toute neuve.

— Tu as raison. Décidément, tu penses à tout. »

Ange vint se frotter les pattes contre sa jambe et elle le prit dans ses bras pour lui embrasser le sommet de la tête.

« Brave chien-chien. Il a faim, lui aussi.

— Viens donc plutôt par ici, protesta-t-il, et donne-moi un baiser. Il me semble que je dois passer avant ton chien. »

Résignée à poser ses lèvres sur le sommet du crâne de son mari — il était loin d'être aussi soyeux que celui d'Ange —, elle se trouva face à un visage qui s'était levé vers elle, lèvres froncées. Leurs bouches se joignirent et, quand elle se recula, elle dut faire un effort pour ne pas s'essuyer d'un revers de la main.

« Laisse-moi m'occuper du dîner », lança-t-elle gaiement, voyant que Clive s'apprêtait à réclamer d'autres baisers.

La cuisine, tout juste suffisante pour qu'on y prépare un petit déjeuner, un sandwich ou une tasse de thé, n'était pas assez grande pour permettre à Clive d'y entrer pendant que Roxanne s'affairait autour du fourneau. A Scythia, il avait récemment pris l'habitude de venir lui tenir compagnie pendant qu'elle préparait les repas. Il y avait de quoi devenir fou, d'avoir quelqu'un qui vous surveillait ainsi. Vivement qu'il aille suffisamment bien pour reprendre le travail à plein temps ! se disait-elle alors.

Une crainte d'une nouvelle sorte commençait à s'emparer d'elle. Depuis son mariage, elle avait vécu dans la sérénité. Après avoir rassemblé suffisamment de courage pour quitter Ian et tenter sa chance auprès de Clive, elle s'était sentie soulagée et rassurée ; en devenant l'épouse de Clive, elle se trouvait désormais définitivement à l'abri du besoin, pensait-elle. Maintenant la peur la tenaillait de nouveau, une peur tapie au fond de son cœur, qui vibrait comme un être vivant.

Ses mains se mouvaient machinalement, remuant la salade, assai-

221

sonnant la tranche de thon et coupant le pain en tartines ; mais son esprit partait à la dérive.

Tu n'auras plus jamais de souci à te faire, lui avait affirmé Ian, *mais seulement si tu réussis à le convaincre de faire ce que je dis.* Quelle était donc l'autre solution ? Qu'elle soit obligée d'abandonner tout ceci ?... Sans qu'elle en eût conscience, son bras avait ébauché un arc de cercle pour désigner tout ce qui l'entourait. Si Clive mourait, elle risquait de tout perdre. Elle avait affaire à des gens qui savaient s'y prendre avec les avocats et les cours de justice. Il n'y avait plus aucun doute, on l'avait menacée cet après-midi même, et c'était Ian qui avait proféré ces menaces.

Rentre chez toi, tu peux tout sauver. Quelle voix rude et sévère il avait prise pour lui dire cela. Elle ne l'avait pas reconnu. Ce n'était pas normal de l'impliquer dans leurs querelles de famille ou dans leurs histoires commerciales ; elle ne connaissait rien ni aux unes ni aux autres. Elle posa alors une main sur son ventre, éprouvant non pas de la tendresse pour le petit être qui grandissait dans son sein mais de la colère devant une situation qu'elle commençait à voir clairement. Elle était en train de perdre Ian, son corps robuste, sa vigueur, son humour, sa douceur, sa virilité.

Et pourtant, comme elle l'aimait ! Une sorte de voile s'abattit sur ses yeux et elle dut battre des paupières, très fort, pour chasser les larmes avant que Clive ne vienne passer la tête dans l'embrasure de la porte. Je l'aurais aimé, même s'il n'avait rien eu, songea-t-elle, mais aussitôt elle se reprit, décidée à jouer franc jeu avec elle-même, pour se demander : Est-ce bien vrai ? Pendant une minute elle se posa la question et conclut que, même si son argent pesait quelque peu dans la balance, il n'y avait pas de quoi en faire un drame car, après tout, si elle avait été laide, il ne l'aurait sûrement pas aimée non plus. De toute façon, il était trop tard pour s'appesantir sur ce genre de considérations.

Mais tout pouvait encore être sauvé, pourtant. Certes, elle était en train de perdre Ian, et cette simple idée la rendait folle de rage, mais peut-être qu'en amenant Clive à faire ce que désirait Ian elle réussirait à garder auprès d'elle l'homme qu'elle aimait...

D'une façon ou d'une autre, elle allait devoir tenter de lui parler. Tout en disposant la petite table ronde devant la cheminée, au coin de laquelle Clive venait de s'endormir, la bouche grande ouverte, elle se prodigua des encouragements. Peu à peu la confiance revint en elle. Clive lui avait toujours donné ce qu'elle lui avait demandé, alors pourquoi en serait-il autrement ce soir ? Le problème était d'aborder le sujet d'une manière qui semble tout à fait naturelle, venant d'elle.

Elle lui tapota l'épaule et annonça avec entrain que le dîner était prêt. Il se réveilla aussitôt. En voyant la table si joliment arrangée avec deux bougies allumées et un grand plateau de poissons entourés d'une guirlande de légumes multicolores, il s'exclama une fois de plus :

« Mais tu sais donc tout faire !

— Eh bien, j'essaie, dit-elle gaiement. Je veux te voir heureux. »

Il poussa un soupir satisfait.

« Qui ne serait pas heureux d'être ici avec toi ? »

Après avoir savouré les entrées et le plat de résistance, Roxanne n'avait toujours pas trouvé le biais qui pouvait lui permettre d'aborder le sujet qui lui tenait à cœur. C'est alors qu'une rafale de vent secoua la fenêtre.

« J'ai l'impression que nous sommes bons pour avoir une sacrée tempête, annonça Clive. On n'a pas encore eu de forte chute de neige depuis le début de la saison, mais cette fois on ne va pas y couper. Il n'y a rien de plus beau que ces bois sous la neige, quand il y en a une couche de soixante centimètres, sans rien qui vienne la souiller. »

C'était l'occasion qu'elle attendait.

« Tu les aimes passionnément, ces bois », dit-elle, enchaînant alors aussitôt par la question qui lui brûlait les lèvres : « C'est cette partie-là que l'on veut vous acheter ?

— Ah, non ! Ce n'est pas par ici. C'est de l'autre côté de la rivière, tout près de Scythia.

— Vraiment ? Alors c'est beaucoup moins gênant.

— Pas gênant ! Où que ce soit, ce serait terrible. Il faut que ces bois restent intacts.

— Il y a beaucoup de gens qui ne sont pas de cet avis. D'après eux, cette société va créer un tas d'emplois, et ouvrir une infinité de commerces pour satisfaire les besoins de cette nouvelle population.

— Oui, ça ce sont les avantages à court terme, mais la forêt, elle, peut subsister jusqu'à la fin des temps, si on n'y touche pas. Une fois qu'elle est détruite, on ne peut plus la remplacer. »

Il parlait avec une telle assurance qu'elle sentit la peur vibrer de nouveau dans sa poitrine.

« Mais il y en aurait une grande partie qui resterait intacte, même si vous vendiez ce qui les intéresse. De cette façon, tout le monde serait content, non ?

— Non. Une fois qu'on commence à vendre, on crée un précédent fâcheux et ensuite, petit à petit, tout finit par disparaître.

— Pas forcément. Il suffit de décider une fois pour toutes qu'on ne franchira pas certaines limites », insista-t-elle.

Mais elle manquait de conviction, elle le sentait.

Clive lui adressa un large sourire.

« Qu'est-ce qui t'arrive ? Tu as des actions dans les entreprises de maçonnerie ?

— Non, bien sûr, mais ça m'intéresse. Il y a en jeu des intérêts tellement énormes !

— Oui, je sais. Pour les entrepreneurs.

— Et pour les Grey aussi, non ?

— Depuis quand t'intéresses-tu aux finances des Grey ? »

Il avait un air amusé. Elle se rendit compte que c'était parce qu'elle n'avait encore jamais parlé affaires avec lui, cela ne correspondait pas à l'image qu'il se faisait d'elle.

« Tu comprends, reprit-elle, maintenant que je vais devenir mère, ça m'intéresse. Je ne suis pas inquiète, non, mais intéressée, tout simplement.

— Notre bébé aura tout ce qu'il lui faudra : de quoi manger et se vêtir, un toit et de la tendresse. Il n'y a aucun problème, dit-il en gardant son sourire amusé.

— Oui, mais avec la sœur de Dan qui joue les trouble-fête, je pensais que tu devais commencer à te poser des questions. »

L'air amusé disparut. Clive la considéra d'un œil intéressé.

« Que sais-tu de la sœur de Dan ? »

Roxanne esquissa un geste vague, ponctué d'un léger haussement d'épaules.

« Pas grand-chose. Simplement qu'elle vous fait des histoires.

— En quel sens ? »

Elle n'était pas très à l'aise. Avec une certaine inquiétude elle essaya de se rappeler jusqu'à quel point elle pouvait aller sans risquer de se compromettre.

« Eh bien, elle réclame de l'argent, non ? Elle veut sa part du capital de l'entreprise. Et, si vous vendez ces bois, vous pourrez la payer et vous débarrasser d'elle. A mon avis, c'est ce que vous devriez faire.

— Il n'est pas question de vendre, s'exclama Clive d'un ton irrité. En tout cas je m'y oppose formellement. Et avec mon vote, cela suffira pour bloquer tout le processus et je n'en démordrai pas, pendant des dizaines d'années s'il le faut. Je me fiche de ce que diront les autres. Père ne veut pas que l'on dilapide le domaine et je ne lui ferai jamais cette peine. C'est une honte. Il ne mérite pas qu'on le traite comme ça. Oui, j'ai honte de mon frère et de Dan et aussi d'Amanda, tous autant qu'ils sont. C'est une honte. »

C'est à peine s'il parvenait à respirer. Soudain il fronça les sourcils.

« Mais comment tu sais tout ça, toi, de toute façon ? Je ne t'en ai jamais parlé. »

Roxanne se rendit alors compte que son cœur battait très fort. Elle était allée trop loin. Elle en avait trop dit.

« Bah, c'est dans tous les journaux. Je l'ai lu dans le journal.

— Non, aucun journal n'a parlé des exigences d'Amanda. Jamais son nom n'a été mentionné dans un journal.

— Ah bon ? Je me trompe peut-être. Je dois confondre avec quelque chose que j'ai entendu chez Dan.

— Dan t'aurait parlé de ça ? Cela m'étonnerait. Il n'est pas homme à dévoiler des secrets de ce genre. Cela se serait produit quand ?

— Y a pas très longtemps. Un jour ou deux, sans doute, quand je suis allée voir Sally. »

Elle n'avait jamais vu Clive dans cet état, jamais elle n'avait subi de sa part un examen aussi soupçonneux. Prête à tout pour meubler le silence et mettre fin à cette inquisition, elle balbutia :

« Oui, c'est ça. Je crois bien que c'était mercredi dernier.

— Tu en es certaine ?

— Oui, mercredi. Mais pourquoi me regardes-tu comme ça ?

— C'est bizarre, articula-t-il lentement, parce que Dan a pris l'avion pour l'Écosse lundi. »

Maintenant son cœur battait à tout rompre.

« Bon, bah c'était un autre jour, hasarda-t-elle d'un air désinvolte. Je ne peux quand même pas me rappeler dans le détail tout ce que je dis et tout ce que je fais. Tu me vois te demander, à toi ou à n'importe qui, d'ailleurs, ce que tu as fait vendredi dernier ? Tu ne t'en souviendrais pas. Les gens oublient ce qu'ils font au fur et à mesure. De toute manière, quelle importance cela a-t-il ?

225

— Cela montre simplement que tu es en train de me mentir et je me demande bien pourquoi.

— Clive Grey, je ne t'ai jamais menti. Mentir est un mot détestable et c'est parfaitement odieux de ta part de m'accuser ainsi. Mais que d'histoires pour savoir qui a dit quoi, quand et où. C'est absolument grotesque. Tiens, je vais aller chercher le dessert. Et essayons au moins de le déguster en paix. »

Une fois dans la cuisine, elle empila les assiettes, sortit le gâteau et versa le café. Elle ne sentait plus ses genoux. « Tu peux le faire », lui avait assuré Ian, mais elle n'y était pas parvenue. Et Ian allait être furieux. Manifestement, Clive avait pris sa décision. Et maintenant, il était furieux contre elle, lui aussi. Il était vraiment ridicule que la fureur de cet avorton malade, clairement visible dans ses yeux, fasse naître en elle une telle panique. Mais peut-être cela pouvait-il s'expliquer, finalement. Elle avait tellement de choses à cacher !

Puis elle décida de sourire, de tout prendre avec bonne humeur. *Souris et le monde sourira avec toi.* Tu commences à te sentir mieux. Après tout, la situation n'était peut-être pas aussi critique que Ian avait bien voulu le dire... Elle prit un air enjoué pour détendre l'atmosphère et remettre Clive de bonne humeur.

« Me voici, cria-t-elle. Madame Roxanne de la pâtisserie du Palais, avec une sélection d'éclairs, de napoléons... »

Le téléphone sonna.

« Reste assis, ne bouge pas, chéri. Je pose le plateau et je réponds tout de suite. »

Clive était déjà arrivé au téléphone. Il décrocha sans attendre.

« Allô, Michelle ! Quelle bonne surprise ! Roxanne m'a dit que ça marchait très bien à l'école. Tu t'es bien bronzée au soleil de la Floride, m'a-t-elle dit. Mais fais attention à ta peau tout de même... »

Michelle ! Vite, vite, avant qu'elle dise quoi que ce soit. Roxanne tendit la main vers le combiné en criant :

« C'est ma sœur ! Il faut que je lui parle. »

Mais Clive ne lâcha pas prise. Il eut un air étonné :

« Comment, tu ne l'as pas encore vue ? Alors comment sait-elle ? Attends une minute. Je vais tirer cette affaire au clair.

— Donne-moi ce téléphone, Clive, insista Roxanne en tentant de contourner l'obstacle que lui opposait le coude de son mari.

— Donc tu n'as pas vu Roxanne aujourd'hui, si je comprends bien. Oui, un malentendu, c'est cela. Eh bien, je suis très content d'avoir pu bavarder avec toi. Non, elle ne peut pas venir au téléphone pour l'instant. Elle te rappellera. C'est ça. Bonne soirée, Michelle. »

Très lentement, très délicatement, il reposa le combiné. Puis, sans dire un mot, il se retourna vers Roxanne.

Des images inexplicables surgissent à la surface de la conscience et les connexions s'établissent alors. L'espace d'une fraction de seconde, Roxanne se retrouve au fond d'une grotte, profonde, encaissée et ténébreuse, avec des boyaux et des galeries sinueuses. Prise de frénésie, elle tente de trouver une issue, essayant d'un côté puis d'un autre, mais elle est prise au piège. Il n'y a pas d'issue. « De la spéléologie », avait dit Clive un soir qu'ils regardaient une pièce à la télévision. Un mot bien étrange. Spéléologie.

« Alors, tu ne m'as jamais menti. »

Elle a la bouche sèche, et une sensation de dégoût, comme une nausée qui l'empêche de retrouver son souffle.

« Nous devions nous rencontrer mais j'ai dû annuler parce que le dentiste m'a gardée trop longtemps. Je sais que ça paraît idiot, et j'en suis désolée, mais je me suis dit que tu serais déçu si je n'avais rien à te raconter au sujet de Michelle, c'est pour ça que j'ai inventé cette histoire de déjeuner. Tu as été tellement gentil pour elle, tu t'intéressais tant à ses problèmes...

— Je t'en prie, n'insulte pas mon intelligence, Roxanne, articula Clive avec le plus grand calme. Dis-moi seulement, en quelques mots simples et véridiques, où tu as passé toute cette journée.

— J'ai fait des courses. Une fois la séance chez le dentiste enfin terminée, il ne me restait pas beaucoup de temps alors je me suis contentée de faire la tournée des magasins.

— Je ne te crois pas, Roxanne, déclara-t-il, toujours avec le plus grand calme.

— C'est la vérité. Si tu ne me crois pas, qu'est-ce que tu veux que j'y fasse ? »

Il y a quelque chose de louche, là-dessous, pensa-t-il. Mais je ne sais pas ce que c'est.

Puis il s'assit à la table, posant son menton sur ses mains, les sourcils froncés. Elle le regarda, prit une bouchée de gâteau qu'elle eut toutes les peines du monde à avaler, et repoussa l'assiette.

« Oui, il y a du louche, marmonna-t-il entre ses dents. Quelque chose qui lui a permis de s'informer, d'obtenir des renseignements d'ordre privé, et cette histoire de shopping dans les rues de Scythia, avec son manteau de vison... Son manteau de vison... »

Il la regarda longuement, observant le collier d'or, fait à la main, vingt-deux carats, un bijou grec, qu'il lui avait offert pour son anniversaire. Il vit aussi la robe rose, à peine cachée par le minuscule tablier. Il l'avait achetée une semaine auparavant et elle l'avait mise aujourd'hui pour la première fois. Il le savait très bien car rien de ce qu'elle faisait ne lui échappait.

« Qui as-tu vu aujourd'hui, Roxanne ?

— Mais puisque je te dis que je suis allée chez le dentiste !

— Habillée comme ça ?

— Qu'est-ce que tu voulais que je mette ? Une salopette ?

— Qui est l'homme que tu es allée retrouver, Roxanne ?

— Qui, le dentiste ? C'est une femme, le Dr Helen Kraus.

— Je ne plaisante pas, Roxanne. Qui est-ce ?

— Tu es en train de m'insulter. Tu n'as pas le droit de m'insulter. Pour qui te prends-tu ?

— Je sais qui je suis. Ce que je me demande, c'est qui tu es, toi. »

Il se frotta le front, comme s'il avait la migraine.

« Écoute, Clive, tu es en train de faire une montagne d'une simple taupinière. Tu ne réussiras qu'à te rendre malade. Ça n'en vaut vraiment pas la peine.

— Qu'est-ce qui n'en vaut pas la peine ? La confiance que j'ai en toi ? Je veux te faire confiance. Pour moi, rien ne peut avoir un plus grand prix. »

Il se leva, les mains crispées sur le bord de la table, et se pencha en avant, de sorte que son visage arriva à quelques centimètres de celui de Roxanne.

« Non, rien ne peut avoir un plus grand prix, tu comprends ?

— Tu peux avoir confiance en moi, Clive, assura-t-elle doucement.

— Non. Il faut d'abord tirer cette affaire au clair. Tu as vu quelqu'un cet après-midi. Tu es rentrée trop tard pour avoir simplement passé l'après-midi seule dans les boutiques de Scythia. Nulle part dans cette ville il n'y a un magasin qui pourrait te satisfaire, maintenant que tu t'es habituée à de bien plus belles choses.

« — Tu n'as pas besoin de m'accabler de tes sarcasmes en me rappelant mes origines.

— Ne change pas la conversation. Je veux seulement que tu me dises la vérité sur ce que tu as fait aujourd'hui. Et je veux aussi que tu me dises qui t'a parlé d'Amanda et des actions qu'elle veut qu'on lui rachète. »

Il lui soufflait une odeur de poisson en plein visage. Elle recula sa chaise et s'écarta de lui. Il se rapprocha alors et la saisit aux épaules, pas assez fort pour lui faire mal mais avec suffisamment de vigueur pour qu'elle se rende compte que, si elle tentait de se libérer, sa robe se déchirerait.

« La vérité. La vérité, Roxanne. Il faut que les choses soient bien claires. Je ne veux pas avoir le moindre doute à ton sujet. Ne laisse planer aucune équivoque. Je ne peux pas le supporter. »

Cette supplication passionnée attisa sa frayeur. Il y avait dans ce regard une lueur démentielle. Elle gémit :

« Lâche-moi.

— Non, répliqua-t-il en accentuant son étreinte. Il ne faut pas jouer à ce petit jeu avec moi. Je t'aime, Roxanne. »

Ses mains glissèrent vers le bas pour lui caresser les seins et il colla sa bouche à la sienne. C'était répugnant, insoutenable et, quand elle le repoussa, il vit la grimace de dégoût qui déformait les traits de sa femme.

« Est-ce que je te déplais au point que tu as voulu te chercher un autre homme ? Oui, ça doit être ça. Ta mimique m'en dit long. Tu en as trouvé un autre.

— Non. C'est ton comportement qui est répugnant. Tes soupçons.

— Alors, explique-toi. »

Il l'avait acculée contre le mur et il se serrait contre elle, de la tête aux pieds. Pour un homme aussi malade, il manifestait une vigueur surprenante. Une idée la frappa alors : jusqu'à la fin de ses jours, elle allait devoir se soumettre à cette intimité. Oui, ce contact révoltant. Et c'était la faute de Ian. Alors que tout aurait pu être si différent. Et si merveilleux.

« Allez, ôte-moi de mes doutes, proféra Clive en lui soufflant son haleine nauséabonde en plein visage. Vas-y, j'attends. »

Elle concentra toute sa rage, sa hargne et sa frustration en une seule explosion, lui lançant à la figure :

229

« Je te l'ai déjà dit, où j'étais cet après-midi. Quant à vos histoires de famille, je ne vois pas ce qu'il y a de scandaleux à ce que je sache quels sont vos problèmes et ceux de votre société. De toute façon, pour l'amour du Ciel, il croit que... enfin je veux dire, combien est-ce qu'il... »

Elle n'acheva pas.

« Qui ça, "il" ? »

Les yeux de Clive s'étaient agrandis, et le teint de son visage déjà bien malsain en soi perdit soudain toute couleur, prenant un ton gris terreux.

Ainsi elle avait réussi à se trahir. Sous la pression de l'instant, elle n'avait pu tenir sa langue. Elle était si abasourdie que pendant quelques secondes il n'y eut aucune pensée dans son cerveau. Tout son esprit s'était complètement vidé.

« Toi, tu as parlé à mon frère », dit-il.

Les pensées affluèrent de nouveau. Mieux valait assener quelques demi-vérités. Ensuite, elle contacterait Ian pour accorder leurs violons.

« Oui, d'accord. Je l'ai rencontré tout à fait par hasard, et nous avons parlé de l'affaire. »

Clive se laissa tomber dans un fauteuil. Roxanne crut un moment qu'il allait avoir une crise cardiaque et mourir, là, devant elle. Il appuya sa tête sur l'oreiller et ferma les yeux. Elle attendit, toujours debout, le dos plaqué au mur.

« Il t'a demandé de me convaincre qu'il fallait vendre, naturellement. Bon sang, ce que j'ai pu être bête de ne pas le deviner tout de suite. Et c'est auprès de lui que tu as passé la journée, et c'est pour ça que tu t'étais faite aussi belle. Il y en a eu combien des jours comme aujourd'hui, Roxanne ? »

Il avait une voix sans timbre. Elle semblait comporter son propre écho, comme s'il parlait de très loin. A moins que ce ne fût le martèlement du sang dans ses oreilles qui donnât à Roxanne cette impression-là.

« Ç'a été la seule fois, dit-elle.

— Des mensonges, toujours des mensonges ! »

Toutes ses forces l'abandonnèrent et elle sentit ses bras tomber le long de ses flancs. Former les mots lui paraissait un effort colossal. Sa réponse fut à peine perceptible et absolument pas convaincante. Elle s'en rendit compte elle-même.

« Je te répète que je ne te mens pas, Clive. Il s'agit d'un malentendu, un point c'est tout. »

Si les yeux de Clive avaient été des dards, ils lui auraient pénétré la chair. Elle était incapable de détourner la tête, de cesser de fixer ces yeux, et elle resta pétrifiée et tremblante, comme hypnotisée.

« Je te le répète, Roxanne, n'insulte pas mon intelligence. Tu l'as rencontré "tout à fait par hasard" et vous vous êtes mis à "discuter". "Par hasard" et c'était où, ça ? Au bureau ? Chez lui ? Tu me prends pour qui ? Ah ! Vous vous êtes peut-être retrouvés sur l'autoroute, pare-chocs contre pare-chocs. Tu t'es habillée comme pour aller prendre le thé au Waldorf Astoria, sauf qu'il n'y a pas de Waldorf Astoria à Scythia. Alors, réponds-moi. Où était-ce ? »

Elle essaya de réfléchir vite. Elle n'avait jamais été une menteuse experte, et dans ces moments terrifiants elle se trouvait dans un état d'impréparation totale.

« Tu ne comprends donc pas que je connais très bien mon frère ? Il n'a jamais pu laisser une jolie femme tranquille. Alors pourquoi aurait-il fait une exception à ton égard ?

— Il... mais non, tu te trompes... nous n'avons pas... Nous avons seulement...

— Arrête, Roxanne. Épargne ta salive. Mais dis-moi simplement : c'était bon avec lui ? Oui, bien sûr. Forcément ! Bien meilleur qu'avec moi. »

Et soudain la lueur rageuse qu'elle avait presque senti pénétrer en elle s'éteignit de ses yeux. A sa place jaillirent des larmes de colère. Entre les paupières rougies, pitoyables, elles commencèrent à perler.

Qu'il était donc laid et pathétique ! En le voyant ainsi, elle éprouva l'horreur que l'on ressent à la vue d'un être humain qui se désagrège sous vos yeux. L'homme était en train de se liquéfier devant elle.

Elle se mit à parler très vite, balbutiant à moitié :

« Il ne faut pas le prendre comme ça. Je t'en prie. Il n'y a rien eu. En toute honnêteté. Nous n'avons rien fait... »

Sans aucun signe prémonitoire, il éclata dans une violente fureur. Bondissant sur ses pieds il brandit les poings.

« Bien fait ! Espèce... espèce de... espèce de salope, menteuse ! Tu me prends pour un imbécile, ma parole. Comme si j'étais trop bête pour ne pas savoir... pour ne pas voir... Tu sais ce que je vais faire ?

Je vais te fiche dehors pour de bon, à l'instant même, dans la neige. J'aurais dû me douter de quelque chose à la façon dont il a réagi ce jour-là, quand je t'ai amenée aux Aubépines, le lendemain de notre mariage. J'aurais dû voir tout de suite de quoi il retournait. »

D'un revers de la manche il envoya valser la tasse de café qui se brisa dans une mare brune sur le sol. Il saisit alors l'autre tasse et la jeta à terre, délibérément.

« Qu'est-ce que j'en ai à foutre ? La maison entière peut s'écrouler, ça ne me fait plus ni chaud ni froid », lança-t-il.

Elle le fixait d'un œil épouvanté, prise de panique à l'idée qu'elle se trouvait là, seule avec lui. Quand il s'approcha, elle rentra la tête dans les épaules.

« Je ne vais pas te faire mal. Pour qui me prends-tu ? Mais je vais te mettre à la porte de cette maison et t'exclure de mon existence. S'il n'avait pas neigé, je l'aurais fait dès ce soir. Toi et ce bébé qui n'est pas de moi.

— Tu es fou, murmura-t-elle.

— Alors, affirme-le qu'il est de moi. Jure-le sur sa vie qu'il est de moi. »

Elle ne pouvait plus parler. Elle se dit que le mal était irréparable, que tout était fini entre eux désormais. Et puis elle pensa : Il va falloir que j'aille retrouver Ian. Il est intelligent, il a plein d'idées. Oui, c'est cela, des idées. Ian trouvera un moyen de raccommoder tout ça, et s'il n'y a plus rien à faire, il trouvera quand même une solution.

« Allez, jure-le sur la tête du bébé. »

Elle n'avait jamais été superstitieuse et pourtant elle se sentit incapable de le faire.

« Non, dit-elle.

— Forcément ! Eh bien, ce sera un beaucoup plus joli bébé que celui que je t'aurais fait, ça c'est sûr. »

Il parlait d'une voix tonnante. Roxanne était sûre que les murs devaient vibrer sous la puissance de sa fureur.

« Ne me dis plus de mensonges ! Ce serait de la pure méchanceté et de la stupidité de ta part. Ne me prends surtout pas pour un imbécile, en tout cas. Maintenant, fiche-moi le camp d'ici. Je ne veux plus te voir dans la même pièce que moi. C'est la mort que tu mérites, et je pourrais fort bien te tuer. Va-t'en de là, que je n'aie plus besoin de respirer le même air que toi. »

Elle courut dans une des chambres, celle que Clive avait si joyeusement aménagée pour y recevoir des invités. S'il y avait eu un autre endroit où aller, elle aurait quitté cette maison, mais la neige tombait maintenant à gros flocons, les vitres en étaient déjà presque totalement recouvertes, et le vent soufflait avec violence. Elle était prise entre deux feux.

De la salle à manger lui parvenait un fracas d'assiettes cassées. Aveuglé par la colère, Clive avait dû heurter accidentellement la table, à moins qu'il n'ait décidé de détruire la vaisselle. Se souvenant alors qu'elle n'avait pas fermé la porte à clé derrière elle, elle se leva. A travers l'entrebâillement, elle vit les dégâts déjà commis puis s'aperçut que Clive sortait précipitamment malgré la tourmente. La porte d'entrée se referma avec fracas et cette fois les murs tremblèrent effectivement.

Elle retraversa lentement la pièce et s'assit, tassée sur elle-même, au bord du lit, trop hébétée maintenant pour pouvoir réfléchir, se demandant seulement ce qui allait advenir après ce qui s'était passé ce soir-là.

CHAPITRE 15

Décembre 1990

Un peu plus tôt ce même après-midi, au moment où les premiers flocons avaient commencé à tomber, en hésitant semblait-il, Amanda prenait une tasse de thé dans le living-room de Sally.

« Je suis vraiment désolée que Dan ne soit pas là », disait-elle pendant que Sally, curieuse de mieux connaître cette femme qu'elle n'avait pratiquement jamais vue, l'observait avec beaucoup d'attention. Dotée des mêmes cheveux drus et des mêmes yeux lucides que Dan, elle en était la version féminine. Physiquement du moins, car son débit trop rapide et son extrême nervosité la différenciaient nettement de son frère.

« Mon avocat et mon comptable vont débarquer de New York lundi, précisa-t-elle, mais à la dernière minute je me suis dit que ce serait peut-être une bonne idée de venir quelques jours avant pour saluer mon frère et sa famille. »

Les lèvres de Sally se resserrèrent. Les mots « frère » et « famille » paraissaient bien incongrus dans la bouche d'une personne qui, durant toute l'année passée, n'avait cessé de les harceler avec une agressivité sans cesse croissante.

« Je suppose que tu as été surprise de me voir débarquer ainsi. J'aurais dû téléphoner avant. »

Certes, Sally avait éprouvé un véritable choc mais il n'était pas question pour elle maintenant de dire quoi que ce soit qui risque de dégénérer en querelle, c'est pourquoi elle se contenta de répondre, d'un ton fort aimable :

« Dans ce cas, il n'aurait pas été question que tu prennes une chambre à l'hôtel. Tu serais venue t'installer ici. La maison est suffisamment grande.

— Oui, je vois. Une très jolie maison, d'ailleurs. Avec des couleurs qui restent estivales même par un temps de chien comme celui que nous avons là.

234

— Oh, un temps de chien ! Ce ne sont que quelques flocons.

— Eh bien ça fait rudement longtemps que je ne suis pas venue par ici. Je ne sais combien d'années. »

Après s'être tue un instant, elle répéta d'un air pensif :

« Oui, cela fait bigrement longtemps. »

Sa voix avait pris l'intonation descendante que l'on perçoit chez un vieillard qui déplore le passage des années. Ce qui ne laissait pas de paraître bien surprenant chez cette jeune femme dont le teint était rehaussé par un rouge à lèvres corail, bien assorti à la couleur de son ensemble.

Soudain, elle reprit avec entrain :

« Voilà déjà Noël qui arrive. Ce n'est plus le moment de regarder en arrière. Je verse dans le sentimentalisme, ce qui n'est pas du tout recommandé.

— Je ne vois pas pourquoi, si tu en as envie. »

Une pile de boîtes enveloppées dans un papier somptueux reposait sur le canapé, près d'Amanda.

« Naturellement, vous n'allez pas ouvrir les cadeaux tout de suite, mais je crois qu'il vaut tout de même mieux que je vous dise de quoi il s'agit pour que vous puissiez me prévenir, au cas où il faudrait changer quelque chose. Pour Dan, il y a des livres, ainsi qu'une boîte de chocolats enrobés de peaux d'orange. C'est en souvenir de ce qui s'est passé un jour, quand nos parents étaient encore en vie. Il en avait volé une boîte dans un placard de l'arrière-cuisine, et il avait tout mangé. J'espère qu'il les aime encore. Pour Susannah, il y a une poupée en chiffon avec des yeux peints sur le visage. Oui, je n'ai pas voulu de boutons qu'elle aurait risqué d'avaler. Pour Tina, il y a un baigneur avec toute sa garde-robe. Si je me souviens bien, les petites filles préfèrent des baigneurs qu'elles peuvent laver et habiller plutôt que des poupées d'apparat, qu'il ne faut surtout pas risquer de froisser. Et pour toi, Sally, il y a un pull tricoté à la main, noir et blanc parce que je me suis souvenue que tu avais des cheveux d'ébène. C'est une de mes protégées qui l'a fait. Je l'ai placée, avec deux autres, dans une petite boutique de vêtements pour enfants. Elle a beaucoup de talent et je suis persuadée qu'elle n'a pas de soucis à se faire pour son avenir.

— Tu nous as vraiment trop gâtés ! »

Sally se sentait toute confuse en présence de cette femme généreuse qui pourtant, apparemment du moins, était déterminée à les ruiner tous. Décidant de manifester la plus grande franchise, elle lança :

« Il faut que je te dise que je n'y comprends rien. Je croyais que nous étions ennemies et que tu en voulais à mort à Dan. Et voilà que tu arrives avec des cadeaux.

— Le différend qui nous oppose est uniquement de caractère commercial. Même s'il me met hors de moi. Mais cela n'a rien à voir avec mon frère.

— Je suis désolée, mais je ne comprends toujours pas très bien. Tu établis une distinction entre Dan au travail et Dan à la maison. Pourtant, c'est pratiquement toujours le même homme.

— Je sais, mais je n'en suis pas moins décidée à faire respecter mes droits.

— Mais personne ne les conteste, Amanda, rétorqua Sally avec raideur.

— Tu me parais mal informée sur ce qui se trame. Ces tergiversations avant de signer avec les étrangers, c'est uniquement pour m'obliger à attendre. Je ne crois plus un seul mot de ce qu'on me raconte. Je leur ai donné jusqu'au 1er janvier, c'est-à-dire qu'il ne reste plus que dix jours, de sorte que...

— Mais je sais parfaitement tout ça, Amanda. De toute façon, il ne sert à rien de m'en parler. Je n'ai rien à faire avec l'entreprise. »

Amanda paraissait bien agitée. D'un pied, elle martelait le plancher pendant que sa main frappait, au même rythme, l'accoudoir du canapé.

« Dan sera ici demain, en fin d'après-midi. Quand vous serez face à face, continua Sally d'un ton conciliant, vous réussirez peut-être à trouver un terrain d'entente. Au téléphone c'est beaucoup plus difficile. »

Amanda ne disant rien, Sally reprit :

« J'espère que vous arriverez à vous mettre d'accord. Dan est vraiment bouleversé par toutes ces querelles et je sais que le pauvre Oliver est sûrement catastrophé, lui aussi, même s'il n'extériorise pas son chagrin. »

Amanda fixait le vide, comme si elle n'avait pas entendu. Soudain secouée d'un frisson, elle croisa les bras sur sa poitrine.

« As-tu froid ? Il y a un châle sur la chaise, je vais te le donner, proposa Sally en se levant.

— Non, ce n'est pas ce genre de froid. Il est purement intérieur.

Finalement, je n'aurais pas dû revenir ici. Je n'ai jamais été heureuse à Scythia, pas une seule minute, après la mort de mes parents. »

Il n'est pas courant de voir les gens débarquer chez vous sans crier gare pour se confier ainsi, et révéler leurs sentiments les plus intimes moins de trente minutes plus tard ! songea Sally. Elle conçut aussitôt une certaine commisération pour cette femme.

« Il n'y a rien d'étonnant à ce que tu n'aies pas gardé de bons souvenirs de cette maison, dit-elle. Tu étais très jeune quand tu as perdu tes parents. Cela a dû être plus dur pour toi que pour un garçon comme Dan. Et se retrouver la seule fille dans une famille uniquement composée de garçons !

— Il n'y avait pas que des garçons. Il y avait aussi ma tante Lucille. Tu ne sais rien sur elle.

— J'ai seulement vu son portrait dans la salle à manger des Aubépines.

— Elle s'est suicidée, tu sais. »

Sally en resta bouche bée.

« Non, je n'ai jamais entendu parler de ça.

— Tu m'étonnes ! Elle est morte par un après-midi d'hiver. Selon la version officielle, elle a raté un pont, à cause du brouillard, et sa voiture a plongé dans l'eau. D'autres assurent qu'elle a eu une crise cardiaque. Tu choisis. Mais moi, je sais à quoi m'en tenir.

— Tu ne prétends tout de même pas être la seule à savoir la vérité.

— La seule, peut-être pas, bien qu'il n'y ait rien de sûr. Si Dan s'était douté de quelque chose il t'en aurait certainement parlé. »

Cette femme devait être détraquée ! Ou en tout cas, en mettant les choses au mieux, pour le moins excentrique. Comme elle avait l'air d'attendre une réaction, Sally opta pour la brièveté :

« Cela a dû être terrible pour vous tous.

— Je n'étais pas ici. Cela s'est produit le lendemain du jour où je suis partie en pension. J'ai dit que je voulais rentrer pour les obsèques, parce que je l'aimais beaucoup, mais ils ont pensé que ce n'était pas souhaitable. A l'école on m'a expliqué que ce serait un trop long trajet, dans la mesure où je venais d'arriver. D'ailleurs, le reste de ma famille — ma mère avait des cousins en Californie, des parents plus ou moins éloignés qui s'intéressaient à moi — a totalement abondé dans ce sens. Tante Lucille était une femme charmante et discrète, très tendre avec moi et surtout avec Clive. Lui, il était un peu comme un canard boiteux, dit-elle d'un ton pensif. Pauvre Clive. »

Cette dernière remarque ne plut guère à Sally, bien qu'elle eût toujours professé la même opinion à l'égard de Clive. Elle décida de prendre sa défense, affirmant d'un ton décidé :

« Maintenant, il n'en est plus de même. Il a fait un mariage qui l'a vraiment comblé et il mène une vie très heureuse bien qu'il ait été gravement malade. Mais il se rétablit sans problèmes.

— Je suis heureuse de l'apprendre. Si je comprends bien, il refuse de vendre la forêt aux étrangers.

— Je ne sais pas. »

Sally le savait fort bien mais elle n'appréciait pas que l'on tente de lui arracher des renseignements. Elle reprit au bout d'un moment :

« Je te l'ai déjà dit, je ne suis aucunement impliquée dans les démêlés qui agitent l'entreprise. »

Jugeant alors sa réplique un peu trop abrupte, elle tenta de l'adoucir en évoquant un souvenir que Dan lui avait confié.

« Ton frère est très fier des brillants résultats que tu as obtenus à la fac. Il dit toujours que tu as été une étudiante remarquable.

— C'est vrai, mais je n'en ai pas gardé un excellent souvenir. Je n'ai jamais été populaire auprès des autres. Je n'ai pas l'étoffe d'une séductrice.

— Voilà qui me paraît bien difficile à croire. Tu es beaucoup plus qu'une simple séductrice. »

Sally se sentait extrêmement mal à l'aise. En vérité, ces révélations intimes et ces accès de nostalgie ne l'intéressaient guère. Elle décida de changer de conversation.

« Tu veux voir la maison ? Je peux te la montrer...

— D'accord, et tu me présenteras à tes enfants aussi, bien sûr. »

Amanda admirait les photographies réalisées par Sally et disposées sur le mur, au-dessus de la table de travail de Dan, dans le bureau du premier étage, quand Susannah, enveloppée dans son peignoir rose, entra d'un pas mal assuré.

La nourrice, qui était sur ses talons, s'écria :

« Le croirez-vous ? Elle va trop vite pour moi. Arrêtez, petite demoiselle, vous avez encore les cheveux mouillés. Il faut que je les essuie. »

Tout en riant aux éclats, Susannah tentait d'échapper à Nanny et à sa serviette.

« Bon. Maintenant, tu peux aller voir ta maman. »

Sally la prit dans ses bras.

« Dis bonjour à Amanda. Tu peux lui faire un petit signe, comme ça ? »

Cinq doigts s'agitèrent en direction d'Amanda, qui répondit de la même façon à ce salut amical.

« Est-ce que je peux la prendre dans mes bras ? Elle n'aura pas trop peur de moi ?

— Elle y viendra d'elle-même. En général, les bébés de cet âge sont terrifiés par les inconnus, mais je ne sais trop pourquoi, Susannah a rarement peur. Essaie, tu vas voir. »

Amanda tendit les bras et Susannah se laissa prendre sans la moindre protestation.

« Que tu es belle ! s'extasia Amanda. Regarde-moi. Tu es adorable. Elle est adorable, Sally. Quel âge a-t-elle ?

— Un an, répondit fièrement Sally. Et elle n'a peur de rien. »

Amanda eut un hochement de tête approbateur.

« Elle prendra la vie du bon côté, je te le prédis. Regarde ce sourire. Et Tina, où est-elle ? »

Ce fut la nourrice qui répondit.

« Elle est en train de jouer. Elle est un peu grognon, aujourd'hui. »

Tournant vers Sally un regard entendu, elle ajouta :

« J'essaie de la persuader de descendre dîner.

— Il vaudrait peut-être mieux la laisser tranquille, pour l'instant, suggéra Sally.

— Allons la voir, proposa Amanda. Quelle importance si elle est grognon ? Nous avons tous nos accès d'humeur. En tout cas, moi, ça m'arrive aussi. »

Sally jugea alors plus prudent d'expliquer que « grognon » était un mot un peu faible pour décrire exactement l'état d'esprit de sa fille.

« Nous avons un petit problème avec elle, depuis quelque temps. Rien de sérieux, se hâta-t-elle d'ajouter, mais parfois elle a des crises de bouderie, et dans ces moments-là elle refuse obstinément de parler. Oh, ce n'est pas grave, répéta-t-elle, seulement contrariant.

— Moi, ça ne me contrariera pas », déclara Amanda.

En traversant le hall d'entrée, elles entendirent le tintement argentin de la valse du *Danube bleu*.

Tina était debout à côté du manège. Voyant sa mère en compagnie d'une inconnue, elle sortit de la pièce en courant.

« Tina, reviens et dis bonjour », s'écria Sally tout en sachant fort bien qu'elle n'avait aucune chance d'être obéie.

Se tournant alors vers la visiteuse, elle s'excusa :

« Nous sommes dans un mauvais jour. Eh bien, qu'elle descende rejoindre la nourrice. Elle sera de meilleure humeur après le dîner », expliqua-t-elle sans croire vraiment à ce qu'elle disait.

Le manège miniature égrenait toujours sa musique.

« Quelle calamité, ce truc, s'exclama-t-elle en arrêtant le mécanisme. C'est un cadeau venu des Aubépines. Tu ne peux pas savoir ce que j'en ai assez d'entendre toujours cette musique ! »

Amanda s'était enfoui le visage dans ses mains. Debout au milieu de la pièce, elle était agitée de tremblements.

« Qu'est-ce qui t'arrive ? s'inquiéta Sally.

— Ce maudit engin, cette saleté était à moi, autrefois. Un cadeau qu'on m'avait fait.

— Je ne comprends pas. »

Amanda secoua la tête.

« Ce n'est rien. Rien d'important. Excuse-moi... Je revoyais des trucs... Je suis désolée.

— Mais tu es malade ! Tu as quelque chose ! Tu as une mine à faire peur, je t'assure.

— Non, non, laisse tomber. Je ne suis pas venue chez toi pour te poser des problèmes. »

Ce comportement paraissait bien étrange aux yeux de Sally. Elle regretta que Dan ne fût pas là pour s'occuper de sa sœur.

Pourtant, prenant le bras d'Amanda, elle dit avec douceur :

« Si tu acceptes mon aide, il n'y aura plus aucun problème. Mais si tu me laisses dans l'ignorance, après m'avoir fait une telle peur, alors là, je dirai que tu m'as vraiment perturbée. Je t'en prie, Amanda, j'ai besoin de savoir.

— Je... J'ai eu comme une sorte de choc, pendant environ une minute, rien de plus. Je suis horriblement confuse d'être venue chez toi pour te faire une peur pareille. Je suis terriblement désolée. »

Amanda regardait Sally comme le font les gens qui procèdent à une estimation ou qui pèsent le pour et le contre avant de se lancer dans un achat. Les yeux lumineux, les mêmes que ceux de Dan, rencontrèrent le regard de Sally et ne se détournèrent pas.

« Je n'ai jamais parlé de cette histoire à personne et je me demande vraiment si ce serait une bonne idée de t'ennuyer avec ça.

— Comme tu voudras. Mais il me semble que tu devrais te confier à quelqu'un. Quand je vois comment tu as réagi tout à l'heure, il me semble que tu aurais tout intérêt à partager ton secret, avant qu'il ne te détruise complètement.

— Je sais. Tu es une chic fille, Sally. Je te l'ai déjà dit tout à l'heure, en voyant le genre de photos que tu peux faire.

— Merci. J'essaie simplement de ne pas être trop égoïste. »

Deux grosses larmes coulèrent lentement sur les joues d'Amanda.

« Que de fois, que de fois je me suis dit qu'il fallait en parler, mais quand vient le moment de le faire, je n'y arrive jamais.

— Et maintenant, tu t'en sens capable ? »

Bien sûr, Sally avait envie de connaître ce secret. Qui n'aurait pas désiré savoir ? Et pourtant, dans un certain sens, elle ne tenait pas tellement à en apprendre davantage. Ses propres soucis lui pesaient déjà suffisamment.

Amanda poussa un long soupir.

« Oui, répondit-elle. Je m'en sens capable. »

Elle eut un petit rire nerveux avant d'enchaîner :

« Tu as intérêt à t'installer bien confortablement parce que cela risque d'être un peu long.

» C'est à propos de ce manège, commença-t-elle. Il m'a été donné quand j'avais douze ans. C'était une sorte de récompense, le prix de mon silence, même si ce n'était pas vraiment nécessaire, car je n'aurais rien dit de toute façon. Et, tu vois, j'ai toujours gardé ce secret.

» Ah, il y en a eu des gens, des amis, des cousins, que sais-je encore, qui sont venus assister aux obsèques de mes parents. Tous pétris de bonnes intentions et tous pleins de paroles réconfortantes. "Tu vas aller aux Aubépines, disaient-ils tous, dans la meilleure maison que l'on puisse jamais imaginer, dans une famille idéale." Combien de fois on me l'a répété ! Même les domestiques des Aubépines qui ne tarissaient pas d'éloges sur la maison.

» Personne n'a jamais compris pourquoi j'ai tant pleuré pendant l'année que j'y ai passée, ni pourquoi je me rebellais ainsi, pourquoi je manifestais une telle colère. Mais j'avais peur, tellement peur que je restais assise, toute seule dans ma chambre, ou parfois sous un arbre, avec un livre que je n'arrivais pas à lire parce que les mots se brouillaient devant mes yeux. »

Les phrases se succédaient à présent, en un flot lent et régulier. Amanda avait les yeux à demi fermés et ses doigts jouaient avec la fermeture de son sac à main. Et Sally était hypnotisée à la vue de cette douleur, comme le jour où elle avait vu défiler un flot de réfugiés, avec tous ces blessés qui cheminaient devant elle. Même si on a du mal à supporter un pareil spectacle, on ne parvient pas à détourner son regard.

« Les gens cherchaient une explication plausible à mon désespoir, l'attribuant à la mort horrible de mon père et de ma mère : je n'avais que douze ans, et tout le monde sait que pendant cette période de la préadolescence on est d'une sensibilité presque maladive. Tante Lucille était avec moi d'une gentillesse incomparable. Chaque jour, elle passait des heures à essayer de me distraire, proposant sans cesse des promenades, des leçons, des petits voyages. Elle m'offrait des robes, des livres nouveaux. Elle ne savait pas ce qui se passait la nuit, pendant qu'elle jouait du piano, ni pendant le week-end, quand elle allait aux réunions de son club féminin... »

Avance, avance, se disait Sally en son for intérieur. Pour l'amour du Ciel, dépêche-toi et dis ce que tu as à dire.

Mais la voix reprit son allure rêveuse :

« J'étais couchée dans ma chambre. La première fois, il est seulement venu s'asseoir sur le bord du lit pour parler avec moi. Il me tenait la main et je lui étais reconnaissante de la chaleur de son contact. "Tu souffres de la solitude, disait-il. Je reviendrai." Et il est revenu. La fois suivante, il a plaqué sa main sur ma bouche pour m'empêcher de crier... A douze ans, une fille croit tout savoir sur la vie et sur le sexe, n'est-ce pas ? Mais elle ne sait rien. Dans aucun livre on ne te dira quel effet cela fait quand... une chose pareille arrive. »

Sally prit soudain conscience de son propre corps, des battements de son cœur, de la rigidité de son échine ; se penchant en avant, comme pour entendre plus distinctement, elle serra contre sa poitrine son long gilet de laine, comme si elle cherchait à mieux cacher ce corps, afin de le protéger. Ses yeux effrayés se fixèrent sur la jeune femme, dont le regard lointain voyait quelque chose, là-bas, au-delà des murs de ce salon.

« Je ne puis oublier aucun des détails de cette chambre. Il y a une branche qui a tapé contre la vitre toute la durée de l'hiver. Les rideaux venus de Suisse étaient blancs, avec des petites mouchetures.

Les embrases s'attachaient à des pensées en métal. La pendule, sur la commode, sonnait toutes les demi-heures. Et moi, je restais étendue, les yeux grands ouverts, et tendant l'oreille pour percevoir ces pas légers qui traversaient le couloir avant qu'il ne tourne la poignée de la porte. Car la porte ne fermait pas à clé.

» Un soir, il m'a apporté ce manège miniature en argent. Je l'avais admiré et j'avais joué avec, alors il me le donnait. Oui, il achetait mon silence, en quelque sorte. Car ce cadeau était assorti de menaces du genre : "Si tu parles, Amanda, personne ne te croira. Et, de toute façon, Dieu te punira de ce que tu as fait." C'est ainsi que les choses se sont passées. »

Une incoercible colère saisit Sally à la gorge. Elle avait un goût de sang dans la bouche. Si Clive s'était conduit de cette façon avec Amanda, pourquoi n'en aurait-il pas été de même avec Tina ?

« Clive ! dit-elle. C'est Clive ! »

Amanda leva la tête.

« Quoi ? Qui parle de Clive, ce pauvre garçon, si triste et si gentil. Mais non, voyons, c'est d'Oliver qu'il s'agit. »

L'espace d'un instant, le vide se fit dans l'esprit de Sally. Elle fixa sur Amanda un regard plein d'incompréhension.

« Il avait raison, reprit Amanda avec amertume. Il me l'avait bien dit que personne ne me croirait, et je vois bien que tu ne me crois pas toi-même. Tu penses sans doute que j'ai été victime d'une hallucination ou que j'ai une fausse "réminiscence", suggérée par un psychothérapeute incompétent et sans scrupule qui a réussi à me persuader que cela m'était réellement arrivé. Mais s'il y a effectivement des gens qui se découvrent des prétendus souvenirs que l'on extirpe des profondeurs de leur inconscient, s'il y a des imposteurs et des hystériques, moi je ne suis pas de ceux-là. J'ai vécu ces événements, et ils m'ont ensuite hantée sans cesse, chaque jour de mon existence, depuis qu'ils se sont produits, et je te jure que tout cela est parfaitement vrai.

— Et c'est Oliver qui s'est conduit ainsi ? Oliver Grey ?

— Oui. Tu réagis de la même façon que l'enfant à qui l'on dit que l'homme qui porte la houppelande du Père Noël n'est pas le Père Noël. »

Amanda se leva et arpenta la pièce, en proie à une violente agitation. Enfin, reposant sur la table un presse-papiers qu'elle avait saisi d'un air distrait, elle reprit :

« Il faut que tu saches comment tout cela s'est terminé. Un soir, tante Lucille l'a surpris au moment où il sortait de ma chambre. A mon avis, elle avait dû déjà observer son manège depuis quelque temps parce que, quand il a ouvert ma porte pour sortir, je l'ai vue, debout sous la lampe du couloir, qui l'attendait. Ensuite, j'ai entendu leurs voix, venant de leur chambre qui était juste à côté de la mienne. Il y a eu une dispute terrible, et je l'ai entendue qui pleurait. Moi, je suis restée allongée, morte de peur, me demandant ce qui allait se passer ensuite et même si on allait me punir. Et je le détestais tellement que je me suis mise à espérer qu'elle allait le tuer.

» Le lendemain matin, elle m'a appelée auprès d'elle. Elle avait les yeux rouges mais elle m'a expliqué que c'était à cause d'une allergie. Elle a passé un bras autour de mes épaules et elle m'a demandé si j'aimerais aller en pension. "Il y a beaucoup de filles qui le font, m'a-t-elle dit, et je crois que ça te plaira. Tu pourrais partir en Californie, près des cousins de ta mère."

» Bref, tu vois, aucun d'entre nous n'a réussi à faire éclater la vérité au grand jour. Il faut bien se rappeler que c'était pendant les années soixante et qu'à cette époque-là les gens ne voulaient pas admettre qu'il se passait de telles choses. Et puis, elle était une épouse soumise ; je n'avais que treize ans à l'époque mais je m'en rendais parfaitement compte. Pendant tout le temps où elle a gardé son bras autour de mes épaules, nous ne nous sommes pas regardées une seule fois. Et elle m'a longtemps expliqué qu'elle m'aimait et qu'elle savait que c'était la meilleure solution pour moi parce que c'était une petite école où régnait une ambiance familiale. J'aurais même le droit d'y emmener mon chien.

» Le soir précédant mon départ, j'ai pris tous ses cadeaux, la montre en or, le bracelet et surtout le manège en argent, et j'ai tout balancé sur le plancher, dans le bureau d'Oliver. La seule chose que j'ai emportée avec moi en partant, c'est mon petit caniche, Coco. Je ne voulais pas quitter Dan, qui était très jeune à l'époque, mais j'avais tellement hâte de m'éloigner d'Oliver Grey ! Alors, quelques jours plus tard, je suis partie. Je me rappelle que Dan me fixait de son œil tout rond, les joues ruisselantes de larmes, et qu'il me demandait d'un air étonné : "Où tu t'en vas, Amanda ? " Je ne sais plus ce que je lui ai répondu. »

Oliver Grey ! Et si ce que dit Amanda est vrai... alors, il... il a pu le faire aussi à notre Tina ! Prise de faiblesse, elle s'agrippa aux accoudoirs de son fauteuil. Puis, se reprenant, elle chassa cette idée de son esprit. Tout cela était parfaitement ridicule. Oliver Grey !

« Moi, cela ne m'a pas affectée outre mesure de quitter Dan, dans la mesure où il s'entendait très bien avec ses deux cousins, même s'ils étaient plus âgés que lui. Et puis, il y avait tante Lucille. »

Amanda s'interrompit un moment, comme pour préparer ce qu'elle allait dire ensuite.

« Pas pour longtemps d'ailleurs, reprit-elle enfin. Il faut bien que tu saches qu'elle conduisait très prudemment. Je me souviens encore parfaitement du jour où elle m'a dit, après avoir pris la précaution de ralentir : "Tu vois, là, c'est un endroit extrêmement dangereux avec ce virage en épingle à cheveux qui débouche sur un pont en dos d'âne. On risque de se retrouver dans la rivière, si on perd le contrôle de son véhicule. C'est vraiment scandaleux que la route n'ait pas été aménagée ! " Oui, je m'en souviens comme si c'était d'hier.

— Donc, tu crois vraiment qu'elle s'est suicidée ?

— Ou bien elle s'est suicidée ou bien elle était tellement bouleversée qu'elle ne s'est pas rendu compte de l'endroit où elle était. Mais je crois plutôt qu'elle a voulu se tuer, parce qu'il lui avait ôté toute raison de vivre. Elle ne pouvait plus supporter de se retrouver en face de lui. En tout cas, moi, je suis sûre que j'aurais fait de même. »

Sally ouvrit la bouche comme pour parler, mais aucun son ne sortit.

« Je vois que tu n'es pas encore tout à fait convaincue. Je le comprends parfaitement, d'ailleurs. Oliver Grey, le philanthrope. On ne peut plus bizarre, non ? »

Sally retrouva enfin sa voix.

« Pourquoi n'en as-tu jamais parlé à personne ? Pendant toutes ces années qui se sont écoulées depuis, il y a dû y avoir des gens à qui tu aurais pu te confier. Et maintenant, tu viens ici, tout d'un coup, pour me faire tes confidences !

— Je n'avais pas du tout l'intention de m'en ouvrir à toi. C'est la vue de ce manège qui a provoqué une sorte de déclic en moi. Je le revois encore, ce jouet étincelant et fabuleux, trônant sur une table dans la bibliothèque, avec son image qui se réfléchissait dans le miroir. Du verre vénitien, cette glace, avec un cadre orné de cannelures délicates. Je revois tout ça avec beaucoup de précision. C'est qu'il avait des goûts raffinés, ce salopard.

— Et si tu n'avais pas vu le manège tout à l'heure, tu aurais gardé le silence ? Tu disais que tu n'en parlerais jamais à personne.

— Non, j'ai dit que je n'en *avais* jamais parlé à personne. Au début, quand j'étais à l'école, je me trouvais encore sous le choc, et j'étais submergée par la honte. Jamais personne n'aurait pu réussir à m'arracher le moindre mot à ce sujet. Par la suite, j'ai essayé à plusieurs reprises d'évoquer le problème avec des gens compétents qui, à mon avis, auraient pu me montrer comment redevenir confiante et capable d'aimer. Mais quand je me suis trouvée devant eux, je n'ai pas réussi à m'exprimer. Et puis je me suis inquiétée pour Dan et pour les autres garçons. Je ne voulais pas qu'ils risquent de se trouver en butte au mépris des gens. »

Esquissant un sourire, Amanda ajouta :

« Tu vois, moi aussi j'en ai peut-être un soupçon, de cette maudite fierté des Grey. »

La pièce parut soudain trop pleine pour en contenir davantage. Les murs se rapprochaient, l'air s'alourdissait, imprégné de menaces diffuses. Si tout cela est vrai, se disait Sally, alors il a dû se passer encore bien d'autres choses. Il s'en est pris à Tina... à mon bébé ?

Amanda reprit, rompant de nouveau le silence.

« Je ne l'ai jamais revu depuis que je suis partie d'ici. Je ne suis pas allée à la réception de votre mariage parce que je ne pouvais pas supporter de me retrouver face à lui. Mais maintenant, je vais aller le voir. Comme je n'arrive pas à faire valoir mes droits auprès des jeunes, je vais m'adresser directement au vieux. Et il me donnera satisfaction, je te le garantis. »

Sally dut faire effort pour revenir à la réalité présente, s'arrachant à l'horreur qu'elle ne parvenait toujours pas à croire.

« Tes droits ? Tu veux parler du rachat de tes actions.

— Oui. Il paiera, jusqu'au dernier dollar, jusqu'au dernier *cent*.

— Ce n'est pas son problème. Il a délégué tous ses pouvoirs à Ian, Clive et Dan. Il ne consent même pas à donner son opinion.

— Bien sûr. Il a peur de moi. C'est d'ailleurs la seule chose qui m'ait procuré quelque satisfaction, l'idée qu'il a vécu dans la peur de moi, chaque jour de son existence.

— Mais c'est du chantage.

— Tu peux appeler ça comme ça.

« — Et le reste de la famille, les jeunes, comme tu les appelles. Qu'est-ce qui va leur arriver, à ton avis ?

— Alors là, je n'y peux rien. »

Ainsi, elle va nous réduire à néant uniquement pour se venger de lui, se dit Sally. Et elle pensa à tout le mal que s'était donné Dan, à la fierté et à la satisfaction qu'il avait ressenties en faisant marcher cette vénérable et grandiose entreprise.

Et pourtant, pouvait-on en vouloir à Amanda, si ce qu'elle disait était vrai ?

« Je tremble rien qu'à l'idée de rentrer de nouveau dans cette maison. Cette chambre. La salle à manger avec le portrait de Lucille. Et cet immense placard à linge où je me cachais derrière les longues nappes suspendues à des baguettes. J'étais tellement terrorisée que je n'arrivais même plus à émettre le moindre son. »

Une image jaillit dans l'esprit de Sally : *l'été dernier, sous le piano, avec les rideaux de la fenêtre qui la dissimulaient aux regards, ramassée sur elle-même dans une terreur muette...*

« Je n'ai jamais pu avoir une relation amoureuse épanouie avec un homme. Même un homme que j'aimais. J'ai encore des cauchemars. »

Des cauchemars. Ce cri qui retentissait d'un bout à l'autre du couloir : *maman ! maman !*

Amanda retourna se poster devant la fenêtre, regardant au-dehors.

« La neige est de plus en plus drue. Il vaudrait mieux que je regagne mon hôtel.

— Ça vaudrait peut-être mieux en effet, dit Sally sans chercher à la retenir.

— Je t'ai gâché ta journée. J'en suis vraiment navrée, Sally. Mon histoire n'était pas très gaie, n'est-ce pas ?

— Non, ni gaie ni belle. »

Elles étaient en haut de l'escalier, regardant vers le bas des marches quand elles entendirent la musique du manège. Tina avait dû revenir.

Danube bleu, la la, la la.

Amanda se figea sur place, la main sur la rampe.

« Il vaudrait peut-être mieux que je ne dise pas ça, commença-t-elle.

— Dis-le, s'écria Sally avec violence. Dis-le, quoi que cela puisse être.

« — D'accord. Tu m'as bien dit qu'Oliver t'avait fait cadeau de ce truc ? »

Sally crut qu'elle allait tomber. Elle s'agrippa à la rampe.

« Je ne me rappelle plus ce que j'ai dit. C'était un cadeau pour Tina, venu des Aubépines. Nous avons cru que c'était Clive qui l'avait donné. Il adore Tina, il lui a offert un poney, balbutia-t-elle, à peine capable d'articuler ses mots.

— Un manège en argent, une pièce de musée. Drôle de cadeau pour une enfant.

— Elle... elle l'adorait. Elle a dit qu'elle le voulait. »

Amanda lui adressa un long regard.

« Je te conseille de voir de quoi il retourne, Sally. Il me semble que cela s'impose. »

Dès que la porte d'entrée se fut refermée, Sally remonta l'escalier en courant.

« Du calme, du calme, pas de panique ! » dit-elle à haute voix. Puis ralentissant le pas pour marcher normalement, elle entra dans la pièce où le manège tournait en scintillant.

« C'est l'heure du bain. »

Elle parlait avec entrain, d'un ton léger. Il est important de faire comme si tout était normal quand on veut savoir la vérité. Pas de pression, aucune hâte, et surtout ne pas effrayer.

« Non, dit Tina. Pas de bain.

— Mais si, voyons. Il fait très froid dehors. Un bain chaud te fera du bien.

— Non, je te dis. »

Il ne faut pas acheter l'obéissance des enfants. Ce n'est pas une bonne méthode d'éducation. Pourtant, Sally prit une voix caressante :

« Il y a des bonbons plein une boîte dans le bureau de papa. Je t'en donnerai deux si tu viens avec moi gentiment pour prendre ton bain. »

Quand Sally lui eut donné deux caramels, Tina se laissa déshabiller docilement. La main de sa mère se mit à trembler en enlevant la petite culotte rose ornée de dentelles, un cadeau de Happy, avant d'allonger l'enfant dans la baignoire pour se mettre à la savonner. Les yeux de la mère scrutèrent le corps de l'enfant, cherchant quelques indices. Mais on peut faire tellement de choses sans laisser la moindre trace !

La fureur et le dégoût suffoquèrent Sally. Si quelqu'un a osé toucher cet être vulnérable... ! *Oliver Grey, si tu as porté la main sur elle, je jure que je te tuerai...* Mais non, cette idée était absurde. Amanda devait être complètement folle. Et pourtant, si elle avait dit la vérité ?

« As-tu demandé à quelqu'un de te le donner, ce manège, Tina ? commença-t-elle.

— Je le voulais. Est-ce que tu vas me le reprendre ?

— Non, bien sûr que non ! Je me demandais seulement qui avait bien pu décider de te le donner.

— C'est Oliver. Il va me le reprendre aussi, affirma Tina d'un air apeuré.

— Pourquoi te le reprendrait-il ?

— Je sais pas, mais il le fera.

— Il fera quoi ?

— Bah, il le reprendra, je te dis », s'exclama Tina avec impatience.

Il va falloir y aller très doucement. Il faut parler et agir avec le plus grand calme. Soulevant Tina pour la sortir de la baignoire, elle l'enveloppa dans une serviette de bain et s'assit sur un tabouret pour lui brosser les cheveux.

« Tu sais l'impression que j'ai ? J'ai l'impression que tu as un secret que tu ne veux pas me dire, déclara-t-elle d'un air enjoué.

— C'est pas vrai.

— Oh, je crois bien que si. Je me dis que parfois, quand les gens font des choses que tu n'aimes pas, tu évites de m'en parler. »

Une lueur d'inquiétude passa dans le regard de Tina, qui baissa vite les yeux vers le sol.

« Tu sais bien que personne ne t'aime plus que papa et moi. Personne. »

Pas de réponse.

Sally reposa la brosse. Prenant l'enfant dans ses bras, elle la berça contre sa poitrine en répétant :

« Tu sais, ma chérie, tu peux nous dire n'importe quoi. Nous ne serons jamais fâchés contre toi, quoi qu'il arrive. Si quelqu'un est vilain avec toi...

— Personne n'est vilain avec moi.

— Eh bien, tant mieux. Mais parfois tu as l'air triste et ça me fait penser qu'il y a peut-être quelqu'un qui te fait du mal. Je préférerais que tu m'en parles au lieu de te voir triste et renfermée sur toi-même. »

Toujours pas de réaction. Pourtant, Sally continua, car quelque chose lui disait qu'elle avait touché un endroit sensible et caché.

« Je me rappelle le jour où un de tes petits camarades de classe t'a marché sur la main à l'école. Tu n'en as pas parlé en rentrant le soir et pourtant tu avais les doigts tout meurtris. »

Elle sentit, dans ce silence qui se prolongeait, qu'elle avait pénétré dans des eaux de plus en plus profondes.

« Et ensuite, dit-elle d'un air très dégagé, il y a eu le jour où ce manège est arrivé. Tu t'es mise à pleurer et tu n'as pas voulu me dire pourquoi. "C'est drôle, je me suis dit. Un si beau cadeau et Tina qui pleure." Mais peut-être qu'il ne te plaisait pas vraiment. C'est peut-être pour ça. »

Tina se libéra de son étreinte et, une fois debout sur le sol, elle se mit à crier :

« Je l'aime bien, je l'aime bien. Et toi, tu vas me le reprendre. Il l'avait bien dit que tu le reprendrais si...

— Il ? Qui ça, il ?

— Oncle Oliver. Si je parlais, il a dit que tu le reprendrais.

— Si tu parlais de quoi, Tina ?

— De ce qu'il fait, l'oncle Oliver. Tu le sais bien.

— Non, je ne le sais pas, dit Sally en secouant la tête.

— Il enlève ta culotte et il te touche. Et si j'en parle, il dira que je suis une vilaine, que je fais de vilaines choses et que tu me puniras. »

Éviter toute réaction exagérée. Ne pas lui laisser se douter qu'elle vient de te plonger un poignard dans le cœur.

« C'est un secret et voilà que je l'ai dit ! »

Sally la prit dans ses bras et la serra contre sa poitrine en chuchotant :

« Non, non, non. C'est très bien. Tu ne fais pas de vilaines choses, ma Tina. C'est lui qui a été très vilain. »

Et, bien qu'elle se fût juré de ne pas céder à son émotion, elle fondit en larmes.

« Pourquoi est-ce que tu pleures, maman ?

— Parce que je t'aime, ma chérie. Tu es une très gentille petite fille. La plus gentille du monde. »

Oh, Amanda, pardonne-moi d'avoir douté de ta parole !

« Il ne faut plus jamais que tu penses à ça, parce que maintenant plus personne ne te touchera de cette manière. Il ne faut pas te laisser faire. Tu le sais, hein ? On te l'a dit bien des fois, papa, Nanny et moi. »

Arrête, se dit-elle. Tu en fais trop. Parle calmement et ensuite essaie de chasser tout cela de ta mémoire. Si tu en es capable.

« Il ne faut plus jamais laisser personne enlever tes vêtements et te toucher, ma Tina. Maintenant on va descendre dîner. »

*

Le temps était vraiment mauvais. Cette neige poudreuse et sèche était du genre à tenir longtemps. Il restait encore une bonne cinquantaine de kilomètres à faire pour atteindre Red Hill, sur cette route étroite et sinueuse qui remontait vers le nord. On avait annoncé une tempête de neige pour le lendemain mais d'ici à demain il y avait encore de longues heures.

Elle avait fait le vide en elle. Aucune pensée n'occupait son esprit. Elle n'était plus habitée que par une fureur noire, sanglante. Elle n'avait aucune idée de ce qu'elle allait dire, une fois arrivée là-bas. Pour le moment, elle n'avait qu'un but : se rendre à Red Hill.

La neige si paresseuse, si tranquille au début, était maintenant poussée par un vent violent, et tourbillonnait contre le pare-brise. Sur les sapins et les tsugas, elle formait d'énormes bouquets blancs et la route était maintenant entièrement recouverte d'une épaisse couche immaculée.

La vitesse du vent accélérait sans cesse et les essuie-glaces allaient et venaient bruyamment, parvenant à peine à dégager une zone de visibilité suffisante. Bien qu'il fût encore très tôt dans la soirée, à peine sept heures, la circulation était très faible : une voiture de temps à autre qui tentait, avec d'infinies précautions, de rentrer au bercail pour se mettre à l'abri. Il était fort imprudent de s'aventurer loin de chez soi par une nuit semblable, et Sally en était parfaitement consciente, mais elle n'en continuait pas moins sa route : son puissant quatre-quatre pouvait la mener là où elle voulait, là où il fallait qu'elle aille.

Penchée en avant, comme un cavalier juché sur sa monture, elle pressait la bête de forcer l'allure, de mettre en jeu toutes ses réserves d'énergie pour aller chercher quelque secours, ou un quelconque bien-être.

Elle regarda sa montre. Cinq minutes s'écoulèrent, puis dix. La grande aiguille avançait très lentement. Elle observa le compteur de vitesse : cinquante, soixante-cinq, quatre-vingts. La voiture effectua des embardées inquiétantes. Reprenant ses esprits, Sally leva le pied pour rouler à une allure raisonnable.

Les rares maisons s'espaçaient de plus en plus. On était au cœur de la forêt ; ceux qui habitaient dans ce secteur étaient soit des solitaires par tempérament, qui logeaient dans des cabanes battues par les intempéries, soit des citadins dont les somptueuses résidences secondaires, pavillons de chasse ou bungalows, étaient invisibles de la route, dissimulées à l'extrémité d'allées carrossables fermées par un portail. Et les barrières étaient rarement ouvertes l'hiver, sauf en période de fêtes ou de vacances.

Entre leurs piliers de pierre, les battants du portail de Red Hill étaient maintenant ouverts. Sally s'engagea dans l'allée. En passant devant le bungalow tout neuf de Clive, elle s'attendrit un moment. *Un jeune homme triste*, avait dit Amanda. Elle se félicita d'avoir parlé de lui en bien avec Amanda et se reprocha d'avoir nourri des soupçons aussi horribles à son égard. D'une manière ou d'une autre, se dit-elle, en esprit du moins, il faut que je fasse amende honorable.

Une fine couche de neige recouvrit sa veste d'agneau tandis qu'elle parcourait la courte distance qui séparait la voiture de la porte d'entrée. Quand elle appuya sur le bouton de sonnette, elle n'avait toujours pas la moindre idée de ce qu'elle allait dire.

A sa surprise, c'est Oliver en personne qui ouvrit la porte. Ordinairement, un monsieur en smoking de velours ne répond pas lui-même aux visiteurs ! Il leva les sourcils avec étonnement.

« Sally ! Tu es venue seule ? Que se passe-t-il ? Dan va bien ?

— Oui, il sera à la maison demain.

— Tu m'as fait peur. Tu avais dit que tu viendrais avec Dan, c'est pourquoi je ne t'attendais pas ce soir. Et par ce temps ! Eh bien, entre te réchauffer. J'ai fait allumer un bon feu. Tout à fait ce qu'il faut par une nuit comme celle-là. »

Elle le suivit, montant les quelques marches qui menaient dans la grande pièce centrale. Des têtes de cerf surplombaient l'âtre en pierre brute, tandis qu'à l'autre bout de la pièce, au-dessus de la cheminée, était accroché le tableau représentant cette même maison, et qui avait été le cadeau offert par la famille à l'occasion du dernier anniversaire d'Oliver. Des couvertures indiennes recouvraient les canapés et les fauteuils. Une longue table à chevalets était jonchée de bibelots métalliques, de statuettes, de pistolets anciens et de coupes en laiton, glanés à l'occasion de matches de tennis ou de gymkhanas.

« J'étais en train d'astiquer tout ce fourbi, expliqua-t-il. J'aime bien le faire moi-même. C'est une occupation très agréable pendant une soirée solitaire, tu ne trouves pas ? »

Sans répondre, elle resta debout à le regarder. Et lui, sans avoir l'air de prêter la moindre attention à ce comportement étrange, se remit à frotter tout en parlant.

« Il n'y a plus personne dans la maison, à part le gardien. La cuisinière viendra demain pour apporter le dessert. Elle n'aime pas se servir du four de la maison pour faire les gâteaux. Je ne sais pas pourquoi, car je ne connais rien à la pâtisserie. Mais assieds-toi donc, dit-il en voyant qu'elle était restée plantée au milieu de la pièce sans avoir enlevé ni veste, ni gants, ni chapeau. Débarrasse-toi de tout ça et dis-moi quel est ton problème, si tu en as un.

— Je n'en ai pas pour longtemps. »

Il posa son chiffon.

« Qu'y a-t-il, Sally ? De quoi s'agit-il ? »

Elle considéra longuement cette chevelure blanche, ce teint hâlé par le soleil d'une station de sports d'hiver située près de Chamonix. Son col de chemise blanc tranchait sur le noir de la veste de velours. La tête, pleine de noblesse, était légèrement inclinée au sommet du buste. Quelle intelligence, quel charme !

« Mais enfin, qu'y a-t-il donc, Sally ?

— J'ai vu Amanda cet après-midi. »

Elle n'avait pas prévu de démarrer sur Amanda. En fait, elle n'avait rien prévu du tout.

Les sourcils se levèrent de nouveau.

« Amanda ? Ici, en ville ?

— Elle est venue chez moi parce qu'elle voulait voir Dan. Ses avocats seront ici lundi.

— Ah, encore cette histoire ! s'exclama-t-il en secouant la tête. Mais je vous ai dit que je préférais que vous régliez cela entre vous, les jeunes. Il y a trop longtemps que ça traîne. En tout cas, moi, je

253

ne souhaite pas y être mêlé, Sally, tu le sais. Cette entreprise ne m'appartient plus et je... »

Elle le coupa dans son élan.

« Oui, nous savons déjà tout cela. »

Personne ne se permettait jamais d'interrompre Oliver, personne ne lui parlait jamais sur ce ton et il la considéra d'un œil étonné. Comme elle ne sourcillait pas sous son regard attentif, il reprit :

« Et comment va-t-elle, Amanda ?

— Comment voulez-vous qu'elle aille après ce que vous lui avez fait ?

— Ce que je lui ai fait ? Je ne comprends pas.

— Vous me comprenez fort bien, Oliver. »

Elle avait le corps brûlant, de la tête aux pieds, elle avait la tête qui tournait, comme sous l'effet d'une forte fièvre. Elle inspira un grand coup.

« Vous êtes un démon, Oliver, un salaud, un criminel. Vous n'êtes qu'une ordure. »

Il demanda avec le plus grand calme :

« Es-tu sûre de te sentir bien, Sally ?

— Autrement dit, "Est-ce que je suis saine d'esprit" ? Eh bien oui, Oliver, j'ai toute ma tête à moi. Quant à savoir si je me porte bien, ça c'est une autre histoire, après ce que vous avez fait à Tina. » S'étant mise à pleurer, elle s'essuya les yeux avec son gros gant de laine. « Je préférerais que vous soyez six pieds sous terre, dans votre tombe et oublié de tous.

— Alors là, Sally, tu y vas un peu fort. Qu'est-ce qui t'arrive donc ?

— N'essayez pas de jouer au plus fin avec moi. Vous avez fait subir à mon bébé des sévices sexuels. Vous l'avez déshabillée, vous l'avez tripotée et Dieu sait quoi encore. Vous avez mis vos sales pattes sur elle ! » Sa voix était devenue perçante. « Cessez de faire l'étonné, Oliver. Un docteur nous avait déjà prévenus que Tina était la victime d'un maniaque, et nous ne l'avons pas cru, mais maintenant j'ai tout entendu de la bouche de Tina... Oh, mon Dieu ! »

Oliver hocha la tête. Ses yeux diffusaient la tolérance, la sagesse, la sympathie.

« Elle regarde trop la télévision, Sally. Le voilà, le problème. Toutes les saletés qu'on y voit marquent l'esprit des enfants beaucoup plus qu'on ne le croit. Je m'étonne que tu la laisses faire.

— Nous ne la laissons pas faire et elle ne la regarde pas, vous m'entendez ? Elle m'a montré ce que vous lui faisiez. Dans son innocence, son ignorance, elle m'a montré. Mais elle savait que c'était mal. "Je suis une vilaine", disait-elle, parce que c'est vous qui lui avez répété qu'elle l'était, et... et vous lui avez donné ce maudit manège pour qu'elle n'en parle à personne. "C'est un secret", disait-elle, ajoutant que vous le lui reprendriez si elle divulguait ce secret. »

Épuisée, Sally eut à peine la force d'articuler :

« Espèce de salaud ! Vieux dégoûtant ! »

Drapé dans sa dignité, une dignité qui pouvait être impressionnante et qui d'ailleurs impressionnait à cette minute même, il se redressa de toute sa hauteur, une main dans sa poche de velours. Son air imperturbable, son attitude supérieure fouettèrent de plus belle la fureur de Sally.

« Et vous allez en entendre encore bien davantage quand Amanda vous dira votre fait. Elle aussi, vous l'avez molestée. Elle m'a dit ce que vous lui faisiez.

— Ainsi, voilà Amanda qui s'en mêle maintenant. Mais elle, elle a l'esprit un peu dérangé. Un tout petit peu. Ça a toujours été son problème.

— Amanda n'est pas folle, mais elle aurait quelque excuse à l'être. Vous savez très bien qu'elle ne l'est pas, et c'est pour ça que vous ne voulez pas vous mouiller dans cette histoire de vente. Oh, avec quelle noblesse vous vous retirez de l'arène pour "passer le flambeau aux jeunes", persifla Sally, alors qu'en réalité vous avez peur de contrarier Amanda, vous avez peur de vous retrouver face à elle. Depuis qu'elle est partie, vous vivez dans cette terreur. »

Un petit sourire en coin étira la bouche de l'homme, tandis qu'il jouait nonchalamment avec les pièces de monnaie ou les clés qu'il avait dans la poche. Il veut, songea-t-elle, me montrer à quel point il est amusé ou indifférent et combien je suis faible et démunie, face à lui.

« Il est vraiment dommage que tu ne puisses pas voir à quel point tu es ridicule, dit-il.

— Vous croyez ? Alors vous verrez à quel point Amanda est ridicule, elle aussi. Vous qui vous faufiliez dans sa chambre, le soir... Vous lui avez fait des cadeaux, vous lui avez donné le même manège. Jusqu'au jour où votre femme s'est aperçue de votre manège, c'est le cas de le dire, et a fait partir Amanda pour qu'elle soit en sécurité. Et après cela, elle s'est tuée. Oui, Lucille s'est suicidée, vous entendez, Oliver ? »

Sur ses joues, les muscles se crispèrent et, sur ses lèvres, le sourire disparut.

« Elle est partie un jour où il y avait un épais brouillard, et elle a fait sortir sa voiture d'une route où elle avait roulé toute sa vie, pour la jeter dans la rivière. A cause de vous, Oliver. »

Il y eut une pause, un silence inaccoutumé. Quand Oliver le rompit, il avait perdu de sa superbe. Sally se rendit alors compte que ses dernières paroles l'avaient frappé en plein cœur.

« Je ne vois vraiment pas où tu veux en venir, Sally, en proférant des accusations aussi terribles. Vraiment, je ne vois pas.

— Je veux que le monde sache qui vous êtes. Je veux démasquer le grand philanthrope, l'érudit, le gentleman, et montrer l'imposteur avec ses turpitudes et ses pulsions morbides. Voilà ce que je veux.

— Tu ne peux pas vraiment t'imaginer que quelqu'un croira à ces mensonges. »

Fixant sur elle un regard dur et sévère, il tenta de lui faire baisser les yeux.

A travers un nuage de larmes, elle le considéra longuement, cet homme qui se pavanait au milieu de ses biens les plus précieux, accumulés dans cette maison depuis tant d'années, auréolé d'une prestigieuse réputation acquise grâce à ses multiples œuvres de bienfaisance, alors qu'à l'intérieur de ce cocon des crimes innommables avaient été perpétrés.

Elle ne se reconnaissait pas elle-même. Cette voix stridente, ces mots crus et violents, ce n'était pas elle.

« Vous verrez ! Les gens se détourneront de vous avec dégoût.

— Cela m'étonnerait.

— Attendez qu'Amanda vienne vous dire ce qu'elle a sur le cœur, et moi...

— Continue. Tu crois que j'ai peur de toi ? Je nierai tout, et les choses en resteront là. Allez, continue.

— Votre disgrâce..., commença-t-elle.

— Retombera sur toi.

— Sûrement pas, dès que le docteur de Tina aura entendu ce que j'ai à lui dire.

— Idioties que tout cela. Tout le monde sait qu'on peut faire dire n'importe quoi à un petit enfant.

« — Quel motif le docteur pourrait-il avoir ? Elle ne vous connaît ni d'Ève ni d'Adam. Et moi, pour quelle raison vous accuserais-je ainsi ? J'avais toujours cru... Je vous admirais, mais ce soir, quand Tina... » Pendant un moment, tout se mit à tourner autour d'elle. « Mon bébé, oh, mon bébé ! » s'exclama-t-elle en enfouissant son visage dans ses mains.

Soudain, elle sentit qu'elle avait maintenant atteint un stade au-delà duquel, mentalement et physiquement, il lui était impossible d'aller. Elle leva les yeux vers lui, et dit, d'une voix redevenue calme :

« Il y a des gens plus éminents que vous, Oliver, qui ont fini par être démasqués. Et certains d'entre eux ont eu l'élégance d'avouer et d'exprimer leurs regrets.

— Tout à fait exact. Et je trouve ce comportement digne de tous les éloges. A condition d'avoir quelque chose à avouer.

— Vous vous sentirez mieux si vous avouez. Cela soulagera votre conscience. »

Il ne répondit pas.

« Vous prétendez être croyant, et même pratiquant.

— C'est la vérité.

— Alors je vais vous demander une chose : jurez que vous n'avez jamais fait à ma Tina des choses que vous n'auriez jamais dû faire.

— Je n'ai pas besoin de le jurer. Je suis un homme honorable et il me suffit de donner ma parole, quelles que soient les circonstances.

— Les hommes honorables prêtent serment au tribunal. »

Il ne répliqua pas. Voyant le sang colorer ses joues, elle comprit qu'il était en proie à la terreur. Il y avait de la sueur sur son front et ses genoux semblaient sur le point de fléchir.

« Jurez-le devant le Dieu que vous allez adorer chaque dimanche : vous ne manquez jamais une messe. Jurez que vous n'avez jamais fait subir d'attouchements sexuels à mon bébé. Je vais aller chercher la Bible dans la bibliothèque et vous le jurerez.

— Non. »

Ils étaient face à face. Oliver le dos au mur, prenant appui dessus avec la paume de ses mains, comme pour y chercher un support, et Sally derrière la table chargée de bibelots.

« Vous refusez ?

— Je refuse. »

257

Il essayait de rester maître de lui et elle lisait clairement dans l'esprit de cet homme, cet être si raisonnable, si bon et si correct, à qui on avait arraché son masque et qui se présentait à visage découvert. Lentement, il se redressa de toute sa hauteur et leva la tête dans un geste de défi.

« Que veux-tu de plus, Sally ? Je suis las de cette histoire.

— Je vous l'ai dit. Je veux montrer votre vraie personnalité, et je vais le faire.

— Essaie, et tu le regretteras.

— Je ne le crois pas, Oliver.

— Si tu persistes, j'accuserai Dan de faire subir des sévices à sa propre fille. »

Elle en resta comme foudroyée. Il fallut un bon moment pour que son esprit enregistre toutes les implications de ce qu'il venait de dire. Et puis l'énormité de cette monstrueuse accusation l'enflamma d'une rage folle. Et pourtant, elle eut tout de même assez de sang-froid pour se retenir de lui sauter à la gorge. Mais ce furent ses mains qui s'agitèrent, saisissant tout ce qu'il pouvait y avoir sur la table pour détruire ce qu'il y avait de plus précieux à ses yeux. Elle aurait abattu les murs de cette maison si elle en avait eu la force. Une vigueur soudaine emplit ses veines, et, telle une aveugle, elle prit au hasard, avant qu'il ait eu le temps de traverser la pièce pour venir l'en empêcher, un livre ancien, relié de cuir, pour en arracher les pages, jeta à terre une statuette en argent et une coupe, en argent elle aussi, sur laquelle son nom était gravé, puis un revolver à crosse d'argent...

Le coup partit. La détonation lui avait presque crevé les tympans. Elle entendit Oliver crier et le vit tituber puis se renverser en arrière, s'affaissant contre le mur... Elle s'enfuit.

*

La première chose qu'elle enregistra de façon vraiment consciente, ce fut la route. Elle avait réussi à sortir de la maison mais elle n'avait gardé aucun souvenir de la façon dont elle s'y était prise. Puis elle crut se rappeler avoir claqué violemment la porte derrière elle. Elle avait dû faire démarrer le quatre-quatre puisqu'elle se trouvait là, maintenant, pilotant le véhicule avec d'infinies précautions sous cette neige fine qui volait alentour. Elle avait déjà dépassé l'embranchement menant à Red Hill quand elle reprit complètement conscience de ce qu'elle faisait.

J'ai tué un homme. J'ai commis un meurtre. Oh, mon Dieu !

Sous sa veste en agneau, elle transpirait. Elle sentait que son sang battait très fort, partout sur son corps, agité de pulsations et de tremblements incessants. Se calmer, se conjura-t-elle. Se calmer et réfléchir.

Son esprit recommença à fonctionner. Telle une petite dynamo alimentée par la panique, il se déclencha enfin. La maison du concierge était à l'arrière de la demeure principale et n'avait pas vue sur l'allée carrossable. Pour l'instant elle n'avait croisé que deux ou trois voitures sur la route. Dans le noir, et avec cette neige que le vent plaquait sur les carrosseries, il leur avait été impossible de lire sa plaque minéralogique. D'ailleurs, les gens qui voyagent ne s'amusent pas à mémoriser les numéros des voitures qu'ils rencontrent. Et puis elle se rappela soudain qu'à aucun moment elle n'avait ôté ses gants dans la maison d'Oliver. Elle en ressentit un intense soulagement.

La voiture dérapa, traçant un grand S sur la route verglacée. Il ne manquerait plus qu'elle aille s'enliser dans une congère ! Comment ferait-elle alors pour expliquer ce qu'elle faisait là à une heure pareille ?

Elle s'agrippa au volant. Mon Dieu, faites que la voiture tienne la route, pria-t-elle. Il faut à tout prix que je rentre à la maison. Mes deux bébés m'attendent là-bas.

Il faisait si froid que la neige avait l'air de geler sur le pare-brise aussitôt après s'y être déposée. Les flocons dansaient dans la lumière des phares et elle voyait à peine devant elle. La neige était son ennemie. Pendant les quelques minutes qu'elle avait passées dans cette maison maudite, la tempête s'était muée en un véritable blizzard.

Quelque chose lui effleura la cuisse quand elle changea légèrement de position sur le siège. Elle s'était sauvée de la maison en gardant le revolver à la main ! Et il était chargé.

La panique s'empara de nouveau d'elle. Une panique qui lui remontait le long de l'échine, comme quand on est dans le noir le plus total et qu'on sent qu'il y a quelqu'un derrière soi. Elle dut faire un énorme effort pour ne pas arrêter la voiture afin de regarder s'il n'y avait pas un homme accroupi sur le sol, à l'arrière. Toutes les dix secondes, elle fouillait la route derrière elle, l'œil rivé au rétroviseur.

Soudain, elle se cria à elle-même :

« Tu es en train de conduire ta voiture. Tu rentres chez toi, espèce d'idiote, et tu as encore le revolver entre les mains ! »

Elle n'était pas loin de la rivière. La conclusion logique était qu'il fallait se débarrasser de cette arme compromettante en la jetant dans l'eau. La pente qui menait à la berge était fort raide, ce talus abrupt qu'avait dévalé la pauvre Lucille pour mettre fin à ses jours. Il serait impossible de descendre, puis de remonter avec ces épaisses congères. Elle pouvait ralentir la voiture, se pencher et jeter l'arme après avoir baissé la vitre, mais si elle manquait son coup, le revolver irait s'enfouir dans la neige sur la route ou dans le fossé. On le retrouverait quand la couche aurait fondu. Non, il fallait arrêter la voiture, au risque de ne pas pouvoir redémarrer après, descendre et aller jusqu'au milieu d'un pont pour laisser tomber l'objet en plein dans l'eau. Évidemment, il y avait toujours le risque d'être vue par un automobiliste de passage. Il se rappellerait sans doute par la suite cette femme garée sur le pont, en plein blizzard. Mais il n'y avait pas d'autre solution.

Personne en vue. Jusqu'ici tout va bien, se dit-elle. Tu as eu de la chance. Mais peut-on vraiment parler de chance ? Si tu croyais avoir des ennuis avant, qu'est-ce que tu vas dire maintenant ?

Elle avait l'esprit étonnamment lucide. Dans un cas de ce genre, la police interroge tout le monde, la famille, les amis et les employés. On va te demander où tu étais cette nuit-là. Nanny dira que tu avais annoncé ton intention d'aller au cinéma. Donc, il faut que tu ailles au cinéma.

Mais peut-être valait-il mieux aller à la police tout de suite, et raconter l'accident qui s'était produit chez Oliver. Après tout, elle était Sally Grey, une femme irréprochable, qui n'avait jamais écopé de la moindre contravention pour excès de vitesse. Ils la croiraient, évidemment, quand elle leur dirait que ce n'était qu'un accident.

En était-elle vraiment sûre ?

Si seulement Dan était là ! Tu te vois entrer au commissariat, toute seule ! Il y a déjà une grosse boule qui s'est nouée au fond de sa gorge. Elle s'imagine en train de bafouiller, face à ces visages sévères. Non, pas ce soir. C'est impossible.

260

Les rues sont encore bien éclairées au centre de cette petite localité suburbaine, et il y a encore des voitures sur le parking proche du cinéma. Le drugstore est ouvert. Elle va se garer, puis, voyant des gens qui sortent du cinéma, le film étant maintenant terminé, elle se joint à eux, et s'attarde un moment sur le trottoir, prenant délibérément un air hésitant.

« Sally Grey ! Tu te rends compte du changement de temps, en moins de deux heures et demie ! Nous n'aurions jamais mis le nez dehors si nous avions su que ça prendrait une telle tournure. »

C'étaient les Smith, Eric et Lauren, qui regardaient la neige d'un œil consterné.

« Je me demande comment on va pouvoir rentrer, dit Sally.

— On va vous suivre, proposa Eric. On restera juste derrière vous, comme ça, si vous avez un problème, on pourra vous aider. »

Sally éclata de rire.

« Seulement, si c'est vous qui restez bloqués, je ne pourrai guère vous être utile, j'en ai peur. »

Après un instant de réflexion, elle ajouta :

« Je peux vous demander de m'attendre deux secondes ? Je fais un saut jusqu'à la pharmacie pour acheter un médicament contre le rhume. J'ai l'impression que je suis en train de couver quelque chose. »

De cette manière, le pharmacien pourrait lui aussi témoigner qu'elle était venue au village.

« Un beau film, n'est-ce pas ? remarqua-t-il en lui rendant sa monnaie. J'adore ce metteur en scène, je ne rate jamais ses productions.

— Magnifique. J'ai beaucoup apprécié aussi », acquiesça Sally en se disant qu'il allait falloir qu'elle lise quelques critiques.

Les voitures prirent la route cahin-caha. La neige s'était déjà accumulée contre les murs de la maison et, pour aller du garage jusqu'à la porte d'entrée, Sally dut s'enfoncer dans les congères jusqu'aux cuisses. Elle resta un moment à regarder le paysage, cette éblouissante étendue d'un blanc immaculé, avec les flocons qui tombaient toujours aussi drus. Il n'y aura aucune trace de pneus nulle part, pensa-t-elle. Elle referma la porte derrière elle, puis, toutes ses réserves d'adrénaline maintenant consumées, elle monta à l'étage et s'écroula sur le lit.

Plusieurs heures plus tard, elle se leva pour aller dans la chambre des enfants. Les larmes qui envahirent ses yeux en les voyant, plongées dans le sommeil de l'innocence, lui brûlèrent les paupières. Le souvenir de ce que cet homme diabolique avait fait subir à Tina lui apparaissait bien lointain à présent en comparaison de la peur qu'elle éprouvait en songeant à ce que l'avenir risquait de réserver à ces petites filles. Et à Dan. Et elle repassa dans son esprit tout ce qui s'était produit ce soir-là, analysant dans le moindre détail les différents éléments du drame : pas d'empreintes, le revolver au fond d'une rivière impétueuse, les Smith, le pharmacien.

Apparemment, elle ne courait aucun risque. Et pourtant, sait-on jamais ? Il pouvait y avoir quelque chose, un minuscule indice qui lui avait échappé. On voit dans les journaux ce genre de choses arriver tous les jours.

En repartant vers sa chambre, elle passa devant le salon où les enfants avaient l'habitude de jouer. Mue par une impulsion irraisonnée, elle entra et alluma une lampe. Trônant sur une table, le manège resplendissait, superbe, extravagant, absurde. Sans raison, là encore, elle étendit le bras et le toucha. Il se mit à tourner quelques secondes, égrenant les dernières notes de la valse du *Danube bleu*. Elle se rejeta en arrière, horrifiée comme si elle avait touché un serpent, comme si elle était entrée en contact avec le démoniaque Oliver Grey.

Il était mort, et il l'avait mérité, même si elle n'avait pas voulu être la cause de cette mort. Elle n'avait jamais voulu tuer personne ! Mais le destin en avait décidé ainsi.

CHAPITRE 16

Décembre 1990

Complètement épuisée par ces événements, elle dormit pendant deux heures, puis, aussitôt réveillée, elle bondit jusqu'à la fenêtre pour regarder au-dehors. Il ne neigeait plus. Dans l'allée, aucune trace de pneus. Vite elle prit sa douche et s'habilla, voulant à tout prix que Nanny ne puisse rien voir d'anormal. Et sans cesse, elle se répétait : « Ne te fie à personne ! A personne », s'attendant à entendre le téléphone sonner à tout moment.

Il était sept heures quand le timbre retentit. La voix agitée, presque incompréhensible qu'elle perçut à l'autre bout du fil était celle de Happy.

« Sally ? Je ne sais pas comment commencer. C'est terrible. Un vrai cauchemar. Père a reçu une balle de pistolet.

— Une balle de pistolet ! Il est blessé ?

— Il est mort. Nous l'avons trouvé inanimé quand nous sommes arrivés ici hier soir, expliqua Happy en fondant en larmes.

— Mon Dieu, s'écria Sally. Comment cela s'est-il produit ? Est-ce que quelqu'un sait quelque chose ?

— Attends, je vais boire une gorgée d'eau et m'asseoir. Ian est auprès de lui avec un docteur en attendant que l'on vienne chercher le corps. La police est là aussi, bien entendu. Nous sommes restés debout toute la nuit... Oh, c'est incroyable.

— Mon Dieu, s'exclama de nouveau Sally. Pourtant, il n'y avait pas grand-chose à voler dans la maison. A moins qu'on n'ait cru qu'il avait de l'argent sur lui.

— La police ne pense pas qu'il s'agisse d'un crime crapuleux. Il avait sept cents dollars dans son portefeuille et une montre de valeur sur lui, et rien n'a été touché.

— Eh bien alors, qui est-ce que ça peut être ? Je n'arrive pas à imaginer qu'Oliver ait pu avoir des ennemis.

— Dieu seul le sait. Un déséquilibré, sans doute. Ian et moi on devait dîner avec des amis, mais quand on a vu le temps, on a préféré annuler. En tout cas, on a eu un mal de chien à monter jusqu'ici, avec cette tempête de neige. On est arrivés juste au moment où le gardien allongeait père sur le canapé. Il nous a expliqué qu'il s'était assoupi après le dîner mais qu'il avait cru entendre un coup de feu. Sa femme a eu beau lui dire qu'il déraisonnait complètement, que c'était simplement une branche qui avait craqué à cause du poids de la neige, il est venu voir ce qui se passait. Ensuite, nous avons appelé la police. Il leur a fallu près de deux heures pour venir jusqu'ici. Les marches du perron sont complètement enfouies sous la neige ! »

Happy se tut. Elle était hors d'haleine.

Il fallait que Sally dise quelque chose, et pourtant elle devait prendre la précaution de parler le moins possible.

« Ici, c'est pareil, il y a une épaisse couche partout. Je vais venir vous rejoindre, mais un peu plus tard, quand ils auront dégagé les routes.

— Non, ne viens pas. Ta présence ici n'est pas du tout nécessaire. Nous resterons jusqu'à ce que les policiers en aient terminé — ils sont en train de passer la maison au peigne fin —, et ensuite nous rentrerons chez nous. C'est un vrai cauchemar. Et nous qui avions prévu des journées si merveilleuses dans cette maison, surtout pour Clive, d'ailleurs.

— Comment prend-il la chose ? Lui qui était si proche de père !

— Très mal. Il s'est complètement effondré, d'après Roxanne. Mais elle s'occupe bien de lui. Elle est formidable, cette fille, vraiment formidable. Ils viendront aussitôt que le chemin aura pu être dégagé. Il y tient absolument.

— Je regrette vraiment que Dan ne soit pas là, dit Sally.

— Il doit rentrer aujourd'hui, non ?

— Ce soir. Mais je ne vois pas comment. L'aéroport ne sera jamais déneigé en un laps de temps aussi court.

— Le pauvre, il pourra dire qu'il aura eu un drôle d'accueil en arrivant ! Ah, je crois que Ian m'appelle. Je te retéléphonerai plus tard. Ah ! au fait, j'oubliais : d'après Ian, les inspecteurs voudront nous interroger. C'est ridicule, d'ailleurs, qu'est-ce qu'on pourra leur dire ? Mais je crois qu'ils ne peuvent pas faire autrement. Il ne faut surtout pas que ça te perturbe trop.

— J'essaierai de tenir le choc, mais j'ai du mal à réaliser. »

En fait, elle ne pouvait se permettre de se laisser perturber. Elle devait se montrer « normalement » affectée par les événements. Alors, que devrait-elle faire, « normalement », maintenant ? Appeler Amanda. Elle composa donc le numéro de l'hôtel.

Amanda avait déjà entendu la nouvelle sur la station de radio locale.

« Ça alors, dit-elle, cette mort est une drôle de coïncidence ! Mais il faudrait plutôt parler de meurtre. Et juste au moment où j'ai traversé tout le pays pour le voir ! Qui est-ce qui a fait le coup ?

— Ils n'en ont aucune idée.

— Il y a eu effraction ? On a volé quelque chose ?

— Je ne pense pas. Rien n'a été pris.

— Je suppose qu'il n'avait pas d'ennemis. Oliver Grey, pense donc ! À moins que tu ne lui en voies, toi.

— Absolument pas, pourquoi lui en verrais-je ? » se récria Sally d'une voix brève.

Si Amanda s'imaginait pouvoir lui tirer les vers du nez, elle se trompait lourdement. « Ne fais confiance à personne. » Et Amanda était la seule personne au monde, à cause de ses révélations de la veille, qui aurait pu avoir la moindre raison d'établir un lien entre Sally et la mort d'Oliver.

« J'ai été tellement perturbée par ce que tu m'as dit hier sur toi et sur Lucille, entre autres, qu'il a fallu que je sorte un peu. Malgré le mauvais temps, je suis allée au cinéma.

— Je suppose qu'il va y avoir des obsèques grandioses.

— Je le pense aussi.

— Et je ne pense pas que tu éprouvais une immense sympathie à son égard.

— Qu'est-ce qui te fait dire ça ? En fait, avant d'entendre hier après-midi tout ce qu'il t'avait fait subir, je l'ai toujours tenu en haute estime. Et je l'aimais même beaucoup.

— Comme quoi on en apprend tous les jours, tu vois. J'aurais bien voulu savoir à quoi m'en tenir pour les obsèques. A ton avis, je lui envoie une couronne ?

— Tu n'as donc pas l'intention d'y assister ?

— Non. Je reprends l'avion aussitôt que le trafic sera rétabli.

— Et l'affaire dont tu voulais parler ?

— Étant donné les circonstances, ça me paraîtrait indécent de discuter de questions d'argent. Je vais rentrer chez moi et je reviendrai dans deux ou trois semaines, quand les choses se seront tassées. De toute façon, j'adore prendre l'avion. »

Il y avait dans ses propos un tantinet de désinvolture, et un peu trop de légèreté. Cette femme avait des réactions pour le moins surprenantes. Sans doute se trouvait-elle frustrée de cette vengeance qu'elle s'était sentie tellement en droit d'exercer.

« Il te suffira d'envoyer ta couronne à l'église d'Oliver, dit Sally. Mais je ne vois vraiment pas ce qui t'oblige à le faire. »

Amanda eut un petit rire.

« Je suis une Grey, et on nous a élevés dans le respect des grands principes. Au fait, les inspecteurs de police vont rappliquer, tu sais. Ne te laisse pas impressionner par leurs questions.

— Je n'ai aucune raison de me laisser impressionner », dit Sally.

*

En fait, il y en avait déjà deux dans la maison. Ils étaient dans la cuisine, avec Nanny. Apparemment, ils étaient arrivés pendant que Sally téléphonait à Clive, lequel avait dû s'aliter, littéralement assommé par la surprise et le chagrin. Du haut de l'escalier de derrière, elle les entendait parler. Elle n'éprouva aucun scrupule à écouter leurs propos en cachette.

« Cette visiteuse venait de Californie, selon vous.

— J'ai seulement dit que je croyais l'avoir compris, mais en fait je n'y ai guère prêté attention. Ce ne sont pas mes affaires, après tout, se récria Nanny d'un ton indigné. Si vous voulez en savoir davantage sur les problèmes de la famille, il faudra le demander aux Grey eux-mêmes. »

Ils allaient donc tout éplucher dans le moindre détail. Parfait. Finalement, se sentant prête à répondre à leurs questions, Sally descendit par l'escalier de devant pour aller retrouver les inspecteurs dans la salle de séjour.

« Je suis l'inspecteur Murray, se présenta l'un d'eux, un homme très élégamment vêtu, accusant une forte tendance à la calvitie et qui lui rappelait tout à fait son dentiste.

— Détective Hubert », dit le second, un homme plus jeune, qui, lui, ressemblait à son coiffeur.

Elle s'était attendue à les voir... disons différents, plus impressionnants, peut-être, avec des airs de matamore, sans doute. Mais c'était une idée absurde.

« Asseyez-vous donc », invita-t-elle d'un ton affable.

Le plus jeune déclara sans ambages :

« Nous ne cherchons pas à vous importuner : un jour comme celui-là, madame Grey, le moment serait bien mal choisi puisque vous faites partie de la famille du défunt mais... nous désirerions vous poser quelques questions de routine, vous comprenez.

— Je comprends fort bien. »

Elle se demanda s'ils manifestaient la même courtoisie quand ils interrogeaient des gens qui n'étaient pas affiliés aux Grey. Peut-être, après tout.

« Votre mari est le neveu du défunt ? »

Elle acquiesça d'un hochement de tête.

« On nous a dit qu'il n'était pas en ville.

— Il va rentrer en avion dans la journée.

— Quand vous a-t-il donné de ses nouvelles pour la dernière fois ?

— Hier. Il m'a téléphoné d'Écosse hier matin.

— A votre domicile ?

— Eh bien, oui. »

Murray, l'homme au crâne dégarni, prenait des notes. Ils allaient vérifier auprès de la compagnie aérienne pour s'assurer que Dan était effectivement en Écosse.

« Vous êtes bien certaine qu'il n'a pas pris un autre avion ? Qu'ayant appris qu'il allait y avoir une tempête de neige il n'ait pas décidé de rentrer une journée plus tôt ?

— J'en suis tout à fait certaine.

— Pouvez-vous me donner le nom de la compagnie aérienne et le numéro de son vol ?

— Bien sûr. J'ai ces renseignements ici, sur le bureau.

— Votre mari et Oliver Grey étaient intimes. Entretenaient-ils de bonnes relations ?

— Oliver était comme un père pour Dan. Il le considérait tout à fait comme son fils.

— Ça va lui faire un choc quand il apprendra la nouvelle.

— Ça nous a fait un choc à tous. C'est horrible.

— Votre mari a une sœur en Californie, si j'ai bien compris.

267

Votre bonne vient de nous en parler. Personne d'autre dans la famille ne nous a signalé sa présence ici.

— Personne n'était au courant de son arrivée. Elle est venue à l'improviste.

— Donc, vous ne vous attendiez pas à la voir non plus. »

Et un coup de sonde par-ci, et un autre par-là. Elle n'aurait pas dû employer le mot « improviste ».

« Donc, cela vous a surprise.

— Oui, j'ai été surprise.

— Et ça lui arrive souvent de venir de Californie par surprise ?

— Ce n'est pas une habitude, non. »

Murray releva la tête de sur ses notes.

« Elle le fait souvent ?

— Non. »

Moins elle en dirait, mieux cela vaudrait.

« Bon, alors tous les combien ? Quand est-elle venue chez vous pour la dernière fois ?

— Elle n'était jamais venue chez moi.

— Ah ? »

Elle n'apprécia pas du tout sa façon de dire « Ah ? », en levant la voix d'un air incrédule.

« Donc elle séjournait aux Aubépines chaque fois qu'elle venait ? »

Elle aurait voulu éviter à Amanda l'interrogatoire serré qu'elle allait immanquablement subir, mais un mensonge destiné à la sauver ne servirait à rien car Ian et Clive ne se gêneraient pas pour rétablir les faits.

« Non, dit Sally, elle n'est jamais venue à Scythia. Elle en est partie à l'âge de treize ans et n'y avait pas remis les pieds depuis.

— Bizarre, non ? Après tant d'années, venir vous faire la surprise, sans crier gare !

— Je ne sais pas.

— Elle devait avoir une idée derrière la tête. Elle ne vous a pas donné la moindre explication ?

— Elle voulait voir les enfants. Elle avait apporté des cadeaux de Noël.

— C'est bizarre aussi, ça, non ? »

Les yeux rétrécis de Hubert avaient l'air de lancer un défi à Sally.

« Elle reste sans venir pendant des années et, tout d'un coup, elle décide de traverser le continent avec des cadeaux de Noël. Sans donner d'autre raison. Vous ne trouvez pas que c'est bizarre, madame Grey ?

— Je ne sais pas. Il faudra le lui demander.

— D'après votre bonne, elle est descendue dans un hôtel du centre ville.

— Oui, au King Hotel.

— Merci. Bon, quand elle vous a quittée, vous rappelez-vous quelle heure il était ?

— Environ dix-sept heures. C'était l'heure du dîner des enfants. Peut-être un peu plus tard.

— Donc vous avez donné leur dîner aux enfants. Et qu'avez-vous fait ensuite ?

— Après, je suis allée au cinéma.

— Ce n'était pas le temps idéal pour sortir, non ?

— A l'heure où je suis partie, il ne faisait pas encore très mauvais. De toute façon j'ai l'habitude de ce temps.

— Et le centre commercial n'est pas si loin, si c'est là que vous êtes allée.

— Oui, je suis allée voir *La Fille de Judy*.

— Vous avez aimé ? Que pensez-vous de la fin ? »

Dieu merci, elle avait lu le scénario.

« Un vrai coup de théâtre. Je ne m'attendais pas à ce qu'il revienne de la guerre.

— Le film était très long. Il ne s'est pas terminé avant onze heures. »

Dieu merci, encore une fois, elle avait regardé la pendule.

« Dix heures et demie. C'est du moins ce qu'indiquait l'horloge de la pharmacie. »

Naturellement, ils allaient vérifier ses dires auprès du pharmacien et chercher à savoir ce qu'avait fait Amanda, et à quel moment elle avait rendu sa voiture de location. Et ils l'interrogeraient sur la teneur de la conversation qu'elle avait eue avec Sally. Certes, Amanda n'était pas née de la dernière pluie, mais ces inspecteurs non plus ! Il ne lui restait donc plus qu'à espérer que sa belle-sœur ne laisserait pas échapper par inadvertance quelque parole susceptible de semer le doute dans leur esprit soupçonneux.

Quand ils furent partis, elle se retrouva en proie à la terreur qui lui avait été si familière pendant ses années de lycée et d'université : avait-elle bien répondu aux questions ?

Elle éprouvait le besoin d'être seule. Un animal qui a peur se réfugie au fond de son trou, pensait-elle. Le chien se terre au fond d'un placard quand le tonnerre gronde. Elle partit vers la cuisine pour annoncer à Nanny qu'elle ne se sentait pas bien : elle avait attrapé froid.

« Je vais m'enfermer dans ma chambre pour dormir un peu, dit-elle. Vous pourrez empêcher les filles de venir m'y retrouver ?

— Soignez-vous sans vous occuper de rien d'autre, madame Grey. Vous avez l'air à bout de nerfs, ce qui n'a rien d'étonnant. Quelle horrible histoire ! C'est sûrement un détraqué qui est descendu de la montagne : il a dû défoncer une porte pour entrer dans la maison. Faut voir ce qu'il peut y avoir comme déséquilibrés qui traînent un peu partout en ce moment ! »

Et Nanny secouait la tête, déplorant avec beaucoup de conviction la situation dramatique dans laquelle était plongé le monde.

De la fenêtre de sa chambre, Sally regarda la vaste étendue blanche. Il n'y avait nulle part aucune trace de vie, pas même les empreintes de pas d'un lapin. De place en place, un léger souffle de vent soulevait un nuage de neige, qui courait sur la surface gelée de la terre. Une mélancolie intense enveloppait toutes choses. Elle tira le rideau pour faire le noir dans la pièce et s'allongea sur le lit.

Dans quelques heures, Dan allait rentrer. Elle essaya d'imaginer comment elle lui dirait ce qui s'était passé. De temps à autre, en lisant les journaux ou en regardant la télévision, elle s'était mise à la place de quelqu'un qui s'était trouvé au centre de l'un des désastres du siècle. Et elle s'était demandé comment elle annoncerait, par exemple, que la maison avait été détruite par une bombe et que les enfants étaient mortes. Eh bien, maintenant, c'était effectivement son tour de devoir transmettre la nouvelle la plus horrible qui fût : *J'ai tué l'oncle Oliver.*

Oliver, cet être raffiné au style de patricien. Les yeux clos, elle revit ses traits : son visage distingué d'antan et le faciès nouveau, plein de fureur et de hargne, de l'être traqué qui finalement redresse la tête pour lancer un défi. Étant donné son expérience de photographe, elle se targuait d'un certain talent à juger les physionomies, partant du principe qu'elles étaient le reflet du caractère des individus. Elle avait su les lire et adapter ses photos à ses conclusions : l'astronaute audacieux, semblable en esprit au joueur insouciant, ou la belle femme sur le retour, redoutant l'inexorable écoulement du temps. Mais elle n'avait pas su lire le visage d'Oliver. Le message que ses traits avaient transmis aurait tout aussi bien pu être rédigé en sanskrit.

Et puis lui apparut le visage austère du Dr Lisle, dont les manières réprobatrices de magister lui avaient souverainement déplu. Maintenant, elle comprenait : la doctoresse avait désespérément tenté de faire passer un message, et elle avait été déçue de voir que Sally rejetait son diagnostic avec obstination. Je lui dois des excuses, se dit-elle, et je vais aller les lui présenter.

Au bout d'un moment, elle fut arrachée à un sommeil agité par le bruit des chasse-neige qui remontaient la colline. Ils symbolisaient la vie, ils étaient donc les bienvenus. Mais ils étaient également le signe que la vie allait reprendre sa routine normale, une routine à laquelle elle ne pourrait pas échapper. Les obsèques, les questions des curieux, et naturellement celles de la police qui allait revenir à la charge. Bref, il faudrait affronter les séquelles de la tempête.

*

La première réaction de Sally aurait été de courir se blottir dans les bras de Dan pour y trouver une certaine forme de réconfort. Mais elle ne tarda pas à s'aviser que c'était le contraire qui était logique. C'est Dan qui avait besoin qu'elle le réconforte, si elle pouvait s'en montrer capable.

Le premier choc passé, il se mit à vitupérer :

« Mais enfin, comment peut-on laisser ces bêtes sauvages écumer la région et supprimer une vie comme celle-là ? Cet homme généreux entre tous, qui a tant donné et qui avait encore tant à donner. Pourquoi, mais pourquoi ? »

Repliant ses doigts avec énergie, il ajouta :

« Si je pouvais mettre la main sur celui qui a fait ça, je le prendrais à la gorge, je… je lui montrerais ce que c'est que la souffrance. Je lui ferais payer chacune des secondes pendant lesquelles Oliver a souffert. »

Il enfouit alors son visage entre ses mains.

« Il n'a pas souffert, objecta-t-elle, la gorge si serrée qu'elle pouvait à peine prononcer ces paroles.

271

— Tu ne peux pas le savoir.

— Il a reçu un coup de pistolet. J'ai toujours entendu dire que l'effet était immédiat.

— Arrête, Sally. Je sais que ton intention est excellente mais, je t'en prie, arrête. »

Elle resta assise, immobile, fixant son mari. Elle essayait, en imagination, de se mettre à sa place. Oliver avait été un père pour lui... Et plus elle poursuivait sa réflexion, plus il lui apparaissait évident qu'elle ne pouvait pas lui dire la vérité. Alors le sentiment de sa solitude la submergea, ici même, dans cette pièce chaude et familière. Elle ressentait une intense impression de froid, comme si elle était perdue, abandonnée par le dernier humain encore vivant, dans l'une ou l'autre des régions du pôle.

Au bout d'un moment, il releva la tête. Ayant recouvré ses esprits, il commença à réfléchir à haute voix :

« S'il n'y a pas eu vol, ce qui semble bien être le cas, d'après Ian, il doit s'agir d'un rôdeur, un malade mental, vraisemblablement. Je suppose que la police va venir fourrer son nez dans les affaires de famille, après tout ce que les journaux ont pu raconter sur les dissensions qui nous opposent. Oui, il faut s'y attendre. »

Il fallait lui parler d'Amanda. De toute façon, il saurait dès le lendemain qu'elle était venue. Elle se lança donc sans attendre davantage :

« J'accumule les mauvaises nouvelles, je le sais, mais il faut quand même que je te prévienne : Amanda est venue ici hier.

— Amanda ! Qu'est-ce qu'elle voulait ? »

Il faut y aller pas à pas, progressivement, se dit-elle. Et commençant par le premier pas elle annonça :

« Elle voulait rencontrer Oliver.

— Pour l'importuner au sujet de cette histoire ! Elle est vraiment impossible. Elle sait pourtant qu'il ne veut pas — enfin qu'il ne voulait pas — se mêler de ça. Elle n'avait aucune raison. Aurait-elle pu monter là-haut, après t'avoir vue ? Mon Dieu, Sally, il faut mettre la police au courant !

— Tu ne vas pas soupçonner Amanda, tout de même !

— Serait-ce possible qu'elle... ? Aurait-elle pu perdre les pédales à ce point ? Elle a été tellement perturbée. Pauvre Amanda. Mon Dieu, j'espère qu'elle n'a pas...

— Dan, elle n'est pas montée à Red Hill pour tuer Oliver Grey !

272

Je t'en prie, ne va jamais suggérer à personne une chose pareille. Tu ne réussirais qu'à te rendre ridicule. »

En réagissant ainsi, il lui rendait encore plus impossible de passer au deuxième stade. Après les obsèques, une fois que les esprits se seraient calmés, elle lui raconterait tout avec beaucoup de ménagements : d'abord les sévices qu'Oliver avait fait subir à Amanda, et puis, une fois le calme de nouveau revenu, viendrait tout le reste. Il faudrait du courage, mais il en faudrait sans doute encore davantage, pour porter seule ce fardeau et cette peur... Et finalement, elle irait se constituer prisonnière.

Trois jours horribles s'écoulèrent ensuite. La police était partout, à Red Hill comme aux Aubépines, chez Ian, chez Clive et aussi chez Dan. La famille, le personnel, les livreurs, tout le monde était soumis à un interrogatoire minutieux et, apparemment, les voisins devaient également répondre aux questions des inspecteurs. Les policiers en civil étaient des gens tenaces qui demandaient toujours les mêmes choses sans jamais se lasser. Ils posèrent des questions portant sur des histoires de serrures, de clés, de revolvers et s'inquiétèrent de savoir qui procédait à l'entretien des locaux, et en quoi consistait le marché proposé par le consortium.

« Ils veulent tout savoir, commentait Dan, tout sauf ce qu'on mange au petit déjeuner. »

En revanche, ils ne donnaient aucune indication sur ce qu'ils pensaient personnellement.

« C'est parce qu'ils cherchent à voir s'ils peuvent arriver à piéger l'un d'entre nous », dit Ian.

Et, bien que ce fût la semaine de Noël — on aurait pu croire que les gens avaient des choses plus gaies à faire —, les curieux ne cessaient d'affluer.

« Ils n'ont donc rien d'autre à faire, grommelait Dan. J'ai vraiment peine à croire qu'il y ait tant de gens qui veuillent monter jusqu'à Red Hill rien que pour s'agglutiner devant les grilles et rester des heures à regarder ce qui se passe. Mais qu'espèrent-ils donc apercevoir, bon sang ? »

Et pourtant, ils étaient là, et aux Aubépines aussi, ainsi que devant les demeures de Ian, de Clive et de Dan, observant les enfants dans le jardin de Dan, la voiture qui ramenait Clive chez lui à Red Hill et les camionnettes de livraison qui pénétraient chez Ian.

« C'est une curiosité morbide », grommelait encore Dan. Et il affrontait bravement les flashes des photographes et les reporters le harcelant de questions sur les dissensions qui, d'après les bruits colportés ici et là, avaient fini par déchirer la famille.

« Mais il faut reconnaître, pourtant, s'empressait-il d'ajouter, que les éditoriaux des journaux ont été remarquables. Au moins, la ville apprécie ce qu'Oliver a fait pour elle. »

Le funérarium, assiégé par les visiteurs, avait croulé sous les fleurs. Parmi celles-ci on remarquait une magnifique couronne de roses et d'orchidées portant pour toute inscription : *De la part d'Amanda Grey.*

« Vraiment bizarre, dit Ian qui savait maintenant qu'elle était venue en ville puis repartie.

— Très étrange », acquiesça Happy qui n'avait jamais rencontré Amanda Grey.

Clive ne faisait aucun commentaire. Il n'avait réagi à aucune présence ni à aucunes condoléances. C'était à croire qu'il n'entendait rien et qu'il ne voyait rien à l'exception du cercueil, comme s'il s'efforçait de graver dans sa mémoire chaque grain, chaque nœud de cette surface vernie. Penché en avant sur le canapé, le bras de Roxanne passé autour de lui, il paraissait submergé par le chagrin et indifférent à tout le reste. Accroché à sa femme, il avait tout d'un enfant qui se réfugie dans le giron de sa mère pour qu'elle lui prodigue sa protection, son réconfort et sa pitié.

D'un jour à l'autre, il avait sombré dans le désespoir le plus profond.

*

Le jour de l'enterrement, l'église fut envahie à son tour. Comme on ne pouvait y pénétrer qu'après avoir montré sa carte d'invitation, il n'y eut pas de curieux à l'office, uniquement des amis, ainsi que de nombreux employés de la firme, que l'on réussit à caser à l'intérieur. Le service religieux dura longtemps et il fut ponctué de plusieurs éloges du défunt, prononcés par des gens sincères qui ne cessaient de se répéter les uns les autres. L'odeur dégagée par les fleurs entassées au pied de l'autel avait envahi la nef et Sally sentit ses forces défaillir. Elle se demanda même si elle n'allait pas perdre l'esprit ; ne disait-on pas que tout être a un point de rupture qui lui est particulier ? Elle se demanda si elle n'avait pas atteint le sien. Elle se sentit vraiment tout près de son seuil de tolérance maximal.

Après avoir subi les assauts d'un vent sibérien au cimetière, la famille se réunit chez Clive pour y prendre le café. Conformément aux prescriptions du docteur, Clive avait bu un cognac et maintenant, légèrement remis de l'épreuve du matin, il était installé dans son grand fauteuil, mi-assis, mi-allongé, observant la scène. Toute sa vie, se disait-il, à l'exception de ces derniers mois, il s'était contenté de rester un spectateur. Il avait appris à s'amuser en spéculant sur les motivations des autres lorsqu'ils s'adonnaient au flirt, à la flatterie ou au plaisir de s'adresser des sous-entendus pervers. Et maintenant, il était redevenu un simple spectateur.

De son fauteuil, il avait une vue oblique sur Ian, qui s'attardait près de la porte d'entrée comme s'il avait peur de pénétrer plus avant dans la maison. Manifestement, Roxanne lui avait raconté en détail ce qui s'était passé au cours de cette terrible nuit.

Quant à Roxanne, elle était aux petits soins pour son mari, elle lui arrangeait ses oreillers, lui donnait ses médicaments, lui apportait à manger. A coup sûr, elle n'était pas seulement terrifiée : elle redoutait également ce qui risquait maintenant de se produire. Naturellement, se disait-il avec amertume, elle doit s'inquiéter pour mon testament et se demander si je ne vais pas y apporter des modifications de dernière heure. Tant pis pour elle. Qu'elle reste sur des charbons ardents pour s'apercevoir en fin de compte qu'il n'avait rien changé. Il lui laisserait tout l'argent. Certes, elle avait anéanti la foi qu'il avait toujours professée à l'égard des êtres humains, allant jusqu'à le détruire lui-même, mais au moins elle lui avait d'abord procuré les joies les plus profondes qu'il eût jamais éprouvées. Il était donc normal qu'elle en fût récompensée.

C'est bizarre, songeait-il, de voir à quel point les événements peuvent se succéder et se chevaucher. La mort de son père avait complètement balayé la fureur suscitée par la trahison de Roxanne et de Ian. Maintenant, il ne restait plus que l'épuisement et l'amertume.

Et il regarda Happy, qui avait été trahie elle aussi, mais qui n'en savait rien. Active comme toujours, elle servait les sandwiches. Il se demanda ce qu'il adviendrait de cette malheureuse quand les deux autres mettraient à exécution leur projet final.

Et moi, je suis en train d'agoniser, se dit-il. En dépit des paroles rassurantes des médecins, je sais fort bien à quoi m'en tenir.

Il ne reste plus que Sally et Dan ; ils sont très chics, l'un et l'autre, et eux, au moins, ils n'ont aucun souci à se faire.

*

Peu avant la fin de l'année, Sally retourna au cabinet du Dr Katie Lisle. Rien n'avait changé. Ni le visage plutôt revêche de la praticienne, ni la vue désolée de l'entrepôt que l'on avait par la fenêtre donnant sur l'arrière.

« Vous devez être surprise de me revoir, dit Sally en guise de préambule.

— Pas autant que vous le croyez. Il n'est pas rare que les gens reviennent.

— C'est que, poursuivit Sally avec nervosité, quand je suis partie de chez vous, la dernière fois, il me semble me rappeler que je n'étais pas très aimable. Et je vous prie de m'en excuser. »

La doctoresse ne releva pas, attendant la suite.

« Ce que vous veniez de m'apprendre était si choquant que je ne m'en étais pas remise ; d'ailleurs je ne vous croyais pas et je devais même éprouver un certain ressentiment à votre égard. Cela va vous paraître ridicule, mais j'étais intimement persuadée que vous étiez dans l'erreur. »

Une voiture de pompiers passa à toute allure, suivie d'une autre. Le hurlement strident des sirènes emplit la petite pièce et Sally dut s'interrompre. Pendant tout le temps que dura cette pause, les deux femmes ne purent rien faire d'autre que se regarder sans rien dire.

En présence d'un être aussi posé et aussi intelligent, songeait Sally, je pourrais parler à cœur ouvert. Mais parviendrai-je jamais à me résoudre à avouer ce qui s'est passé réellement ? Une heure plus tôt, elle avait entendu au supermarché quelques personnes qui discutaient du meurtre. A les entendre, il s'agissait d'un véritable acte de barbarie ; s'en prendre à un homme raffiné comme Oliver Grey ! Elle avait senti un grand vide se creuser en elle, comme si ses entrailles s'étaient soudain échappées de son corps.

« Donc, reprit la doctoresse, vous étiez persuadée que j'étais dans l'erreur.

— Oui, mais je suis revenue pour reconnaître que vous aviez raison. »

Sentant ses yeux se remplir de larmes, elle ouvrit son sac à main pour tenter d'en sortir un mouchoir. Mais elle n'en trouva pas.

« Voici un Kleenex, proposa Katie Lisle. Et prenez votre temps. »

Ces prévenances inattendues eurent pour effet de la faire redoubler de larmes. Confuse, elle tenta de prononcer quelques paroles d'excuses.

« Je suis en train de vous faire perdre votre temps, murmura-t-elle.

— Nous avons deux heures. J'ai pensé, quand vous avez appelé, qu'il nous faudrait sans doute une heure de plus.

— Merci. »

Comment avait-elle pu se tromper à ce point sur le compte de cette femme ?

« Ça va aller, dit-elle enfin. Je vais pouvoir vous raconter ce qui s'est passé effectivement. »

Elle lui parla donc de Tina et du manège miniature, mais ne mentionna à aucun moment les souffrances d'Amanda. Elles n'avaient rien à voir avec le problème de Tina. D'Oliver, elle ne dit rien non plus, se référant à l'auteur des sévices en utilisant simplement le pronom « il ».

« Mais si je dois m'occuper de Tina, il faudra nécessairement que vous me révéliez son nom, madame Grey. »

Si la doctoresse avait été installée depuis longtemps dans la ville, il aurait été hors de question de lui donner le nom ; elle aurait tout de suite établi le rapprochement entre Sally et la mort d'Oliver. De toute façon, elle avait certainement appris la nouvelle par la presse. Mais il n'y avait pas d'autre solution.

Sally dit, d'une voix très basse :

« C'était l'oncle de mon mari, Oliver Grey. »

La praticienne ne fit aucun commentaire. Fidèle à l'attitude qu'elle s'était fixée, elle attendait que Sally reprenne l'initiative.

Quant à Sally, elle se sentait bien vulnérable, maintenant. Elle venait pratiquement de signer son acte d'accusation et Katie Lisle pouvait aller la dénoncer si elle en avait envie. De toute façon, même si elle n'en faisait rien, Sally se rendait bien compte qu'il y avait d'autres dangers : elle avait croisé quelques voitures sur la route, en rentrant des Aubépines, et peut-être l'un ou l'autre de ces automobilistes se souviendrait-il un jour, même si c'était des années plus tard. Et ne risquait-elle pas de se trahir elle-même, en laissant échapper, dans la conversation, une parole compromettante, par exemple ? Jamais plus elle ne serait en sécurité ; désormais, elle avait définitivement perdu sa liberté.

« Oui, reprit-elle, c'est l'homme qui a été... enfin, qui est mort la semaine dernière. Une coïncidence incroyable. Mais il n'y a aucun lien entre les deux faits, s'empressa-t-elle d'ajouter, réalisant une seconde plus tard que cette remarque était complètement stupide.

— Mais je n'en ai jamais douté, assura le Dr Lisle.

— Non, bien sûr que non. »

De mal en pis. Je suis complètement nulle, songea Sally.

« Docteur, comment se fait-il que Tina ne m'ait jamais rien dit à moi alors qu'avec vous elle parlait librement de tout cela ?

— Primo, elle ne m'en a jamais parlé librement. Quand elle laissait échapper un indice, au moment où elle jouait, je m'empressais de l'enregistrer pour l'utiliser par la suite. Secundo, si elle ne vous en a jamais parlé, je dirais que c'était parce qu'elle avait peur que vous ne la punissiez.

— Mais nous ne l'avons jamais punie, ce n'est pas du tout dans nos habitudes.

— Tina est une enfant très intelligente. Vous lui aviez recommandé de ne jamais laisser quelqu'un la toucher et elle était persuadée d'avoir désobéi. En outre, vous avez dit vous-même qu'on l'avait menacée de représailles si elle parlait et qu'elle avait reçu en récompense le manège miniature en argent. Vous voyez que les choses ne sont pas si simples, madame Grey. »

Mais oui, elles sont simples, se dit Sally, prise soudain d'un accès de désespoir. Il y a un long tunnel, et nous sommes dans le noir complet, car il n'y a aucune lumière à l'extrémité. La voilà, la situation telle qu'elle se présente.

« Avez-vous demandé à Tina si elle reviendra me voir ?

— Elle reviendra. Si vous aviez été un homme, je suis sûre qu'elle aurait refusé mais, quand je lui ai demandé si elle acceptait de retourner chez la dame, elle a accepté. Docteur, docteur Lisle, dites-moi, parviendra-t-elle à reprendre le dessus ? Les gens qui sont passés par là parviennent-ils jamais à... »

Sa voix se brisa. Elle ne put achever.

« Ils ne réussissent jamais à oublier, mais on peut leur apprendre à vivre avec leurs souvenirs, et quand ils sont assez mûrs pour comprendre...

— Vous n'avez pas parlé de pardon, j'ai remarqué.

— Voyons, nous restons dans le domaine de l'affectif, dit Katie en souriant. Je ne suis pas une prédicatrice. Je me contente d'essayer de guérir.

— Pensez-vous vraiment que Tina peut devenir une adulte réellement heureuse et bien dans sa peau ? Enfin, une personne comme les autres, en tout cas ? »

La doctoresse sourit de nouveau.

« Je le crois tout à fait. Oui, je le crois. »

Ma petite Tina ! J'ai fait tout ce que je pouvais pour toi.

Sur la route du retour, Sally passa devant le cimetière où reposait Oliver Grey, dans un mausolée de marbre. Elle leva le poing.

« Je n'avais pas prémédité ce que j'ai fait, mais je ne regrette rien, parce que vous n'avez eu que ce que vous méritiez, Oliver Grey. »

*

Depuis plusieurs nuits, elle faisait toujours le même rêve et depuis plusieurs jours, aux moments les plus inattendus, surgissait devant ses yeux une haute bâtisse grise, prison ou forteresse, perchée au sommet d'une colline. Comme une image apparaissant sur un écran d'ordinateur, elle clignotait devant elle, tantôt présente, tantôt invisible. Et elle savait, au fond d'elle-même, elle sentait profondément que c'était son avenir qui se révélait ainsi à elle.

Le moment était donc venu de tout dire à Dan. Elle commencerait par le récit d'Amanda, puis enchaînerait sur Tina, avant de dire ce qu'elle avait fait elle-même.

« J'ai vu le Dr Lisle aujourd'hui, commença-t-elle. Tu te rappelles, nous étions convenus de la consulter dès les premiers jours de l'année.

— C'est vrai. Tu as eu raison. »

Il fixait sur elle un regard attentif, les yeux légèrement plissés.

« Pauvre Sal, dit-il, tu es complètement vannée. Il faut dire aussi que les problèmes se sont accumulés ces derniers temps, Tina d'abord, et maintenant Oliver. Ce que je voudrais pouvoir t'emmener sur une plage pour que tu puisses t'allonger au soleil, sans rien faire !

— Emmène-moi faire déjà un tour dehors, dans la neige. Tout de suite. J'ai besoin de te parler. »

La neige était ferme sous leurs pas et les étoiles brillaient dans le ciel. Comme il n'y avait ni promeneurs ni voiture, la nuit était si calme et si pure que le simple fait de prononcer un seul mot apparaissait comme un acte de vandalisme. Et pourtant, il fallait qu'elle lui dise ! Elle commença sans hésiter :

« Quand Amanda a été recueillie par Oliver et Lucille aux Aubépines... »

Dan l'écouta jusqu'au bout, sans l'interrompre une seule fois.

« Et après son départ, Lucille s'est tuée. Amanda est persuadée qu'elle s'est suicidée.

— C'est tout ? demanda Dan.

— C'est tout.

— Eh bien, tu veux que je te dise ce que je pense ? Je pense qu'elle est en plein délire. Elle a toujours été excentrique, cette fille. En tout cas, c'est comme ça que je l'ai toujours vue, dès que j'ai eu assez de maturité pour avoir une opinion personnelle. Excentrique et instable.

— Mais tu ne vois donc pas que c'est justement à cause d'Oliver ? »

Il s'arrêta net, face à Sally.

« Non, absolument pas. Il s'agit là, une fois de plus, d'un prétendu souvenir qu'elle s'est fabriqué elle-même. Je ne dis pas que ce genre de drame ne se produise jamais mais en ce qui la concerne, c'est de l'affabulation pure et simple. » Rageusement, il donna un grand coup de pied dans un monticule de neige accumulé sur le bord de la route.

« Nous avons déjà discuté de cela il y a quelque temps, quand Tina a vu cette bonne femme pour la première fois. Mais là, il s'agit bel et bien d'une invention, et je suis certain de savoir pourquoi elle raconte ces balivernes. »

Elle aurait préféré qu'il ne dise pas « cette bonne femme » en parlant du Dr Lisle, mais il y avait des problèmes plus graves à aborder maintenant. Elle ne releva donc pas, se contentant de protester :

« Dan, ce ne sont pas des inventions. J'étais avec elle. Si tu avais vu son visage, si tu avais vu comme elle a pleuré ! Elle était complètement bouleversée.

— Eh bien, moi aussi, je suis bouleversé quand je pense à Oliver. Un homme d'à peine plus de soixante ans, qui avait encore tant de bonnes années devant lui, et qui pouvait encore faire tant de bien ! Je n'ai pas l'intention de gaspiller ma sympathie sur ma sœur. Cette histoire est complètement stupide, Sally, et je m'étonne que tu aies donné dans le panneau. »

Saisissant le revers de sa veste, elle le regarda dans les yeux. L'air était si limpide qu'elle pouvait lire la vertueuse indignation qu'ils exprimaient.

« Écoute-moi, reprit-elle avec force. Et crois-moi, Dan : elle disait la vérité. Il y a des choses que l'on sait d'instinct et là, je n'ai pas pu me tromper.

— Ma pauvre chérie, tu es vraiment crédule, répliqua-t-il avec douceur. Tu l'as toujours été. Crédule et sensible à l'excès.

— C'est bien la première fois que tu le dis. Tu as toujours affirmé, au contraire, que j'étais une femme d'affaires avisée.

— Oui, mais ça ne t'empêche pas d'être trop sensible. C'est d'ailleurs ce que j'aime en toi. Mais il ne faut surtout pas te laisser impressionner par les larmes de ma sœur. Amanda est en train de piquer sa crise parce que nous ne voulons pas acheter sa part d'actions et elle a cherché des histoires à Oliver. Mais enfin, bon Dieu, ajouta-t-il en donnant un nouveau coup de pied dans la neige du talus, elle pourrait tout de même faire preuve d'un peu de patience. Dès que la forêt sera vendue, elle l'aura, son argent.

— Il faut que tu me croies, Dan. »

Sally se rendait bien compte que ses efforts échouaient lamentablement mais l'image de la forteresse-prison clignotait sur l'écran devant ses yeux et elle avait perdu la force de chercher à le convaincre.

« Ne pourrait-on pas imaginer, demanda-t-il avec colère, qu'Amanda se soit rendue à Red Hill juste après t'avoir quittée ? »

Voyant alors l'horreur qui se lisait sur le visage de Sally, il se reprit.

« Non, excuse-moi, j'avais oublié que je t'avais déjà posé la question. Et cette hypothèse est aussi absurde que les prétendus sévices dont Amanda se déclare la victime. Nous ferions mieux de rentrer. Il fait un froid de canard par ici. »

281

Décidément, il l'avait vite rembarrée avec son histoire ! Mais peut-être était-il difficile de l'en blâmer. C'est comme si on lui avait dit à elle que son propre père... ce serait impensable.

Pourtant, il faudrait bien qu'elle effectue une nouvelle tentative, tôt ou tard ; elle devrait alors lui relater l'autre partie de l'histoire, la pire, et de loin. Elle avait envie de dormir, de connaître quelques heures d'oubli. Si seulement la prison-forteresse pouvait ne pas venir hanter ses rêves !...

CHAPITRE 17

Février 1991

Amanda monta dans le tramway au sommet de Nob Hill. L'air vivifiant, annonciateur du printemps, lui caressait le visage et elle n'avait pas envie de rentrer. Elle alla s'asseoir dans un petit jardin public, où quelques enfants étaient encore en train de jouer. A les regarder, elle éprouvait une extraordinaire sensation de légèreté.

La journée à l'agence avait été particulièrement longue et, plus que d'habitude encore, Amanda avait eu affaire à des cas désespérés. Il y en avait eu un surtout, une fugueuse de seize ans, une adolescente délicate, sensible et secrète. Elle avait déjà vu cette jeune fille deux fois auparavant, mais n'avait jamais réussi à obtenir d'elle beaucoup de renseignements. Aujourd'hui, pourtant, Amanda avait eu une sorte d'illumination, et, avant même qu'elle ait pu s'en rendre compte, les mots s'étaient bousculés sur ses lèvres.

« J'ai été victime de sévices sexuels, avoua-t-elle. C'est mon oncle qui me les a fait subir quand j'étais plus jeune que toi. J'ai eu honte de le dire à d'autres et j'ai commis là une grosse erreur. »

Ce n'était sans doute pas là un comportement très professionnel, se disait-elle maintenant, mais l'effet avait été immédiat. La jeune fille avait accepté de voir un docteur et d'aller vivre au refuge, à moins que ce ne fût un abri ou un foyer — on pouvait appeler cela de bien des manières —, dont Amanda assumait la charge.

En repensant à cet entretien, elle se sentit de nouveau parcourue par cette extraordinaire impression de légèreté. Elle resta sur son banc jusqu'à la tombée de la nuit, réfléchissant à une multitude de choses. Et, durant son souper solitaire, elle songea encore, s'interrogeant sur les causes de cette bizarre sensation qui ne l'avait toujours pas quittée.

« Sheba, confia-t-elle à la chatte qui s'était enroulée autour de sa cheville, c'est parce qu'un secret est une chose très lourde à porter et que j'ai gardé le mien pendant trop d'années. Il a donc fallu que

283

je m'en débarrasse. Pourtant, ne t'imagine pas que légèreté rime automatiquement avec bonheur, quel que soit le sens que l'on donne au mot bonheur, d'ailleurs. Il n'en est rien. Mais cette légèreté libère l'esprit et lui permet de fonctionner plus intelligemment. »

Son repas terminé, elle alla s'asseoir à la fenêtre qui dominait la baie, offrant sur le pont un panorama superbe qui se prolongeait vers l'est, à perte de vue. Quand la chatte eut bondi à son côté, tournant vers elle sa petite tête en forme de cœur éclairée par des yeux verts, pétillants de sagesse, elle se remit à lui parler.

« Comment cet homme a-t-il pu vivre avec ses secrets ? Je n'arriverai jamais à l'imaginer. J'espère que l'angoisse l'a tenaillé et qu'il a sué sang et eau pendant d'innombrables nuits sans sommeil. Mais il n'en a sans doute rien été. C'est bizarre, il m'a fallu des années et des années pour arriver à prendre cette décision : aller le trouver, lui faire face, l'accuser et le faire payer. Naturellement, comme l'a dit Sally, ç'aurait été du chantage, une très vilaine chose. Alors sa mort m'a épargné la nécessité de faire cette très vilaine chose. Elle me l'a épargnée ou elle m'en a frustrée ? De toute manière, le cauchemar est terminé.

» Et il y a encore autre chose de bizarre : je ne tiens plus à ce que l'on me verse cet argent. Ça ne vaut pas la peine de se battre pour l'avoir. D'ailleurs, j'en ai déjà suffisamment, plus que suffisamment même. Comme Todd l'a dit un jour — au fait je me demande ce qu'il est devenu, lui. Cela fait près d'un an qu'il n'a pas mis les pieds ici. Bref, Todd a dit : "Tu as eu la part qui te revenait." Eh bien, finalement, il avait raison. L'avocat a dû me prendre pour une imbécile hier quand je lui ai téléphoné pour lui annoncer que j'abandonnais les poursuites à l'encontre de la société Grey.

» "Ils sont immensément riches, a-t-il rétorqué, et il faudra bien qu'ils vous en donnent un peu, surtout quand on mesure l'ampleur des embêtements que vous auriez pu leur causer."

» Les embêtements que j'aurais pu leur causer ! Mais je ne cherche pas à embêter qui que ce soit, moi. J'ai une trop haute opinion de moi-même pour cela. "Mais nous pouvons nous rendre maîtres de cette société, a-t-il dit. J'ai trouvé des gens qui disposent d'importants capitaux, Amanda." Non, l'affaire est close.

» Et je ne regrette rien, tu sais, Sheba. Je n'ai jamais cherché à nuire ni à Dan ni à qui que ce soit. Ces gens-là ne m'ont jamais

284

fait de mal. D'ailleurs, maintenant, quelque chose me dit que Dan a bien d'autres chats à fouetter, le malheureux ! »

Elle se leva, s'approcha du téléphone et le décrocha mais le reposa sur son socle, ne sachant trop que faire. Le message qu'elle avait à transmettre à Dan était pourtant simple : elle renonçait à mettre son projet à exécution. En fait, ce serait un plaisir pour elle de sentir une fois de plus à quel point elle pouvait se montrer raisonnable et magnanime. Mais il y avait quelque chose d'autre pourtant qui la tracassait depuis plus d'un mois maintenant, depuis le jour, si fertile en incidents, où elle avait quitté Scythia.

Je suis persuadée que c'est Sally qui l'a tué, se dit-elle pour la centième fois. Rappelle-toi avec quelle hâte elle s'est empressée de me préciser qu'elle était allée au cinéma ce soir-là. Elle était tellement nerveuse qu'elle arrivait à peine à parler. Il faudrait que je sois de la dernière naïveté pour...

La coïncidence était trop troublante pour n'être qu'une simple coïncidence. La mort d'Oliver, le récit qu'elle avait fait de ses démêlés avec cet homme et que Sally avait écouté avec une horreur tellement évidente, le manège miniature, le comportement maladif de Tina, et au dernier moment, dans l'escalier, l'horreur qui était de nouveau apparue sur le visage de Sally, comme si à cet instant précis la vérité s'était fait jour en elle... Tout concordait.

Rien ne leur échappe, à ces policiers. Ils sont allés me faire un tas d'histoires uniquement parce que je n'avais pas rendu la voiture de location avant le lendemain de ma visite chez Dan. Ils découvriront sûrement ce qui s'est passé. Ils vont peut-être travailler dans l'ombre pendant des mois mais ils resurgiront un beau jour, en brandissant la preuve qui leur faisait défaut.

Mon Dieu, pauvre fille, pauvres enfants, et mon pauvre frère !

Du coup, elle redécrocha le téléphone et composa un numéro. La soirée était déjà bien avancée dans l'Est et son frère serait sûrement rentré chez lui. C'est une femme qui répondit, ce devait être la nourrice. Amanda demanda à parler à Dan. Au bout d'une courte période d'attente, c'est Sally qui vint au téléphone. Elle offrit de prendre le message.

« C'est au sujet de la société, mais tu m'as dit que tu ne t'occupais jamais de ce qui s'y passait, objecta Amanda.

— C'est exact, mais je peux quand même transmettre la commission, répondit Sally. » Après avoir hésité un moment, elle reprit :

« En vérité, Amanda, Dan refuse de te parler. Il est absolument furieux et il souffre énormément. Je lui ai raconté ce qui t'était arrivé avec Oliver et il n'a pas voulu le croire.

— Et toi, tu me crois ?

— Oui, je te crois. »

Marquant une nouvelle hésitation, elle ajouta :

« Dan avait tellement d'affection pour Oliver, tu vois ? Il éprouve tant de gratitude, tant de respect à son égard qu'il ne peut admettre que tu racontes de telles choses à son sujet. »

En dépit de sa douceur, on sentait que Sally avait un caractère impétueux. Elle n'avait pas peur de dire des vérités déplaisantes. Elle aurait pu invoquer un quelconque prétexte, prétendre que Dan avait des invités ou qu'il ne se sentait pas très bien, mais elle n'en avait rien fait. Elle avait dit la vérité, sans plus, et Amanda appréciait énormément. Ce qui l'amena aussitôt à trouver encore plus vraisemblable que Sally se soit fait justice elle-même ce soir-là.

« Je le comprends, acquiesça Amanda avec la plus grande sincérité. Alors pourrais-tu, s'il te plaît, dire à Dan et aussi aux autres que je renonce à leur intenter un procès et que je suis satisfaite de notre arrangement financier actuel. Et qu'en ce qui me concerne, ils peuvent faire ce qu'ils veulent de la forêt. »

Sally ne chercha pas à cacher son étonnement.

« Mais ton projet, l'aide que tu voulais apporter aux jeunes filles en difficulté ? Le terrain que tu avais prévu d'acheter et tout ce que tu avais envisagé par ailleurs ?

— Dan m'a déclaré, un jour où nous en discutions, que mes ambitions étaient trop grandioses. Et c'était vrai. Je peux me rendre tout aussi utile, peut-être même davantage, en opérant à une échelle beaucoup plus petite. »

Dan l'avait aussi accusée de vouloir se faire admirer, et il ne s'était pas tellement trompé sur ce point non plus.

« Je n'avais pas vraiment besoin de tout cet argent. Je voulais simplement me venger d'Oliver.

— Je te comprends très bien, répondit Sally d'une voix si basse qu'Amanda, qui, n'était pas certaine d'avoir bien entendu, dut lui demander de répéter.

— Tu es sûre que tout va bien de ton côté ? » s'inquiéta alors Amanda.

La réponse fusa aussitôt, avec une vivacité accrue par la surprise.

« Bien entendu. Pourquoi est-ce que ça n'irait pas ? »

Amanda se rendit alors compte que sa question, en apparence si innocente, avait été beaucoup trop directe. Sally se tenait sur ses gardes. Pourtant, elle était décidée à en avoir le cœur net.

« Et comment va Tina ?

— Oh, très bien. Je suis désolée que tu l'aies vue justement dans un de ses plus mauvais moments. Mais comme tu l'as dit toi-même, on a tous des hauts et des bas.

— Ça, c'est vrai !

— Je transmettrai à Dan ton merveilleux message. Il sera le bienvenu, surtout maintenant, après tout ce qui s'est passé, et avec la maladie de Clive qui n'a rien arrangé, bien au contraire. Dan te donnera personnellement de ses nouvelles aussitôt qu'il aura repris le dessus. Il te sera très, très reconnaissant. »

Ainsi, dans la plus grande courtoisie, se termina la conversation. Amanda n'était pas plus avancée. Mais pouvait-elle raisonnablement s'attendre que Sally lui dise tout de go : « Oui, c'est moi qui ai tué Oliver Grey ! »

*

Un samedi après-midi, malgré le soleil, elle resta chez elle à lire. La journée était trop belle pour s'enfermer ainsi, mais un sentiment étrange s'était emparé d'elle, non point de la mélancolie à proprement parler, mais une sorte d'insatisfaction devant quelque chose d'inabouti, une frustration provoquée par la certitude de n'avoir pu mener une situation à sa conclusion naturelle.

Elle n'avait aucunement l'intention de relancer un homme, Todd moins que tout autre, même si elle avait éprouvé pour lui un amour sincère. D'ailleurs, pour autant qu'elle sache, il pouvait fort bien être marié maintenant. Pourtant, elle tenait énormément à ce qu'il ait une bonne opinion d'elle. Il serait vraiment dommage qu'à l'avenir, si par le plus grand des hasards il entendait mentionner le nom d'Amanda, il ne se souvienne que des dernières heures qu'ils avaient passées ensemble, car elles n'avaient pas été les meilleures qu'elle eût jamais vécues. Elle tenait à lui faire savoir qu'elle avait renoncé à intenter un procès aux Grey, ainsi qu'il le lui avait d'ailleurs conseillé. Elle s'assit donc à son bureau pour lui écrire une simple lettre, une demi-douzaine de lignes en tout et pour tout, afin de lui annoncer la nouvelle.

Deux jours plus tard, la réponse arriva par téléphone. Quand elle entendit sa voix, une voix chaude d'acteur au sujet de laquelle elle l'avait taquiné un jour, elle faillit rester muette d'émotion. Mais elle n'avait pas perdu sa fierté.

« Je ne voulais pas m'imposer auprès de toi, expliqua-t-elle.

— Mais tu ne t'es pas du tout imposée ! Ta lettre était très belle et je tiens absolument à t'en remercier.

— Oh, je voulais simplement te mettre au courant de la situation.

— C'était une bien belle lettre. »

Et voilà ! Ils se trouvaient reliés l'un à l'autre grâce à un complexe réseau de câbles et, en apparence du moins, ils étaient aussi incapables l'un que l'autre de mettre fin à cette conversation en trouvant une formule élégante. Après ce premier échange de propos, ils semblaient n'avoir plus rien d'autre à se dire.

Avec une hâte maladroite, elle lui posa une question d'une navrante banalité :

« Tout se passe bien de ton côté, j'espère ?

— Oh, oui ! Le boulot, toujours le boulot. Ah, j'ai aussi fait un voyage au Mexique avec mon frère et sa famille le mois dernier. A part ça, rien de neuf. »

Donc il n'était pas marié, et il ne devait pas non plus avoir d'attaches sentimentales sérieuses, sinon il ne serait pas parti en vacances avec son frère. Elle sentit soudain une certaine confusion s'emparer d'elle. Qu'allait-elle donc chercher au juste ? Une année s'était écoulée depuis leur dernière rencontre. Leur relation était terminée, morte et enterrée.

« Et toi ? Tu as fait quelque chose d'intéressant ? » demanda Todd.

Intéressant ! Des accès de colère. Une famille en pleine crise. Un meurtre.

« Oui, assez. Mais c'est une longue histoire, trop longue et trop rasoir à raconter au téléphone.

— On ne me rase pas facilement. Et si je venais chez toi ce soir pour que tu me la racontes ? »

Avant qu'elle ait eu le temps de répondre, il ajouta :

« Mais je ne sais pas, après tout, si tu as encore envie de me voir. Si tu n'y tiens pas...

— Non, viens. Cela me fait plaisir. »

Amanda ne se posait jamais beaucoup de questions sur la façon dont elle devait s'habiller. « Il faut me prendre comme je suis », aurait-elle rétorqué à quiconque se serait permis de lui faire une réflexion à ce sujet. Pourtant, ce soir-là, il en allait différemment, et à l'heure où la sonnette de l'entrée n'allait plus tarder à retentir, elle en était encore à passer en revue ses pulls et ses jupes sans arriver à se décider sur la couleur.

Non, se disait-elle, avec ça, j'aurais l'air d'une collégienne ; si je mets cette robe d'intérieur en velours, il va croire que je veux le draguer, ce qui n'est pas du tout le cas ! Cet ensemble ajusté en soie noire ? Beaucoup trop habillé ! Et cette robe en laine rose ? Sûrement pas, ça fait trop bonbonnière. Bof ! Après tout, pourquoi pas ?

Et puis on sonna à la porte et elle le vit devant elle, un petit pot de tulipes roses à la main.

« Ils vendaient ça, en bas, au coin de la rue, expliqua-t-il. Quelque chose m'a dit que tu serais habillée en rose.

— Des angélicas ! Celles que je préfère ! »

Un rose superbe, magnifiquement assorti à sa robe !

Ils entrèrent dans la salle de séjour, et s'assirent face à la vue grandiose sur la baie et sur la ville. Ils étaient si gauches, si raides que c'en était presque drôle. A moins que l'on ne considère que cela était triste de voir se comporter ainsi deux êtres qui avaient été autrefois si proches — mais pas assez sans doute.

C'est Todd qui commença à parler.

« Sheba a une mine splendide. Quel poil soyeux ! »

La chatte venait en effet d'entrer pour venir se blottir autour de ses chevilles.

« Elle est bien soignée ! Avec toutes les vitamines que je lui donne. »

Pendant un moment encore, ils n'eurent rien à se dire. A moins qu'il n'y en eût trop, comme le pensait Amanda.

« Tu avais une longue histoire à me raconter. Trop longue pour être dite au téléphone. »

Un an plus tôt, se dit-elle, elle aurait plutôt préféré mourir que de révéler de telles turpitudes à Todd, surtout à lui ! Cette pensée lui traversa l'esprit en un éclair, puis, inspirant à fond, elle se lança courageusement, de la manière la plus simple du monde.

« Après la mort de mes parents, quand je suis allée vivre aux Aubépines... »

Il ne bougea pas d'un pouce. Elle sentit que ses yeux n'avaient à aucun moment quitté son visage, bien qu'elle regardât au-delà de sa tête, en direction de la baie et du pont.

« Eh bien voilà, c'est tout, dit-elle quand elle eut terminé son récit. Je voulais le ruiner, abattre cette forêt qu'il aimait tant, lui prendre la part de sa société qui me revenait et mettre la pagaille partout. Partout. »

Todd avait écouté avec attention. Il intervint alors, avec une grande gravité :

« C'est dommage que tu ne m'en aies pas parlé plus tôt. Cela aurait expliqué beaucoup de choses. »

Tendant le bras vers elle, il lui prit la main.

« Tu ne penses pas que tu aurais besoin d'aide ? Besoin de te confier à quelqu'un ? Le problème est trop complexe pour que tu puisses le résoudre seule, à mon avis.

— Je crois en être capable. Si j'ai besoin d'aide, j'en trouverai. Mais ce qui est incroyable, c'est qu'aussitôt après mes confidences à Sally, j'ai éprouvé un immense sentiment de délivrance. Jamais je n'avais ressenti cette impression de légèreté, depuis que cela m'était arrivé, et alors, tout d'un coup, cet envol ! Ce n'était pas le bonheur total mais enfin je me sentais libérée.

— Tu mérites un bonheur total, Amanda. »

Le soleil couchant étalait une large bande or et argent sur le miroir du mur d'en face. Regardant de ce côté, elle vit un tableau représentant une femme assise et un homme penché vers elle dans une posture qui pouvait exprimer de l'intérêt, de la sollicitude ou — peut-être ? — du désir. Et elle se dit : si j'ai envie d'appartenir à cet homme, appartenir dans le meilleur sens du terme, sans la moindre inhibition ni la moindre crainte, j'espère vraiment que c'est du désir.

« Il faut que je te fasse un aveu, lança-t-il brusquement. Pendant les quelques mois qui viennent de s'écouler, je n'ai cessé de penser à toi. Je ne sais combien de fois je me suis approché du téléphone, prêt à composer ton numéro, et puis j'ai renoncé. Je voulais tellement renouer le contact, te toucher de nouveau. Mais quelque chose me retenait. J'avais peur.

— Peur de quoi ?

— Peur d'aller au-devant de nouvelles blessures. Tu avais été tellement catégorique, la dernière fois. Je ne pensais pas que tu voudrais de moi.

— Mais c'était la même chose pour moi ! Même quand je t'ai écrit cette petite lettre, il y a quelques jours, une minute après l'avoir mise à la boîte, je me suis dit que je n'aurais pas dû te l'envoyer.

— Mais pourquoi ? »

Elle n'avait plus le choix désormais ; il fallait être sincère jusqu'au bout.

« Je pensais que tu t'étais certainement trouvé quelqu'un de moins compliqué, de plus facile à vivre que moi. »

Il secoua la tête.

« Non. Il y en a eu beaucoup, mais il n'y a eu personne. »

Leurs regards se croisèrent ; celui de Todd avait toujours cette couleur bleu océan dont elle se souvenait si bien. Il était empreint d'une douceur surprenante dans ce visage anguleux.

« Tu verras que je suis différente, assura-t-elle.

— Pas trop différente, s'il te plaît.

— Sur un point seulement. »

Elle se leva alors et ajouta :

« Je vais t'avouer quelque chose que je n'aurais jamais été capable de te dire autrefois.

— Amanda chérie, parle vite.

— J'aimerais que tu me fasses l'amour. Si tu as envie de moi. Sinon, dis-le tout de suite et je ne t'importunerai plus jamais. »

Il ne répondit pas, mais, passant ses bras autour d'elle, il l'emmena dans la chambre et l'allongea sur le lit, embrassant sa gorge, sa bouche et ses yeux. Puis tendant la main vers la prise du téléphone, il la débrancha.

Ils pouvaient faire l'amour en paix.

CHAPITRE 18

Février 1991

Depuis l'enterrement de son père, Clive ne pensait plus qu'à la mort. Cela n'a rien d'étonnant, songeait Roxanne, le meurtre d'Oliver, ajouté aux souffrances qu'il endurait déjà, avait vraiment de quoi saper la vigueur de n'importe quel homme, même plus fort que Clive.

« Qu'est-ce que ça peut bien foutre, que je meure ou que je vive ? demandait-il. Je ne laisserai rien derrière moi. Une maison superbe ? C'est une prison ! Une belle femme enceinte ? Il n'y a rien à moi, ni la femme ni l'enfant ! »

Quelle consolation pouvait-elle lui donner ? Tout cela était indiciblement tragique. Le plus triste, c'était qu'il ait dû attendre d'être malade pour qu'on lui accorde tant d'attentions : Happy lui avait fait un jardin de bonsai japonais dans une cuvette vert jade ; Amanda téléphonait de Californie pour prendre de ses nouvelles, et Sally, ignorant ce qui s'était passé entre eux, lui avait fait cadeau d'une photo de Roxanne. Elle lui avait donné un air angélique, prise de trois quarts, la tête penchée sur un petit bouquet de boutons de roses attaché par un ruban. Et elle avait placé le portrait dans un cadre d'argent sur la table d'où Clive, de sa chaise longue, ne pouvait pas manquer de le voir chaque fois qu'il levait les yeux.

« Tu ne tiens peut-être pas à ce que je te laisse ça ici ? lui demanda un jour Roxanne.

— Laisse. J'aime regarder le cadre. »

Sa langue, qui autrefois avait adressé à Roxanne les plus douces des paroles, était maintenant acérée comme une lame. Elle comprit qu'il cherchait à lui faire ressentir ce que l'on éprouve quand on est rejeté, exclu, sans le moindre espoir de réhabilitation.

Un jour, elle lui dit timidement :

« Ian voudrait te voir.

— Ah bon, tu es donc encore en contact avec lui ?

292

— Au téléphone seulement. Il veut te parler.

— Je ne vois vraiment pas de quoi.

— De ce qui s'est passé.

— Il n'y a rien de plus à en dire. Et recommande-lui bien de ne pas chercher à venir ici, parce que je le ferai jeter dehors. Tu comprends ?

— Oui. Tu as déclaré, cette nuit-là, que tu allais me mettre à la porte et tu ne l'as pas fait. Est-ce que tu veux que je m'en aille ?

— Fais comme bon te semblera.

— Tu as besoin de soins. Il faut que tu reprennes des forces et moi je peux te faire de bonnes choses à manger », dit-elle, se rendant compte qu'elle avait pris un ton beaucoup plus humble qu'elle ne l'avait voulu au départ.

Il lui lança un regard moqueur.

« Ce n'est pas très difficile d'engager une cuisinière, tu sais... »

Elle baissa la tête. C'était nouveau pour elle, cette humiliation constante.

« Qu'est-ce qui t'arrive ? demanda-t-il. Ian ne veut plus de toi ?

— Non. C'est fini entre nous.

— Je ne peux pas le croire. C'est lui qui te l'a dit ?

— Non, mais je le sais. Une femme peut sentir ce genre de choses.

— Oh oui, une femme peut sentir un sacré nombre de choses. Mais pourquoi pleures-tu ? persifla-t-il en la voyant essuyer une larme avec le dos de sa main. Tu peux rester. Il n'y en a plus pour longtemps. Vous irez à mon enterrement avant l'été. »

Depuis cette terrible nuit et durant toutes les journées qui avaient suivi, c'est à peine si elle avait pleuré ; sans doute avait-elle subi un choc trop violent, trop terrifiant, pour pouvoir pleurer. Mais, depuis peu, les larmes étaient constamment présentes, sous ses paupières. Il resta à la regarder pendant qu'elle s'essuyait les yeux.

« Je ne pleure pas, moi. Alors pourquoi pleures-tu ? Peut-être ma mort sera-t-elle utile à quelqu'un. Mon corps, enfin ce qu'il en restera, je le lègue à la science. Peut-être un cerveau intelligent dénichera-t-il dans un morceau de Clive Grey un indice révélateur qui lui dira : "Coucou, me voilà, c'est moi la clé de l'énigme du cancer. Bah dites donc, vous en avez mis du temps pour me trouver ! "

— Arrête ! Arrête ! »

Fondant en larmes, elle sortit en courant, et monta l'escalier pour se précipiter dans sa chambre où elle dormait seule maintenant. Il faisait froid ; elle était glacée jusqu'aux os. Elle prit un pull-over épais dans la garde-robe. *Tricoté à la main,* disait l'étiquette. *Fabriqué en France.* Un cadeau de Clive. Mais tout ici ne venait-il pas de Clive ? Elle sentit le rouge de la honte lui monter au visage. Mon Dieu, que cela était laid !

Debout devant la fenêtre, elle regarda longuement le jardin recouvert de neige. Remarquant l'emplacement du parterre de roses, elle se demanda où ils seraient, Clive et elle, quand les fleurs s'épanouiraient de nouveau. Peut-être serait-il mort effectivement, cette vie misérable, pitoyable étant arrivée à son terme. Vraiment, il ne méritait pas une telle fin. Et moi, se dit-elle, je n'ai jamais voulu que les choses prennent une pareille tournure. Je me demande ce qui m'a pris, à quoi je pensais, à supposer que j'aie jamais pensé à quoi que ce soit. Je sentais confusément les choses, je désirais...

Sur le palier, la grande horloge sonna la demi-heure. Elle se rappela le jour où ils l'avaient achetée, revoyant le visage ravi de Clive : une perle, cette horloge, s'était-il exclamé. Tous les dimanches matin, il la remontait, et tous les dimanches matin, il expliquait qu'il fallait s'arrêter à temps pour ne pas abîmer le mécanisme. Il était tellement bon ! Si seulement elle avait pu l'aimer comme il le désirait ! Et il m'aimait tant, songeait-elle. J'ai été pour lui ce que Ian était pour moi...

Les yeux embrumés par les larmes, elle resta quelque temps à regarder la pénombre de cette fin d'après-midi. Puis elle entendit Clive qui montait l'escalier et pénétrait dans la pièce, mais elle ne se retourna que lorsqu'il eut posé une main sur son épaule.

« Je n'aurais pas dû te parler comme je l'ai fait tout à l'heure, dit-il avec douceur. Je suis terriblement désolé. Et j'ai terriblement honte de moi.

— Ce n'est rien. Je te comprends parfaitement.

— Le problème, c'est toutes ces pensées qui me trottent par la tête. J'essaie de les chasser, et la plupart du temps j'y arrive, mais tôt ou tard elles finissent par revenir. Je me demande par exemple si Ian et toi vous avez pu vous connaître avant notre mariage. Il s'est comporté si bizarrement le jour où je t'ai amenée chez nous pour te présenter à père. Et puis je me dis que c'est trop tiré par les cheveux, que je me fais des idées complètement stupides. »

Elle ne crut pas utile de répondre. A quoi cela servirait-il de lui révéler la vérité maintenant ?

« Si seulement je pouvais chasser de mon esprit l'image de vous deux au lit ! »

Fermant les yeux, Clive secoua la tête comme s'il cherchait ainsi à dissiper la scène qui le hantait. Puis il les rouvrit et déclara d'un ton lugubre :

« Mais finalement, cela ne nous avancerait à rien, je m'en rends bien compte.

— Ce n'est pas grave, je te comprends parfaitement, répéta-t-elle.

— Oui, je sais. Tu as été très gentille avec moi depuis... depuis que c'est arrivé.

— C'est tout naturel. J'ai fait comme je le sentais.

— Mon Dieu, la vie est dure.

— On ne sait jamais ce que l'avenir nous réserve, là est tout le problème.

— Tu es inquiète pour ton avenir ? Tu n'as aucune raison. Tout se passera très bien pour toi, je t'assure.

— Tu parlais sérieusement tout à l'heure à propos de ton enterr... Quand tu as dit que tu allais mourir ?

— Non. C'est le genre de choses que l'on dit quand on est en colère.

— J'espère que tu ne parlais pas sérieusement, Clive. Tu es trop jeune pour mourir.

— J'imagine que notre voisin Sam Jenks dit la même chose. Seulement, lui, il a quatre-vingt-onze ans.

— Oui, je suppose.

— Allons, souris. Je ne veux pas que tu sois triste. Et je veux que tu restes ici, Roxanne. Tu es chez toi. Si tu tiens à rester, bien sûr.

— Merci. Oui, je veux rester.

— Alors, descendons au rez-de-chaussée. Nous pourrons regarder les actualités ensemble. Prends ma main. »

*

« Heureusement qu'il y a Roxanne auprès de lui ! s'exclama Dan. Si surprenant que cela puisse paraître. »

Ils profitaient de leur dimanche après-midi pour rendre visite à

295

Clive. Au cours de la semaine précédente, il n'était allé qu'une fois au bureau et seulement pour une demi-journée.

« Oui, reprit Dan, à la voir, au début, je n'aurais jamais pensé qu'elle consentirait à rester auprès de lui, en faisant preuve d'un tel dévouement. Indiscutablement, elle fait tout ce qu'elle peut pour le soigner avec efficacité. Eh bien, tu vois, en dépit des apparences, je suis persuadé qu'il s'en tirera. Évidemment, il a l'air mal en point, mais c'est normal, quand on subit un traitement chimiothérapique ! Par contre, la mort d'Oliver lui a flanqué un sacré coup ! Bon Dieu, la police a l'air de patauger lamentablement. Elle n'a même pas retrouvé l'arme du crime !

— Qu'est-ce que ça leur donnerait de la retrouver ? demanda Sally.

— Tout dépend de l'endroit où elle est. Mais cela permettrait de savoir où elle a été achetée, si elle avait été ou non l'objet d'un permis de port d'arme, etc. Les indices ne manqueraient pas ! »

Elle se demandait : « Quand pourrai-je le mettre au courant, comment faudra-t-il que je m'y prenne ? Lui infliger ce fardeau ? Le rendre complice du meurtre que j'ai commis ?... Je ne peux pas. Je ne peux même pas dire au docteur que je suis malade, que je ne dors plus, que ce que je mange ne veut pas descendre et remonte parfois. Je suis malade... »

La voiture passa devant le centre commercial. Les gens faisaient leurs courses, leurs breaks emplis de chiens et d'enfants. La confiserie était décorée de boîtes de chocolats spéciaux pour la Saint-Valentin, avec des cœurs en papier gaufré blanc. Il ne fallait pas qu'elle oublie de prendre deux cœurs minuscules en chocolat pour les filles. Maintenant, Susannah était assez grande pour réclamer tout ce que Tina avait. Que vont-elles devenir, se demanda-t-elle, si on m'envoie en prison après m'avoir inculpée ? Et Dan ? Et mes parents ? Ils risquent d'en mourir de chagrin.

« Ce qui me dépasse, reprit Dan, c'est l'incroyable entêtement de Ian depuis leur mariage. Il fait tout simplement comme s'il ne la connaissait pas, cette femme. Il a vraiment tort. On croirait voir un duc dont le frère a épousé une roturière. Vraiment, je ne l'aurais jamais cru capable d'un tel snobisme. »

Que de futilités ! pensait Sally. Même si par le plus grand des hasards elle échappait au châtiment — ce qui lui paraissait impossible, car la police avait toujours le dernier mot —, il faudrait qu'elle vive avec cette chose au fond d'elle-même, une chose plus mortelle que le cancer qui avait grandi dans le corps de Clive. Et elle se demanda s'il était possible d'avoir cela en soi sans craquer, sans risquer de perdre soudain la tête et de se mettre à clamer sa culpabilité en pleine rue, sur la place du marché. Et si elle se mettait soudain à rêver tout haut, à parler dans son sommeil, une de ces nuits ?

« Tu es vraiment peu bavarde, remarqua Dan. Qu'est-ce qu'il y a ? »

Elle regardait droit devant elle, à travers le pare-brise, mais elle sentit tout de même qu'il dirigeait son visage vers elle. Elle se tourna alors vers lui pour lui sourire.

« Rien, seulement que je n'ai pas grand-chose à dire. »

Il éclata de rire en rétorquant :

« Alors là, je ne te reconnais plus. »

Puis il ajouta :

« J'arrive à lire dans ton esprit. En ce moment, tu es en train de penser à Tina. Une fois de plus.

— Je trouvais, dit-elle avec sincérité, que l'on peut discerner des signes de progrès.

— Tu pourrais me donner des exemples ?

— Eh bien, en ce moment, elle n'a plus les crises de mutisme d'autrefois. Depuis une quinzaine de jours. Et elle ne reste plus plantée devant ce manège maudit. Et tu l'as vue, ce matin, elle faisait rouler le ballon par terre pour amuser sa petite sœur.

— N'empêche qu'elle a piqué une sacrée colère hier, objecta Dan.

— Il y aura forcément des hauts et des bas, Dan. »

Au cours de leur dernier entretien, le Dr Lisle lui avait conseillé de ne pas parler à Tina du problème qui la tourmentait. Si l'enfant l'évoquait la première, il fallait que Sally se contente de dire que le méchant homme était parti et qu'elle ne le reverrait jamais plus. Parfois, Sally espérait que son dilemme personnel se résoudrait de lui-même si Tina prenait l'initiative de relater à Dan ce qui lui était arrivé. Mais Tina n'y faisait jamais la moindre allusion et c'était peut-être aussi bien ainsi, car Dan ne croirait sans doute pas un traître mot de ce que lui raconterait l'enfant. Du moins Sally le supposait-elle, mais elle ne pouvait évidemment avoir aucune certitude.

Clive était allongé dans son bureau, sur son fauteuil relax, un plaid afghan étalé sur les jambes, quand Sally et Dan arrivèrent.

« C'est Happy qui l'a fait, expliqua Roxanne. C'est le plaid de la Garde Noire. Elle m'apprend à tricoter et j'en ai commencé un que je mettrai dans le salon. Il est jaune citron. C'est un point de tricot très facile. Finalement, il faut se remuer pour faire un plaid, mais on sent vite le froid quand on ne fait pas d'exercice. »

Elle avait l'air tellement patiente, assise sur sa chaise, son tricot sur les genoux ! Le soleil se déversait sur elle, tandis qu'autour d'elle la pièce étincelait comme un joyau bleu. Et Sally se souvint alors de la première fois qu'elle l'avait vue et de l'impression qu'elle lui avait faite alors. Le changement était... oui, il était impressionnant.

Leurs chaises étaient alignées en cercle autour du malade. Dan menait la conversation sur des sujets neutres, aussi éloignés que possible du cancer ou d'Oliver ou de toute autre question pénible.

Pourtant, un moment, il jugea utile d'annoncer la bonne nouvelle : Amanda renonçait à leur intenter un procès. Il n'avait pas un tempérament rancunier et, au grand soulagement de Sally, il avait pu avoir avec sa sœur une longue et amicale conversation à l'issue de laquelle il l'avait remerciée du fond du cœur.

« Naturellement, je ne peux pas lui pardonner son odieuse accusation contre Oliver, avait-il avoué à Sally, parce que odieuse est le seul qualificatif qui lui convienne. Mais comme elle s'est comportée par ailleurs avec beaucoup d'élégance, je me contenterai de dire qu'elle a été la victime d'une aberration mentale à l'égard de son oncle et je m'en tiendrai là. »

« Et que pense-t-elle de la vente de la forêt ? s'inquiéta Clive.

— Elle n'en pense rien. Elle nous laisse carte blanche.

— Et toi, Dan ?

— Je te l'ai déjà dit. Je laisse Ian faire ce qui lui paraît le mieux. Moi, je fais comme lui. En tout cas, il n'est pas question d'ouvrir un conflit. Ce serait trop mauvais pour notre société. »

Clive se redressa sur son fauteuil.

« Je veux que tu fasses quelque chose pour moi, Dan, lança-t-il avec emphase. Je veux que tu te prononces contre cette vente. »

Dieu du Ciel, vole à notre secours, pria Sally en voyant Dan pousser un long soupir. Et nous voilà repartis, juste au moment où l'on pouvait croire le problème réglé.

Dan répondit posément.

« Je ne suis pas d'accord avec toi, Clive. Quand j'ai donné le feu vert à Ian, je pensais vraiment que c'était la meilleure solution. Ce problème nous a opposés les uns aux autres et ce n'est pas sain du tout.

— Si tu votes comme moi, nous pouvons bloquer la situation. Et, comme Amanda se ralliera à l'opinion de la majorité, Ian ne pourra même pas nous intenter un procès.

— Peut-être, mais ce n'est pas sûr. Et puis il n'y a pas que la firme qui soit en jeu. Notre famille risque d'être déchirée par un tel conflit.

— Tu ne veux quand même pas voir débarquer toute une clique de promoteurs, des étrangers par-dessus le marché, avec leurs bull-dozers, objecta Clive.

— Non, bien sûr, mais je ne tiens pas du tout à revenir sur ma parole. Ian et moi on est restés sans se parler pendant des semaines, tu le sais. En fait, c'est la mort de votre père qui nous a permis de nous rapprocher et de reprendre des relations normales. C'est pour ça que je ne veux pas revenir sur ce que j'ai dit, Clive. Vraiment pas. »

Clive prit un ton suppliant :

« C'est la première fois que je te demande quelque chose, Dan, tu es bien d'accord ?

— C'est vrai. »

Mais Dan ne t'a jamais rien demandé non plus, songea Sally, volant mentalement au secours de son mari.

« Eh bien, puisque tu es d'accord avec moi sur le principe, pourquoi faut-il que tu te ranges au côté de Ian ? Il est temps que mon frère se rende compte que tout ne lui est pas dû en ce bas monde, qu'il ne pourra pas toujours se saisir de quelque chose qui lui plaît quand cela appartient à quelqu'un d'autre. Il en est grand temps. »

Comme si l'effort qu'il avait dépensé pour convaincre avait été trop grand pour lui, Clive se renversa en arrière dans son fauteuil. Mais il n'avait pas terminé.

« L'appât du gain, s'écria-t-il. Il lui en faut toujours davantage. »

Il agita les bras en l'air comme pour prendre le ciel à témoin.

« Et tout ça pour combien ?

— Vingt-huit millions de dollars, c'est la somme qui nous est proposée, énonça Dan.

— Puisse-t-il rôtir en enfer avec ses vingt-huit millions de dollars ! »

Cette sortie leur imposa le silence à tous. Roxanne, qui tricotait toujours, reposa son ouvrage et, sans qu'elle s'en aperçoive, la pelote de laine jaune roula à terre. Le petit chien s'en saisit alors. Gênée et surprise de ce comportement tout à fait inhabituel chez Clive, Sally s'absorba dans la contemplation d'un tableau représentant deux jeunes poulains, qui ornait le mur d'en face.

Dan reprit d'un ton modéré :

« Ton intérêt pour la préservation des sites naturels m'intrigue beaucoup. J'ai pourtant toujours eu l'impression que quelques kilomètres carrés de nature sauvage en plus ou en moins ne présentaient pas pour toi un intérêt capital. En fait, je t'ai souvent entendu énoncer cette opinion.

— C'est vrai. Mais en ce moment, je ne parle pas vraiment en mon nom propre. Je le fais pour père. »

Une fois de plus, Clive se redressa, tremblant, sur son fauteuil. Derrière ses lunettes, ses yeux brillaient de larmes tandis qu'il répétait :

« Pense à père ! C'était sa passion. Depuis que je suis au monde, et toi, depuis que tu es chez nous, nous avons pu constater que cet amour de la nature faisait partie de lui autant que ses bras ou ses jambes. Rappelle-toi toutes les promenades qu'on a pu faire avec lui dans ces bois. Il connaissait le nom de tous les oiseaux, de tous les arbres. Moi, ça ne m'a jamais beaucoup intéressé, mais je sais combien c'était important pour lui. "Ne te sépare jamais de cette richesse, répétait-il toujours, garde-la intacte pour les générations à venir. Promets-moi que lorsque tu seras devenu un homme tu te rappelleras ce que je suis en train de te dire." »

Deux larmes coulèrent sur les joues de Clive.

« Je t'en prie, Dan, fais-le pour moi. Je veux pouvoir croire que, d'une certaine manière, père a encore toute sa conscience, en quelque lieu qu'il soit, et qu'il voit que je me souviens. Et même si ce n'est pas le cas...

— C'est très difficile..., commença Dan, qui ne put achever car Clive l'interrompit aussitôt.

— Il a été un père pour toi aussi, Dan.

— Je le sais bien, Clive. »

Le cœur de Sally s'était mis à battre très fort, avec une violence familière et pourtant effrayante. Mais, après tout, une crise cardiaque maintenant ne serait-elle pas la meilleure solution pour elle ?

« Je t'en prie, Dan. Pense à notre père. »

L'homme était pitoyable. Elle vit tout de suite, connaissant son mari comme elle le connaissait, qu'il allait céder. Et en effet, après avoir de nouveau poussé un long soupir, il donna enfin son assentiment :

« D'accord, Clive, j'en parlerai à Ian. Je ne te promets rien pour le résultat mais je ferai de mon mieux. Qui sait, après tout, reprit-il avec une gaieté affectée, peut-être que j'aurai de la chance et qu'il viendra lui-même ici pour te signifier son accord. »

Le soir, Sally ne put s'empêcher de dire à son mari :

« Vous voilà donc à nouveau à la case départ. Clive n'aurait pas dû te demander ça. Nous avons eu une année horrible et tu en as fait plus que ta part.

— Pour ne rien arranger, le consortium européen doit arriver le mois prochain. Tous les termes du contrat ont été mis au point, et les modalités du financement prévues dans les moindres détails. Ian va piquer une sacrée crise quand je lui annoncerai que j'ai changé d'avis.

— Ne le fais pas, alors.

— Sally, j'y suis obligé. Tu as entendu Clive. Il a le droit de son côté. C'est vraiment le moins que l'on... que je puisse faire pour honorer la mémoire d'Oliver. »

Mon Dieu, pensa-t-elle. Mon Dieu ! Toute ma vie, maintenant, il faudra que je joue la comédie, feindre même la joie pendant l'acte d'amour. Car la seule chose que je puisse voir quand je suis dans les bras de Dan, c'est le visage menaçant de cet homme qui prend forme dans le noir et qui me dit : « Si tu fais ça, j'accuserai Dan d'infliger des sévices sexuels à sa propre fille... »

*

« Tiens, voici une copie du projet de contrat qui est arrivé ce matin de Suède, annonça Ian en entrant dans le bureau de Dan. Il faudrait que tu y jettes un coup d'œil pour voir s'il y a quelque chose que tu veux changer ou s'il y a un point sur lequel tu voudrais réfléchir avant notre rencontre avec les Suédois. »

Dan redoutait ce moment depuis longtemps mais il fallait prendre le taureau par les cornes, c'est pourquoi il lâcha tout de go :

« Ian, je vais tout modifier. En fait, j'ai changé d'avis.

— Quoi ?

— J'ai décidé de refuser cette offre. Je reviens à ma position d'origine. Je ne veux pas vendre. »

Ian posa violemment les papiers sur le bureau, faisant voler crayons et trombones.

« Mais enfin, bordel, cria-t-il, je te revois encore, ici même, me dire : "Fais à ton idée, je m'en remets à toi." C'est vrai, oui ou non, Dan ?

— C'est vrai. Et je regrette de revenir sur ma parole. Ce n'est pas facile pour moi, Ian. Mais, étant donné la façon dont Clive a présenté les choses, je ne peux vraiment pas faire autrement. Quand il a parlé de votre père, de ce que le domaine de Grey's Woods représentait à ses yeux, eh bien, il m'a convaincu. D'ailleurs, c'était vraiment pathétique de le voir dans un tel état.

— Bien sûr que c'était pathétique, lança Ian avec impatience. Je l'ai vu, il est en train de mourir. Il sera mort avant que le marché ne soit passé.

— Je ne suis pas d'accord. Tant qu'il y a de la vie il y a de l'espoir. C'est peut-être un cliché mais il y a tout de même du vrai.

— Et le voilà reparti, l'incorrigible optimiste. Cesse de vivre tes contes de fées et redescends sur terre. Nous parlons d'une mort qui est aussi visible que le nez au milieu du visage et nous parlons aussi de vingt-huit millions de dollars.

— Je n'en ai pas besoin, et toi non plus. Nous gagnons déjà fort bien notre vie, toi et moi. J'aimerais que tu en prennes conscience et que tu abandonnes complètement ce projet.

— Et voilà, ça recommence, grommela Ian. Écoute, tu commences à m'exaspérer. Maintenant, tu cesses de délirer et on se met au travail sérieusement ! Je veux, une fois de plus, ta parole que tu ne mettras plus de bâton dans les roues et que la réunion se déroulera sans anicroche le mois prochain.

— Je ne peux pas te donner ma parole. C'est une question de principe, et j'aurais dû rester sur ma première position. L'erreur que j'ai commise, c'est de la trahir. Je ne vois vraiment plus comment te faire comprendre que ma décision est prise irrévocablement. »

Les deux hommes se mesurèrent du regard, Dan assis sur sa

chaise de bureau et Ian debout devant lui. Puis Ian se dirigea vers la fenêtre et resta un moment dans une attitude pensive, se caressant le menton.

« Suppose, dit-il lentement, le dos tourné à son cousin, suppose que je te dise quelque chose qui t'obligera à changer d'avis ? »

Cette discussion allait-elle s'éterniser toute la journée ? Excédé, Dan lança d'une voix brève :

« Rien ne peut m'obliger à quoi que ce soit, Ian. Il y a suffisamment de temps que tu vis à mes côtés pour t'en être déjà aperçu.

— Bon, mettons que je me sois mal exprimé. Disons plutôt que, comme j'ai fait quelque chose pour toi, peut-être que tu consentiras à faire quelque chose pour moi en échange.

— Et c'est quoi au juste, ce que tu aurais fait pour moi ?

— Eh bien voilà, articula lentement Ian. Suppose que je t'annonce que c'est ta femme qui a tué mon père.

— Qu'est-ce que tu dis ?

— Je dis que c'est Sally qui a tué Oliver. »

La fenêtre à laquelle Dan fait face est d'un bleu étincelant, le bleu cobalt profond d'un ciel d'été. L'intense lumière est insoutenable pour ses yeux.

La voix de Ian n'est ni violente ni irritée ; elle est neutre, comme pour annoncer *Il va pleuvoir*.

« J'ai dit que c'est Sally qui a tiré sur Oliver. J'ai croisé sa voiture cette nuit-là, juste avant de prendre l'embranchement pour Red Hill. »

Dan jaillit de sa chaise, les poings en avant, pour frapper, mutiler, détruire. Il est fou de rage. Ian lui attrape les poignets avant qu'il ait eu le temps de l'atteindre au visage, et ils s'empoignent. De force et de taille égales, ils font le tour de la pièce, agrippés l'un à l'autre, bousculant une chaise, trébuchant sur le fil du téléphone, puis tombent lourdement sur la table. Ian a le genou écorché, Dan la joue ensanglantée. Ils poussent des cris étouffés, en se frappant à grands coups, et finissent par se retrouver tous les deux à terre.

Soudain, Dan abandonne le combat. Il se relève et s'écroule dans son fauteuil. Entre deux halètements, il réussit à dire :

« Tu n'es qu'une ordure. J'ai toujours su que tu aimais trop l'argent et les femmes. Non, je n'en ai jamais parlé, ce n'étaient pas mes affaires. Mais que tu puisses être salaud à ce point, que tu puisses proférer un mensonge aussi sordide, je ne m'y serais jamais attendu. »

Ian avait du mal à reprendre son souffle. Il but un verre d'eau de la carafe, rajusta sa cravate et conseilla, avec le plus grand calme :

« Rentre chez toi et pose-lui la question. Sally n'a pas pour habitude de mentir. Elle te dira la vérité. »

Les mains de Dan recouvraient son visage. Il ne haletait plus, il sanglotait maintenant, sans verser de larmes.

« Jamais je n'aurais pu imaginer ça... Comment peux-tu être assez vil pour inventer une pareille histoire ? Non, je n'aurais jamais pensé... Nous étions comme des frères... mieux que certains frères... »

Ian posa une main sur l'épaule de Dan. Lui aussi, maintenant, il sanglotait presque.

« Mais écoute-moi donc. Crois-tu vraiment que j'irais inventer une histoire pareille uniquement pour te nuire ? A toi surtout, Dan ? Il n'y a que trois maisons le long de cette route et personne n'a une Jeep qui ressemble à celle de Sally. De toute façon j'ai vu son visage et cette toque en peau de mouton qu'elle porte toujours en hiver. J'avais mes phares allumés, à cause de cette tempête de neige, et je l'ai vue. Parole d'honneur, de mes yeux vue. Mais tu n'as pas de tracas à te faire, tu n'as rien à craindre ; personne ne saura jamais. Il s'est écoulé des semaines depuis et je n'ai pas parlé. Rentre chez toi et pose-lui la question. Elle te dira la vérité. »

Ma Sally ! Ma femme ! Et c'est lui qui doit me dire qu'elle ne me mentira pas ! Sally, un livre grand ouvert, un livre où on peut tout lire, en toutes lettres !

Il se souleva de son fauteuil.

« Je rentre à la maison », murmura-t-il en décrochant son pardessus du portemanteau.

Arrivé à la porte du bureau il se retourna vers Ian :

« Mon vœu le plus cher, c'est de ne plus jamais te rencontrer sur mon chemin. »

*

Il repoussa la porte de la chambre et tourna la clé dans la serrure pour être bien certain que personne ne viendrait les déranger. Sally lisait sur le canapé.

« Qu'est-ce qui t'est arrivé à la figure ? demanda-t-elle.

— C'est du sang séché. Mon cousin Ian et moi on a eu une petite altercation, une parole en a entraîné une autre et ça a dégénéré en pugilat.

— Vous vous êtes battus ? Et pourquoi donc ?

— Euh, je vais te le dire. Oui, je crois qu'il faut que je te le dise, articula-t-il d'une voix tremblante. Il a osé prétendre, oui, il a osé dire que tu avais tué Oliver. »

Et voilà. Le secret était éventé. D'ailleurs ne s'était-elle pas répété maintes et maintes fois que, d'une façon ou d'une autre, la vérité finit toujours par se savoir, quelle qu'elle soit ? Elle se sentit prise de faiblesse. Pourtant elle réussit à parler calmement.

« Et qu'est-ce qui lui fait croire ça ?

— Il affirme qu'il a reconnu ta voiture, avec toi au volant, sur la route qui vient de Red Hill. »

Jamais elle n'aurait pensé que quelqu'un la verrait si près de chez Oliver. Comme le disait toujours Happy : on ne sait jamais ce qui peut se produire, pas vrai ? Elle renversa la tête en arrière et ferma les yeux.

« Eh bien, oui, Dan. C'est vrai. »

Il y eut un long, un très long silence. Quand elle rouvrit les yeux, elle vit qu'il était toujours debout à la même place, toujours enveloppé dans son pardessus. Il fixait sur elle le même genre de regard que celui qu'ont les gens que l'on voit à la télévision, en Bosnie ou en quelque autre lieu maudit de cette terre de malheur, un père ou une mère, par exemple, qui tient un enfant mort dans ses bras. Et puis, tout d'un coup, il tomba à genoux et passa les bras autour d'elle, enfouissant son visage dans les plis de sa robe.

« Oh, mon Dieu ! oh, ma chérie ! »

Aussitôt elle se mit à parler. Elle avait l'impression que sa voix venait de très loin.

« Le jour où Amanda est venue, commença-t-elle, elle m'a expliqué toutes ces choses que tu n'as pas voulu croire, mais qu'il faudra bien que tu croies maintenant... »

Quand elle arriva à la fin de son récit, elle avait l'impression d'avoir parlé pendant des heures.

« Si tu avais été là, conclut-elle, il n'y aurait eu aucun doute dans ton esprit. Crois-moi, Dan. Et si tu avais entendu Tina et, surtout, oui, surtout, vu ce qu'elle m'a montré... »

Quand il releva la tête, elle resta un moment à le regarder sans le reconnaître. En trois minutes, cinq peut-être, à moins que ce ne fût un siècle, il avait vieilli de dix ans. Et ses yeux ne voyaient pas Sally, sa femme, ni rien d'autre qui fût dans la pièce ; ils fixaient un insondable trou noir où toute croyance, toute confiance, toute foi avaient disparu. Ah, elle le savait !

« C'est vrai, Dan ! Il n'y a absolument aucun doute à avoir. Tina me l'a dit elle-même. Je ne lui ai rien suggéré, je ne lui ai mis aucune idée dans la tête, d'aucune manière que ce soit. Je me suis contentée d'écouter ses paroles et de regarder ses gestes. Il n'y avait pas à s'y méprendre. Son récit et celui d'Amanda étaient identiques, malgré leur différence d'âge, puisque Amanda avait douze ans à l'époque et Tina seulement cinq.

— Cinq ans ! »

Dan se leva. Il alla jusqu'à la commode sur laquelle trônait une photo de mariage, un groupe de vingt personnes ou plus, les garçons et les demoiselles d'honneur, les cousins, les frères et les sœurs — bien qu'Amanda ne fût pas dessus — qui entouraient le marié et la mariée, avec les parents de Sally auprès d'elle et l'oncle Oliver près de lui. Ils plaisantaient toujours sur ce mariage qui faisait penser à celui d'un membre de la famille royale anglaise.

« Il ne manque plus que le balcon du palais de Buckingham », plaisantaient-ils toujours avec une certaine autodérision qui les faisait rire encore davantage.

« Comment est-ce possible ? s'écria alors Dan, la photo à la main. Comment est-ce possible ? »

Sally comprit alors qu'il était en train de regarder le visage raffiné d'Oliver. Quand il se retourna vers elle, elle vit qu'il pleurait.

« Elle a cinq ans, tu te rends compte !

— Oui, répéta-t-elle. La même histoire, le même manège en argent massif... quelle enfant ne serait pas fascinée par un jouet aussi splendide ? Le prix du silence, la menace de punition. Voilà ce que c'était.

— Et lui, il n'a pas nié ?

— Il a essayé, mais il voyait bien qu'il était démasqué. Alors il a tenté désespérément de détourner les soupçons. Il s'apprêtait à t'accuser, toi.

— Il m'accusait de... d'avoir fait du mal à Tina ?

— Oui, et c'est à ce moment-là que je me suis mise à tout casser.

306

J'ai jeté à terre les revolvers, enfin les pistolets, je ne sais pas comment on appelle ça. Il venait d'astiquer ses bibelots en métal. L'arme était chargée. »

Dan avait un visage atrocement marqué. Jamais encore elle ne l'avait vu pleurer. Elle courut à lui et passa les bras autour de sa poitrine. Elle n'avait qu'une pensée en tête : que va-t-il devenir et que vont devenir nos bébés quand ils vont m'emmener ? Car maintenant que Ian est au courant, la police finira par tout savoir aussi. Si ce n'est pas demain, ce sera la semaine prochaine ou le mois prochain. Mais, de toute façon, ils sauront.

Le visage mouillé par les larmes de Dan, elle murmura :

« Le Dr Lisle dit que Tina va aller beaucoup mieux. Continue de la mener chez elle. Elle sera en de bonnes mains. Et je suis sûre que Happy t'aidera à t'occuper des enfants. Ma mère viendra un moment, si tu veux. »

Il s'écarta d'elle. Horrifié, il demanda :

« De quoi parles-tu ? Tu ne vas aller nulle part. A quoi penses-tu, au juste ?

— Mon chéri, tu sais ce qu'il va advenir de moi. Car enfin j'ai bel et bien tué un homme.

— Mais il ne va rien advenir de toi. Je te jure que je ne permettrai jamais qu'on te touche.

— Ce n'est pas toi qui décideras. Si Ian est au courant, d'autres ne tarderont pas à savoir à leur tour.

— Ian ne dira rien à personne. Cela fait déjà deux mois qu'il connaît la vérité. S'il avait voulu parler, il l'aurait déjà fait. »

Elle n'en croyait pas un mot et elle doutait même que Dan le crût aussi. La masse grise de la prison-forteresse juchée au sommet de la colline se rapprochait sans cesse davantage.

« Et tu avais ce secret en toi depuis avant Noël... Pourquoi as-tu... Je me demande comment tu as pu vivre avec ça... Tu as donc un tempérament de fer !

— Qu'est-ce que tu fais ? demanda-t-elle en voyant qu'il lui déboutonnait son gilet.

— Je te déshabille. Je vais te mettre au lit. Regarde-toi. On te voit les côtes. Tu as froid, tu es malade et tu ne m'as jamais rien dit. Tu n'as jamais demandé d'aide. »

Il s'affaira dans la pièce, allant chercher une veste en molleton bien chaude. Puis il tira les rideaux et rabattit le drap du lit.

307

« Je vais te monter quelque chose à manger. Toi, tu te reposes.

— Mais je n'ai pas faim. Honnêtement, je suis incapable de manger quoi que ce soit.

— Il faut que tu manges. Je vais t'ouvrir une boîte de soupe. Oui, c'est ça : de la soupe, un sandwich et une tasse de thé. Tu es gelée. Tu ne tiens que par les nerfs. Je vais demander à Nanny de mettre les enfants au lit pour qu'elles te laissent tranquille. »

Il ne savait plus qu'inventer pour lui donner un peu de bien-être.

Plus tard dans la soirée, incapable de trouver le sommeil, il déclara :

« Tu ne vas rien avouer à la police. Je ne te laisserai pas y aller.

— Tu sais très bien que j'y serai obligée. Cela ne pourra pas se passer autrement. Et puis il vaut mieux que j'avoue tout de mon plein gré avant qu'on m'y contraigne.

— Non !

— Dan, je t'en prie. Si tu t'excites ainsi, cela ne va rien arranger.

— D'accord, je vais le dire calmement. Écoute, dans l'intérêt de Tina. Nous sommes convenus l'un et l'autre que ce serait très pénible pour elle d'être cataloguée comme une victime. Elle va passer toute son enfance dans cette ville et il serait dommage que tous les gosses de son école sachent ce qui lui est arrivé. S'il... je n'arrive pas à prononcer son nom... s'il était encore en vie, ce serait différent. Nous le traînerions devant les tribunaux et nous nous moquerions bien du qu'en-dira-t-on. La seule chose que je puisse faire maintenant, c'est aller au cimetière pour le maudire, grommela Dan. Et le mieux que nous puissions faire pour Tina, c'est de ne rien divulguer de cette affaire. Tu es d'accord ?

— Je n'aurais pas besoin de parler de Tina. Il suffirait que j'explique que je suis allée discuter avec lui au sujet d'Amanda, pour tenter de les réconcilier. Et le revolver serait parti accidentellement... »

Dan manifesta son désaccord par un grognement.

« Avec le temps qu'il faisait, objecta-t-il, dans le noir et toute seule, tu aurais fait tout ce trajet rien que pour le réconcilier avec Amanda ? Cela ne pouvait pas attendre le lendemain, quand il ferait jour ? T'imagines-tu vraiment que quelqu'un qui a un tant soit peu de jugeote avalera une pareille histoire ?

— Qu'on le croie ou non, je ne peux pas continuer à vivre

comme ça. Le fardeau est trop lourd. J'ai l'impression que les gens me montrent du doigt, partout où je vais. Il me semble les entendre dire : "Cette femme est une meurtrière." C'est comme si j'étais marquée au fer rouge ou exposée au pilori. »

Il lui caressa le front.

« C'est ta conscience, ton irréprochable et inflexible conscience qui te joue des tours. Tiens, demande-lui donc quel effet cela aura sur Tina et sur Susannah si tu te dénonces à la police. »

Trop lasse pour discuter davantage, elle murmura :

« Cela suffit pour ce soir. Nous en reparlerons demain. Je crois que je vais pouvoir dormir un peu maintenant.

— D'accord, mais promets-moi que tout cela restera entre nous et que tu ne feras rien sans m'en avoir d'abord parlé.

— Je te le promets.

— Parce que, si tu ne le promets pas, je ne quitte plus la maison. Je n'irai même plus travailler. Pas question que je te perde de vue un seul instant.

— C'est promis, répéta-t-elle encore. Maintenant, je vais essayer de dormir. »

*

« Je t'ai frappé, Ian, articula Dan, et j'en suis désolé. Je suis venu te demander pardon parce que tu avais raison. C'était bien Sally. »

Son col le serrait trop, il suffoquait. Dénouant sa cravate, il la jeta à terre.

Ian se leva pour aller la ramasser. Puis il se dirigea vers son secrétaire et versa du cognac dans un verre qu'il tendit à Dan.

« Tiens, prends ça, tu en as besoin. Tu es blanc comme un linge.

— Je n'ai pas fermé l'œil de la nuit. Elle oui, pour la première fois depuis des semaines. Je ne sais pas comment j'ai pu ne pas remarquer à quel point elle souffrait. Je l'aime tellement. »

Là-dessus, Dan détourna la tête pour cacher ses larmes.

« Assieds-toi et détends-toi.

— Elle va aller se dénoncer à la police. Elle y tient absolument. Je le lui déconseille, mais elle ira quand même. Un problème de conscience, selon elle. Mais le coup est parti accidentellement.

— Détends-toi. Bois encore un peu. Et raconte-moi ce qui s'est passé.

— Un accident, ça peut arriver à tout le monde, non ?

— Bien sûr. Alors, ça s'est produit comment ?

— Elle est allée chez lui pour parler affaires. Elle voulait qu'Oliver fasse la paix avec Amanda. Il était en train de nettoyer des armes, des pistolets. Elle en a touché un et le coup est parti.

— Ce n'est pas vrai.

— Si, c'est vrai. Parfaitement.

— Non. Mais je ne peux pas t'obliger à dire la vérité si tu t'y refuses. »

Les muscles des joues de Dan se crispaient convulsivement. Il avait l'impression que toutes les fibres de son corps tressautaient. En revanche, le cerveau semblait paralysé. Et les deux hommes qui, la veille, s'étaient empoignés pour se battre comme des chiffonniers étaient maintenant face à face, se regardant d'un œil fixe.

« Sally n'est pas une débile mentale. Elle avait donc une raison d'aller à Red Hill, insista Ian. C'était quoi ?

— Je ne peux pas te le dire. »

N'avaient-ils pas, Sally et lui, décidé de laisser Tina en dehors de cette affaire, de ne jamais dire à personne ce que leur enfant avait souffert ? Et une image surgit en lui : la petite Tina, avec ses tresses noires et ses rubans rouges, et sa petite culotte à dentelles. Et cet homme qui la tripotait...

« Je voudrais l'arracher à sa tombe pour le mettre en pièces, criat-il soudain, le cœur plein de haine. De mes propres mains. Oui, avec ces mains-là ! »

Ian se pencha au-dessus du bureau, comme s'il avait l'intention de le franchir d'un bond.

« Si c'est de mon père que tu parles, articula-t-il, j'ai le droit de savoir. Alors, vas-y ! »

Dan lui fit donc un récit complet. Lui qui s'exprimait d'habitude avec aisance, toujours soucieux d'éviter aussi bien les imprécisions que les hésitations, il parvenait maintenant à peine à formuler ses idées avec clarté. Tandis qu'il parlait, il avait l'impression bizarre que les murs eux-mêmes avaient du mal à ajouter foi à son récit, accoutumés qu'ils étaient aux histoires de fret, de tonnages, de droits de douane, de céréales et de café.

Quand il eut terminé, il y eut un long silence, ponctué un

moment par les toussotements de Ian qui tentait de s'éclaircir la gorge. Dan, évitant soigneusement de lever les yeux, regardait obstinément le parquet et la pointe des souliers vernis de son cousin. Le fils de l'homme qu'il haïssait le plus au monde ! Il n'aurait pas été surpris si Ian, au comble de la fureur, s'était levé de sa chaise pour lui crier des protestations outragées. Il s'y attendait en fait à moitié.

Mais Ian se contenta de dire :

« Je ne sais plus que penser. »

Là-dessus, Dan leva la tête.

« Moi non plus », dit-il.

Il y eut un autre silence. Puis Ian se leva pour s'approcher du bar.

« Je ne bois jamais d'alcool le matin. En fait, même à d'autres moments de la journée, il m'arrive très rarement d'en prendre, mais là c'est vraiment une nécessité. »

Dan le regarda, étonné de ce calme. Il demanda soudain :

« Tu ne protestes pas ? Tu acceptes ces accusations purement et simplement. Ou alors j'interprète mal ton attitude...

— Je voudrais dire que je ne te crois pas. Je voudrais dire que c'est démentiel, que tu as perdu la raison, et qu'Amanda est folle à lier. Je sais que je l'ai accusée cent fois d'être folle, quand elle me poussait à bout, mais en fait je sais qu'il n'en est rien. Quant à Sally, elle est tout sauf hystérique. »

Il s'essuya le front. Dan reprit doucement :

« D'après Sally, Oliver n'a pas vraiment nié ces accusations. Je crois qu'il s'est rendu compte qu'il était démasqué, du fait qu'Amanda et Tina donnaient des versions tout à fait concordantes.

— A mon avis, il n'y a guère de place pour le moindre doute... Et tu sais que je me trompe rarement. »

C'était vrai. L'esprit de Ian était comparable à un piège d'acier ; rapide et incisif.

« Oui, tout concorde : Tina, Amanda, le diagnostic du docteur et même la présence de ce maudit manège. »

Il se leva et alla poser une main sur l'épaule de Dan.

« J'essaie de réaliser mais c'est difficile. Et ça doit l'être encore bien davantage pour toi. Une histoire pareille ! Évidemment, pour moi, ça n'a pas les mêmes implications que pour toi, avec ta petite fille, mais tout de même... »

Il s'écarta et fit quelques pas, s'arrêtant au centre de la pièce, le dos tourné à Dan. En voyant que ses épaules étaient secouées de mouvements spasmodiques, Dan se rendit compte qu'il était en train de pleurer. Il est fier, se dit-il. Il est plus fier que moi. Et le spectacle de cet homme qui se détournait pour cacher ses larmes le remplit de pitié.

Puis il entendit Ian parler. Peut-être se parlait-il à lui-même.

« C'est une véritable maladie ! Une maladie écœurante, même des prêtres... Ils doivent se dégoûter eux-mêmes... Quelle saleté ! »

Soudain, il pivota sur ses talons.

« Personne ne doit être mis au courant. Il faut que son nom reste propre. En souvenir de tout le bien qu'il a fait, faisons au moins en sorte que son nom reste irréprochable. Évidemment, pour toi, ce n'est pas vital. Pour quelle raison y attacherais-tu de l'importance ?

— Non. Que son nom reste intact ou pas, ce n'est pas mon problème. Mais dis-moi, pourquoi as-tu gardé l'affaire secrète alors que tu sais depuis le début que c'est Sally qui l'a tué ?

— Parce qu'il me l'a demandé.

— Lui ? Il... te l'a demandé ?

— Oui, il n'était pas encore mort quand nous l'avons trouvé, une balle dans la poitrine, la bouche ensanglantée. Il m'a reconnu. Je me suis penché sur lui et il a dit... il pouvait à peine articuler mais ses paroles étaient parfaitement distinctes : "Ce n'est la faute de personne, ne blâme personne. Tu entends ?" Il a même répété : "Tu entends ? " Et je lui ai dit : "Oui, je le promets. La faute de personne. Je t'ai entendu." Et alors, il est mort.

— Mon Dieu. Tu es sûr d'avoir bien compris ?

— On peut difficilement se méprendre en pareil cas.

— Et Happy ? Elle a entendu aussi ?

— Non. Elle était dans l'entrée. Elle téléphonait pour appeler les secours.

— Donc tu as tenu ta promesse. Mais pourtant, hier, tu as parlé. Pourquoi ? »

Ian le regarda droit dans les yeux.

« Franchement, j'étais furieux que tu reviennes sur ta parole au sujet de la vente. Il m'est alors apparu que, si je te disais ce que je savais sur Sally, tu me paierais de retour en faisant ce que je te demandais, car tu apprécierais la discrétion dont j'avais fait preuve depuis le début de l'enquête.

— Oui, donnant donnant, en quelque sorte, observa Dan avec un sourire amer.

312

— Exactement.

— D'accord. Mais si j'avais refusé le marché, tu aurais parlé ?

— Jamais de la vie ! Jamais au grand jamais. Je te le jure. A quoi cela m'aurait-il avancé d'envoyer Sally en prison ? Ce n'est pas en brisant la vie de tes enfants que j'aurais ramené mon père sur terre... Même si le coup n'était pas parti accidentellement, ajouta-t-il après un instant de réflexion.

— C'était un accident, Ian.

— D'accord. Je te crois. Je sais aussi que pas mal de gens diraient qu'il a eu ce qu'il méritait, accident ou pas. »

Dan s'abstint de faire le moindre commentaire. Il l'avait mérité ! Ma petite fille ! Et de nouveau cette image : les tresses noires, les rubans rouges, les petites jambes potelées dans leurs chaussettes blanches. Une fois de plus ses yeux s'humectèrent ; lui qui n'avait jamais pleuré depuis les obsèques de ses parents.

« A quoi cela avancerait-il ? questionna Ian en levant les bras en l'air. On ne peut pas revenir sur ce qui a été fait. Le mal est irrévocable. Et lui, il est à six pieds sous terre avec le bien qu'il a fait et aussi avec le mal qu'il a fait. On ne peut pas le ramener à la vie ; si je le pouvais, je le supplierais de me dire pourquoi il a agi ainsi. Oui, pour l'amour du Ciel, pourquoi ? Mais il n'y a pas de réponse... Je suppose que vous avez emmené Tina quelque part pour essayer de réparer les dégâts.

— Oui, et nous te serions fort reconnaissants de bien vouloir observer la plus grande discrétion là-dessus. Nous ne voudrions pas que les problèmes de Tina soient portés sur la place publique.

— Tu n'as pas besoin de me le demander, Dan. Crois-tu que je ferais quoi que ce soit qui puisse nuire à ton enfant ? Je ne suis pas parfait mais je sais tout de même quelles sont les limites qu'on ne peut pas dépasser. »

Quel accablement ! Toute une existence de respectabilité et de responsabilité bouleversée par cette bombe qui venait d'éclater sur la famille, pulvérisant les corps et les âmes. Combien de temps faudrait-il pour panser toutes ces blessures ?

D'un regard circulaire, Dan balaya la pièce où trois générations de Grey avaient œuvré, jour après jour. Son œil s'arrêta sur un vase de jonquilles posé sur le bureau de Ian ; ces fleurs témoignaient que les jours avaient commencé à rallonger et que le ciel d'hiver n'allait pas tarder à redevenir bleu. Le printemps ! Mais pour nous, songea-t-il, de quoi ce printemps sera-t-il fait ?

« Elle veut se livrer à la police, dit-il brusquement.

— Elle ne peut pas faire ça ! Cela n'a aucun sens.

— Elle dit qu'elle ne peut plus se regarder dans la glace.

— Je vais lui parler.

— Cela ne servirait à rien.

— Dan...

— Oui ?

— Je sais que cela paraît bien futile maintenant, mais... il faut que nous donnions une réponse à ces gens.

— Ah oui, la vente. »

Son esprit était tellement éloigné de ces contingences qu'il dut faire un effort pour se remettre en mémoire les données du problème. Il fit alors un geste de la main, paumes en l'air, en disant :

« Pour moi, je n'y vois aucun inconvénient. Sauf que j'ai promis à Clive de m'y opposer.

— Alors c'est un problème de pure forme, hélas ! Le malheureux n'en a plus pour longtemps.

— Je ne sais pas, mais s'il en est ainsi, la question se résoudra d'elle-même.

— D'accord, alors on attendra. De toute façon, les acheteurs ne se manifesteront pas avant un mois.

— Tu y tiens toujours autant à cet argent ? s'enquit Dan avec curiosité.

— Vingt-huit millions de dollars, mon vieux. La moitié ira au fisc, alors divise le reste en trois et... »

Dan s'étonnait qu'un homme comme Ian puisse montrer une noblesse d'esprit qui forçait le respect, pour manifester aussitôt après un tel amour de l'argent. Ce devait être une question de gène, comme quand on a un don pour la musique ou une allergie aux crevettes.

C'est Dan qui acheva la phrase de Ian :

« Et tu auras encore une véritable fortune. Plus que tu n'en auras jamais besoin !

— Cela m'ennuie un peu de te dire ça, Dan, mais si Sally se livre à la police, tu n'auras pas trop de cet argent pour payer les avocats. »

Dan dut faire un effort pour avaler la boule qui s'était formée dans sa gorge et qui ne cessait de grossir.

« Je ne vais pas pouvoir travailler aujourd'hui, reconnut-il. Il faut que je rentre. Je veux rester auprès d'elle.

— Bien sûr. Vas-y. »

Il tendit la main que Ian lui prit, la serrant très fort. Puis il repartit chez lui.

CHAPITRE 19

Mars 1991

Dans la maison silencieuse, Sally errait d'une pièce à l'autre, le lourd et placide terre-neuve sur ses talons. Elle aurait dû emmener elle-même les enfants à la fête donnée par la petite voisine à l'occasion de son anniversaire, mais elle ne s'en était pas senti la force, et c'était Nanny qui s'en était chargée. L'énergie lui faisait de plus en plus défaut maintenant.

Elle s'arrêtait devant chaque miroir, nourrissant le vain espoir que le prochain lui montrerait une image moins désastreuse d'elle-même. Ce n'était pas une question de vanité, ce genre de préoccupation appartenait maintenant à une autre période de son existence qu'elle ne connaîtrait plus jamais. En fait, la terreur s'était emparée d'elle.

Car c'était ce visage-là qu'elle aurait quand elle serait en prison, pire peut-être. Elle avait déjà perdu près de dix kilos depuis cette fameuse soirée de décembre et rien ne pouvait l'empêcher de penser qu'elle allait encore en perdre davantage. Me voilà vouée au gris et au noir, à présent, se disait-elle : la peau grise et les cheveux noirs. Ses mèches se dressaient en éventail de chaque côté de sa tête, ce qui avait amené un jour Dan à remarquer qu'elle ressemblait à un portrait d'Égyptienne antique.

Elle se rappelait ce jour-là dans ses moindres détails, depuis leur première rencontre dans la boutique d'antiquités où se trouvait le manège en argent, jusqu'au bar où ils étaient restés à boire café sur café, ne s'arrêtant qu'à la tombée de la nuit. Elle se souvenait aussi de leur lente promenade sous les arbres verdissants, et le superbe panorama qui s'était offert à eux, sur la terrasse du Jeu de paume, avec l'Arc de triomphe tout au fond. Un minuscule bambin et un chien miniature étaient assis côte à côte dans une poussette, et il y avait une vieille femme qui vendait des violettes. Elle se rappelait tout.

Bien que chaudement vêtue d'une épaisse jupe en tweed et de deux pulls en laine, elle ne cessait de frissonner ; le vent qui secouait les branches dénudées des arbres, les agitant en tous sens, s'insinuait dans les fentes du bois et sous les portes de la maison. A moins que ce ne fût sa maigreur extrême qui lui causait une telle sensation de froid.

Dans la cuisine, elle eut l'impression qu'il faisait un peu plus doux. Mettant la bouilloire sur le réchaud, elle s'assit dans l'intention de prendre une bonne tasse de thé. On se sent bien dans une cuisine ; on se dit que les murs sont tout proches de vous. On se sent en sécurité, ici, au cœur de la maison, avec la bouilloire qui chante, les bananes entassées dans le vieux saladier bleu, et le chien qui dort, douillettement recroquevillé sous la table.

Chez elle, chez ses parents, il y avait eu des chattes. Celle que l'on avait naturellement baptisée Blanche, à cause de la couleur de sa fourrure, avait sa place attitrée sur le rebord de la fenêtre où elle s'installait pour se chauffer au soleil, léchant tour à tour chacune de ses pattes roses. Et puis il y avait eu Cordelia, après Blanche, puis Emma, puis Mathilda. Le samedi matin, une bonne odeur de crêpes et de bacon se répandait dans la maison ; dans une cruche, au centre de la table ronde, il y avait toujours quelques feuillages : en été, les fleurs de saison et l'hiver une branche de sapin ou un rameau de houx.

Toutes ces choses font partie intégrante de toi-même. Cela, ils ne pourront jamais te l'enlever. Ils peuvent t'enfermer aussi longtemps qu'ils le voudront dans leur prison-forteresse grise, ces choses-là resteront avec toi, les maisons et les gens de ton enfance, ton amour pour Dan et les jours où tes enfants sont nés.

Le thé bouillant lui réchauffait les mains, serrées autour de la tasse, mais un sang glacé coulait toujours dans ses veines. C'était le froid de la peur. Considérant l'avenir avec la plus totale honnêteté, elle se disait que ce n'était pas seulement la peur pour elle-même — bien qu'il y eût de cela aussi — mais surtout la peur de causer un effroyable chagrin aux enfants, et à Dan et à ses parents, « qui ont gardé de mon bonheur une image intacte. S'il ne s'agissait que de ma souffrance, ce serait supportable, et, bien que je ne sois pas spécialement intrépide, je la supporterais, tout comme Clive supporte le cancer qui le tuera tôt ou tard... ».

Entendant le bruit d'une voiture dans l'allée, elle songea que ce devait être Dan qui rentrait. Il était sorti plus tôt de l'usine pour aller chercher Nanny et les filles chez la voisine. Maintenant, il ne travaillait plus que par à-coups et s'il l'avait pu, elle le savait, il aurait complètement cessé de se rendre au bureau pour rester à la maison à s'occuper d'elle. Ce matin-là, il lui avait formellement interdit de sortir de toute la journée, et elle se demandait si c'était parce qu'elle avait l'air si mal en point ou si, par une sorte de don de double vue, il avait pressenti le changement qui s'était opéré en elle et la décision irrévocable qu'elle avait prise d'aller se dénoncer à la police.

Jetant un coup d'œil à la pendule, elle nota la date au calendrier accroché juste au-dessous. C'était une date mémorable : il y avait un an jour pour jour que le Dr Lisle lui avait dit que Tina avait subi des sévices sexuels. Et de plus c'était l'anniversaire du monstre qui les avait perpétrés. Au-delà des rideaux de soie rouge, il y avait eu un violent vent de mars, semblable à celui qui était en train de hurler en ce moment. Et quelqu'un avait parlé du manège en argent, la copie conforme de celui qui lui avait permis de faire la connaissance de Dan. Tout était inscrit dans sa mémoire.

Mais, Dieu merci, cette journée était mémorable pour une autre raison, beaucoup plus encourageante, celle-là. Tina avait enfin réalisé des progrès réels et tangibles. Il y avait encore beaucoup de chemin à faire, bien sûr, mais elle était manifestement partie dans une excellente direction.

Le reste de la famille fit irruption dans la cuisine. Tout de suite, Nanny lança le signal, pouce en l'air, annonçant que Tina s'était bien comportée à la petite fête. Les fillettes posèrent leurs petits sacs bourrés de friandises et de jouets sur la table, et Sally se mit à déboutonner leurs manteaux.

Tina fit une déclaration :

« J'ai dit à Jennifer que ma sœur est plus en avance que la sienne.

— Pourquoi lui as-tu dit ça ? demanda Sally.

— Parce que ma sœur est plus grande, elle connaît davantage de mots. Sa sœur, elle est bête.

— Bête, dit Susannah. Bête, bête, bête ! »

Tina éclata de rire.

« Tiens, tu vois ! »

Le rire de Tina. Il valait tout l'or du monde, l'or et les diamants et les perles. Ce rire de gorge, que l'on n'avait pas entendu depuis

318

si longtemps, ses petites joues rebondies et ses yeux pétillants de malice.

Sally prit les deux fillettes dans ses bras, et les serra très fort, en les berçant, riant avec elles.

Dan, qui regardait la scène, avait une expression sur son visage qui lui brisa le cœur.

Presque tous les soirs, quels que fussent leurs efforts pour tuer le temps en parlant d'autre chose, ils revenaient sans cesse sur le même sujet.

« C'est la force de caractère d'Amanda que j'admire le plus, disait Sally. Vivre avec ce poids pendant tant d'années. Et personne n'a été assez lucide pour voir à quel point elle souffrait.

— Mais, comme tu l'as remarqué toi-même, elle n'a jamais voulu le révéler.

— Oui, la fierté des Grey, elle m'en a parlé.

— La fierté, dit Dan avec amertume. Une fierté qui a fait d'elle une femme aigrie.

— Elle en avait, des motifs de colère... Et toi, tu ne te souviens de rien ?

— Oh, quelques réflexions par-ci par-là, des messes basses de domestiques longtemps après son départ. Ils disaient qu'elle était « difficile ». Moi, je ne savais pas trop qu'en penser. C'est à peine si je me rappelle le jour où elle est partie. Tout s'est passé si rapidement ! Personne ne m'avait jamais prévenu qu'elle ne resterait pas aux Aubépines avec moi. Je la revois encore debout dans le hall d'entrée avec ses valises et son petit caniche dans un panier. J'ai essayé de ne pas pleurer — l'oncle Oliver disait toujours que les garçons ne pleurent pas —, mais naturellement j'ai eu une vraie crise de larmes. C'était dur. D'abord cet avion qui s'écrase, mes parents qui disparaissent, sans même qu'on puisse retrouver les corps, et maintenant Amanda qui s'en va ! C'était très dur. Oui. »

Dan s'interrompit, puis reprit en hochant la tête :

« Mais tu sais comment sont les enfants. J'ai fini par reprendre le dessus. Je menais une vie heureuse. L'existence était belle à Hawthorne.

— Tu ne trouvais pas bizarre qu'elle ne revienne jamais te voir ?

— Bah, nous avions des cousins très gentils en Californie et j'allais chez eux tous les étés, ce qui me permettait de la voir là-bas. Amanda ne voulait plus remettre les pieds aux Aubépines et l'oncle

319

Oliver n'a jamais tenté de la faire revenir. Il disait que chacun est libre d'agir comme il l'entend. »

Sally éprouvait une sorte de réconfort quand elle pensait à Amanda. Amanda avait réussi à survivre, seule, tant bien que mal, sans jamais baisser les bras. Par conséquent, avec l'amour et les soins dont on l'entourait, Tina devrait faire beaucoup mieux, beaucoup mieux que se contenter de survivre en tout cas.

« J'aurais bien voulu connaître Amanda plus tôt, déclara Sally. C'est une femme courageuse et affectueuse, je crois. Vois déjà la façon dont elle a renoncé à exiger sa part en s'excusant d'avoir envisagé d'engager des poursuites. »

Dan acquiesça.

« On l'invitera à venir passer un moment chez nous, aussitôt que le beau temps sera revenu. Cela me plairait beaucoup. Tiens, on pourrait lui téléphoner tout de suite pour le lui demander. »

Sally leva la main comme pour l'arrêter.

« Non, attends. Nous ne savons même pas ce qui va nous arriver ces prochains mois.

— Si tu veux remettre ça sur le tapis, Sally, je te préviens que je ne veux rien entendre.

— Dan, il faudra bien que tu m'écoutes. »

Baissant le ton, elle continua d'une voix à peine perceptible :

« Je ne peux pas continuer ainsi beaucoup plus longtemps. Plus longtemps du tout, même. »

Ils étaient dans leur chambre. Elle était allongée sur le dos, dans le petit canapé, au pied du lit. Il vint s'asseoir à ses pieds.

« Sally, s'exclama-t-il avec une énergie concentrée, dis-moi la vérité. Tu t'inquiètes parce que Ian sait ce qui s'est passé. C'est bien ça ?

— Non, j'ai confiance en Ian. Il ne ferait pas de mal aux enfants, ni à moi. Ce n'est pas du tout à cause de lui. C'est à cause de moi.

— Sally, c'était un accident », s'écria-t-il, poursuivant sur un ton de reproche : « Tu es en train de te torturer inutilement. Tu ne peux donc pas ranger cette histoire dans un compartiment que tu caserais dans le fin fond de ta mémoire ?

— Tu ne dirais pas ça si tu étais avocat.

— Alors je suis bien content de ne pas en être un.

— Mais nous devons tous nous conformer à la loi.

— Je t'en prie, épargne-moi tes sermons.

— Loin de moi l'intention de te faire la morale. Je vais peut-être te paraître bien grandiloquente mais cela existe, la conscience, et la mienne me harcèle jour et nuit. Oui, Dan, le jour et la nuit.

— Il méritait de mourir.

— Je sais, mais pas de mes propres mains.

— Tes mains ! »

Il se pencha en avant et les embrassa en murmurant :

« Sally, tu me feras mourir de chagrin et les petites filles aussi. Je t'en prie, ne nous fais pas cette chose horrible. Et à quoi ça t'avancera de toute façon de passer en jugement pour risquer d'aller en prison ? Cela prouvera quoi ?

— Simplement que l'on ne doit pas se faire justice soi-même.

— Mais enfin, tu ne t'es pas fait justice toi-même, puisque c'était un accident.

— On tourne en rond, Dan, et je suis complètement vannée. »

Il se leva et la regarda, allongée devant lui.

« Oui, tu as une mine affreuse. Je vais t'emmener avec les filles et Nanny dans un pays chaud où tu pourras te dorer au soleil, te reposer et reprendre un peu de poids.

— Tu as déjà dit ça plus de dix fois, pauvre chéri. Mais ce n'est pas le soleil qui peut résoudre ce problème. Il faut que je parle, Dan, tout comme Amanda a fini par le faire.

— C'était entièrement différent.

— Pas vraiment. Dans un cas comme dans l'autre, les choses grandissent à l'intérieur de toi, jusqu'au moment où il n'y a plus de place pour les contenir et alors, tout explose.

— Accepterais-tu que Ian ait une petite discussion avec toi ? Après tout, c'était... enfin, Oliver... était le père de Ian. Peut-être que lui, tu l'écouterais.

— Cela ne servira à rien. Ma décision est prise, Dan. J'irai à la police lundi. »

Il se frappa le front, du plat de la main.

« Mon Dieu, je crois que je vais devenir fou. De toute façon, lundi, ce ne sera pas possible. Il faut d'abord que tu voies un avocat. Or Larson ne rentre de vacances que mercredi. Nous irons le voir à ce moment-là. Tu me promets d'attendre jusque-là ?

— D'accord, mais il n'est pas question que j'aille le voir pour qu'il essaie de me dissuader de me livrer à la justice.

— C'est bien dommage », lança Dan d'un air farouche.

Naturellement, aucun avocat digne de ce nom ne tenterait d'entraver le cours de la justice, elle le savait. Mais il pourrait au moins lui donner quelques conseils. Le destin, ou la providence, ferait le reste.

*

Depuis le début de la matinée, Clive était à l'hôpital, dans un service réservé à la clientèle privée, et maintenant l'après-midi tirait à sa fin. Dans la petite salle d'attente attenant au bureau du docteur, il tuait le temps en feuilletant des magazines. Il avait tellement mal au dos qu'il pouvait à peine tenir en place : la souffrance était presque insupportable. Il se leva donc mais n'en éprouva aucun soulagement. La douleur s'était propagée jusqu'aux cuisses, progressant un peu chaque jour. Depuis combien de temps ? Dix jours ? Onze peut-être. Il avait un peu perdu la notion du temps. La douleur abolissait toutes les autres sensations.

Une infirmière entra pour annoncer :

« Le Dr Day va pouvoir vous examiner tout de suite. »

Le médecin étudiait une petite liasse de documents. Quand il leva les yeux, on devinait sur son visage ce qu'il pensait. Il avait au fond des prunelles une lueur encourageante qui disait : « Tous les examens sont négatifs », mais, à y regarder de plus près, il y avait aussi une expression un peu embarrassée, qui, démentant cet optimisme, semblait déclarer : « J'ai une mauvaise nouvelle à communiquer et j'essaie de trouver le meilleur moyen de vous l'annoncer. »

« Alors, dit Clive, ce n'est pas bon, n'est-ce pas ?

— Il y a toujours... », commença le docteur. Mais Clive l'interrompit.

« Pardonnez-moi si je suis impoli mais aujourd'hui est une mauvaise journée pour moi car c'est l'anniversaire de mon père. Et puis, de toute façon, je sais que je vais mourir. Alors, je vous en prie, épargnez-moi les circonlocutions d'usage. Je suis prêt à entendre la vérité. »

Le praticien fit ce geste : paumes tournées vers le haut accompagnées d'un haussement d'épaules, qui exprime l'inexorabilité de l'échec.

« Je suis désolé, Clive. Bon sang, ce n'est pas facile... D'accord, allons droit au fait. Les radios, les scanners des os, tous les examens

322

et analyses montrent que les métastases se sont développées. Il y en a partout, dans le squelette, les reins, le foie, partout.

— Je vois.

— Nous avons fait ce que nous avons pu. Pourtant, bon sang, votre état avait rudement l'air de s'améliorer après l'ablation du poumon. Pendant tout l'hiver. Et maintenant, tout redégringole. »

Il refit le même geste que précédemment avant d'ajouter :

« C'est comme un feu de forêt dans une pinède ; il n'y a rien à faire pour l'arrêter. »

Clive releva la tête.

« Combien de temps ? »

Il s'aperçut alors qu'il y avait une pendule dans la pièce. Elle se mit à égrener son tic-tac, très fort.

« D'un moment à l'autre », dit le docteur.

Clive se leva de sa chaise avec effort. Il réussit à prononcer quelques mots :

« Merci pour tout. Vous avez fait ce que vous avez pu.

— Où allez-vous, Clive ?

— Je rentre chez moi. Où pourrais-je aller, sinon ? Je veux retrouver ma maison.

— Je voulais dire, comment allez-vous rentrer ?

— C'est ma femme qui conduit. Elle est ici depuis ce matin, elle attend dans le hall d'entrée. »

Le praticien paraissait chercher ce qu'il pourrait bien dire ou faire. Il se leva et, après avoir ouvert la porte, il serra la main de Clive en hochant la tête.

« Elle a attendu toute la journée ? Voilà l'épouse qu'il faut pour un malade. Voulez-vous que j'aille lui parler, peut-être que je pourrai...

— Non, ce n'est pas nécessaire. Merci tout de même. »

Clive enfila son pardessus et, le corps endolori, il s'engagea dans l'escalier.

*

Il répéta à Roxanne ce que lui avait dit le docteur. Comme bien d'autres fois auparavant, elle se crut obligée de prendre un air encourageant, affirmant, comme il s'y attendait :

323

« Oh, les docteurs, ils n'ont pas leur pareil pour se tromper. Il y a neuf ans, ils ont dit à ma tante qu'elle n'avait plus que six mois à vivre et... »

Il l'interrompit sans ménagement.

« Tu es pleine de bonnes intentions, mais ce que tu dis n'a aucun sens, et tu le sais très bien, déclara-t-il posément.

— Quand a-t-il dit que tu...

— D'un moment à l'autre. »

Il s'en rendait parfaitement compte, Roxanne espérait que cela ne se produirait pas tout de suite, et surtout pas en sa présence, dans la voiture ou ailleurs. Il ne pouvait guère le lui reprocher. Il aurait éprouvé la même crainte, s'il avait été à sa place.

La seule chose dont il avait envie pour l'instant, c'était de rentrer à la maison et de prendre quelque chose pour calmer la douleur. Et pourtant, il y avait une partie de lui-même qui désirait prolonger ce trajet en voiture, son dernier peut-être. *Plus jamais*, c'était là un mot bien extraordinaire quand on devait l'appliquer à soi-même. Il fixa un regard avide sur le ciel, obscurci par d'épais nuages d'hiver. Le vent était si violent qu'on croyait presque le voir assener ses coups de boutoir aux branches des arbres. Un cerf gisait, mort, sur le bord de la route. L'hiver avait été si rigoureux que d'autres animaux de la forêt n'avaient pas dû survivre. Pourtant en mai, dans deux mois, le beau temps revenu, les feuilles nouvelles seraient de retour, des milliers d'oiseaux reprendraient leur babil ; et la jument, sentant l'arrivée du printemps, recommencerait à gambader dans les prés.

« Je sais que tu n'as pas envie de parler, mais si tu veux quelque chose de particulier à manger, je peux m'arrêter devant un magasin. Il n'y en aura que pour une seconde. »

Elle lui prit la main, la serrant très fort. Quand il leva les yeux vers elle, il vit des larmes briller au coin de ses paupières.

« Merci. Rentrons tout de suite, je préfère. »

Il éprouvait une émotion indicible. Elle était tellement prévenante, tellement gentille avec lui. Jamais, de toute sa vie, il n'avait été aussi bien soigné, choyé, dorloté. Sans bruit, elle allait et venait dans la maison, lui apportait à manger et à boire, prenait des livres sur les étagères et les y remettait, passait les disques qu'il réclamait et les rangeait ensuite. Quand il n'avait besoin de rien, elle remontait discrètement dans la chambre qu'elle occupait maintenant et elle le laissait tranquille.

Un jour elle lui avait demandé s'il voulait un récit complet de sa liaison avec Ian mais il avait refusé. Il ne souhaitait nullement aviver les images déjà si évocatrices, et tellement cuisantes et humiliantes pour lui. De toute façon, cela n'avait plus guère d'importance. Oui, songeait-il mélancoliquement, quand on sent sa mort prochaine on ne se concentre plus que sur l'essentiel.

Quand ils arrivèrent à destination, la maison était plongée dans l'obscurité, à l'exception de la cuisine dont la lampe était restée allumée pour Ange qui, maintenant, accourait à leur rencontre afin de se faire choyer.

« Va t'asseoir dans ton fauteuil, dans le bureau, conseilla Roxanne. Cela te fatiguera moins le dos que si tu te mets à table. Je t'apporterai le dîner sur un plateau. »

Elle prenait tout en main, comme le font d'instinct ceux qui affrontent la présence d'une mort imminente. Tout en obéissant, il s'interrogea sur les émotions qu'elle devait éprouver : sans doute un mélange de crainte, bien naturelle d'ailleurs, et de compassion sincère. Et il l'imaginait déjà, le soir de ses obsèques, seule dans cette grande maison, le petit chien blotti sur sa poitrine, revivant le jour où elle avait emménagé dans cette demeure en se disant que tout ce qui était là lui appartenait désormais.

Après avoir posé le plateau, elle s'apprêta à repartir dans la cuisine où elle mangeait seule. Il lui demanda alors d'aller chercher son assiette pour venir lui tenir compagnie.

« Il est temps que nous parlions », dit-il.

Elle accepta avec empressement.

« Je voulais le faire, depuis l'autre nuit. J'éprouve vraiment le besoin de tout te raconter.

— Je ne veux pas que tu me racontes tout. Je ne veux aucun détail.

— D'accord, pas de détails. Laisse-moi simplement te dire que cela a été un vrai fiasco. Mais toi, tu devrais comprendre que quand on en pince pour quelqu'un, on va forcément... »

Il ne la laissa pas continuer. *Toi, tu devrais comprendre.* Elle avait bien insisté sur le « toi ». Mais parler d'« en pincer pour quelqu'un » quand il s'agissait de quelque chose d'aussi magnifique que l'amour, grâce auquel s'opérait une transformation totale de la personne, lui permettant d'accéder à une vie entièrement nouvelle ! Que savait-elle de ce qu'il avait éprouvé, lui ? Ce n'était pas elle qui avait été touchée par cette grâce sublime. De quel droit se permettait-elle de juger ?

Et pourtant, peut-être avait-elle éprouvé la même chose, après tout. Dans ces conditions, c'était sans doute seulement le vocabulaire approprié qui lui faisait défaut.

Mais avant tout il y avait des problèmes pratiques à résoudre.

« Ce n'est pas de cela que je voulais parler, déclara-t-il. Alors, que comptes-tu faire après ma mort ?

— Je partirai d'ici. Pas question que je reste dans cette maison.

— Tu partiras avec qui ? Avec Ian ?

— Non. C'est fini, Ian et moi. Il faut que tu me croies.

— Je vois. Et l'enfant ?

— Je ne sais pas. Nous n'en avons pas parlé. »

Elle avait la tête baissée, le profil bien dessiné par la lampe. Le style grec le plus pur, songea-t-il. Un visage de l'époque classique.

Il lança d'un ton brusque.

« Tu n'accepteras pas d'argent de lui. Je t'en laisserai assez comme ça. Et aux yeux de tous, cet enfant est le mien. Ne le punis pas avant même qu'il soit né en mêlant son nom à un scandale, et ne risque pas de faire souffrir Happy.

— Oh, non. Cela, je ne le ferai jamais. Je la considère comme une amie. C'est une femme... un peu rétro, elle est pas comme moi. Enfin je veux dire qu'à sa place, si une pareille chose m'arrivait, je flanquerais ce salaud à la porte de chez moi, je l'enverrais se faire voir ailleurs, tandis qu'elle... Ça lui briserait le cœur si elle apprenait, sans que cela m'apporte quoi que ce soit de plus. J'en ai discuté une fois avec Michelle. On parlait de moi et de Ian...

— Ne me dis rien de plus. Du moment que je sais que tu tiendras parole, ça me suffit amplement.

— Je tiendrai parole. Je crois que j'irai en Floride, pour être avec Michelle. Enfin s'il...

— S'il y a assez d'argent pour qu'elle puisse rester dans cette école. Il y en aura assez. Je n'ai aucune raison de punir Michelle. C'est une chic fille. Tant qu'elle tire profit de ses études, autant qu'elle les continue pour avoir un bon métier plus tard. »

Roxanne fondit en larmes.

« Je ne sais plus. Je ne sais plus que penser. Tu es tellement gentil ! Jamais je n'aurais cru qu'il y avait des gens comme toi. Je voudrais pouvoir t'aider, faire quelque chose pour toi. J'irais jusqu'en Chine, jusqu'en Afrique, n'importe où...

— Tu peux me rendre service dès maintenant et ici même. Décroche le téléphone et appelle Dan et Sally. Ensuite, tu appelleras Happy et Ian.

— Ian ?

— Oui, Ian. Je veux qu'ils soient tous ici à dix heures demain matin. C'est très important. Il faut qu'ils viennent tous. Et ensuite tu téléphoneras à mon avocat, Timothy Larson. Tu lui diras que j'ai besoin de lui aussi. Le numéro est dans mon calepin. »

L'analgésique avait commencé à faire de l'effet, et la douleur était devenue plus sourde, plus supportable. Il laissa son regard errer dans la pièce, admirant une fois de plus les tons pastel rouge et bleu des tapis anciens. Puis il contempla ses livres, les tableaux représentant les chevaux, la photo de sa jument. Elle ne le reconnaîtrait sans doute plus. Il se prit à espérer qu'elle serait recueillie dans une bonne maison, car il allait de soi que tout ce qui lui appartenait allait être dispersé aux quatre vents. A moins que Dan et Sally ne décident de la garder pour Tina, quand elle serait en âge de la monter.

« Me Larson est absent, il ne sera pas de retour avant mercredi, annonça Roxanne.

— Alors, demande-leur d'envoyer un de ses associés. N'importe lequel fera l'affaire. »

Quand elle fut revenue auprès de lui, il vit qu'elle avait un air perplexe. Il lui dit alors avec beaucoup de douceur :

« Tu me sembles bien inquiète, ma pauvre petite. Mais tu n'as aucune raison de te faire du mauvais sang. Je te le promets.

— Je te crois sur parole. Mais j'aimerais quand même bien comprendre à quoi ça rime, tout ça. »

*

Ils étaient tous assis en demi-cercle, face à Clive. On sentait qu'il flottait dans l'air une grande tension dramatique. Clive les avait convoqués, pour une raison connue de lui seul, et tous devaient attendre son bon vouloir. Les seuls qui ne paraissaient pas affectés par cette angoisse étaient Happy et Me Jardiner, l'avocat.

Ian ne cessait de triturer son petit canif en argent. Il était assis tout près de sa femme, Roxanne se trouvant à l'autre extrémité du demi-cercle. Peut-être était-il vrai, finalement, qu'ils avaient cessé toute relation. Elle l'avait affirmé et Clive voulait tellement pouvoir la croire. En tout cas, ils évitaient systématiquement de se regarder mais après tout cela ne voulait rien dire. Les apparences sont tellement trompeuses !

Sally et Dan paraissaient à la fois épuisés et hagards, comme s'ils n'avaient pas dormi depuis des semaines. Il se demanda quel pouvait être leur problème car des êtres aussi charmants ne méritaient sûrement pas d'avoir des ennuis. Mais, parfois, le destin en décide autrement.

« Je vous ai demandé de venir, maître Jardiner, parce que je veux qu'un homme de loi puisse entendre, à titre de témoin, ce que je me prépare à déclarer. »

Me Jardiner, qui était très jeune, — sans doute était-il tout frais émoulu de la faculté de droit —, hocha la tête avec une gravité de circonstance.

« J'attends encore deux autres personnes. D'ailleurs, j'aperçois leur voiture. Tu veux bien leur ouvrir la porte, Roxanne ? »

Deux hommes dont l'allure et la démarche témoignaient de leur assurance et de leur autorité entrèrent et s'assirent pendant que Clive procédait aux présentations.

« Inspecteurs Murray et Huber, de la criminelle. Me Jardiner, mon avocat. Les autres, vous vous connaissez déjà. »

On eût dit que la totalité du demi-cercle s'était penchée en avant, comme attirée par un aimant. Ah, c'était presque agréable pour Clive de les savoir là, à sa disposition, comme des marionnettes dont il tirait les ficelles.

C'est Huber qui parla le premier.

« Avez-vous un élément nouveau à nous communiquer, monsieur Grey ?

— Non, j'ai la solution », dit Clive.

L'inquiétude se lut sur tous les regards des Grey. Tous les yeux s'agrandirent. Ian cessa de jouer avec son canif et Dan saisit la main de Sally.

« Comme le savent tous les membres de ma famille, je suis un grand malade. Le temps qui me reste à vivre se compte en jours. Quand on se trouve dans cette situation, on se livre à de sérieuses réflexions. »

Il marqua un temps d'arrêt. Qu'ils attendent. Il leur dirait ce qu'il avait à leur dire mais de la manière qu'il aurait choisie.

« L'idée m'est venue qu'un jour ou l'autre, un quelconque pauvre diable, qui serait entré par effraction dans une maison, risquerait de se faire épingler et soupçonner d'avoir tué mon père. Ce ne serait pas la première fois que ce genre d'erreur se produit. »

Il se tourna vers les inspecteurs et leur demanda :

« N'est-ce pas véridique ? »

Huber reconnut que ce n'était pas impossible.

« Mais c'est peu probable, précisa-t-il tout de même.

— N'empêche. Bref, j'ai préféré mettre les choses au point sans tarder. Je suis l'homme qui a abattu Oliver Grey. C'est moi qui suis coupable et moi seul. »

Il y eut un mouvement général de stupeur. Happy poussa un cri aigu. Ian se leva et se rassit aussitôt, et Dan, qui s'apprêtait à dire quelque chose, en fut empêché par l'inspecteur Huber qui avait levé la main pour réclamer le silence.

« Oui, reprit Clive. J'étais fou, insensé, hystérique, appelez cela comme vous voudrez. J'avais décidé de tuer mon frère. Il s'était produit des choses... oui, enfin des choses. Peu importe lesquelles. »

Il s'interrompit, émit une sorte de râle, puis reprit d'une voix si épuisée que tous durent tendre l'oreille pour saisir ses paroles.

« J'ai pris le revolver. Je ne peux pas vraiment dire ce que je pensais, ni même si je songeais à quoi que ce soit. Je suis sorti dans la neige. Je me rappelle être tombé sur le petit chemin qui monte derrière la maison. J'ai enlevé mes chaussures pour ne pas laisser de traces de pas et je suis entré par la porte de derrière. Je savais que père se couchait de bonne heure et que Ian était là pour la nuit. Naturellement, il n'était pas encore arrivé, il avait été retardé par la neige, mais cela, je ne le savais pas. J'étais fou de colère, vous comprenez ? Il faisait presque nuit dans le hall d'entrée et j'ai pris mon père pour Ian. Oui, mon père. J'étais aveuglé par la fureur, vous comprenez ? »

Le regard de Clive se posa tour à tour sur les visages stupéfaits qui lui faisaient face.

« Le revolver était un calibre 38. Il est ici en ce moment. Roxanne, emmène les inspecteurs là-haut. Sur l'étagère du haut, dans mon placard, il y a un livre vert intitulé *Principia Mathematica*. En fait la reliure est creuse. Le revolver est à l'intérieur. »

A l'exception de Mᵉ Jardiner, qui s'était mis à prendre des notes fébriles sur un petit bloc, toutes les autres personnes étaient comme pétrifiées de stupeur. Aucun son ne brisa l'épais silence qui s'était installé alors que les deux policiers montaient au premier étage avec Roxanne. Quand ils revinrent, tous les dos se redressèrent, chacun fixant son regard sur le livre ouvert qui contenait un revolver à l'intérieur.

Murray rompit le silence.

« Donc, vous aviez décidé de tuer votre frère. Pourquoi ? »

Comment répondre ? Parce que, depuis que je suis sur terre, il a toujours eu tout ce qu'il voulait. Oui, tout.

« Pourquoi ? répéta Murray.

— Je préfère ne pas le dire, tout en précisant que Ian n'a commis aucun crime. Sur le plan légal, il est parfaitement irréprochable. »

Cela suffisait. Ils n'avaient pas besoin d'en savoir davantage.

« Il serait préférable que vous répondiez, si vous le pouvez, déclara Mᵉ Jardiner avec calme.

— Je le peux mais je ne le souhaite pas. De toute façon, vous avez le revolver et l'aveu de ma culpabilité. »

Mais les inspecteurs n'allaient pas se déclarer aussi facilement satisfaits.

« Il serait fort utile, pour votre défense, que vous donniez le motif de la haine qui vous a poussé à agir de la sorte.

— Je n'ai aucun besoin d'assurer ma défense. Je serai mort avant que vous ayez le temps de convoquer un grand jury. »

Lisant alors dans leurs pensées, Clive se hâta d'ajouter :

« Et ce ne sera pas un suicide. »

Cette pièce, cette maison, l'univers tout entier, rien n'était suffisamment vaste pour contenir la tempête d'émotions qui déferlait sur lui. Fouillant du regard tous les visages ébahis qui le fixaient, de Ian jusqu'à Roxanne, il dit :

« S'il y a quelqu'un dans cette pièce qui connaît ce motif, c'est Ian lui-même, et cela suffit. Personne d'autre n'a besoin de le savoir. »

Se tournant de nouveau vers son frère, il reprit :

« Je suis content de ne pas t'avoir fait de mal, Ian. Tu as une longue vie devant toi. Maintenant, j'ai dit ce que j'avais à dire, et je peux partir en paix. Enfin, plus ou moins. »

Huber revint de nouveau à la charge :

« Si vous avez gardé ce revolver, était-ce parce que vous aviez l'intention de vous en servir une nouvelle fois ? En général, l'assassin présumé se débarrasse de l'arme du crime. »

Clive ne put s'empêcher de sourire en entendant le mot « présumé ».

« C'est ce que j'aurais fait si j'avais pu en trouver le moyen, mais je n'ai jamais pu prendre ma voiture ni me retrouver seul où que ce soit un seul instant. Cela n'est pas plus mal, finalement. Maintenant, vous pouvez comparer l'arme avec la blessure et déclarer le problème résolu. »

La blessure ! L'écho de ce mot retentit à son oreille, jusque dans son cœur. *La blessure.* Rouge, béante, sanglante, une horrible entaille dans la chair. Et soudain, il se mit à crier, comme s'il n'y avait personne pour l'entendre ou comme s'il se moquait bien de savoir qui allait l'entendre :

« Mon cher père ! Le seul être humain qui m'ait vraiment aimé, depuis la mort de ma mère. Lui qui n'avait jamais fait de mal à personne, qui n'avait jamais fait que du bien autour de lui, tous les jours de sa vie. Mon Dieu, mon Dieu ! »

Et il se mit à pleurer, le corps secoué de sanglots convulsifs.

Soudain, il se leva de sa chaise, car une douleur fulgurante lui traversait la poitrine, à un degré encore jamais atteint, transperçant ses chairs. Il resta un moment debout et fit un pas, comme pour tenter de fuir cette souffrance. Mais il perdit l'équilibre et tomba à terre.

*

Quand l'ambulance emmena Clive, Roxanne monta avec lui.

« Il y a de la place pour une personne. Sa femme peut l'accompagner », avait dit l'un des brancardiers.

Quelque temps plus tard, Ian téléphona à l'hôpital pour avoir des nouvelles.

« Son médecin dit que l'os a cédé, expliqua-t-il en raccrochant. Il s'est cassé en deux. Le docteur n'avait pas l'air surpris. »

Me Jardiner, qui déployait tous ses efforts pour tenter d'afficher un calme irréprochablement professionnel, était aussi déconcerté que les autres. Au bout d'un moment de réflexion, il formula ce jugement :

« Indiscutablement, l'esprit de ce pauvre homme s'est brisé en deux lui aussi. »

Il parle comme un avocat qui prépare sa plaidoirie, songea Ian. Il s'empressa pourtant d'acquiescer.

« Oui. Il y a déjà un certain temps que je le voyais évoluer dans ce sens. Évidemment, n'étant pas médecin, je n'ai aucune qualité pour formuler un diagnostic. De toute façon, je n'en ai parlé à personne. Mais il s'est mis dans un état de surexcitation fort inquiétant à propos de la vente de cette forêt. Sa réaction était vraiment démesurée, enfin, elle n'était pas du tout... euh, normale. Il faut le lui pardonner. »

Me Jardiner prit encore quelques notes. Happy, tremblante et les yeux pleins de larmes, s'accrochait au bras de son mari, tandis que Dan, les sourcils froncés, essayait d'imaginer un Clive surexcité, au bord de l'hystérie. Clive ?

Et puis, tout à coup, il eut comme une révélation : désormais Sally était lavée de tout soupçon. La détonation qu'elle avait entendue avait sans doute été provoquée par une cartouche à blanc. Personne n'aurait pu mettre de balle réelle dans une arme de collection, un revolver fantaisie avec sa crosse plaquée argent...

Ils étaient tous debout dans le hall d'entrée, près de la porte par laquelle on avait emmené Clive, mais Sally avait monté quelques marches de l'escalier et elle s'était assise à l'écart des autres. Elle est encore sous le choc, se dit Dan. Maintenant, c'est décidé, ma chérie, je vais t'emmener quelque part, et nous allons passer une semaine entière rien que nous deux. Tina va si bien maintenant qu'on pourra la confier à Nanny. Oui, toute une semaine, toi et moi, pour que tu puisses te remettre, mon amour...

L'inspecteur Huber, qui avait pris la suite de Ian au téléphone, vint rejoindre le petit groupe.

« Le patron en est resté comme deux ronds de flan. Au début, il ne voulait même pas me croire. Bon sang, moi non plus je n'ai jamais vu une chose pareille de toute mon existence. Il va mettre deux gars en faction devant la porte de la chambre de ce pauvre dia... enfin de ce pauvre homme. Crénom, c'est bien la première fois que j'assiste à un tel coup de théâtre.

— Naturellement, intervint Murray, on se doutait bien que

c'était un familier qui avait fait le coup, un employé qui voulait se venger d'une injustice dont il s'estimait victime ou même peut-être quelqu'un de l'entourage immédiat. »

Il rougit soudain et, comme pour s'excuser auprès des membres de la famille encore présents, il expliqua :

« Cela peut se produire chez des gens très bien, vous savez. Nous, on s'en doutait parce que la maison était pleine d'objets de valeur et que rien n'a été pris. Il y avait même de l'argent sur la table, sept billets de cent dollars. Au fait, la balle provenait bien d'un .38, comme le joujou qui était planqué là-haut, dit-il en montrant le livre vert qu'il avait gardé sous son bras. Finalement, on a bien raison de dire que le criminel finit toujours par être démasqué.

— Pas toujours, corrigea Murray. Mais c'est vrai dans la plupart des cas. »

Si seulement on avait pu savoir ça il y a trois mois, songeait Dan.

Happy, elle, revoyait le corps gisant dans le hall, un corps qui aurait pu être celui de son mari, l'être qu'elle aimait le plus au monde.

Au moins, pensait Ian, Clive mourra en s'imaginant que père était l'homme qu'il a toujours connu, tandis que moi, je vivrai avec une tout autre image de lui en tête.

Pauvre Clive ! se disait Sally. N'ai-je pas eu toujours la quasi-certitude qu'il y avait en lui quelque chose qui ne tournait pas rond ?

« A mon avis, déclara Huber au moment où il s'apprêtait à partir avec son collègue, vous avez bien mérité de boire un bon remontant.

— Un et même deux », renchérit Murray.

Me Jardiner fourra son calepin dans sa poche, remit son pardessus et leur adressa un dernier conseil avant de partir.

« Il va y avoir des journalistes, bien entendu. Ils vont s'abattre sur vous comme un essaim de frelons. Ne leur dites rien. Faites répondre à la porte par quelqu'un d'autre que la famille n'est pas visible. Ils pourront toujours nous contacter au bureau, s'ils le souhaitent, et bien sûr ils le souhaiteront. Les faits sont simples. Il était de notoriété publique que la famille était divisée sur le projet de construction d'une cité nouvelle en plein cœur de la forêt. Le cancer de Clive Grey avait gagné les cellules du cerveau, et, exaspéré par ce conflit d'intérêts, il a perdu tout contrôle de lui-même. Il n'était pas responsable, c'est tout. Que puis-je vous dire d'autre ? Qu'il est arrivé là une chose effroyable ? Je me demande comment je vais leur annoncer ça au bureau. Si j'ai bien compris, ajouta-t-il en adressant un petit signe de tête à Ian et à Dan, votre famille est cliente de notre firme depuis trois générations. Me Larson va être complètement catastrophé quand il apprendra la nouvelle. »

« Catastrophé, dit Happy quand la porte se fut refermée derrière lui. Je crois que c'est le mot juste ; en tout cas, moi, je n'en vois pas d'autre. »

Elle avait les yeux rouges. Elle se moucha.

« Comment allons-nous faire pour surmonter un tel malheur ? »

Ils étaient maintenant debout tous les quatre dans le hall, tels des naufragés abandonnés sur une île déserte, pensait Sally, comme des proscrits qui se demandent par quoi il faut commencer : brandir un drapeau blanc pour appeler des secours, prospecter les alentours pour trouver de quoi manger ou se construire un abri contre les intempéries ? La maison, après ce qui venait de se produire entre ses murs, était aussi peu accueillante qu'une terre inconnue et hostile.

« Pauvre Roxanne, dit Sally. Il n'y avait même pas un an qu'elle était mariée.

— Tu te rends compte, renchérit Happy. Des plantons de la police à la porte de sa chambre. Je n'aurais jamais imaginé qu'il déraillait à ce point. Tu ne m'en avais jamais parlé, Ian, et c'est quand même étrange que cela ne m'ait pas frappée. Tu t'étais aperçue de quelque chose, toi, Sally ?

— Pas à ce point, non ! Mais je l'ai toujours trouvé un peu bizarre.

— Ridicule, s'indigna Dan. Clive n'a jamais rien eu d'anormal dans son comportement, avant que sa maladie ne prenne un tour aussi dramatique, du moins. Bon, je vais aller voir à l'hôpital. Tu veux venir aussi, Ian ?

— Bien sûr. Mais vous deux, les filles, vous n'êtes pas obligées de nous accompagner, à moins que vous n'y teniez expressément, bien entendu. »

Happy, qui avait besoin de s'activer, répondit qu'elle allait rester pour remettre un peu d'ordre dans la cuisine.

« Leur vaisselle du petit déjeuner est restée sur la table. Je crois que je vais emmener leur chien chez nous, Ian. Roxanne va sans doute rester absente toute la journée et il va faire des saletés partout s'il n'y a personne pour le sortir. »

Sally comprenait ce besoin de vaquer à toutes sortes d'occupations, et même d'en inventer qui n'étaient pas nécessaires.

« Je vais rester pour t'aider », proposa-t-elle.

Ian poussa un profond soupir.

« Quand je pense qu'il va passer aux assises ! Il n'en sortira pas vivant, si le cancer ne l'a pas tué avant.

— Avec la mine qu'il a, il n'en a plus pour longtemps à vivre », dit gravement Dan. Et il essaya, sans succès d'ailleurs, d'imaginer quel effet cela pouvait bien faire d'avoir un frère qui veuille vous tuer.

Quand les femmes s'en allèrent dans la cuisine, Ian dit à voix très basse :

« Dan, je voudrais parler une minute à Sally, seul à seule. Il faut que je lui adresse toutes mes excuses, tu comprends ?

— Il n'y a aucune raison. Tu as vu ce que tu as vu, et tu en as tiré une conclusion logique.

— Je lui ai causé la plus vive des inquiétudes. A toi aussi, d'ailleurs. Dis-lui que je ne me le pardonnerai jamais.

— C'est parfait, Ian. C'est le destin qui l'a voulu ainsi, c'est tout. Il s'est passé des choses horribles dont tu n'es aucunement responsable.

— Alors là, je ne suis pas d'accord avec toi.

— Que veux-tu dire ? »

Ian s'éloigna et pénétra dans le salon. Dan le regarda traverser la pièce pour aller s'immobiliser devant la cheminée, la tête penchée, avant de partir près de la fenêtre et de tambouriner sur les vitres du bout des doigts. Puis il revint dans le hall, le visage empreint d'une expression si désespérée que Dan lui saisit l'épaule et la secoua doucement.

« Allons, dit-il. Cette histoire t'a complètement bouleversé, et il y a de quoi, je le reconnais. Le mieux maintenant, c'est que tu rentres chez toi te reposer. J'irai seul à l'hôpital, mais je te tiendrai au courant. Allez, va !

— Je veux te parler. J'ai la tête qui va éclater si je ne me confie pas à quelqu'un, et ce quelqu'un, c'est toi et toi seul. »

De quoi pouvait-il s'agir ? Quelles nouvelles révélations, quelles trahisons pouvait-il encore y avoir ?

Ils sortirent, s'abritant du vent à l'angle de la maison, à côté du garage. En voyant l'état de nervosité de Ian, qui ne se décidait pas à parler, Dan comprit que la révélation annoncée n'allait pas venir facilement. Manifestement, son cousin ne savait comment commencer, à moins qu'il n'eût finalement renoncé à se confesser.

Dan se crut donc obligé de préciser avec beaucoup de délicatesse :

« Si tu as changé d'avis, peu importe.

— Non, déclara Dan en le regardant bien en face. Non, il faut que ces choses-là soient dites. C'est très difficile, mais je ne veux pas me dérober. Le fond du problème, tu vois, c'est que Roxanne et moi... »

Ne sachant comment continuer, il fit voler la neige d'un grand coup de pied.

« Elle et moi, tu vois, reprit-il, nous nous connaissions avant que Clive ne l'épouse. J'ignorais totalement que ce mariage allait se faire, et j'ai été aussi étonné que vous tous le jour où il l'a amenée à la maison en nous la présentant comme sa nouvelle épouse. Je l'étais même mille fois plus, car je n'arrivais pas à en croire mes propres yeux. On avait rompu, en quelque sorte, enfin, pas exactement, et elle a fait ça pour se venger de moi. »

Dan regarda son cousin bouche bée.

« Et Clive ne s'est jamais douté de rien.

— Il n'en a jamais rien su jusqu'au soir où il a tiré sur père. Il ignorait que nous avions renoué nos relations — oh, pas souvent, une ou deux fois seulement — et que le bébé — tu sais qu'elle est enceinte, n'est-ce pas ? — n'est pas de lui mais de moi.

— Grands dieux ! s'exclama Dan.

— On se connaissait depuis près de trois ans. Je l'avais rencontrée... Bof, quelle importance ? Ce genre de choses arrive couramment, tu le sais aussi bien que moi. Évidemment, Sally et toi... enfin, je n'en sais rien après tout. Les apparences sont souvent trompeuses. Tiens, fit-il avec une grimace, voilà que je me lance dans les clichés les plus éculés. »

La dernière chose que Dan désirât maintenant, c'était de se trouver sur le banc des accusés ; ce n'était pas son genre.

Pourtant, confronté à de tels sous-entendus, il ne put résister à la tentation de se justifier. Il répondit avec le plus grand calme :

« Sally est tout pour moi. Absolument tout.

— Tu ne me croiras peut-être pas, mais c'est la même chose pour Happy et moi. C'est d'ailleurs pour ça que je me suis disputé avec Roxanne. Elle voulait que je quitte ma femme. Bon sang, je préférerais me couper le bras !

336

— Et si Happy découvre la vérité ?

— Elle ne saura jamais rien. Roxanne ne veut pas lui faire de peine parce qu'elle la trouve très sympathique. Happy a été très gentille avec elle. Si curieux que cela puisse paraître, Roxanne a très bon fond. Elle en est la première surprise, d'ailleurs. Comme quoi, il est bien rare que nous nous connaissions nous-mêmes, n'est-ce pas. Tiens, encore un cliché ! Ce sera le deuxième. »

Maintenant qu'il avait commencé à parler, Ian semblait incapable de s'arrêter.

« Ce n'est pas une excuse, mais il y a des fois où je me dis que si je ne m'étais pas... enfin si père m'avait laissé profiter d'une certaine liberté pendant quelques années au lieu de me pousser à me marier si tôt, je n'aurais sans doute pas été un mari aussi volage. Mais, je le répète, ce n'est pas une excuse. Mon Dieu, quelle leçon ! Des leçons comme celle-là, on n'en reçoit pas souvent ! Quand je pense que c'est à cause de moi que mon frère a perdu les pédales. Il faut que je lui révèle tout avant qu'il meure. Il le faut absolument. »

De grosses larmes jaillirent de ses yeux, roulant sur son visage.

« Mais je ne peux quand même pas lui dire, à lui surtout, comment cela s'est réellement passé entre elle et moi. Jamais encore je n'avais vécu une telle relation avec une femme. Je savais qu'il fallait mettre fin à notre liaison mais en même temps je voulais qu'elle se continue à jamais. Et puis, tu sais quoi, Dan, maintenant, je n'éprouve plus rien pour elle. Remarque bien, c'est toujours de cette façon que ça se termine. Tu crois que ça va durer toujours et, tout à coup, il n'y a plus rien. Dan, tu es la seule personne qui soit au courant de la liaison que j'ai eue avec Roxanne. Cela devrait te montrer à quel point j'ai confiance en toi. En somme je te confie mon secret comme toi tu m'as confié ce qui s'était passé pour ta petite Tina. Au fait, comment va-t-elle ?

— Elle fait des progrès de jour en jour.

— Tant mieux, Dieu merci. Tiens, voilà encore une chose à laquelle je pense constamment. Quand Clive a dit que père n'avait jamais causé le moindre tort à qui que ce soit, j'ai aussitôt éprouvé de l'horreur et de la honte. J'ai pensé à Tina et à Amanda. Ah, je sais bien que les journaux sont pleins de ce genre d'histoires mais ça ne fait pas le même effet que lorsque ton propre père est en cause. Je ne comprends pas comment il a pu faire pareille chose. Je ne le reconnais pas, lui qui était mon propre père. Bon Dieu ! Aller faire la cour aux femmes, passe encore, mais faire ce qu'il a fait... »

Incapable d'achever, Ian poussa un gémissement.

« Mais tu n'en es aucunement responsable, rétorqua vivement Dan. Tout cela n'a rien à voir avec toi.

— Dan, je n'ai pas été un garçon facile à vivre. Je ne tenais pas en place, j'accumulais les bêtises et j'étais trop stupide pour me satisfaire de ce que j'avais. Tu ne le croiras peut-être pas, mais si bizarre que cela puisse paraître, j'ai l'impression que ces coups du sort m'ont remis la tête en place. Je me sens — tu vas sans doute trouver que je m'exprime mal — oui, il me semble que je suis différent maintenant. Tu verras. »

Une brusque bourrasque contourna l'angle de la maison, poussant des petites branches brisées le long de l'allée. Ian releva son col en frissonnant. Soudain, il se mit à claquer des dents.

« Tu es en train de te geler, monte dans ma voiture, suggéra Dan.

— Non, c'est les nerfs. Ça va aller. Je vais reprendre le dessus.

— Il vaudrait mieux que Happy te ramène à la maison. Nous allons partir nous aussi. La matinée a été bien chargée. Et nous ne sommes pas au bout de nos peines ! »

*

Le matin du troisième jour, l'infirmière qui s'était absentée un court instant de la chambre constata en revenant que Clive avait succombé à une grave hémorragie interne.

Quelques minutes plus tard, Roxanne arriva, suivie de près par Ian. Usant de son privilège d'épouse, elle entra dans la chambre, seule, mais elle en ressortit sans tarder pour laisser la place au frère du défunt. Debout près du lit, Ian grava dans sa mémoire, sachant que désormais il ne l'oublierait jamais, l'image de ce corps chétif, de cette peau jaune, sur ce squelette décharné, avec cette main rabougrie qui se refroidissait déjà. Et il savait aussi qu'il regretterait tout le reste de son existence que son frère n'ait pas recouvré suffisamment de conscience pour qu'il ait pu y avoir entre eux une dernière discussion d'homme à homme.

Une fois le docteur parti, les deux imposants factionnaires qui montaient la garde devant la porte quittèrent leur poste. Roxanne et Ian descendirent au rez-de-chaussée et se dirigèrent vers le parking.

338

« Je suppose, commença-t-elle, que tu te demandes ce que je vais faire. Eh bien, je vais te le dire. Je pars. Tu n'auras plus besoin d'avoir peur de me retrouver sur ton chemin. Je ne veux plus jamais revoir ces lieux. Je me sens souillée ici.

— Je n'ai pas la conscience très tranquille non plus, tu sais...

— Il n'y a aucune comparaison entre toi et moi. Au moins, toi, tu ne m'as jamais menti.

— A toi, non. Mais à tous les autres, sûrement.

— Tu vas pouvoir raccommoder les morceaux à présent.

— Il est trop tard pour réparer les torts que je lui ai causés, s'il était possible de réparer quoi que ce soit.

— Ton problème avec lui, il remonte très loin. A l'époque où vous étiez à l'école maternelle. Si tu n'avais pas eu autant de pouvoir d'attraction sur les gens, il aurait été différent. C'est son physique qui lui a joué le plus mauvais tour que l'on puisse imaginer. »

Et le tien, il a été un don des dieux, songea Ian. Mais elle avait perdu son pouvoir sur lui. Il en avait la certitude, maintenant qu'elle se tenait à quelques centimètres de lui. Ses cheveux somptueux étincelaient au soleil, son visage en forme de cœur était niché dans un foulard en soie, imprimé de violettes, et il pouvait sentir son parfum. Mais aucune vibration ne se produisait dans sa chair.

Il baissa furtivement son regard vers le ventre de Roxanne. Surprenant ce mouvement, elle réagit avec sa vivacité habituelle.

« Ne t'inquiète pas. Je suis sa veuve et l'enfant portera son nom. Il a voulu qu'il en soit ainsi. C'était un homme généreux. Il a fallu qu'il perde l'esprit pour vouloir te tuer.

— Oui, je sais.

— Il a laissé de l'argent, pour moi et pour ma sœur aussi. Je vais vendre la maison et aller m'installer en Floride. Il faut tenir Michelle à l'abri des querelles familiales et de cet ivrogne de grand-père. Tu seras content de savoir que nous ne reviendrons jamais. »

Certes, il ne pouvait pas nier sa satisfaction. Pourtant, il se mêlait une certaine compassion à ses sentiments de culpabilité et de contrition. C'est pourquoi il dit :

« Je suis heureux qu'il t'ait laissé de quoi vivre. Ce n'est pas autant que ce que j'avais promis de te donner si on avait vendu la forêt mais...

— Tu ne vas pas donner suite à ce projet de vente ?

— Non. J'ai annulé l'opération.

339

— Malgré l'importance de la somme ?

— Cela ne m'intéresse plus. J'en suis arrivé à penser que c'était stupide de vouloir tant d'argent. Cela revient à s'empiffrer de six côtelettes et de six grosses tartes aux pommes alors qu'il suffit d'en manger une de chaque.

— Alors là, tu as drôlement changé !

— Oui, mais ça ne s'est pas fait tout seul.

— Tu veux que je te dise quelque chose de bizarre ? Eh bien, moi aussi, j'ai changé. Je t'aimais vraiment, tu sais. Pourtant maintenant, c'est fini. Comme par magie, comme ça, dit-elle en faisant claquer ses doigts. Et crois-moi si tu veux, mais Clive va me manquer.

— Je sais. »

Il ne voyait pas ce qu'il aurait pu ajouter.

« Maintenant, on ne se verra plus qu'en présence de tiers, à l'enterrement ou autres, ajouta Roxanne. C'est pour ça que je te le dis maintenant. Allez, on se serre la main. Bonne chance, Ian, j'ai été bien contente de te connaître. »

*

Allongés au soleil sur la plage, ils regardaient les vagues paresseuses. Toute la matinée, Sally s'était absorbée dans la lecture d'un livre ; c'était la première fois qu'elle y parvenait depuis le mois de décembre. Maintenant, le roman posé à côté d'elle, Sally réfléchissait.

« Je ne comprends toujours pas pourquoi Clive a voulu tuer son frère. Il a vraiment fallu qu'il perde complètement la raison.

— Pas nécessairement, fit Dan.

— Eh bien alors, qu'est-ce qu'il y a eu ?

— Oh... rien.

— Tu me caches quelque chose. Tu as l'air d'en savoir plus que tu ne le dis.

— Ah bon ?

— L'autre matin, chez Clive, tu es resté longtemps à discuter avec Ian. Qu'est-ce qu'il te racontait ?

— On parlait affaires.

340

« — Dan Grey, je ne te crois pas. Tu me caches quelque chose.

— S'il y a un secret, Sally, ne me demande pas de le dévoiler, parce que je ne le ferai jamais. Jamais. »

Cela, elle le savait. Elle n'insista donc pas et laissa le soleil lui réchauffer le corps. Et soudain, Dan rompit le silence.

« Quand je repense à ce qui s'est passé ce matin-là, cela pourrait être le titre d'un roman : *Le jour où notre monde s'est retrouvé sens dessus dessous.*

— Je me demande si le Dr Lisle s'est vraiment imaginé que j'avais tué Oliver. En tout cas, je suis presque sûre qu'Amanda en a toujours été persuadée.

— Bref, maintenant, elles savent l'une comme l'autre que tu n'es pas coupable.

— Mais pourquoi Oliver s'est-il effondré contre le mur s'il n'avait pas été atteint par une balle ?

— Je crois que c'est parce qu'il avait été terrifié. Il savait qu'il était démasqué. Oh, Sally, tu te rends compte, on allait voir Larson le mercredi suivant pour que tu puisses te constituer prisonnière ! Comme tu as dû souffrir. J'admire vraiment ton courage ! Si jamais il t'était arrivé quelque chose...

— N'y pense plus, mon chéri. Maintenant il ne m'arrivera rien. »

Il se dressa sur son séant.

« Remontons dans la chambre. Nous sommes venus ici pour fêter l'événement.

— Mais il n'est que deux heures de l'après-midi, objecta-t-elle en riant.

— Je me fiche complètement de l'heure qu'il peut être. Viens. On verra qui sera le premier arrivé là-haut ! »

CHAPITRE 20

Septembre 1993

La grande maison était revenue à la vie. A l'entrée, sur un haut pilier en pierre du portail, on avait posé une plaque en cuivre élégamment gravée annonçant : MUSÉE ET CENTRE D'ÉTUDES ÉCOLOGIQUES DES AUBÉPINES. Par ce doux après-midi de septembre, la cérémonie d'inauguration se déroulait dans l'auditorium qui avait été créé dans la pièce même où les Grey avaient autrefois pris leurs repas, lu leurs livres et reçu leurs invités. Les chaises avaient été prises d'assaut par la foule et il y avait beaucoup de gens debout dans le hall d'entrée. Les orateurs se succédèrent : experts venus de différentes universités, présidents d'associations diverses et finalement le maire. Tous prônèrent avec beaucoup d'éloquence la conservation de la planète Terre et l'éducation des jeunes, sans oublier de chanter les louanges d'Oliver Grey pour la perspicacité et le dévouement dont il avait fait preuve.

« Sans relâche, il s'est donné corps et âme. Nous avons tous été les bénéficiaires de sa clairvoyance et de sa générosité. Et parmi les nombreux dons qu'il a prodigués, cette maison et les vastes forêts, que sa famille a ensuite si généreusement données à l'État, constitueront le témoignage le plus durable de tous. »

Au-dessus du maire trônait un portrait d'Oliver Grey. Sally remarqua à quel point il était ressemblant, avec cette expression qui, d'une certaine manière, réussissait à être à la fois austère et bienveillante. Tout prenait soudain un tour extraordinaire, aujourd'hui ! Voyant le sourire de Dan, au-dessus des têtes de Susannah et de Tina — les deux fillettes s'étant assises entre eux —, elle sourit à son tour. Ils revenaient de loin l'un et l'autre !

Les discours terminés, la foule se dispersa pour visiter les classes et les salles où l'on exposait des spécimens de la vie naturelle : plantes et minéraux. Sur la terrasse, agrandie pour l'occasion, où le

342

personnel du traiteur allait servir petits fours et rafraîchissements, les Grey devraient ensuite tenir salon pendant une heure environ.

Happy, toujours aussi blonde, avec ce teint bien bronzé d'une femme respirant la santé, était plus belle que jamais dans sa robe rose, et Sally ne manqua pas de le lui dire.

« Le rose te va bien, ajouta-t-elle.

— C'est la dernière fois que je peux mettre une robe d'été. Enfin la dernière dans laquelle je peux encore entrer, de justesse, d'ailleurs. »

Happy était enceinte et au comble du bonheur parce qu'elle savait que ce serait un garçon.

« Oui, il y avait si longtemps que j'attendais ça. Ce que j'ai pu le désirer ! Quant à Ian, il est tellement ravi que je le reconnais à peine. »

En effet, ce n'était plus le même homme. Il avait perdu son côté fanfaron, et ses airs de fier-à-bras avaient laissé place à une subtile modération, comme si d'un jour à l'autre il avait enfin accédé à la maturité.

Ils étaient entourés d'amis sincères, animés d'excellentes intentions, mais il y avait aussi de simples curieux ou des gens qui cherchaient surtout à côtoyer les célébrités : il allait falloir encore des années pour que le meurtre d'Oliver Grey cesse de faire vibrer les foules. Ils prirent leur mal en patience, serrant les mains et échangeant les propos insignifiants que l'on attend les uns des autres en de telles occasions.

« Vous vous souvenez de moi ? s'enquit une femme. Joan Lennon, j'habitais à trois maisons de Clive et de Roxanne. Nous avons entretenu avec eux de bonnes relations pendant le très court laps de temps où nous les avons connus. Quelle tragédie ! »

Oui, ils se souvenaient d'elle.

« Je viens de rentrer de Floride. Ma mère est installée là-bas. Je me suis dit que cela vous ferait peut-être plaisir de savoir que j'y ai rencontré Roxanne. »

Ils ne cachèrent leur intérêt ni l'un ni l'autre. Sally et Happy avaient été très peinées que Roxanne ne leur ait jamais écrit, si bien que personne ne savait où elle était. Mais ni Dan ni Ian n'avaient semblé se préoccuper de ce qu'elle était devenue.

« Elle m'a demandé de la rappeler à votre bon souvenir. Elle est absolument ravissante. Comme elle l'a toujours été, d'ailleurs. Elle

343

a un très bel appartement, qu'elle partage avec sa sœur, une jeune fille charmante. Roxanne s'en occupe beaucoup. Et elle a un ami, plus âgé qu'elle mais très séduisant. J'ai entendu dire qu'il avait l'intention de l'épouser. J'en suis heureuse pour Roxanne. Elle a eu une vie tellement difficile, la pauvre. Et vous savez qu'elle a perdu son bébé presque aussitôt après la mort de son mari. Certaines personnes prétendent qu'il s'agit d'un avortement et non d'une fausse couche, mais naturellement je suppose que vous en savez plus que moi sur ce sujet.

— Non, dit Sally. Absolument pas.

— Ah bon ? Remarquez qu'après tout, ce sont ses affaires à elle, n'est-ce pas ?

— Je me demande vraiment pourquoi elle ne nous a jamais donné de ses nouvelles, fit remarquer Happy quand Joan Lennon eut pris congé.

— J'ai toujours eu la vague impression qu'il s'était passé dans sa vie quelque chose de déplaisant qu'elle ne voulait pas que nous sachions, répliqua Sally. Quelque chose d'ignoble dont elle avait honte. »

Se sentant mal à l'aise devant de telles suppositions, Happy se contenta de hausser les épaules. Comme Dan, elle avait tendance à ne voir des gens et des choses que ce qu'ils pouvaient présenter de mieux.

« Ah, voici Amanda et Todd », s'exclama-t-elle.

Quand ils se furent suffisamment approchés, elle les apostropha :

« Vous arrivez bien tard. Nous pensions que vous aviez peut-être changé d'avis.

— Pour rien au monde je n'aurais voulu manquer cela, protesta Amanda. Cette sinistre baraque est devenue un lieu tellement accueillant ! Cela valait le voyage. D'ailleurs je voulais que Todd vous voie tous. On avait tout juste eu le temps de se dire bonjour quand vous êtes venus assister à notre mariage. »

Ils avaient l'air bien assortis. C'est ce qui avait tout de suite frappé Sally la première fois qu'elle les avait vus ensemble. Le regard, c'est tellement révélateur, et elle avait apprécié la façon dont les prunelles de Todd étincelaient derrière les verres de ses lunettes... Il a plus le sens de l'humour que sa femme, se dit-elle, et avec l'énergie et l'allant d'Amanda ils s'équilibreront parfaitement tous les deux.

« Où sont les filles ? demanda Amanda.

— Nanny les a emmenées à la mare aux canards avec une provision de pain rassis.

— Vous gardez encore Nanny ?

— Je ne peux pas faire autrement. J'ai repris mon travail. J'ai entrepris de faire un recueil de photos d'animaux. C'est un travail gigantesque. Et toi ?

— J'ai donné de l'extension à mon foyer d'accueil. Todd a trouvé un architecte formidable, ce qui nous permettra de faire construire une aile supplémentaire qui pourra loger vingt filles de plus. »

Qu'il était agréable de parler de vies qui évoluaient... Ils continuèrent de deviser ainsi jusqu'au moment où Todd et Happy furent accaparés par un autre groupe. Restée seule avec Sally, Amanda revint presque aussitôt sur le thème de discussion qu'elles avaient abordé ensemble trois ans plus tôt, en ce fatidique après-midi de décembre.

Amanda voulut ensuite savoir ce qu'était devenu le mobilier des Aubépines.

« Tout a été vendu aux enchères à New York. Nous avons créé l'événement. Les gens se précipitaient pour acheter. L'argent a été donné à la fondation, il a permis de payer les professeurs, les conférenciers et l'entretien des locaux. »

Le regard d'Amanda se porta vers les pelouses et les jardins. Puis il remonta les murs tapissés de lierre jusqu'au niveau du premier étage.

« La fenêtre, là-bas, la deuxième en partant de l'angle, c'était ma chambre », dit-elle.

Un frisson parcourut l'échine de Sally, mais elle ne fit aucun commentaire.

« Et qu'est devenu le fameux manège ? demanda Amanda.

— Il a été vendu avec le mobilier. Si je me rappelle bien, il a rapporté soixante-quinze mille dollars. »

Non sans hésitation, Amanda dit alors :

« Il faut que je t'avoue que pendant un temps j'ai eu l'impression que tu... Enfin que tu savais quelque chose sur... »

Les deux femmes se regardèrent un moment, Amanda ayant pris l'air gêné de quelqu'un qui se demande s'il n'est pas allé trop loin. Sally lui porta secours en finissant sa phrase pour elle.

« Tu as cru, au début, que c'était moi qui avais tiré sur Oliver.

— Euh, c'est-à-dire, balbutia Amanda, j'ai pensé que tu avais peut-être une raison... de... Non, c'est absurde. Je t'en prie, oublie ce que je viens de dire. »

Sally sourit.

« C'est parfait. J'ai déjà oublié. »

Le coupable était mort et il n'était nul besoin de faire connaître à qui que ce fût, pas même à Happy malgré l'intérêt qu'elle portait à la fillette, ce qui était arrivé à Tina. N'empêche qu'Amanda, elle, était parfaitement au courant.

Sally songeait souvent que le fil auquel tient le destin de chacun est décidément bien fragile. Si Clive n'avait pas perdu l'esprit au point de saisir un pistolet, elle ne serait sans doute pas là où elle était aujourd'hui. Tina n'aurait pas été définitivement guérie par le Dr Lisle, et l'instituteur du cours élémentaire ne l'aurait pas arrêtée dans la rue l'autre jour pour lui dire tout le bien qu'il pensait de la gentillesse et de l'intelligence de sa petite élève. Et si, chez cet antiquaire parisien, Dan n'avait pas regardé ce manège en argent...

Des si, encore des si, jusqu'à l'infini. Mais aujourd'hui, nous sommes dans le présent. Ce qui compte désormais, c'est de toujours regarder en avant.

Elle regarda donc devant elle, dans la direction où se trouvaient les deux fillettes, en robes blanches, qui rentraient en traversant la pelouse : Tina tenait sa petite sœur par la main ; elles riaient toutes les deux. Et, derrière elles, se dressaient les collines et les forêts parées des splendeurs rouge sombre de l'automne...

Cet ouvrage a été composé
par NORD COMPO
59650 Villeneuve-d'Ascq
et imprimé par
Bussière Camedan Imprimeries
à Saint-Amand-Montrond (Cher)
pour le compte des éditions Belfond.

Achevé d'imprimer en décembre 1995.

Imprimé en France
Dépôt légal : janvier 1996
N° d'édition : 3313. – N° d'impression : 1/2875